료마가 간다
8
시바 료타로/박재희 옮김

동서문화사

료마기 간다 8
차례

육원대(陸援隊) … 11
오테키마루 … 47
주란 같은 달 … 131
우라도 … 168
풀매미 … 209
오우미 길 … 244

료마의 마음 … 301
료마의 사실 이모저모 … 333
료마 기적의 생애 — 고산고정일 … 351

육원대(陸援隊)

도사 번 제2번저인 시라카와 번저는 교토 동북쪽에 있었다. 지금의 교토 대학 본부 구내, 북쪽 끝 근처에 해당할 것이다.

나카오카가 활약하던 무렵은, 이마데 강(今出川)을 끼고 동쪽으로 걸어가 가모 강을 건너면 거기서부터 요시다 산(吉田山) 기슭 일대까지 논밭이 펼쳐져 있었다. 군데군데 자그마한 숲도 있었다.

그 숲과 밭 사이에 보통 '시라카와 진영'이라 부르는 도사 번저가 있었다. 번주가 상경할 때 거느리고 오는 병사를 수용할 숙사로 지은 것이었다. 도심지에서 꽤 멀리 떨어진 곳에 지은 셈이다.

"하필이면 그런 데 지었을까."

준공되자마자 가와라 거리의 번저에서는 뒷공론이 많았다.

거리가 먼 데다 지형적인 문제는 통 생각지 않았다는 것이다.

주위가 온통 밭이었으니 정작 교토에서 싸움이 벌어졌을 때 적의 공격을 막아낼 도리가 없다.

그런데 노공인 요도는 사쓰마처럼 교토에 무장병을 주둔시키는 것에는 전적으로 반대여서, 정작 번병들도 교토에 올라오는 일이 없었다.

그래서 자연히 지어 놓기만 한 채, 그대로 방치되어 있었다.

"그 번저를 육원대를 위해 빌려 주시오."

나카오카 신타로의 착안이 아주 좋았던 셈이었다. 교토 번저의 관료들도 굳이 반대할 이유가 없었다. 결국 나카오카가 쓰기로 낙착을 보았다.

육원대의 진영으로서는 시라카와 번저는 안성맞춤이었다. 건축 양식은 영주 저택식이 아니라 진영, 병영과 같은 형식이었다.

전각 같은 것은 아예 없었다. 정원도 없고 객실도 없었다. 모두가 한 지붕 밑이다.

대문은 큼직한 재목을 서로 이어 놓기만 한 간소한 것이었고, 집 둘레 역시 일자집으로 지은 행랑채로 담을 대신하고 있었다.

따라서 인원수용 능력은 모자라지 않았다.

"아무튼 넓었다. 육원대 대원들에게는 팔 조짜리 한 방을 혼자서 차지할 만큼 넉넉한 것이었다. 식사는 가와라 거리 번저에서 지었으며, 하인들이 그것을 나무 도시락에 담아 가져오곤 했다. 도시락에는 짠지뿐이어서 부식물은 대원들이 각자 마련해야만 했다."

나카오카를 따라 육원대에 입대했던 오에 마사루(大江卓)는 유신 뒤에 말하고 있다.

오에는 도사 스쿠모(宿毛)의 하급 무사로서 유신 후 민부(民部)의 차관 가나가와(神奈川) 현령(縣令) 등을 지냈으나, 뒤에 관직을 떠나 자유민권 운동에 참가하여 메이지 시대의 대표적인 자유사상

가로서 커다란 발자취를 남겼다.

나카오카 신타로가 셋집을 나와 시라카와 진영으로 옮긴 것은 어느 무더운 날이었다.

맨 처음 나카오카와 함께 육원대에 몸담은 낭사는 11명이었다.

그 뒤 꼬리를 물고 모여들어 잠깐 사이에 백 명을 넘어 버렸다.

여기서 열전을 써 볼까 한다.

오에 다쿠(大江卓)에 대해서는 앞서도 언급한 바 있다. 그에 대한 가장 유명한 에피소드는 '마리아 루즈호' 사건일 것이다. 유신 이후 가나가와현에서 관직을 맡고 있을 때의 일이다. 요코하마에 입항한 남미 페루의 선적인 마리아 루즈호에는 청국인 노예 230명이 타고 있었다. 그 가운데 두 명이 탈출을 시도하여 오에에게 도움을 요청해 왔다. 그는 신정부에 정황을 설명하고 외무장관 소에지마 다네오미(副島種臣)의 양해를 얻어 노예를 전부 해방시켰다. 한편 만년의 나이에는 부락(최하층민이 사는 지역) 해방에 힘을 쏟기도 했다. 오에 다쿠는 사쓰마와 조슈 출신 투사와는 전혀 다른 타입의 인물이었다. 오에는 료마의 자유사상과 프랑스 혁명의 영향으로 자유·평등사상을 선포하는데 힘썼다. 도사 출신의 전형적 인물이라 할 수 있다.

육원대 멤버들 가운데에는 오에 타입의 인물이 있는가 하면, 뒤에 사쓰마와 조슈의 번벌정부에 참가한 사람들도 많다. 그리고 보면 유신시대 지사 타입은 두 가지로 나뉘는데—사카모토·오에 타입의 인물은 매우 드물다—육원대에서도 그러한 경향이 나타나고 있었다.

유신 이후, 높은 관직에 오른 사람 가운데 백작으로는 다나카 미쓰아키(田中 光顯), 가가와 게이조(香川敬三 : 미도 번에서 탈퇴함), 남작으로는 이와무라 다카토시(岩村高俊), 가타오카 도시카즈(片岡利和), 나카지마 노부유키(中島信行) 등이 있다.

출신 번국별로 말해 보면 도사가 가장 많아서 18명, 다음은 미도로서 14명, 미카와가 9명, 교토가 8명, 그밖에 히고, 사쓰마, 분고, 이요, 무사시, 쓰시마, 고오슈, 빗추, 데와, 오미, 호키, 오와리, 야마토, 가와치 등에서 몇 명씩 참가했다.

육원대는 실현되었으나 대장인 나카오카 신타로는 대장으로서 시라카와 진영 안에 틀어박혀 있을 수는 없었다.
'나니와 료마가 뛰어다니지 않으면 천하는 바로 잡을 수 없다.'
그렇게 생각하고 있었다. 사실이 그렇기도 했다. 료마와 나카오카는 단순한 지사단의 대장으로서 들어앉아 있을 수만은 없었던 것이다.
특히 나카오카는,
"사쓰마와 도사는 이미 굳혀졌다. 다음은 아키 번이다."
그런 생각 아래 아키 히로시마의 아사노 집안 42만 6천 석을 움직이기 위해, 같은 번의 지사 후나고시 요노스케(船越洋之助)와 긴밀한 연락을 취하면서 일을 진행시키고 있었다.
훗날, 후나고시(船越)는 나중에 마모루(衞)라 개명하고, 유신 이후, 각 현의 현령, 지사 등을 역임하고 마지막에는 추밀고문관을 맡아 남작의 지위에 오른다. 1913년 2월 향년 74세의 나이로 죽는다.
어쨌든 나카오카는 육원대의 대장대리를 맡길 통솔력 있는 인물을 필요로 했다.

나카오카는 시라카와 진영에서 육원대를 창설하자 곧 료마를 초대했다.
료마는 육원대를 방문하자, 진영을 두루 살펴보고 대원들의 식사까지 살펴본 다음, 식사를 함께 하곤 "가난뱅이군" 하면서 크게 웃었다. 나카오카는 씁쓰레한 얼굴로 잠자코 있었다.

앞으로 대원들이 계속 늘어날 때 그 비용은 어떻게 하나, 하는 걱정이 나카오카에게는 있었다.

도사 번은 밥과 단무지만을 줄 뿐이었다. 번의 지원은 그것이 전부였으며, 그밖에는 대원들의 용돈은 물론, 무기 구입비조차도 없었다.

도사 번의 재정이 그것을 감당할 수 없는 것에도 원인은 있었다. 설사 재정적인 여유가 있다 해도 번 회계를 장악하고 있는 본국 좌막파들이 육원대를 위해서 돈을 낼 까닭이 없었다.

한편 료마 자신도 "재정의 독립 없이는 사상의 독립이 없고 행동의 자유도 없다"고 하여, 해원대의 경우도 도사 번 회계로부터는 단 한 푼 받지 않고 있었다. 모두가 자영자활로 버티어 오고 있는 것이다.

이 점에 대해서 료마는, 번 관료인 후쿠오카 도지와 나가사키에서 나눈 규약에 일부러 이러한 세칙을 따로 넣었다.

"번으로부터 재정적인 원조를 받지 않으며 번 또한 이를 지급하지 않는다. 일체 대내에서 자영자취(自營自取)하기로 한다."

따라서 해원대가 얻은 이익도 번에 돌리지 않는다.

이익을 얻는 방법으로서 시적인 표현이 규약에 있다.

"그 미치는 바는 대체로 바다에서 얻는다."

이렇듯 해원대는 완전히 독립, 자영이었다.

"그러나 육원대는 그렇지 못하다" 하고, 나카오카는 말하는 것이다. 나카오카에게는 료마와 같은 경제적 구상도 없었고 영리 사업가로서의 기민성과 지식도 없었다.

"난 자네처럼 장사는 못한단 말이야."

하긴 나카오카가 아니라도 육지에서는 사업을 하기가 어려웠으리라.

"아무리 시라카와 마을에 진영을 두고 있다 해도 시라카와 아가씨들처럼 장작을 머리에 이고 교토 시중에 들어가서 이 골목 저 골목 팔고 다닐 수도 없을 테고……."

료마는 유쾌한 듯이 웃었다.

나카오카는 얼굴을 찌푸리며 부탁했다.

"료마, 육원대를 도와주게."

료마는 흔쾌히 승낙하고, 데리고 온 해원대 문관 나카오카 겐키치에게 규약을 기초시켰다.

"양대는 각각 해륙에서 임무를 달리하고 있으나, 서로 상원상급(相援相給)함을 원칙으로 함."

그런 대목을 넣었다. 서로 돕는다는 뜻이었으나 사실 해원대만이 영리 부문을 가지고 있는 이상, 해원대의 일방적인 원조가 될 것이었다.

"이젠 됐겠지?"

료마는 같은 규약을 세 통 써서 한 통은 도사 번 사사키 산시로에게 보관토록 하고, 나머지 두 통은 해륙 양대가 각각 보관하기로 했다.

"또 한 가지 의논할 일이 있네."

대장 대리를 맡아 볼 인재에 대한 것이었다. 그것이 없으면 나카오카는 몸이 묶여서 마음대로 활동할 수가 없는 것이다.

"해원대에는 인재가 많은데……."

나카오카는 부러운 듯이 말했다.

료마에게는 우수한 보좌역이 많았다.

우선 대의 문관인 나카오카 겐키치가 있다. 도사의 시골 의사 출신이어서, 그 출신 계급 때문에 뜻을 이루지 못한 것이 료마에게는 다행이었다. 나카오카의 글재주, 학식, 영어, 네덜란드어 등의 독해력으로 보면, 어느 번에 고용되더라도 5백 석의 값어치는 있었으리라. 그 정도의 인물이 1개 료마의 비서역을 맡아 보고 있는 것이다.

무쓰 요노스케도 역시 그랬다. 성격이 다소 괄괄해서 남과의 협조가 어려운 결점은 있었지만, 그 빠른 이해력과 먼 장래까지 내다보는 통찰력은 학자인 나카오카 겐키치보다도 한 수 위였다.

"우리 대에서 칼을 떼어 버리고도 살아갈 수 있는 사람은 자네하고 나뿐이다."

료마도 그렇게 높이 평가한 일이 있었다.

배 사고로 죽어 버린 이케 구라타도 재미있는 인재였다.

남을 화해시키는 데는 기묘한 능력을 지니고 있어, 가장 나이 어린 대원인 나카지마 사쿠타로마저 언젠가 이런 말을 했을 정도였다.

"만약 사카모토가 없어져도 이케님만 있으면 우리는 이대로 나아갈 수 있다."

그 나카지마 사쿠타로도, 이제는 소년기를 벗어나 상당한 능력을 발휘하고 있다.

"어째서 그렇게 인재들이 모여 드는 건가?"

나카오카는 도무지 모를 일이라는 듯이 물었다.

"내가 워낙 태평스런 성미인 탓일 테지. 도와주지 않으면 아무 일도 못하리라는 생각에 녀석들은 모여든 모양이야."

"맨 처음 어떤 식으로 끌어들이나?"

"'자네, 와 보지 않겠나?' 라고 할 뿐이지."

료마의 말은 도무지 요령을 잡을 수가 없다.

"아무튼 난처하네. 누구든 통솔력 있는 자가 없을까?"

"있지."

료마는 두 사람의 이름을 들었다.

다나카 겐스케(田中顯助 : 후일의 미쓰아키)
나스 모리마(鴉順盛馬 : 후일의 가다 오카 도시가즈)

둘 다 도사의 미천한 출신이며 향사보다도 낮은 신분이다.

도사 번의 중신 후카오 가나에(深尾鼎)의 가신 집안에서 태어난 두 사람은 다카오카군(高岡郡) 사카와(佐川)에서 소년시절을 보낸다. 다나카 겐스케가 갓 스무 살을 넘겼을 때 나스, 하시모토 데쓰이(橋本鐵猪)와 함께 번을 탈퇴한다.

그 뒤 그들은 조슈로 옮겨 조슈인과 함께 갖은 고생을 겪고 1864년 9월에는 오사카에 잠입하여 마차마치스지(松屋町筋)에서 단팥죽 가게를 하는 지사(志士) 혼다 오쿠라(本多大內藏 : 공경의 무사 고지 집안에서 공문서 관리를 맡음)의 집 이층에 몸을 숨긴다. 오사카 성의 장군암살을 계획한다.

적은 수의 인원으로 오사카 성의 장군암살을 계획하는데, 그들의 두목은 오리 데이키치(大利鼎吉)였다. 1865년 1월, 그들의 은신처가 신선조의 다니 만타로(谷万太郞)의 습격을 받고, 수적으로도 궁지에 몰린 오리 데이키치는 목숨을 잃게 된다고 앞서도 말한 바 있다.

다행히 다나카 겐스케, 나스 모리마, 하시모토 데쓰이 세 사람은 외출 중이었고, 그 덕에 화를 면한다. 이후 야마토(大和)의 산중에 있는 도쓰가와(十津川) 마을에 몸을 피하다가 다나카와 하시모토는 하산하였고, 나스 모리마 만이 도쓰가와 마을에 남아 있다.

"흐음, 그 다나카 아키스케와 나스 모리마라면 육원대를 맡길 수 있을 것 같군."

다나카 아키스케는 별로 특별한 재능은 없었지만 사람을 통솔하는 일에 능했으며, 나스 모리마는 용감하고 군인으로서 재능이 뛰어났다. 육원대의 믿음직한 좌우 양 날개가 됨직했다.

"다나카 아키스케는 머지않아 교토에 올 테니까 그때 붙들면 된다."

나카오카는 중얼거렸다. 다나카는 요즘 조슈에 귀화한 꼴이 되어, 조슈 번의 외교를 맡고 있었다.

며칠 전에도 사쓰마 번과 연락을 취하기 위해 조슈 출신사인 야마가타 교스케(山縣狂介), 시나가와 야지로(品川彌二郎), 토리오 고야타(鳥尾小彌太), 고젠 고로쿠로(興膳五六郎)의 네 명과 함께 교토에 숨어 들어 지쿠젠(築前)의 다자이부(大宰府)에 머물고 있다.

대정봉환(大政奉還 : 1867년 일본 막부가 천황에게 국가 통치권을 돌려준 사건)이라는 새로운 흐름을, 고향을 떠나 다자이부에 살고 있는 산조 사네토미(三條實美) 외 다섯 공경에게 보고하기 위해서였다.

"문제는 나스 모리마야."

나카오카는 손뼉을 치더니 야마자키 기쓰마(山崎喜都眞)라는 젊은 도사 청년을 불렀다. 보통 동지들은 '기쓰마'라고만 부르는 청년인데, 특별한 재주는 없었으나 단 한 가지, 여러 번국의 사투리에 능하여 술이라도 마시면 기막히게 흉내를 내서는 남을 웃기곤 했다.

특히 교토 말에 능숙했다. 사투리에 능하다는 것은, 이런 시대에는 그 덕분에 때에 따라 목숨을 건지는 수가 많다.

어쨌든 기쓰마에게는 그런 재주가 있는 것이다.

"야마토의 도쓰가와 마을에 가서 나스 모리마를 찾아오너라."

기쓰마는 노자를 받자 곧 재목점 점원으로 변장했다. 도쓰가와 마을은 요시노(吉野)이므로 교토의 재목점 점원이 들어간다 해도 조금도 이상할 게 없었다.

"도사 말을 하지 않도록 조심해."

나카오카는 다짐을 주었다. 도사 말씨나 조슈 말투를 쓰면, 그것만으로도 막부 관원에 의해 잡혀 죽임을 당하던 때였다.

"염려마십쇼"

기쓰마는 가벼운 농까지 지껄이고, 어둠을 틈타 육원대 본부를 빠져 나갔다.

교토를 떠나기 전에 해원대의 교토 본부가 있는 재목상 '스시야'에 들러서 증명이 될 문서 같은 것을 받아 가지고 나라(奈良)로 떠났다.

오쿠요시노(奧吉野)의 도쓰가와 마을이라면 긴키 지방에서 경치가 빼어난 산악지대이므로 찾아들어가는 것만도 이만저만한 일이 아니었다.

기쓰마는 고조(五條)를 거쳐서 갔다. 고조에서 도쓰가와 마을까지 들잠을 자면서 길을 서둘렀으나 산길이라 사흘이나 걸렸다.

'도쓰가와 마을에만 도착하면……'

기쓰마는 줄곧 그런 생각을 하면서 걸었다. 도쓰가와 마을은 예부터 특이한 근왕촌(勤王村)으로 알려져 있었다. 거기만 가면 신변은 안전할 수 있는 것이다.

나스 모리마에 대해서 약간 언급하려고 한다.

어깨살이 툭툭 불거진 몸집 큰 사내이므로 고향인 사카와(佐川)에 있을 때부터,

"모리마는 전국시대에 태어났더라면 어엿한 무장이 됐을지도 모른다."

그런 말을 들어온 사람이었다. 담력이 대단하고 완력도 있었다.

고향에 있을 때 같은 후카오(深尾) 집안의 가신인 호리미(堀見)의 집에 놀러 갔다가 술을 대접받자, 취한 김에 힘자랑을 했다. 바둑판 위에 장기판을 놓고 그 위에다 두 아름이나 되는 커다란 오지화로를 올려놓은 다음, 바둑판 다리를 잡고 그것을 쉰 번쯤이나 가볍게 올리고 내리곤 했다.

"바보같이 힘자랑이나 하는군."

함께한 자들은 그를 놀려 댔으며, 술이 깨고 나자 스스로도 부끄럽게 생각하여 한동안 두문불출했다. 그 뒤 고치 성 밑 거리에 가서, 에도에서 돌아온 디케치 히페이다의 두장에 들어가 교신 아케지류(鏡心明智流)의 검술을 익혔다.

그 무렵 사흘이 멀다 하여 다케치 집에 놀러 오곤 했던 료마에게도 검술을 배운 일이 있다.

다케치 한페이타가 도사 근왕당을 결성하자 맨 먼저 그에 참가했고, 그 뒤 겐지 원년 8월 14일 다나카 아키스케 등과 함께 구로모리 고개(黑森峠)를 넘어 탈번했다. 그 탈번을 번리들이 알아채고 창과 총을 가진 추격대가 뒤쫓아 왔다. 도중에서 동지인 이하라 오스케(井原應輔)가 복통을 일으켜 더 이상 걸을 수 없게 되자, 마침내 풀밭에 주저앉으며 말했다.

"할복하겠다. 내 걱정은 말고 어서 달아나라."

나스 모리마는 아무 소리하지 않고 다가가더니 다짜고짜 오스케를 안아 일으켜 등에 업었다. 그리고 이요(伊豫)와의 번경까지 줄곧 험한 길을 달렸다.

무사히 번경을 넘었을 때 모리마는 오스케를 내려놓으며 말했다.

"어때? 기운도 때로는 쓸 데가 있지 않나?"

언젠가 바보같이 힘자랑이나 한다고 비웃은 사람 가운데 하나가 바로 이 이하라 오스케였던 것이다. 이하라 오스케는 그 뒤 미마사카(美作)로 동지들을 모으러 갔다가, 검문소의 관리가 지휘하는 1백여 명의 마을 사람들에게 포위되어 동지인 시마 나미마(島浪)와 함께 죽었다.

나스 모리마는 오사카 성을 불살라 버리려고 한 사건으로 인상착의를 적은 방과 함께 체포령이 내렸으므로, 사람이 사는 곳에는 더 이상 있을 수 없게 되어 버렸다.

그래서 도쓰가와 마을로 가서 가미노유(上湯)의 향사, 다나카 구니오(田中邦男)라는 동지의 집을 찾았다.

도쓰가와 마을에 잠복해 있는 동안 모리마는 향사의 자제들에게 검술을 가르치며 세월을 보내고 있었다. 그러나 이윽고 다시 피가 끓어오르자, "잠깐 교토 정세를 살피고 온다" 하고 대담하게도 산에서 내려갔다. 동행한 사람은 도쓰가와 향사 가운데 으뜸가는 검객으로서 이아이(居合: 별안간 잽싸게 칼을 뽑아서 적을 치는 검술)의 천재라고 일컬어진 나카이 쇼고로(中井庄五郎)였다. 모리마와 같은 연배로 아직 스물이 넘을까 말까 한 젊은이였다.

교토 기야 거리(木屋町) 시조(四條)에서 조금 벗어난 곳에 우카레 정(浮蓮亭)이라는 술집이 있었다. 출입구는 다카세 강(高瀨川) 쪽으로 나 있었다.

어느 날, 나스 모리마는 이 우카레 정 이층에서 도쓰가와의 향사 나카이 쇼고로와 함께 술을 마셨다.

그 자리에 료마가 화제에 올랐다.

"나가사키에 있다더군."

나카이는 료마에 관한 얘기를 여러 가지로 물었다.

"검술은 대단했어. 다케치 선생도 료마한테는 손을 드는 것 같았으니까."

나스가 아는 것은 그 정도뿐, 나카이 쇼고로를 만족시켜 줄 수는 없었다.

"혹시, 다음에 상경해 오거든 내가 소개해 주지. 그렇지만 만나면 은근히 화가 나는 친구야."

"왜?"

"자기가 지껄이고 싶지 않을 때는 먼 산만 보고 있거든."

두 사람은 어지간히 마셨다. 모리마는 마지막 층계를 헛딛고, 하마터면 봉당에 엉덩방아를 찧을 뻔했다.

술값을 치르고 밖으로 나오니 처마 저편에 버드나무가 있었다. 히가시 산에 달이 걸려 있어 길은 비교적 환했다.

다나카 미쓰아키의 《유신야화》 속기에 의하면, '시조 다리(四條橋)에 이르렀을 때 저쪽에서 크게 활개를 치며 자기 세상인 것처럼 걸어오고 있는 것은 첫눈에도 분명한 신센조의 용맹한 무사들, 오키타 소시, 사이토 하지메, 나가쿠라 신파치 등의 몇몇이었다'고 적혀 있다.

그 무렵 교토에 숨어 드는 낭사들은 길거리에서 신센조와 맞닥뜨리면 재빨리 달아나 버리는 것이 상식이었다. 정면으로 그들에게 대드는 어리석은 짓은 하지 않았다. 신센조는 혹시 상대방을 놓치는 일이 있어도 끝까지 끈덕지게 찾아다녀, 마침내는 소재를 파악해서 다시 습격을 가해 오곤 했다. 그것을 낭사들은 알고 있었으므로 얼굴이 알려지는 것을 두려워했던 것이다.

그러나 나스 모리마는 혈기에 넘치는 사나이였고 나카이 쇼고로는 싸움을 하고 싶어서 팔이 근질근질하던 판이었다. 게다가 둘 다 취중이었다.

길은 좁아 두 패 가운데 어느 한 패가 피하지 않으면 지나갈 수 없었다. 신센조는 모른 체하고 그냥 걸어온다.

"무례한 놈들······."

나스 모리마가 크게 외쳤다.

신센조 세 명은 한꺼번에 물러나며 칼을 빼 들었다.

그들 역시 기야 거리 어디선가 술을 마신 듯, 술 냄새를 풍기고 있었다.

나스는 칼을 뺐고 나카이는 뛰어들었다. 나카이의 행동은 어이없을 만큼 대담한 것이었다. 칼을 뽑지 않은 채 사이토 하지메에게 달려들다가 별안간 칼을 뽑아서 들이쳤다.

—나카이의 번개 같은 솜씨.

그런 말을 들었을 만큼 도쓰가와 향사 나카이 쇼고로는 뛰어난 재주를 지니고 있었다.

그러나 역시 검술은 어리다고 하지 않을 수 없었다.

위험도가 높은 기술이었다. 이미 상대방인 사이토 하지메는 칼을 빼들고 있는데, 죽기 아니면 살기라는 식으로 들이친다는 것은 지나친 모험이라고 할 수 있었다.

뛰어든 나카이의 눈앞에 무딘 칼소리와 함께 불꽃이 튀었다.

사이토 하지메가 나카이의 칼을 받아넘긴 것이다. 그러나 사이토의 노련한 솜씨는 거기서 그치지 않았다. 받아 넘기며 오른쪽으로 크게 몸을 틀고 나카이의 허리를 단칼에 베려고 했다.

그러나 칼날은 미치지 못했고, 나카이는 잽싸게 물러났다.

그것이 나카이 쇼고로의 한계였다.

워낙 몹시 취해 있었다. 숨이 가빠지기 시작했다. 그렇게 되면 공격은 이미 할 수 없었다.

굉장한 것은 나스 모리마였다. 사나운 소리를 지르면서 길 위를 이리 뛰고 저리 뛰고 했다.

상대는 두 명이었다.

오키타 소오시와 나가쿠라 신파치다. 오키타는 명인이라는 말을 들을 만큼 능숙한 검객이었고, 나가쿠라 역시 이름난 명수여서 들이치는 솜씨가 능숙했다. 게다가 이런 싸움판을 수없이 겪어온 패들이다.

모리마는 지금까지 사람을 베어 본 적이 없었다.

다만 그의 특유한 기백과 뛰어난 체력으로 칼을 휘두르고 있을 뿐이었다.

"어떻게 몸을 움직였는지도 기억에 없다. 지속의 불구덩이 속을 정신없이 뛰어다녔던 것 같은 느낌이다."

유신 후 남작 가다오카 도시가즈(片岡利和)가 된 그는 그 무렵을 이렇게 회고하고 있다.

신센조 측은 검객인 나카이 쇼고로보다 역사 같은 몸집을 가진 나스 모리마 쪽을 '어지간히 능한 자일 것이다'라고 보고 오키타, 나가쿠라 두 사람이 맞서 온 것이었다.

상대방은 침착했다.

나스의 칼의 움직임을 보고 효과적인 공격을 가해 온다. 그때마다 나스는 몸 어디엔가 상처를 입곤 했다.

그러나 치명상에는 이르지 않았다. 아마 오키타, 나가쿠라도 취기가 있었기 때문이리라. 게다가 모리마의 검술은 이른바 난검(難劍)이었다. 칼에 일정한 격식이 없으므로 어디로 어떻게 쳐들어올지 알 수 없었던 것이다.

그러나 나스는 단 한 번도 상대방의 몸에 칼을 대보지 못한 데 반해, 상대방의 칼은 나스의 왼쪽 어깨와 오른쪽 허벅지에 적지 않은 중상을 입히고 있었다.

술 때문에 출혈이 심했다. 도대체 어떻게 버티고 있는지 이상할 정도였다.

나카이는 나스의 상태를 보자 소리쳤다.

"나스, 달아나라!"

전면의 사이토를 내버려 두고 오키타와 나가쿠라를 향해 들이쳐 갔다. 들이친 여세를 이용해서 나카이는 나스를 감싸며 북쪽으로 달아났다.

다행히 주위는 캄캄했다.
두 사람은 정신없이 도망쳐서 니시키고지 근처까지 오자 겨우 걸음을 늦추었다.
"이케규우(池久)로 가자."
아네고지(姉小路)의 이케무라야 규베(池村屋久兵衞)가 경영하는 서점이다. 당시 교토 민중들은 과격 근왕파들에게 호의적이어서, 자진해서 그들을 감싸 준 의로운 상인들도 적지 않았다. 이케무라야 규베도 그 가운데 한 사람이었다.
덧문을 두드리자 마침 규베는 일어나 있었다.
"굉장한 부상이군요?"
놀라면서, 의사를 부르러 달려갔다.
의사가 왔다.
"외상이군요."
내상인줄 알고 온 모양이었다.
"나도 외상을 조금쯤은 볼 줄 알지만, 글쎄……과연 해낼는지……."
중얼거리면서 의사는 물을 끓이게 하고, 소주와 바늘, 그리고 붕대로 쓸 헝겊을 준비하게 했다.
그러나 약이 없었다. 의사는 손수 약방에 달려가서 약을 사왔다.
"조금 아플 거요. 참으셔야 하오."
그렇게 말하고 소주로 상처를 씻기 시작했다. 그 격렬한 고통은 거의 실신이라도 할 지경이었으나 나스는 신음 소리 하나 내지 않았다. 무사의 체면이라는 것이 있었기 때문이다.
유신 후 나스는 여러 번 같은 말을 했다.

"아무튼 그 돌팔이 의사가 상처를 씻어 낼 때의 아픔은, 지금 생각해도 소름이 끼칠 정도다."

의사는 상처를 모두 꿰매자 단단히 붕대로 동여매고 돌아갔다. 다음날에는 이미 교투 시중에 그들의 수배령이 내렸으나, 그 의사는 돌팔이였는지는 모르지만 입만은 무거웠던 모양으로 일은 새어 나가지 않았다.

그러나 수색이 점점 심해지자, 두 사람은 이케무라야에게 해가 미칠까 두려워 어둠을 틈타 그 집에서 나왔다.

그 뒤 시모고료 사(下御靈社) 뒤편에 있는 헌옷가게 이층을 빌려서 한동안 숨어 있었다.

—의술 공부를 하는 사람이다.

처음에는 그렇게 주인 가족들을 속여 왔으나, 그들은 곧 눈치를 챈 듯했다.

"상처에 바를 약은 우리가 사다 드리죠."

약심부름을 부인이 해 주기도 하고 딸이 해 주기도 했다. 그들은 갈 때마다 약방을 바꾸어 멀리 혼간 사(本願寺) 근처까지도 가곤 하는 모양이었다.

나스는 상처에 강한 체질의 소유자였는지, 한달쯤 지나자 상처는 아물었다. 그래도 완쾌되지는 않았으나, 이대로 교토에 머물러 있는 것은 위험한 일이었다. 나스는 헌옷가게 주인에게 감사하다는 말을 하고 지팡이에 의지하여 교토를 떠났다.

"나는 남겠다."

나카이가 우겼으므로 나스는 혼자 길을 떠나 다시 도쓰가와 마을로 찾아가 숨었다.

그 나스를 나카오카의 사자 야마자키 기쓰마는 다시 풍운 속에 끌어내리고 지금 찾아가는 길이다.

넓은 산악 지대에 발을 들여놓으면, 나그네는 마치 큰 바다를 가는 조각배와 같은 것이다. 바위와 우거진 나무 사이를, 나그네는 하늘의 별만을 의지하며 걸어가지 않으면 안 된다.

도쓰가와 마을이라고 한 마디로 말하지만, 그 면적은 670평방킬로미터나 되어, 나라 분지(奈良盆地)의 두 배나 되는 넓이였다. 나무 사이로 50여 개의 동네가 흩어져 있으며, 집은 산비탈에 새둥지처럼 매달려 있었다.

야마자키 기쓰마는 걸음을 서둘러, 마침내 목적지인 고이(小井)라는 동네로 들어갔다. 산염소가 마을 한 가운데로 뛰어다니는 고장이어서 야마자키는 마치 구름 위의 별천지로 들어온 것 같은 느낌이었다.

"세이쇼 사(淸昌寺)를 찾아가려는데……."

삼목을 자르고 있는 나무꾼에게 물었더니, 나무꾼은 길을 가르쳐 주는 대신 직접 안내해 주었다. 20리나 또 걸었다.

말이 동네지 제대로 부락을 이루고 있는 것이 아니어서, 집은 이 산 저 산에 점점이 흩어져 있었다. 이웃집에만 가려 해도 2, 30리는 걸어야 하는 것이 보통이었다.

"저것이 세이쇼 사입니다."

나무꾼은 묵직한 사투리로 절 문을 가리켜 보이고는 그대로 나무 사이로 사라져 버렸다.

"실례하겠소."

이미 돌층대를 올라 설 때부터 감시를 계속하고 있었던 듯, 동자승이 빈틈없는 눈매를 보이며 나타난다.

기쓰마는 우선 자기가 누구인가를 설명하고 용건을 말했다.

"나스 모리마를 만나러 왔소."

동자승은 눈을 더욱 번뜩이며 잠자코 안으로 들어갔다.

이윽고 문 중방에 머리가 부딪칠 듯한 몸집 큰 사내가 나타나더니 두 손을 치켜든다.
"여어, 기쓰마!"
신관처럼 흰 무명 웃옷에 허름한 소창지 하카마를 입고 허리에는 작은 칼 하나만을 차고 있다. 다리를 좀 절고 있었다.
"들어와, 어서 들어와. 자네도 교토에서 쫓겨나 피해 온 건가?"
"무슨 소리, 지금 교토는 혁명이냐 패배냐 하는 막바지에 이르렀어."
"그래? 내가 없는 동안 형세가 크게 달라진 모양이군."
나스 모리마는 야마자키를 주지에게 소개했다. 날이 저물자 단 둘이 마주앉아 술자리를 벌였다.
"이 절 동자승은 자네에게 아주 충실하더군. 찾아온 나를 빈틈없는 눈매로 지켜보고 있었어."
"아, 그 녀석 말인가?"
모리마는 고맙게 생각하기는커녕 혀를 차면서 말했다.
"그 녀석은 내 싸움 친구야. 어젯밤에도 목욕물을 데우더니 제 놈이 먼저 들어가지 않겠어? 괘씸한 생각이 들어서 목욕통째 바깥에 집어던졌네."
모리마는 자신의 힘을 자랑하고 있는 것은 아니다.
"그래서 그 녀석, 요즘에는 내 앞에서 꼼짝 못하는 거야"

"교토로 모리마를 데리고 오라."
그것이 기쓰마의 임무였다. 그 말과 아울러 교토의 정세를 낱낱이 말하고 모리마가 맡아야 할 육원대 대장이란 역할에 대해서도 설명했다.
"어때? 내려갈 텐가?"

"물론이지."

모리마는 기쁜 것 같았다.

"상처도 이제는 거의 다 나았어. 나 같은 사람도 도움이 된다면 반가운 일이 아닌가?"

"잘 생각했어."

"그건 그렇고. 료마는 대단한데? 혼자 풍운을 수습하고 있지 않으냐 말이야."

이어서 두 사람은 료마와 나카오카 신타로를 비교했다.

"료마는 번개를 허름한 보자기에 싸들고 다니는 것 같은 사람이야. 언뜻 봐서는 대수롭지 않지만, 일단 보자기를 끌러 놓으면, 백광(白光)이 천지에 가득 차며 풍운이 일고 큰 비가 내린다."

"흐음……."

기쓰마는 고개를 끄덕였다. 료마와 직접적인 관련이 없는 동향 친구들은 료마를 그런 식으로, 말하자면 신비스러운 천재로 보는 듯했다.

"나카오카는 그 점이 평범해."

모리마는 말했다.

"그러나 격렬한 성격에 싸인, 예리하고 치밀한 면은 료마가 갖지 못한 점이다. 나카오카는 늘 시계처럼 정밀하고 정확한 사람이야. 그 사람에게 도사 번을 맡긴다면 천하에 유례없는 일을 해낼 걸세."

"료마에게는 도사를 맡기지 않겠지?"

"맡지도 않아."

모리마는 짓궂은 웃음을 지었다.

—료마는 도사에는 어울리지 않는다.

그렇게 말한 다케치 한페이타의 명언이 새삼스럽게 떠오른 것이다. 그의 큰 그릇은 도사라는 좁은 천지에는 어울리지 않는다. 어쩌면 유신 개혁이 이루어진 뒤에는 일본 자체도 그에게는 너무 좁은 세계가 되어 버릴지 모른다.

"어쨌든 재미있게 돼 가는군그래. 그 대정봉환은 살 될 것 같은가?"

"사쓰마, 조슈, 아키 세 번은 찬성했네. 도사를 포함해서 4대 번의 제안이 되는 셈이야. 그쯤 되면 막부도 무시할 수 없을 테지."

"하지만 이에야스 이래 3백 년의 천하야. 도쿠가와 집안이 그렇게 호락호락 내던지려고 할까."

"그 점은 료마와 나카오카가 알아서 하겠지."

"막부가 받아들이지 않으면 어떻게 돼?"

"전쟁이다. 그 때를 위한 육원대야."

"알겠네."

육원대의 목적이 모리마의 머릿속에 비로소 뚜렷이 떠올랐다. 보나마나 교토 시내에서 맨 먼저 혁명을 일으키게 되는 것은 바로 육원대이리라.

다음 날 새벽잠에서 깨자, 절 부엌에서 어수선한 소리가 들려왔다. 마을 처녀들이 일고여덟 명 모여 도시락을 만들기도 하고 모리마가 입을 여행용 하카마의 시침질을 하며 부지런히 일하고 있었다.

'흐음······'

기쓰마는 혼자서 감탄했다. 모리마가 산중 생활에 젖어 풍운을 잊고 있는 것도 이유가 있었던 모양이다.

료마는 그동안 교토의 재목상 스시야에 숨어 있으면서 대정봉환안의 실현을 위해 뛰어다녔다.

'문제는 막부 자체가 어떻게 나오느냐에 달려 있다. 가능하면 그

뱃속을 들여다보고 설득 공작을 펴고 싶다.'

그런 생각을 하기에 이르렀다. 아직 현 단계로서는 대정봉환안은 정식으로 막부측에 제시되지 않고 있었다. 정식으로 제시하려면 아직 좀 시일이 걸리리라.

'막부측의 누구를 대상으로 한다?'

유력자로는 현 집정관 이타쿠라 가쓰기요가 가장 적당한 인물이리라. 이타쿠라는 다행히 장군 요시노부와 더불어 교토, 오사카 등에서 늘 살고 있었다. 그러나 막부의 집정 같은 고관을 1개 낭사인 료마가 만나뵐 수는 없다.

'나가이 몬도노쇼(永井主水正)가 좋을 것 같다.'

료마는 그렇게 뜻을 정했다. 나가이 몬도노쇼의 이름은 나오무네(尙志), 막부의 법무관이다.

장군 직속의 명문 태생이며, 막부의 서양학 관료 가운데서도 뛰어난 수재였다. 그뿐 아니라 그 경력 또한 실로 화려할 만큼 새 시대적 요소에 차 있었다. 막부가 최초로 나가사키에 설치한 해군 전습소의 사무국장이었고, 그 뒤 막부가 에도 쓰키지에 해군 조련소를 만들었을 때도 그 초대 소장에 임명됐었다. 안세이 4년, 막부가 나가사키에 조선 제철소를 건설했을 때는 건설위원장 격으로 수완을 발휘했고, 이어 에도로 돌아와 재무관, 외국 담당관 등을 역임했다. 또 안세이 6년에는 군함 담당관이 되었고, 한때 면직되어 에도에서 칩거한 일도 있었다. 이 점이 다소 후배인 가쓰 가이슈와 매우 닮은 데가 있다.

그 나가이가 지금은 총감찰관으로서 장군을 따라 교토에 와 있는 것이다. 총감찰관이라 해도 실질적으로는 장군 요시노부의 비서관이었다. 요시노부는 나가이의 온화한 인품과 그 풍부한 대외지식을 사랑하여, 중요한 안건을 대부분 이타쿠라 가쓰기요나 나가이와 더불어 의논하곤 했다.

 그 나가이란 인물을 료마는 가쓰나 오쿠보 도시미치를 통해 만난 일이 있었다. 나가이도 료마에 대해서는 악의를 품고 있지 않으리라고 생각되었다.

 '만나 볼까?'

 료마는 나가이의 교토 숙소가 어디인가를 도사 번을 시켜 조사케 했다. 히가시 혼간 사(東本願寺)의 별저인 기코쿠 저택이라고 한다.

 료마는 곧 찾아 나섰다.

 동행자는 도베 하나뿐이었다. 도베는 나가사키의 해원대 대원들의 편지를 가지고 얼마 전에 교토에 왔다.

 이윽고 기코쿠 저택 문전에 이르자, 사람을 불러 명함을 내놓았다.

 '료오(龍)'라고만 적혀 있었다. 그러나 료오라면 나가이 나오무네도 곧 알아차릴 것이다.

 기코쿠 저택은 도쿠가와 초기의 히가시 혼간사 법주(法主)가 돈을 아끼지 않고 지은 건물이어서, 귀족 별장 가운데에서는 가장 규모가 컸고 아름다움에서도 다른 건물과는 비할 바가 아니었다.

 나가이 나오무네는 저택 안 로후 정(閬風亭)을 빌려서 숙소로 삼고 있었다.

 그는 눈코 뜰 새 없이 바빴다. 장군 요시노부가 가장 믿는 관리로서, 산더미같이 쌓인 여러 문제를 안고 잠시도 쉴 틈이 없었다.

 지금은 편지를 쓰고 있는 중이었다. 오사카에 있는 집정관 이타쿠라 앞으로 보낼 편지였다.

 "도사 번이 무언가 새로운 정세를 만들어 내려는 기미가 보인다.

그리고 그것은 엉뚱하게도 대정을 봉환시키려는 계획인 듯하다.
아직은 풍문 단계라 더 이상 자세한 것은 알 수 없다."
그런 내용 편지였다. 원래 나가이 나오무네는 막신으로서는 이해력이 풍부한 인물이었으나 이 해괴한 풍문에는 호감을 가지고 있지 않았다.
붓을 막 놓았을 때 접객 담당 부하가 나타나 료마가 준 명함을 내밀었다.
"이런 사람이 만나 뵙고 싶다고 합니다."
'료오(龍)'라고 적혀 있었다.
"어떤 사람이더냐?"
"나이는 서른 안팎이며, 살결이 검고 키가 큰 데다, 살쩍머리가 곱슬곱슬한……."
'료마구나.'
꼭 한번 만났을 뿐이지만 그 특이한 풍모는 기억에 남아 있었다. 가쓰 가이슈나 오쿠보 이치오가 유난히 칭찬하고 있는 인물이지만 나가이 자신은 "사설 해군을 설립한 자" 정도로밖에 생각하지 않고 있었다. 나가사키에서 해원대라는, 막부로서는 위험한 단체를 만들어 놓고 있다는 것도 알고 있다.
방금 편지에 쓴 대정봉환안이라는 것이 바로 그 료마에 의해 입안된 것으로 짐작하고 있었다.
'이상한 때에 녀석이 찾아왔군.'
나가이 나오무네는 만날까, 만나지 말까 망설였다. 본디 그는 그 자리에서 곧바로 결정하는 성미가 아니었다.
'그건 그렇다 치고 대담한 사나이구나.'
그런 생각도 들었다. 사카모토 료마라면 막부가 가장 싫어하는 인물이 아닌가? 그런데도 대낮에 당당히 막부의 총감찰관인 자기 숙소를 찾아온 것이다.

나가이는 료마를 포박할 수 있는 이유와 권한을 가지고 있었다.

'정말 세상에는 상식으로는 이해할 수 없는 녀석도 있는 모양이구니.'

나가이 나오무네의 생각은 아직 이어지고 있었다.

'아주 이 기회에 체포해 버릴까?'

그런 생각도 한 것이다.

"몇 사람이나 와 있나?"

"혼자입니다. 하긴 하인 같은 자를 하나 데리고 있긴 합니다만……."

'혼자라……'

너무나 대담하다고 생각했다. '어쩌면 나를 죽이려고 왔는지도 모른다.'

"대체 그 사나이는 어떤 표정을 하고 있더냐?"

"뭐라고 말씀드려야 할지……하늘을 바라보며 코를 후비고 있는 것 같은 표정이었습니다."

'나를 우습게 아는 건가?'

나가이 나오무네는 긴장하고 있는 자신을 그 사나이가 비웃고 있는 듯한 느낌이 들었다.

그러나 아직 결단은 내리지 못하고 있었다.

'사람을 부를까?'

그는 책상 위의 연필을 집어 들며 생각했다. 사람이란 순찰대나 신센조 패들을 말한다.

'섣부른 짓일지도 모른다.'

이제부터 천하를 뒤흔들어 놓으려는 대지진의 진원 같은 인물이

긴 했지만, 그의 배후에는 대번이 버티고 있는 것이다. 여기서 그를 포박한다면 대번들은 들고 일어나 그것을 추궁함으로써 정국은 더욱 큰 혼란을 가져 올 것이다.

"만나자."

마침내 그는 결단을 내렸다.

이윽고 부하는 뜰 안으로 한 건장한 사나이를 데리고 왔다.

"사카모토입니다."

사나이는 칼을 떼어서 나가이의 부하에게 맡기고 뜰에 선 채 인사를 했다. 여전히 소탈한 풍모였지만 언젠가 쓰키지의 조련소에서 만났을 때보다는 훨씬 무게가 더해진 듯했다.

"그쪽으로."

나가이는 방 안에서 툇마루를 가리켰다. 신분이 다른 것이다. 방 안에 들일 수는 없는 일이었다.

"좋소."

그런 표정으로 료마는 툇마루에 걸터앉았다.

"정원이 훌륭하군요."

숲과 연못을 둘러본다. 수면에 얼굴이 비쳐 물그림자가 일렁거렸다.

'이상한 녀석이군.'

나가이는 경계심을 풀었다. 못 만난 지 벌써 몇 년이나 되었고, 그것도 꼭 한 번뿐이었는데, 료마라는 사나이의 얼굴에는 마치 매일같이 만나서 바둑을 두거나 차를 마셔 온, 무척 가까운 사이인 듯한 느낌이 들지 않은가?

"넓은 정원이구나. 새도 있고. 얼핏 봐서는 알 수 없지만 새들이 2, 3백 마리쯤 될 것 같군."

"아!" 하면서 료마는 갑자기 연못가의 높은 나무를 올려다본다. 나가이 나오무네는 흠칫했다.

"소귀나무 열매가 열려 있군요?"

료마는 돌이다보며 눈을 빛냈다. 나가이는 그 밝은 표정에 그만 당황하기까지 했다.

"저게 소귀나무라는 것인가?"

나가이에게는 흥미가 없는 일이었다.

그러나 이 기묘한 도사인에게는 특별한 감회가 있는 나무인 듯했다. 남국에는 많지만 교토에서는 보기 드문 나무인 것이다. 특히 도사에는 국수(國樹)라고 해도 좋을 만큼 얼마든지 있었다.

"자, 용건을 말해 보지. 나는 바쁘니까."

"참, 그렇군요."

료마는 무릎을 쳤다.

"실은 막부에 관한 이야기입니다. 이에야스공 이래 3백 년이나 묵은 간판을 내린다는 것은 섭섭한 일이겠지만, 그 간판이 걸려 있는 한 도쿠가와 집안은 멸망하고 맙니다."

"그 간판이란 무슨 뜻이오?"

"정권입니다. 막부라고 해도 좋습니다. 막부를 내던지고 벌거숭이의 도쿠가와로 되돌아가지 않으면, 앞으로 1, 2년이 못 가서 멸망하게 될 것입니다."

"자네는……."

나가이는 미처 말을 잇지 못했다. 느닷없이 나타나서 소귀나무 이야기를 하나 했더니 갑자기 막부의 정권을 내놓으라고 한다. 이토록 심각한 화제는 이전에도 없었을 것이다.

"너무 까다롭게 생각하시지 말기를 바랍니다."

료마는 나가이의 흥분을 달랬다. 이런 이야기는 자칫하면 말하는 편도 듣는 편도 모두 흥분하기 쉬운 것이었다. 그러나 흥분하기 시작하면 이해가 안 된다고 료마는 생각했다.

"이를테면 이 정원을 바라보며 소귀나무 얘기도 나누고, 그것과 같은 투로 다른 얘기도 해보자는 것입니다. 그러면 사물의 이치라는 것이 저절로 분명해질 줄 압니다. 안 그렇습니까? 소귀나무도 막부도 결국은 같은 거니까요."

"무, 무슨 소리를……."

나가이는 흥분을 억누르지 못했다.

"막부에 대해 그런 무례한……."

"야단났는걸."

사실, 료마는 난처했다. 말단 관리라면 또 모르지만 나가이 같은 영리한 인물이라면 그런 상투적인 말은 하지 않으리라 생각했던 것이다. 료마로서는 막부 멸망 문제를 냉엄한 사회과학 입장에서 토론해 보려는 것인데, 무례한 소리라는 말이 나오기 시작한다면 얘기고 뭐고 할 여지가 없어진다.

그는 그런 뜻을 솔직히 표명했다.

"안 그렇습니까? 사카모토 료마는 일본의 한 평민입니다. 녹도 없고 작위도 없습니다. 어느 번에도 속하지 않고, 다만 일본에 속해 있을 뿐입니다. 막부측에도 사쓰마나 조슈 도사측에도 붙은 일이 없고 또한 그런 측면에서 이해관계를 생각한 적도 없습니다. 생각할 의무도 없습니다. 다만 일본의 앞날만을 생각합니다. 그런 제 입장을 이해해 주실 분으로 알고 찾아왔습니다. 아무쪼록 그렇게 알아주십시오."

"말해 보오."

나가이는 나직이 말했다. 아직 경계를 완전히 늦추지 않고 있는 듯했다.

'너도 별 수 없는 속된 관리이구나!'

료마는 그렇게 생각했다. 이렇게 성벽을 쌓아 올리고 있어서는 서로 흉금을 터놓을 수가 없다. 어쩌면 자신의 태도나 말투에 결함이 있었는지도 모른다는 생각에 진심으로 난처한 표정이 되어 중얼거렸다.

"곤란하군요."

나가이 나오무네는 한동안 잠자코 있더니, 이윽고 물었다.

"무엇이 말인가?"

"어떻습니까? 다행히 이 건물의 이름은 료후 정입니다. 저기 연못이 있습니다. 요지(瑤池)로서 만든 연못일 겁니다. 낭풍요지(閬風瑤池)라면 신선들이 사는 곳이라고 들었습니다. 그렇다면 이 자리에 대좌하고 있는 것은 막부의 관리도 아니고 도사에서 태어난 낭인도 아닙니다. 이승의 사람들로서가 아니라, 하늘나라의 선인으로서 오늘날의 일본 문제를 논의해 봤으면 하는데요?"

"선인이란 말이지?"

"당연히 이승에 대한 책임은 없습니다. 무슨 말을 하든 멋대로 지요."

"말해 보게."

나가이는 료마가 모처럼 늘어놓은 취향에 맞춰 주었다.

"우선 이 흑선인(黑仙人)으로서는……."

료마는 말했다. 얼굴이 검으니까 그런 식으로 자신을 부른 것이다. 그렇다면 나가이는 백선인(白仙人)이 되는 것이리라.

"도쿠가와 막부는 3백 년의 태평세대를 이루어 왔습니다. 그 공은 백만 년 뒤에라도 일본인이라면 잊지 않을 것입니다. 그러나 이미 기둥이 썩고 비가 새기 시작해서, 사람은 살 수 없는 곳이 되었습니다. 보수할 방도도 없습니다. 만약 이대로 방치해 두면 기둥이 부러지고 대들보가 무너져 그 밑에 사는 사람들은 모두 깔려 죽고 맙니다. 이 점, 어떻게 생각하십니까?"
"보강할 방법은 있다."
"막부를 중심으로 하는 군현제도(郡縣制度)일 테죠?"
"알고 있나?"
"영주를 없애고, 저항하는 영주에 대해서는 프랑스의 군자금, 무기, 군함 등을 들여다가 토벌한 뒤, 군현제도를 실시한다는 생각일 테죠?"
"다짐할 건 없다. 내 입으로는 말할 수 없으니까."
"백선인! 여긴 하늘나라입니다. 아니, 그 대답은 어찌됐든 좋습니다. 그러나 그런 방법을 들고 나설 때 각 영주들은 반드시 반항합니다. 내란이 일어나게 됩니다. 어마어마한 내란이 말입니다. 그뿐 아니라 프랑스가 일본을 무력 평정하는 형국이 됩니다. 영국이 잠자코 있을 리가 없지 않습니까? 반드시 저항하는 영주측을 도와서 서로 같은 수준 이상의 군자금과 무기를, 경우에 따라서는 군대까지 파견하여 일본 육십여 주를 싸움터로 만들어 버릴 것입니다. 결국 영불의 전쟁입니다. 영불 어느 편이든 이기면, 이긴 편이 일본을 차지하게 될 것입니다. 이 점을 어떻게 생각하십니까?"
"선인의 입장에서 말하련다. 틀림없이 그런 사태에 이르게 될 거다. 그리고 그런 결과는 초래하지 않아야 한다."
"그렇다면 집을 보수하기보다는 다른 장소에 새로 짓는 것이 일본을 위해 좋은 일이 아닐까요?"

정권을 조정에 되돌려 주라는 뜻이었다.

"어떻게 생각하십니까?"

료마는 일부러 가벼운 투로 말하며 다가섰다.

그러나 그 질문은 막신 나가이 나오무네에게는 너무나도 벅찼을 것이다. 이론상으로는 과연 정권을 '신축'하는 것이 옳다. 그러나 신축이란 구정권의 멸망을 뜻한다. 그렇다면 나가이 나오무네는 그 구정권에 소속된 무사로서, 무사도에 입각하여 멸망을 막아야 하며 새 정권의 수립을 부정해야 하는 것이다.

나가이 나오무네는 계속 침묵을 지키고 있었다. 침묵의 대좌였다. 료마는 웃음을 터뜨리며 나가이의 기분을 가라앉혀 주었다.

"잊으셨나요? 우리는 피차 선인입니다. 귀하는 막신 나가이가 아닙니다."

"알고 있다."

"도쿠가와 집안에 대한 충절이라는 것도 잘 압니다. 무사로서는 그래야 할 일입니다."

그렇게 말하기는 했으나 료마는 본심에서 하는 말이 아니었다. 무사는 그 주군에 대해 충성을 다해야 한다고 하지만, 료마는 이미 야마노우치 가문을 버린 것이다. 탈번이란 그런 뜻을 지닌 것이다. 탈번인으로서 충성을 운위할 자격도 없었고, 또한 그런 윤리는 낡아빠진 것이라고 생각하고 있었다.

"오늘날의 일본 무사로서 필요한 것은!"

료마는 말했다.

"주군에 대한 충성이 아니라 애국이라는 것입니다. 자고로 무사는……"

……주군만 알았지 국가가 있음을 몰랐다. 료마는 말을 이었다.

충성은 알고 있지만 일본을 사랑한다는 것은 몰랐다. 일본 육십여 주만이 유일한 세계였을 때는 그래도 좋았고, 또 그랬으므로 세계에 자랑할 수 있는 일본 무사도가 형성되었다. 그러나 지금은 그것이 방해가 되고 있는 것이다.

"아코오 낭사(赤穗浪士)로서는 일본을 구할 수 없다는 겁니다."

외국이 있다.

이 섬나라를 빙 둘러 에워싸고, 틈만 있으면 침략하여 속국으로 만들려고 노리고 있다. 일본인이 유사 이래 처음으로 국제 사회 가운데 놓인 자신을 발견하지 않으면 안 되게 된 것이 오늘날의 상태라고 할 수 있다.

"역사가 바뀐 것입니다."

료마는 말했다.

"이 전례 없는 시대에 가마쿠라시대나 전국시대의 무사도에 입각해서 사물을 생각한다면 큰일입니다. 오늘날 일본에서 가장 유해한 것은 충성이며, 가장 소중한 것은 애국이라고 할 수 있습니다."

"아무 거리낄 것 없는 자네의 입장이라면 나도 그런 말을 하리라. 그러나 나는 막부의 신하다. 이론상으로는 납득이 가도 인정과 의리로서, 또는 실제 문제로서 나는 그런 말은 할 수 없다."

"그렇다면 역시 가마쿠라 무사식으로 나가시려는 겁니까?"

료마는 비꼬는 투가 아니었다. 료마는 이 나가이 나오무네라는 인물의, 시대에 대한 이해력이 어느 정도인가를 알고 있었다.

"가마쿠라 무사라……."

나가이는 한숨을 내쉬었다.

"경우에 따라서는 그런 식으로 살아가지 않으면 안 될지도 모른다."

"그렇게 되면 일본에 내란이 일어납니다. 일본은 멸망할지도 모릅니다."

이미 논의는 할대로 다한 셈이었다. 남은 것은 결론이든가, 아니면 최후의 한 마디가 있을 뿐이다. 이 경우, 같은 내용이라도 나카오카 신타로가 말한다면 잔뜩 눈을 치켜 올리며 날카롭게 대들었으리라.

"나가이님, 귀하는 일본이 망하더라도 도쿠가와만을 살리려는 심산이시오?"

나카오카는 당대의 가장 뛰어난 논객의 한 사람이었지만, 그의 논리는 너무나도 빈틈이 없고 날카로워서 자칫하면 상대방에게 치명상을 입힐 우려가 있었다.

그러나 료마는 논쟁에서 지더라도 별로 개의치 않는 성미인 듯했다. 오히려 논쟁에서 이긴다는 것은 상대방의 명예를 빼앗고 원한을 사게 되므로, 실제적으로는 역효과를 가져온다는 것을 이 현실주의자는 알고 있었다.

'이미 이론적으로는 7할쯤 내 말에 굴복하고 있다. 나머지 3할까지 마저 이기려들면 상대방은 태도가 달라지리라.'

료마는 날카로운 말재주를 슬슬 거두려 했다.

료마는 논쟁으로서가 아니라, 상인이 물건값을 흥정하는 것 같은 말투로 바꾸었다.

"그야, 가마쿠라 무사의 충성과 투쟁심으로 앞으로 막부를 운영해 나가는 것도 좋습니다. 그렇다면 이기느냐 지느냐 하는, 말하자면 값을 정하는 문제만이 남게 됩니다."

"값을 정한다?"

"막부가 전쟁에 이길 수 있느냐 하는 문제입니다. 이길 수 있는 전쟁이라면 해도 좋습니다. 지는 것이 뻔한 전쟁이라면 처음부터 시작하지 않는 것이 상책입니다. 이것은 예부터 명장의 길이 아닙니까?"

료마는 막부의 약점을 들기 시작했다.

"과연 군함 수효는 많습니다."

그것은 막부의 유리한 점이었다. 수적으로도 많았지만 질 역시 향상되었다. 특히 머지않아 미국에서 강철함도 한 척 수입할 예정이었다. 그 군함은 세계적인 수준을 능가하는 강력한 배여서, 그것이 도착하면 막부의 군사력은 한층 강해질 것이다.

"그러나 유리한 점은 그것뿐입니다."

이미 삼백 제후는 장군 곁을 떠나려 하고 있다. 제1차, 제2차 조슈 정벌 때도 제후들은 싫어했는데, 다시 사쓰마를 토벌한다고 하면 제후는 아무도 움직이지 않을 것이다.

제후는 각각 자신의 기치를 높이 쳐들려는 경향을 보이고 있다. 친번 삼가(親藩三家)마저 장군의 지휘에 따르지 않고, 역대로 충성하던 영주들 역시 이미 충성을 보이지 않고 있다. 이 사실은 조슈 정벌 때 뚜렷이 드러났다.

나머지는, 도쿠가와 가문에 직속된 에도의 무장들이 있지만, 이 직속 병력 8만에 대해서는 장군 요시노부마저 "그 따위로 무력해서는 아무 기대도 가질 수 없다"고 절망적인 태도를 보이고 있는 정도다.

료마는 여기에다 시운(時運)이라는 것을 덧붙여 계산하고, 시운은 사쓰마 조슈측에 유리하다고 했다.

"어떻습니까? 이래도 사쓰마 조슈를 이겨낼 수 있겠습니까?"

나가이는 고개를 떨어뜨리고 있을 뿐이었다. 그의 마음속도 어지간히 괴로웠으리라.

"잠시 생각해 보겠다."

나가이는 일어나 뜰로 내려섰다. 그 등이 파랗게 물들 만큼 우거진 녹음을 헤치며 나가이는 천천히 멀어져 간다.

'때가 때이니만큼, 막신들도 어지간히 괴로울 거다……'

료마는 품속에서 볶은 콩 봉지를 꺼내 세 개쯤 입 안에 집어넣었다.

오드득, 어금니로 깨물었다.

'가이슈 선생께서 나가이의 입장에 계시다면 어떻게 대답할까?'

─앞으로 10년만 가도 다행일 거다.

그런 말을 가쓰는 한 적이 있었다.

가쓰는 지금 군함 담당관에 임명되어 에도에 있다. 풍문에 의하면 그는 에도에서 해군을 영국식으로 뜯어 고치고 있다고 한다. 요시노부는 가쓰를 한낱 해군 행정관의 지위에 묶어 두고 싶은 것이리라.

'소를 잡을 큰 칼을 막부는 닭을 잡는 데 쓰고 있는 격이다.'

료마는 그렇게 생각하고 있었다. 그러나 생각하기에 따라서는 가쓰라 해도 이 난국에 막부의 정치를 맡는다는 것은 어려운 일이었으리라. 설사 가능하다 해도 결국은 유능하다는 이유로 막부 옹호파나 타도파에 의해 암살될 것이 틀림없다.

'나가이는 그 어느 편일까?'

우수한 머리를 가지고 있긴 했다. 그러나 소심하고 우유부단해서 행동력이 모자랐다.

나가이 나오무네는 연못가를 맴돌고 있었다.

이윽고 방으로 돌아오더니 힘없는 소리로 말했다.

"자네 계산이 옳은 것 같네."

승패 문제를 따져본다면 막부측이 지리라는 뜻이었다.

"그렇다면 여기서 깨끗이 대정을 봉환하여 도쿠가와 집안을 상처없이 남게 한다는 방법을 취하는 것이 어떻겠습니까? 그리함으로써 내란을 피할 수 있고 새로운 일본이 태어나며, 도쿠가와 집안의 공적은 만세에 빛날 수 있을 텐데요?"
"그것은 내 입으로 할 말이 아니다."
그러나 그의 안색으로 보아 료마는 자신의 뜻과 정반대가 아니라는 것을 짐작할 수 있었다.

오테키마루

료마는 바쁜 나날을 보내고 있었다.

오전 중에는 사쓰마의 사이고나 오쿠보를 만나는가 하면, 오후에는 교토 북방인 이와쿠라 마을로 달려가서 이와쿠라 도모미를 만났고, 다시 밤에는 유흥가인 산본기(三本木)의 주루(酒樓)에서 사사키 신지로 등 도사 번 관료들과 만났다. 그런 식의 나날이 이어지고 있었다.

하숙—해원대 교토 본부라고 해야 옳겠지만—으로 돌아오는 것은 매일같이 밤이 깊어서였다.

이 집 딸인 지요는 대개 료마가 돌아올 때까지 자지 않고 기다리고 있었다.

"아니, 오늘 밤도 안 자고 있었나?"

쪽문을 들어설 때마다, 료마는 미안한 듯이 말했다.
별채로 들어가면 곧 지요는 차를 끓여 가지고 온다. 그 일은 판에 박힌 듯 언제나 틀림없었다.
그날 밤도 역시 그랬다.
"허어, 아직 안 자고 있었나?"
료마는 여느 때처럼 머리를 긁적거리면서 봉당으로 들어가자 다짜고짜 지요를 안아 올렸다.
다소 취기가 있었다.
"무거운 걸. 처녀는 무겁단 말이야."
유쾌한 듯 안은 채 걸어가자 지요는 료마의 머리 위에서 따졌다.
"처녀들은 모두 무거운가요?"
"무겁지."
"그럼, 누구든 이렇게 안아 주시나요?"
지요는 농을 모른다. 료마는 난처해져서 얼버무리며 말했다.
"그렇지도 않아. 닥치는 대로 이렇게 처녀를 안아 줄 수 있는 심경에 이르면 이 사카모토 료마도 좀더 큰일을 할 수 있을 텐데……."
"무거울 테니 내리겠어요."
"아니야, 괜찮아."
료마는 부엌쪽 봉당을 빠져 나가며 웃으면서 성큼성큼 걸어갔다.
"그대로 안겨 있어. 아주 흐뭇할 걸."
이윽고 별채로 이어진 통로까지 왔을 때에야 지요를 내려놓는다.
"나카오카도 아직 자지 않고 있군."
방 안에서 흘러나오는 불빛을 바라본다. 료마의 문관 나카오카 겐키치를 두고 한 말이었다.
료마는 방으로 들어가 나카오카가 쓰고 있는 옆방 미닫이를 열었다. 나카오카는 한창 더운 때라 벌거숭이가 되어 일을 하고 있었다. 머리 위에는 그가 나가사키에서 가져 온 석유 램프가 매달려 있다.

"너무 무리하지는 말게?"

료마는 나카오카가 곁에 앉자, 오늘 히루에 있었던 일을 이야기했다. 이것도 교토에서 한 일과처럼 되어 있었다.

나카오카는 흠, 흠 하면서 끄덕여 가며 그 요점을 연필로 메모한다. 서기관이라 자연히 그렇게 되는 듯했다.

나카오카의 책상 위에는 초고(草稿)가 산더미처럼 쌓여 있었고 붓은 늘 먹물에 젖어 있었다. 영문으로 된 '만국공법'을 료마의 명에 의해 번역하고 있는 것이었다.

그것이 완성되면 일본어에 의한 최초의 만국공법 책이 될 것이다.

료마는 그것을 해원대판으로 펴내고 이미 나가사키에 활자와 종이 준비까지 해 놓았다. 나카오카가 번역을 마칠 때만을 기다리고 있는 중이다.

"부탁하네. 이것이 완성되면 일본에 수많은 이익을 가져다 줄 걸세."

료마는 집어든 초고 한 장을 소중히 모시듯 하면서 그렇게 말했다.

"무쓰는 어디 갔나?"

료마가 물었다. 무쓰 요노스케는 근래 나카오카와 동거하면서 만국공법 번역을 돕게 되어 있었다.

"또 거기야."

나카오카는 씁쓰레한 얼굴로 대답했다. 거기란 유곽을 말하는 것이었다.

료마는 보기 드물게 얼굴을 찌푸렸다.

"자네 일은 잘 도와주고 있나?"
"녀석, 무슨 생각을 하고 있는지 모르겠단 말이야. 곁에 앉아 있어도 사전만 넘기고 있을 뿐 아무것도 하지 않거든. 문득 정신을 차리고 보면 어느 틈에 없어졌단 말이야."
"이상한 녀석인걸."
무쓰 요노스케는 료마마저 이따금 불쾌해 질 정도로 다루기가 어려운 청년이다.
평소에는 뚱하니 입을 다문 채, 다른 동지들이 말을 건네도 깔보듯이 히죽이 한 번 웃고는 묵살해 버릴 때가 많았다. 그러나 일단 마음에 들지 않는 일이 있으면 너무도 날카로운 말재주와 치밀한 논리로써 상대방을 공격하여, 완전히 손을 들 때까지는 거두는 일이 없었다.
게다가 버릇이 없고 동지에 대한 배려가 적으며 제멋대로 지내는 것 같은 점이 없지 않았다.
자연히 대원들은 모두 그를 싫어하여 거의 고립된 상태였지만, 다만 료마만은 그를 감싸고 소중히 여기면서, 중요한 모임이 있을 때는 반드시 그를 비서관으로 데리고 가는 것이었다.
"어째서 그 따위 복어 같은 독을 지닌 녀석을 사카모토님은 사랑하고 있는 걸까?"
대원들이 모두 불만스럽게 생각할 정도였다.
다만 무쓰는 료마에게만은 진심으로 복종하고 있는 듯했다. 하긴 사실이 그렇다 해도 복종하는 티를 보이는 것은 질색인 듯, 료마에게도 가끔씩 대들곤 했다.
그뿐 아니라 대원들끼리 말할 때는 "료마가 그렇게 말하더라" 하는 식으로 이름을 함부로 부르곤 했다.
대원들은 그것이 비위에 거슬렸다. 한 번은 그 점을 정식으로 지

적했더니,

"그게 바로 존경하는 증거다."

그러면서 역습을 가해 왔다. 그 이유로 그는, 이를 테면 역사상의 인물인 공자, 맹자, 제갈공명, 구스노기 마시게 등도 이름만을 부르는 것이 보통 아니냐, 료마를 그런 역사상의 위인들과 같이 보기 때문에 나는 이름만을 부르고 있는 거다—그런 식으로 말했다.

"그렇다면 서로 대할 때도 이름만 불러야 할 게 아닌가?"

"사람에게는 감정이라는 것이 있어."

무쓰는 끄떡도 하지 않았다.

"료마에게도 감정이 있으니 나 같은 손아랫사람한테 이름만 불리는 것은 불쾌할 게 아닌가. 료마의 감정을 존중하기 때문에 경칭을 붙이는 거야."

그런 식으로 이유를 늘어놓았다. 어쨌든 얄미운 사나이였다.

한번은 "무쓰란 놈, 죽여 버릴 테다" 하고 대원 몇 명이 떠들어 댄 일이 있었는데 그때 역시 그런 식으로 얄밉게 군 것이 원인이었다.

다음날은 아침부터 몹시 더웠다.

료마는 바람이 잘 통하는 툇마루에 밥상을 놓고 아침밥을 먹고 있었다. 그때 뜰을 돌아 들어온 무쓰 요노스케가 나타났다.

"늦었군요. 이제야 아침인가요?"

그는 밥상을 들여다본다. 교토식 된장국에 완두콩조림, 그리고 두툼한 유부가 하나 놓여 있었다.

"그 유부, 저한테 주지 않으시렵니까?"

응석을 부리듯이 말했다.

"왜?"

"먹게요."

"외박했나?"

료마는 못마땅한 얼굴로 유부를 집어 들었으나, 잠깐 생각하다가 그냥 자기 입에 넣어 버렸다.

"이거 너무한데요."

"네 기분을 모르는 바는 아니지만……."

료마는 딴 소리를 했다. 기분이란 막연한 소리였다.

"제 기분이요?"

무쓰는 고개를 갸우뚱했다.

"그 가시 돋친 기분 말이다."

"무슨 말씀인가요? 전 사카모토님에게 가시 돋친 태도로 대한 적이 없는데요."

"동지들에 대해서야."

"아, 그래요?"

"좀더 사이좋게 지내야 할 게 아닌가?"

"등골이 오싹해지는군요. 사카모토님답지 않으신 말씀입니다."

"어째서?"

"사이좋게……라는 것은 어지간한 악취미가 아니면 무지에서 나오는 말입니다. 시골 축제일에 젊은이들이 떠들썩하며 사이좋게 법석을 떠는, 그런 것을 사카모토님께선 바라시는 건가요?"

"모를 소리군."

"잘 아실 텐데요? 그러기에 전 사카모토님을 모시고 있는 겁니다."

무쓰의 말로는, 젊은이들이 사물을 진지하게 보고 철저히 생각할 때는 이미 적당한 조화 속에서 사이좋게 지낼 수는 없다는 것이었다.

"생각할 줄 모르는 바보들만이 사이좋게 지낼 수 있는 겁니다. 등골이 오싹해지는 분위기죠."
"술자리에서 동료들이 모두 취했을 때 너 혼자만 말짱한 채 있겠다는 말인가?"
"말하자면 그렇습니다."
"말짱해 있을 뿐만 아니라 주위에 취한 동료들을 냉소하며 둘러본다."
"그건 좋지 않은 예인데요."
"어쨌든 사실은 사실 아닌가? 그런 상태를 나도 짐작 못하는 것은 아니다. 일찍이 다케치 한페이타가 도사 근왕당을 조직하여 도사 일곱 고을의 향사 자제들을 이삼백 명이나 모아 들였다. 나도 기꺼이 참가했지만, 그러나 그들이 취해 있는 것처럼 나도 같이 취할 수는 없었다."
"그랬을 겁니다."
"하지만 나는 같이 취한 척해 왔어. 그 점은 지금도 다름없다."
"저는 그런 재주는 없습니다."
"사나이란 마땅히 술좌석이라도 혼자 말짱해 있을 필요가 있다. 그러나 동시에 다른 사람들처럼 취한 척하고 있어야 하는 거다. 그렇지 않고는 이 세상에서 큰일을 도모할 수 없는 거야."

얼마 후 료마는 젓가락을 놓고 찻잔을 집어들면서 말했다.
"나카오카 겐키치는 밤낮으로 진땀을 흘리며 만국공법을 번역하고 있다. 넌 어째 성의껏 도울 생각을 하지 않느냐?"
"……그건."
무쓰에게도 할 말은 있었다. 그러나 료마는 듣지도 않고 말을 이었다.

"쓸데없는 소리는 할 필요 없다. 혼자 뾰족한 척하면서, 하는 일이란 아무것도 없다. 자신의 쾌락만을 쫓아다닌다."

"설교를 하시는군요?"

무쓰는 료마를 웃기려고 했으나, 료마는 그 수에 넘어가지 않았다.

"그렇다. 설교다."

정색을 한 채 끄덕이었다.

현재로선 대정봉환안을 둘러싸고 전국이 어지러운 상태지만 료마는 반드시 일이 이루어지리라고 보고 있었다. 막부 옹호와 타도의 소용돌이가 어떻게 돌아가건 대세는 반드시 그 한 점에 귀착되리라 굳게 믿고 있었다.

"그렇게 되면 새 정부가 수립한다. 그러면 그날부터 막부 대신 그 신정부가 외국과 직접 부딪쳐야 한다. 바로 그날부터 필요한 것이 만국공법이야. 장님에게 지팡이를 쥐어 주는 것 같은 거야."

새로운 정부에 참가하게 될 대신들과 각 번의 선각지사들도 만국공법이 있다는 것조차 모르는 사람이 대부분이고, 더구나 단 한 줄이라도 읽어 본 사람은 아마 한 사람도 없으리라. 그 때문에 번역은 하루를 다투어야 할 긴급한 일이다.

"하지만 전 영어를 모르지 않습니까?"

모른다고는 해도, 해원대 대원의 기본 의무의 하나로서 료마는 영어 공부를 시키고 있었다. 그 때문에 나가사키에서는 나카오카를 교관으로 하여 대원 일동에게 영어를 배우게 해 왔다. 따라서 무쓰 역시 모른다고는 해도 아주 백지는 아닌 것이다.

"돕는 동안에 차차 알게 될 게 아닌가?"

"그렇게 쉽지가 않습니다. 한서(漢書) 같은 것보다는 훨씬 어렵던데요?"

"나는 한문도 모르고 영어도 모른다. 그러나 사물의 본질은 알고 있다. 무쓰 요노스케는 만국공법 번역을 돕고, 도우면서 공법을 익히는 동시에 영어도 배우도록 해라."
"이제서 저한데만 그렇게 끼디롭게 구십니끼?"
"새 정부가 수립된다."
료마는 찻잔을 내려놓았다.
"외국 문제를 아무것도 모르는 대신들이나 사쓰마 조슈의 무사들에게 맡겨 놓을 수 있단 말인가? 외국 문제는 해원대가 전적으로 맡아가지고 있지 않으면 터무니없는 나라 망신을 겪게 된다. 너는 일본의 외무 관계를 맡아 줘야겠어. 난 벌써부터 그렇게 정하고 있다."
"놀라운 말씀이군요."
무쓰는 비로소 잠이 깬 듯한 얼굴을 했다. 자기가 그토록 료마에게서 높이 평가되고 있을 줄은 몰랐던 것이다.
"해볼 텐가?"
"하겠습니다. 이쯤 칭찬을 받고 보면 나라(奈良)의 대불(大佛)이라도 움직일 게 아닙니까?"
"아침밥을 가져오게 하지."
료마는 툇마루에서 뛰어내리더니 맨발로 부엌을 향해 달려갔다. 무쓰의 배에서 아까부터 꼬르륵 소리가 나고 있는 것을 알아채고 있었던 것이다.

료마가 그렇게 나날을 보내고 있을 때 뜻하지 않은 사건이 터졌다.
그 해 7월 28일, 막부의 법무관 나가이 나오무네가 도사 번에 영을 내린 것이다.

"용무가 있으니 급하게 출두할 것"

그 무렵 교토 주재관은 모리 다지마(森多司馬)였다. 사상은 막부파였지만 그렇다고 지조를 관철할 만큼 기골을 지닌 인물은 아니었고, 나뭇가지에 앉은 어린 새가 세찬 비를 맞고 날개를 웅크리고 있는…… 늘 그런 표정을 하고 있는 사람이었다.

'화급'

서간에는 그렇게 적혀 있었다. 모리 다지마는 불길한 예감을 금할 수 없었다. 어쨌든 니조 성(二條城)으로 가서 나가이 나오무네를 만나자 나가이는 우울한 표정으로 물었다.

"해원대란 귀번 산하였지?"

물론 나가이는 료마를 알고 있으므로 해원대가 어떤 것인지도 잘 알고 있었지만, 일부러 그렇게 다짐을 한 것이다.

"그렇습니다."

"자세한 내용은 모르지만 나가사키에서 그 해원대 대원이 영국 해군의 병사를 두 명 베어 죽인 모양이야."

"예?"

지난 해 사쓰마의 행렬이 일으켰던 나마무기(生麥) 사건과 비슷한 사건이 아닌가.

"확실한 내용은 아직 모른다. 그러나 영국측에서는 확증을 잡은 모양이야. 그 때문에 영국 공사 퍼크스가 군함을 타고 오사카에 들이닥쳐 집정관 이타쿠라 가쓰기요와 담판 중이다. 때가 때인만큼 이 사건은 심상치 않은 결과를 가져올 것 같다."

"트, 틀림없이 도사인이 한 짓입니까?"

"모르지. 그러나 퍼크스가 그렇게 믿고 있는 것만은 확실하고, 상당한 증거가 있는 것도 확실하다."

"그렇다면 어떻게 해야 좋겠습니까?"

"모르겠다. 도사 번측에서 적당히 해결해 줘야겠어."
"알겠습니다."
"이 소동이 커지면 귀번에서 제의하려는……."
나가이 나오무네는 비웃음인지 동정인지 모를 미소를 입가에 미금으면서 말했다.
"대정봉환안도 물거품이 될지 모르네."
"예……."
모리 다지마는 황공하다는 듯이 숨을 몰아쉬고 나서 물었다.
"그 일건은 벌써 들으셨습니까?"
"당연하지. 그것도 모르고 막부의 감찰관을 맡아볼 수 있단 말인가?"
"황공합니다."
모리 다지마는 물러나 급히 가와라 거리의 번저로 돌아왔다. 그리고 동료 유히 이나이, 총감찰관 사사키 산시로, 감찰보조 모리 교스케 등을 모아 놓고 선후책을 협의했다.
"큰일 났소."
소심한 실무가 유히 이나이는 정신을 못 차릴 정도로 놀라 버렸다. 하긴 사건의 성질로 볼 때, 도사 번은 대정봉환안의 추진은커녕 국제 분쟁 속에 휘말려 국내 문제의 무대에서는 물러나지 않을 수 없을지도 모를 일이었다.

곧 료마에게 알려야 한다. 뭐니뭐니해도 료마가 해원대 대장인 것이다.
번저에서는 사방으로 사람을 보내서 료마의 행방을 알아보게 했다. 하숙에도 없었다. 사쓰마 번저에도 없었고 육원대 본영에도 없었다.

료마는 이날 극비 행동을 취했다. 이와쿠라 마을에 있는 이와쿠라 도모미를 아무도 모르게 방문하여 시국에 대한 의견을 나누었다.

이보다 앞서 이와쿠라는 사쓰마의 오쿠보 도시미치와 짜고, 막부 타도의 밀칙을 사쓰마 조슈 양 번에 내리도록 비밀리에 공작을 계속하고 있었다. 다행히 천황은 어렸다. 사부인 나카야마 다다야스경 (中山忠能卿)만 농락하면 칙명의 옥새는 얻을 수 있는 것이었다.

이와쿠라는 그것을 해낼 만한 천재적인 모사였다. 그는 비밀리에, 그러나 끈기 있게 나카야마 다다야스를 농락할 공작을 계속하고 있었으나, 도사 번에서 대정봉환안을 제시해 오자 이에 대해서 적잖이 고민하고 있었다.

"이 비밀공작을 버려야 하는가?"

만약 장군 요시노부가 정권을 내던진다면 (이와쿠라는 기대하기 어려운 일이라고 생각했지만) 막부를 토벌할 수는 없다. 막부에 대해 칼을 치켜들 이유가 없어지는 것이다.

그 뒤 그는 사쓰마의 오쿠보와 이 문제를 놓고 깊이 의논했다.

"료마는 오랫동안 나가사키에 있었다. 바다를 건너 오사카에 상륙했다가 갑자기 교토의 여러 정세 가운데로 뛰어든 셈인데, 그로서는 내막을 잘 모르는 점이 있을 게다. 쉽사리 성공할 것처럼 말하고 다니지만 암만해도 믿음직스럽지 못하다."

이와쿠라는 자신의 생각을 솔직하게 말했다. 십중팔구 대정봉환안은 실패하고 말리라. 결국 두 사람은 이런 결론에 이르렀다.

"막부를 타도하라는 밀칙을 내리게 하는 공작은 그냥 계속하는 것이 좋겠다."

요컨대 막부에 도전하는 방법에는 평화적인 방법과 무력적인 방법 두 가지가 있으며, 그 두 가지가 같은 교토의 다른 장소에서 서로 연락을 취하는 일 없이 따로따로 진행되고 있는 것이다.

료마는 그 사실을 알자 크게 놀랐다.

'아직도 밀칙을 위한 비밀공작을 그만두지 않고 있단 말인가?'

그래서 급히 이와쿠라 마을로 달려와, 그 음모의 장본인이라고 할 수 있는 이와쿠라 도모미의 진의를 타진하려고 했던 것이다.

"그 계획을 멈추지 않으면 양쪽 다 죽도 밥도 안 됩니다."

이것이 료마의 논지였다. 우선 '막부 타도의 밀칙'을 위한 공작을 하고 있다는 소문을 막부측에서 듣기만 해도 그 태도가 굳어져 대정봉환안을 일축할 것이 틀림없었다.

"당분간은 그저 관망하시도록."

그런 뜻을 료마는 세상에서 보기 드문 이 대음모가에게 간청했다.

료마의 생각으로는, 밀칙을 위한 공작 같은 것은 막부가 대정봉환을 거부한 뒤에 시작한다 해도 늦을 것은 없는 일이었다.

"그동안은 아무쪼록 꾹 참으시고……."

료마는 같은 말을 몇 번이고 되풀이했다.

이와쿠라는 그때마다 크게 끄덕였다. 속셈은 어쨌든, 적어도 겉으로는 료마의 설득에 응하여 좋은 얼굴로 료마를 배웅했다.

료마가 교토에 돌아 온 것은 밤이 다 되어서였다.

료마가 재목상 '스시야'로 돌아와 보니, 도사 번저에서 하급 관리인 오카모토 겐사부로(岡本健三郎)가 심부름꾼으로 와 있었다.

겐사부로는 도사의 향사 출신이었다.

'말대가리'라는 별명을 들을 만큼 얼굴이 긴 젊은이였고, 료마를 유난히 숭배하여 료마가 교토에 있는 동안은 마치 허리에 찬 주머니처럼 그를 쫓아다니곤 했다. 특히 료마의 재정을 보는 안목에 탄복하여 은근히 료마를 스승으로 삼아서 그것을 받아들이려는 노력을 하고 있었다.

오테키마루 59

오카모토 겐사부로는 유신 후, 새 정부의 재정관계 고관이 되었는데, 어느 날 이다가키 다이스케를 따라 옛 번주인 야마노우치 요도를 찾아 뵌 적이 있었다.
유신 후 정부의 고관이 되어서야 비로소 옛 번주를 만나 뵌 것만 보더라도, 유신 전의 겐사부로의 신분이 얼마나 낮았었나를 알 수 있으리라.
요도는 독설가로서 천하에 이름을 떨친 인물이다. 더구나 보잘것없던 옛 부하가 새 정부의 고관이 되었다고 하니 더욱 아니꼬웠을 것이다.
동반한 이다가키 다이스케가 말했다.
"여기 있는 이 사람이 재무대신으로 있는 오카모토 겐사부로입니다. 부친은 가메시치(龜七)라고 하며 도사 고을 이치노미야(一宮) 향사로서, 후에 성밖 시오에(潮江)로 옮겼으며, 오카모토 겐사부로는 그 시오에에서 태어난 사람입니다."
"요도는 흠, 흠" 끄덕일 뿐이었다. 옛 번 무렵 교양면으로는 가신 중에 어떤 준재도 요도를 따르지 못했는데, 그런 점만으로도 요도는 '시류를 탄 바보 같은 향사 놈이……'라는 눈으로 오카모토 겐사부로를 보았을 것이다. 이윽고 몸을 늘이듯하며 이죽거리는 웃음을 짓고 말했다.
"출세를 했으니 무엇보다 반갑군. 필시 나보다는 뛰어난 재능을 지니고 있었기 때문이리라. 삼가 가르침을 받고 싶은데?"
남을 놀리다가 보기 좋게 자빠뜨리는, 바로 그런 순간이야말로 요도의 본성이 가장 두드러지게 드러나는 때라고 해도 좋았다.
"천만의 말씀입니다."
오카모토 겐사부로는 말했다. 본디 매우 진실한 인품이어서, 야유에는 기지로 응해야 했지만 그런 재능은 가지고 있지 못했다.

"저같이 둔한 자가 어찌 당대의 대시인이신 어르신네를 가르칠 수 있겠습니까. 다만 재정의 운용면에서만은 남보다 좀 낫지 않을까 감히 자부하는 바입니다."

요도는 이처럼 남달리 통쾌한 자부심을 가지고 있는 인물을 좋아하는 사람이었다.

"그 호언, 믿음직하구나."

요도는 크게 고개를 끄덕이고 술잔을 넘겨주며 물었다.

"그래, 누구한테 배웠는가? 스승의 이름을 말해 보아라."

"사카모토 료마입니다."

오카모토 겐사부로는 대답했다.

요도는 어디를 가나 듣곤 하는 그 이름의 주인공을 자신의 부하였으면서도 지금껏 한 번도 만난 일이 없었다.

"료마란 기묘한 인물이군."

나중에 혼자 중얼거렸다.

그 오카모토 겐사부로가 마루 끝에 걸터앉은 채 료마를 기다리고 있었던 것이다.

"웬일이냐, 오카겐(剛健)?"

료마는 쪽문을 열고 봉당에 들어서자마자 물었다. 그 기름한 그림자를 향해 오카모토 겐사부로는 강아지처럼 달려들며 외쳤다.

"큰일 났다! 나가사키에서 일이 터졌어. 영국 공사가 야단이다."

"침착해라. 차근차근 말을 해야지."

"자네 부하인 해원대 대원이 나가사키에서 영국 수병을 죽여 버렸단 말이다."

"응?"

료마는 고개를 갸웃거렸다.

"오카젠, 그건 좀 이상한데?"

"틀림없는 애기야. 오늘 낮 모리 다지마님이 니조 성에 호출되어 선후책을 강구하라는 영을 받고 왔어."

"퍼크스가 막부에 항의를 했단 말인가?"

"그렇지."

"영국인 말을 그대로 믿는 건가?"

"무슨 소리야, 료마. 여기선 그런 애길 아무리 해 봤자 소용없지 않나?"

"흐음."

료마는 그길로 다시 나와, 오카모토 겐사부로와 함께 가와라 거리의 번저로 찾아갔다.

번저에 유히 이나이, 사사키 산시로 등 고위 관리들은 없었다. 료마와의 연락을 하지 못한 채, 우선 보다 자세한 내막을 알기 위해 오사카로 갔다는 것이었다.

번저에서는 야단법석이었다.

혈기에 날뛰는 하급 번사들은 "이렇게 되면 영국과 전쟁이다" 하고 떠들어댔다. 지난해 나마무기 마을(生麥村)에서 무례하다는 이유로 영국인을 베어 죽인 사쓰마 번이 사건 뒤 강경한 태도를 취했기 때문에 마침내 전쟁으로까지 번졌다. 똑같은 일이 또 일어났다고 그들은 생각했던 것이리라.

상급 번사들은 좀 다른 반응을 보였다.

"해원대니 뭐니 하는 무모한 낭인들을 번 명의로 기르고 있으니까 이런 일이 벌어지지 않느냐 말이다. 배상금 때문에 번이 망할지도 모른다."

그런 씁쓰레한 생각을 하고 있는 것이었다.

료마는 현관에 들어가지도 않고 관저 내의 주요 인물들을 현관 앞마루에 불러 모아놓고 말했다.

"나는 이제부터 곧 유히와 사사키를 뒤따라 오사카로 가겠다. 분명히 말해 두지만, 영국 해병 두 명을 벤 것은 해원대 대원이 아니다. 설대도 아니다. 모두들 그렇게 알아 두노록."

"어째서?"

누군가 묻자, 료마는 말했다.

"우리 대원은 모두 만국공법을 알고 있다. 국제협조주의야말로 해원대의 방침이다. 그런 터에 외국인을 벨 까닭이 있겠는가?"

"그러나 영국 공사로부터 막부 앞으로 그런 통첩이 와 있다는 거다."

"영국 공사나 막부가 하는 말이니까 믿는단 말인가? 이런 사건은 직접 살해 현장을 목격했어야만 논할 수 있는 거다. 현장을 보지도 못하고 함부로 떠들지 말아라. 번으로서는 직접 보지 못한 일이니 알 수 없다는 방침으로 나가도록 해라."

료마는 여장을 갖추자 도베 한 사람만을 데리고 교토를 떠났다.

료마는 마지막으로 떠나는 밤배를 타려고 후시미를 향해 걸음을 서둘렀다. 그리고 밤중에야 가까스로 선객 여인숙인 데라다야(寺田屋)에 닿았다.

"겨우 시간에 댄 것 같군."

그러면서 마루 끝에 걸터앉자, 그 소리를 듣고 오토세가 나왔다.

"이렇게 늦게 오사카로 가시게요?"

료마 바로 뒤에 앉더니 주위를 꺼리듯 나지막한 소리로 묻는다.

"음, 우선은 오사카로 간다. 하지만 그 뒤에는 나가사키로 갈지, 경우에 따라서는 영국으로 가게 될지 앞은 막막한 안개뿐이야."

"또 실없는 소리만 하시네요."

"아니야, 정말이야."
료마는 전에 없이 풀이 죽은 모습이다.
"정말 짙은 안개다, 내 앞길이. 따라서 일본의 앞길도……."
"이상한 말만 하시네요."
오토세는 료마의 어깨에서 먼지를 털어 주며, 이 쾌활한 남자가 어딘가 여느 때완 다른 데가 있다는 것을 깨달았다.
"골치 아픈 일이 생겼어."
"그런 일에 놀랄 사카모토님이 아닐 텐데요?"
"놀랐어."
료마는 하녀가 날라 온 밥공기를 집어 들었다.
"이를테면 장기를 두고 있었다고나 할까? 이제 몇 수만 더 두면 끝장을 볼 수 있는 단계까지 이르렀는데, 어린애가 엉금엉금 기어 오더니 다짜고짜 장기판을 휩쓸어 버린 격이야."
"어떤 장긴데요?"
"과거의 일본이 무너지고 새로운 일본이 탄생하는 굉장한 장기지."
"그럼 그 장기가 무효가 됐으니 낡은 일본이 그대로―라는 결론인가요?"
"아니지. 그렇게는 할 수 없지. 지금 일본은 어떤 모습이 될지, 그야말로 아슬아슬한 때야. 아무튼 허풍을 떠는 것 같지만 이 사카모토 료마가 지상에 살아 있는 한, 일본을 이대로는 두지 않는다."
"어머나, 또 시작하셨네."
오토세가 일부러 호들갑스럽게 웃는다.
"이제 겨우 그전 투가 나왔네요. 저도 샤미센을 가지고 허풍에 장단을 맞춰 드릴까요?"

"허풍이 아니야, 오토세."

"바로 그 허풍이 전 좋은걸요?"

"허어, 이거 안 되겠는걸."

료마는 얼굴을 문질렀다. 생각해 보면, 이 오토세를 상대로 허풍을 떨고 있을 때가 제일 즐거운 때인 것도 같았다.

"편지가 많이 밀려 있어요."

오토세는 방으로 들어가더니, 자물쇠가 잠긴 손궤 속에서 편지를 한 다발 꺼내 온다.

오토메 누님이 보낸 것도 있었고 곤페이 형님이 보낸 것도 있어서, 모두 네댓 통은 됨직했다. 고향에서 오는 편지는 모두 이 데라다야로 보내게 되어 있었다.

선창에서 사공이 소리치고 있었다.

배가 떠나는 것이다.

료마는 편지를 읽다 말고 오토세에게 도로 맡긴 채 여인숙에서 뛰쳐나왔다.

도베는 이미 배에 올라 있었다.

여느 때 같으면 배는 막 붐빌 텐데, 웬일인지 손님은 10명 남짓했다.

"비었군."

료마는 도베에게 말하고, 그가 깔아 준 자리 위에 드러누웠다.

배는 선창을 떠났다.

여자 유랑 광대가 3명, 행상 차림 사나이가 3명, 어느 큰 상인의 점원 같은 사나이가 하나, 대번의 주재관쯤 돼 보이는 의젓한 무사와 그의 수행원 등 3명.

도베는 료마의 호위관으로 자처하고 있었으므로 쭉 배 안을 한 번

둘러보고는 말했다.
"모두 평범한 녀석들이로군요. 수상한 놈은 없는 것 같습니다."
이 말에 료마는 장난스럽게 웃었다.
"수상한 자는 나하고 자네뿐이겠지."
"하긴 그렇군요."
도베도 씁쓰레하게 웃으면서 담뱃대를 꺼냈다.
고물 쪽에 얌전히 앉아 있는 점원 차림의 사나이가 행상인들을 상대로 물가에 관한 이야기를 하고 있었다.
막부 말기 수 년 동안 서민층의 관심사는 근왕이다, 양이다 하는 따위가 아니었다.
물가였다.
특히 쌀값이었다. 쌀값을 중심으로 하여 여러 물가가 지난 몇 해 동안 줄곧 오르기만 하고 있었다. 무시무시한 인플레의 연속이다.
가장 큰 원인은 연이은 흉작이었다. 먹고 살기 어렵게 된 세상이 막부 말기의 정계 상황이나 인심에 영향을 미쳐, 소란의 열량을 한층 더 올리는 원인이 되고 있었다.
물가가 뛰어오른 원인은 반드시 흉작에만 있었던 것은 아니었다. 각 번의 조정 명령이나 막부 명령에 의하여 교토, 오사카에 많은 인원을 보내게 되었고, 그것이 물가에 영향을 미쳤다는 것도 빼놓을 수 없다. 또한 두 차례에 걸친 막부의 조슈 정벌도 커다란 영향을 끼쳤다.
막부가 해 온 대외 통상도 그 원인의 하나다. 3백 년 동안 쇄국 경제 속에 놓여 있었던 일본이 세계의 경제 사회라는 물결에 휩쓸리기 시작했고, 그로 인한 물가 변동도 중대한 것이었다.
"그 때문에 우리는 양이를 주장하는 거다. 개국은 국민을 괴롭히고 나라를 멸망케 한다."

그런 소박한 경제관을 근왕양이파(勤王攘夷派)나 좌막양이파(佐幕攘夷派)는 줄곧 지녀왔고, 그들의 정열을 이 인플레가 부채질했다.

그런데 한없이 오르기만 하던 물가가 지난 5월 6일쯤부터 별안간 주춤하더니, 쌀값을 선두로 내리기 시작한 것이다.

"쌀값이 내렸다면서요?"

도베가 말했다.

"지금까지 은으로 한 관 닷 돈 했던 가가 쌀(加賀米)이 고작 850 돈으로 내려 버렸어."

료마는 대답했다. 물가에 관한 지식으로는 사이고도 오쿠보도 도저히 료마를 대적하지 못한다.

"금시세도 1백 20돈에서 1백 14돈으로 내리고 있다."

료마는 말했다. 이것은 효고 개항에 관한 윤허가 민심을 밝게 해준 것과, 막부가 조슈인에 대한 추포령(追捕令)을 교토, 오사카에서 철폐하여 전쟁에 대한 두려움이 사라진 것 등이 그 원인이었다. 정치 상황과 세상 인심이 혼돈 상태를 면치 못하고 있지만, 물가 동향은 한 걸음 먼저 새 시대의 광명을 향해 움직이고 있는 것처럼 료마에게는 생각되었다.

이윽고 손님들은 모두 잠이 들었다. 사공의 삿대 소리만이 이따금씩 들려올 뿐이다.

"도베, 그만 자지."

료마는 말하고 자신도 눈을 감았다.

"감기 조심하세요."

"이불 좀 덮어 주게."

"나리, 그런데 말입니다."

나지막한 소리였다.
"정말 해원대에 계시는 분이 영국 해병을 죽였나요?"
"아니야."
"분명합니까?"
"분명하건 하지 않건 죽이진 않았어."
"흐음, 그래요?"
도베는 이상할 만큼 탄복했다. 료마는 이 사건을, 경우에 따라서는 백로를 까마귀라고 우겨서라도 그런 방향으로 해결하려는 눈치인 듯했다.
"영국에는 의회라는 것이 있다. 아마 그 의회에서 떠들어 대겠지. 경우에 따라서는 난 영국 의회에까지도 출두할 작정이다."
"의회요?"
"일본에서는 막부의 법령으로, 당을 형성하는 것은 가장 큰 죄로 되어 있다. 그런데 놀랍게도 영국이나 미국은 공공연히 당을 결성해서, 그 당이 정론을 일으키고 다른 당과 크게 논쟁을 해 가면서 한 나라의 정치를 움직이고 있다. 그것이 바로 의회라는 거다."
"그래요?"
"나도 막부를 쓰러뜨린 뒤, 그 의회라는 것을 만들 작정이다. 이것이 내가 막부를 타도하려고 하는 가장 큰 이유다. 도베, 자네도 의원이 될 수 있는 거야."
"원 별말씀을……."
"지금은 거짓말처럼 생각되는 일이 새 시대에서는 당연한 일이 되는 거야. 그렇게 되지 않으면 개혁이란 아무 의미가 없는 거야."
'바로 그거다.'
료마는 진심으로 그렇게 생각하고 있었다. 지금 사쓰마 조슈의 지도자들은 막부를 쓰러뜨리기 위해 여념이 없다. 료마 역시 그들과 더불어 동분서주하고 있지만, 그들을 진심으로 믿고 있는 것은 아니었다.

사쓰마 조슈의 지사들은 료미기 보는 한 유신 개혁 뒤의 구상이 없었다. 어떤 국가와 사회를 만드는가 하는 구상이, 사이고에게도 가쓰라 고고로에게도 없는 것이다.

없다고 단언해도 좋았다. 왜냐하면 료마는 그들로부터 새 시대의 건국 구상을 들은 일이 없기 때문이다. 그 점이 막연한 그들은 어쩌면 모리 장군을 만들지도 모르고 시마쓰 장군을 만들지도 모른다.

'이쯤 되면 믿을 수 있는 것은 도사의 지사들뿐이다. 도사 친구들에게 내 구상을 불어넣는 수밖에 없다.'

료마는 자기도 모르게 잠이 들었다.

눈을 뜬 것은 모리구치(守口) 근처에 이르렀을 때였다. 동쪽 해안에는 여인숙이 즐비했고, 한길에는 벌써 어수선한 아침 소음이 퍼져 가고 있었다.

하치켄야(八軒家)에 닿아 거기서 시중의 강을 오르내리는 작은 배로 갈아탔다.

료마는 니시나가보리(西長堀)의 번저로 찾아갔다.

료마는 니시나가보리 번저의 대문을 들어서자마자 문지기에게 교토의 유히 이나이와 사사키 산시로가 와 있느냐고 물었다.

문지기는 손을 내저었다.

"삼십 분쯤 전에 떠나셨습니다."

"어디로?"

"글쎄요."

고개를 갸웃거릴 뿐 통 짐작을 못하는 모양이다.

료마는 문지기에게 물어 봤자 소용없다고 생각하여, 곧장 현관 쪽으로 들어갔다.

"계시오. 본국의 사카모토 료마라는 사람이오. 누구든 유히 이나이와 사사키 산시로가 간 곳을 아는 사람은 없소?"

크게 소리치자 안에서 첫눈에도 심술궂게 생긴 늙은 관원이 하나 나타났다.

노인은 수상쩍은 듯이 료마를 훑어보며 말했다.

"나는 당 번저 주재관 보좌역인 야마다 기나이(山田喜內)다. 분명히 다짐을 해 두겠다. 네가 틀림없이 본국 혼초(本町) 일가(一街)에 사는 향사 사카모토 곤페이의 아우 료마냐?"

"틀림없는 곤페이의 아우 료마요."

"네 놈에 대해서는 탈번죄로 체포령이 내려 있다. 오사카에 나타나면 곧 포박하라는 영장이다."

"보나마나 묵은 영장이겠지."

료마의 탈번죄는, 첫 번째는 가쓰 가이슈의 주선으로 요도가 직접 용서했고, 두 번째는 해원대 대장이 됨으로써 용서가 되어 있었다.

"뻔뻔스럽게 나타났구나."

"농담을 하고 있을 때가 아니오. 나는 지금 바쁘니까."

"꼼짝 말아라."

"움직이지 않소. 영장이 있거든 보여 주시오."

"보여 주고말고."

야마다 기나이는 부하에게 명하여 그것을 가져오게 했다. 과연 제대로 갖추어진 서류다.

료마는 잠깐 들여다보더니 얼른 꼬깃꼬깃 뭉쳐서, 야마다 기나이가 소스라치게 놀라는 틈에 코를 풀어 버렸다.

"무, 무슨 짓이냐!"

"이건 휴지요. 노인은 해원대를 모르시오?"
"모른다."
"이번 도사 번에서 만든 일본 제일 가는 해군이오. 그 대장이 고치 혼초 일가에 사는 향사 사가모토 곤페이의 아우 료마요. 남들에게도 물어 보시오."
"료마, 그 말이 사실인가?"
"답답하군."
료마는 정말 답답했다. 이 때문에 번이라는 것이 딱 질색인 것이다.
"노인장, 들어 보시오. 얼마 전에 나가사키에서 영국인 살해사건이 있었소. 그 때문에 지금 영국은 우리 도사 번 이십사만 석에 대해 전쟁도 불사한다고 큰소리치고 있소. 나는 그 일 때문에 유히 이나이, 사사키 산시로 등과 만나지 않으면 안 되는 거요."
"영국인 살해사건 따위는 듣지도 못했어."
기나이는 의심에 찬 눈으로 말했다.
"네 놈은 유히님을 노리고 있는 모양이다. 틀림없이 그럴 게다."
근왕지사라면 강도나 다름없이 보는 것이 번 내의 경향이었지만, 이 야마다 기나이의 눈에도 료마란 인물이 단순한 암살자로 밖에 보이지 않았던 것이리라. 그 때문에 아무리 졸라도 유히나 사사키 등 번 고위 관리의 행방을 가르쳐 주려고 하지 않았다.

료마는 현관에 버티고 선 채, 어떻게 해야 좋을지를 몰랐다.
'도무지 손 쓸 방도가 없지 않나?'
관원들의 틀에 박힌 완고성 앞에는 료마 역시 별수가 없었다.
"부탁하오."
애원하다시피 간청해 봤으나, 오사카 번 주재관 보좌역이라는 이 노인은 완강히 말라비틀어진 고개를 옆으로 흔들어 댈 뿐이었다. 도사 번에서는 번 중신들의 출타처나 숙소는 암살을 염려하여, 다른 번 인사 또는 번내의 하급 관리들에게는 일체 가르쳐 주지 않게 되어 있었다.

"그런 지시를 받고 있는 이상, 절대로 가르쳐 줄 수 없다."

주재관 보좌역 기나이 노인은 같은 말만 되풀이하는 것이었다. 지금까지 료마는 1개 낭사의 몸이면서도 에치젠 번주 마쓰다이라 슌가쿠를 만나뵙고 대금을 융통한 적도 있으며, 막부의 군함 행정관 가쓰 가이슈나 장군 요시노부의 고급 관료 오쿠보 이치오의 사랑을 받기도 하여 계급의 벽을 자유자재로 뚫고 다녔지만, 도사 번 관료 기구만은 어쩔 도리가 없었다.

─본국 혼초 일가에 사는 사카모토 곤페이의 아우인가?

그런 확인에서부터 시작하는 데는 손을 들지 않을 수 없는 것이다.

"안 되겠소?"

"요즘은 워낙 어수선해서 말이야."

야마다 기나이는 료마의 허리에 차고 있는 칼을 힐끗 보면서 말하는 것이었다.

'할 수 없군.'

료마는 번저에서 나왔다. 바로 눈앞에 가쓰오자 다리(鰹座橋)가 있었다. 그 맞은편에는 가다랭이 도매상, 종이 도매상, 재목 도매상 등 도사 번의 생산품 가게들이 강기슭을 따라 즐비하게 늘어서 있었다. 하나의 도사 번 조계(租界) 같은 형국이었고 마치 고향에 돌아온 것 같은 느낌이었다.

"도베."

료마는 가쓰오자 다릿목에 몸을 기대고 요쓰 다리(四橋) 근처를 바라보며 말했다.
"정말 난처하게 됐는걸."
"그렇군요."
도베는 더 이상 말을 하지 않았다. 그는 이끼 료미의 등 뒤에 쭈그리고 앉아 있었으므로, 오고간 말을 자세히 들어 알고 있는 것이었다. 잠시 뒤 도베는 딱하다는 듯이 말했다.
"나리는 신분이 낮으시군요?"
물론 놀리고 있는 것이 아니었다. 두 눈에 눈물이 글썽거렸다. 도베는 진심으로 료마를 동정하고 있는 것이다.
"낮지. 낮고 뭐고 말도 안 될 정도야. 같은 도사 번이라고는 하지만 지금 그 야마다 기나이에 비하면 짚신짝 정도밖에는 안 되는 신분이야."
"하지만 나리께선 참정 고토 쇼지로 나리와 감찰관 사사키 산시로 나리 같은 분은 마치 손아랫사람이라도 다루듯 하시지 않습니까?"
"그들은 동지이기 때문이다. 상대방이 그런 생각을 가지고 있기 때문에 아무렇게나 대할 수 있는 거다. 하지만 지금 그 늙은이 같은 하찮은 번리가 나타나면 난 꼼짝도 못한단 말이야."
"어쨌든 당장 큰일 났군요."
"흠."
료마는 강 위쪽, 성을 바라보고 있었다.
"보나마나 그들은 지금 집정관 이타쿠라 가쓰기요님을 만나고 있는 중일 텐데……."
"그렇다고 사카모토 료마가 막부의 총본산으로 들이닥칠 수는 없는 일 아닙니까?"

과연 그러리라.

사카모토 료마가 어떤 사람이며 무슨 일을 하고 있느냐에 대해서는 도사 번의 속된 관리들 따위보다는 막부 고관이 훨씬 잘 알고 있었다.

"현재 그는 최대 위험인물 가운데 하나다."

정보에 빠른 막부 관리라면 그렇게 말하리라.

그 막부의 본거지인 오사카 성을 어슬렁거리고 찾아간다면 어떻게 될지는 자명한 일이었다.

"그러나 도베, 가지 않을 수 없는 일 아닌가?"

료마는 걸음을 옮기기 시작했다. 집정 이타쿠라 가쓰기요는 해자 옆에 있는 성 대리 저택에 있을 것이다.

"위험합니다."

도베는 한사코 말렸으나, 일단 동쪽을 향하기 시작한 료마는 걸음을 멈추지 않았다.

이코마 산(生駒山) 봉우리들은 맑은 하늘 밑에 솟아 있었다. 그 전경(前景) 성벽과 망루를 드러내고 있는 것이 오사카 성이었다.

오사카 성은 겐나(元和) 원년, 도요토미 히데요리(豊臣秀頼)가 몰락한 뒤로는, 에도 성, 니조 성과 더불어 도쿠가와 장군의 소유가 되어 있었다. 이에야스, 히데다다(秀忠)를 제외하고 그 뒤에 이 성에 들어가 있었던 장군은 없었지만, 14대 장군 이에모치(家茂)에 이르러 교토 오사카 등지에서 내외 정세가 복잡해지자, 이에모치는 만년에 거의 이곳에 상주하다시피 했으며, 마침내 죽을 때도 오사카 성에서 죽었다.

지금의 15대 장군 요시노부도 이에모치의 자문격으로 있을 때부터 니조 성이나 이 오사카 성을 거처로 살고 있었다. 자연히 집정들도 이 성에 머물고 있었다.

이번 영국 해병 살해사건이 일어났을 때 영국 공사 퍼크스가 항의하러 온 상대도 오사카의 이타쿠라 집정이었다.

료마는 분명히 그렇게 들었다. 유히 이나이, 사사키 산시로 등 도사 번 중신들도 보니미니 이타쿠리를 방문히어 내막을 듣고 있으리라.

료마는 이타쿠라의 저택으로 갔다.

어마어마한 대문 앞에는 네 명의 문지기가 곤봉을 들고 경비하고 있었다. 도저히 한낱 낭사 따위가 지날 수 있는 곳이 아니었다.

하기는 이 저택을 오쿠보 이치오가 거처로 삼고 있을 때는, 료마도 버젓이 방문한 일이 있었다. 그러나 같은 수법을 집정에 대해서도 쓸 수는 없는 일이었다.

문전 길가에서 료마는 두루마리를 꺼내어 그대로 쭈그리고 앉아서, 이타쿠라 집정 비서 앞으로 보내는 편지를 썼다.

"나는 도사 번 가신으로서 시아다니 우메타로(才谷梅太郞)라는 사람이다. 우리 번의 유히 이나이, 사사키 산시로 등이 방문 중이면 전해 주기 바란다. 급한 용무가 있다고……길가에서 기다리고 있겠다."

그런 뜻의 내용을 적어 문지기에게 주었다.

문지기는 그것을 가지고 현관으로 가더니, 이타쿠라 집안 가신에게 넘겨주었다.

청지기는 사토 젠조(佐藤善藏)라는 사나이였다. 편지를 읽어 보더니 고개를 갸웃거렸다.

'사이다니 우메타로라……'

어디선가 들은 일이 있는 이름이다. 그러나 그것이 사카모토 료마의 가명이라는 것까지는 미처 생각이 나지 않아 우선 "도사 번에서 오신 분들은 돌아가셨다"는 사실을 길가에서 기다리고 있는 료마에게 전하게 했다. 료마는 실망하고 말았다.

사실, 유히 이나이와 사사키 산시로가 이타쿠라 집정의 여관을 물러난 것은 료마가 찾아오기 2시간쯤 전이었다.

이타쿠라 집정관의 회담은 반드시 성공적인 것은 아니었다.

"난처한 짓을 저질렀단 말이야."

여위어서 피부색이 잿빛이 되어 버린―그 때문에 실제 이상으로 교활해 보이는 이 집정은, 거무스름한 입술을 일그러뜨렸다.

"알다시피 퍼크스는 마치 하인배나 다름없이 야비하고 성 잘 내는 사나이다. 그가 은빛 수염을 와들와들 떨어가면서 미친 듯이 소리를 지르며 들이닥쳤단 말이다. 막부로서는 난처하기 짝이 없는 일 아닌가?"

"죄송합니다. 그러나 범인이 도사인이라고 확실히 밝혀진 것은 아니지 않습니까?"

사사키 산시로가 저자세인 이타쿠라 집정을 나무라듯이 말하자, 이 빗츄(備中) 마쓰야마(松山)의 성주이며 일본의 수상이라고 할 지위에 있는 이타쿠라는 더욱 얼굴을 찌푸리며 말했다.

"그대는 지금 무슨 말을 하고 있는 건가? 그런 말은 퍼크스에게 하도록 해라. 퍼크스는 이미 도사인이 한 짓으로 단정하고 있다."

장소는 넓은 객실이었다.

이타쿠라 집정관은 정면에 앉아 있다.

그 옆에는 각국 공사들로부터 '여우'라고 별명을 듣고 있는 외무담당관 보좌역 히라야마 즈쇼노카미(平山圖書頭).

이어서 총감찰관 도가와 이즈노카미(戶川伊豆守), 감찰관 시다라 이와지로(設樂岩次郎), 시바다 모(柴田某) 등 막부의 요직에 있는 자들이 차례차례 늘어앉아 있었다.

사사키 산시로는 "여기서 분명한 태도를 보여야 한다"고 생각하자, 결단을 내려 따지듯 물었다.

"증거가 있습니까?"

그 긴 얼굴을 추켜들었다. 대들기 시작하면 제법 위엄을 보일 수 있는 인물이었다.

"증거가 있는 것은 아니다."

이타쿠라 집정관은 갑자기 수그러졌다.

이 이타쿠라 집정관에 대해, 영국 공사 퍼크스의 젊은 통역관인 어네스트 사토는 그의 저서 "막말 유신 회상기"에서 말하고 있다.

"장군의 재상 이타쿠라는 선량한 신사였으나 결코 소극적인 인물은 아니었다. 나이는 마흔 다섯 정도였던 것으로 기억하는데, 언뜻 보면 노인 같았다."

동시에 이 이타쿠라의 인상에 대해 사사키 산시로는 그의 회고록인 '석일담(昔日談)'에서 말하고 있다.

"이타쿠라는 무척 온순해 보이는 인물이어서, 이 사건 때문에 적지않이 고민하고 있는 것이 그 외모에 나타나 있었다."

양자의 관찰은 거의 일치한다고 볼 수 있을 것이다.

"증거는 없지만, 영국 공사의 조사에 의하면 나가사키의 일본인들 사이에는 모두 도사인이 한 짓이라는 소문이 돌고 있다고 한다."

"그것은 뜻밖의 말씀입니다. 우리들 도사인은 부득이한 일로 외국인을 베었다 해도 범행을 숨기는 비겁한 짓은 하지 않습니다. 반드시 자수하여 할복하는 것이 우리 도사의 무사 기풍입니다. 그 점 하나로만 봐도 범인이 도사인으로는 생각되지 않습니다."

'막부의 위신도 말이 아니구나.'

집정관 앞에서 집정관을 위압하듯이 떠벌이고 있는 사사키 산시로는 스스로 그런 생각을 했다. 집정관 이타쿠라 가쓰기요는 사사키의 웅변에 기가 죽어서, 이따금 힘없이 눈만 꿈벅거리고 있었다. 그전 같으면 신하에 지나지 않는 사사키 따위는 마주 앉아 말도 할 수 없었던 상대인 것이다.

"영국 공사의 독단을 막부측에서 믿으신다면 할 수 없습니다. 도사 번과 영국이 직접 담판을 벌일 뿐입니다."

"그, 그건 안 된다."

이 분쟁을 막부측은 제쳐 놓고 영국과 도사번이 직접 담판한다면, 일본이라는 국가의 형태를 외국에서는 의심하게 되리라. 그렇지 않아도 요즘 외국인들 사이에서는,

일본은 3백 제후에 의한 하나의 연방 국가이며, 장군과 영주와의 관계는 완전한 의미에서 주종 관계는 아니다.

그런 해석을 내리고, 막부를 업신여기려는 움직임이 있는 판국인 것이다. 이타쿠라로서는 어디까지나 막부가 외교권을 장악할 것을 고집하지 않을 수 없었다.

"직접 담판을 벌여서는 안 된다."

이타쿠라는 막부가 중개하겠다고 말했다.

"그 때문에 오사카에서는 외무관계 보좌관 히라야마 즈쇼노카미와 감찰관 시다라 이와지로를 군함으로 도사에 파견할 준비를 갖추고 있다."

"그것은 막부에서 하시는 일이라 저로서는 왈가왈부하지 않겠습니다."

"영국 공사도 군함을 타고 오늘이라도 오사카를 떠나 도사로 갈 것이다. 그리고 영국측에서도 요청이 들어와 있다."

"무슨 요청입니까?"

"그 도사로 향하는 영국 군함에 도사 번 고위 관리가 함께해 달

라는 거다."

"제가 말입니까?"

"그렇게 되는 셈이지."

"무슨 소리!"

사사키는 자기도 모르게 실언을 했다. 그러나 다행히 작은 소리여서 이타쿠라가 앉아 있는 곳까지는 들리지 않았다.

"거절하겠습니다. 영국 공사가 도사까지 들이닥치는 것은 그의 맘대로일지 모르나, 그것을 우리가 안내까지 할 까닭은 없을 것으로 봅니다."

"잠깐!"

"먼저 제 말씀을 들어 주시기 바랍니다. 도대체 이번 사건에 대해서 저희들은 크게 불만입니다. 영국 공사는 나가사키 시중에 떠도는 하찮은 소문만을 가지고 범인이 도사인이라는 그릇된 단정을 내려, 막부에 대해서뿐만 아니라 저희 번에 대해서도 군함을 파견한다는 따위의 위협적인 처사로 나온다는 것은 하늘이 용서치 않을 일입니다."

"사사키는 양이론자인가?"

"그렇지는 않습니다. 저는 양이파도 아니고 개국파도 아닙니다. 다만 이치에 따라 해결해야 한다는 입장에 서 있습니다. 따라서 그런 무례하기 짝이 없는 영국 군함의 안내역 따위는 단연 거절하겠습니다."

"그러나 영국은 요청하고 있다."

이타쿠라는 난처해진 모양이었다. 이렇게 된 이상 다시 한 번 영국측과 절충하지 않으면 안 되리라고 생각했다.

한편 사사키는 이시카와 이시노스케(石川石之助)라는 오사카 주재관을 대표로 남게 하고, 자신과 유히는 이타쿠라에게서 물러나왔다. 사사키로서는 영국 공사나 막부의 고관들보다 먼저 귀국할 필요가 있었다. 그러나 기선이 없었다.

"한시 바삐 귀국해야 한다."
사사키 산시로는 고갯길을 내려오면서 유히 이나이에게 말했다. 오사카 시가가 눈 아래 펼쳐져 있다.
"물 위를 달려서라도 영국 공사나 막부 관원들보다 한 걸음 먼저 귀국하지 않으면 번의 응대에 실수가 있게 될지도 모른다."
이미 영국 공사나 막부측 의중을 안 이상, 번이 어지간히 강경한 태도를 취하지 않고서는 이 사건을 제대로 해결할 수 없을 것 같았다. 사건이 모호한 이상 큰소리를 치는 편이 이기게 되는 것이다. 이미 영국 공사의 목소리는 터무니없이 크게 터져 나오고 있다. 그것보다 좀더 큰소리를 본국 고위 관리들이 지르도록 할 필요가 있었다.
"그러자면 기선이 필요하다."
영국인도 막부측도 각각 군함을 전속력으로 몰아 도사로 들이닥치려는 판이다. 그러나 사사키 산시로에게는 군함이 없다.
"사쓰마 번에서 빌어 볼까?"
사사키는 걸음을 멈추며 말했다. 사쓰마 번은 번에 필요한 인물들의 이동에는 늘 기선을 쓰며, 그 기선은 덴포 산(天保山) 앞바다에 정박해 있다는 말을 사사키는 료마를 통해서 들은 일이 있다. 마침 사쓰마의 사이고는 지금 오사카에 와 있을 것이다.
"사이고를 만나 부탁해 볼까?"
가까운 사이는 아니었지만 두 사람은 료마의 소개로 안면이 있었다. 그건 그렇고, 료마가 나타나지 않는다는 것 때문에 사사키는 더욱 초조했다.

"그 친구는 아직도 나타나지 않는군. 끝내 연락을 못 취했단 말인가?"

해원대 대원이 일으켰다는 사건으로 이토록 떠들썩하고 있는데도, 장본인인 해원대 대장 사카모토 료미기 통 나타나지 않는 것이다.

"아무튼 좋다……."

사사키는 팔짱을 풀고 걷기 시작했다. 이번 사건은 자기들 번 고위층이 해결하지 않으면 안 되는 이상, 료마 같은 번사인지 탈번 낭인인지 분명치 않은 위치에 있는 자의 힘을 빌어야 할 일은 그리 많을 것 같지 않았다. 그러나 지금 여기 료마가 있다면 하다못해 사이고에 대한 다리 역할은 해 주었을 것이다.

"부딪쳐 보는 거다. 사이고란 사람은 남의 간청을 냉담하게 물리치지 못하는 인물이라고 들었다."

사사키 등은 가마를 타고 사쓰마 번 오사카 번저로 달려갔다. 마침 사이고는 번저에 있었다.

곧 면회를 해 보니, 놀랍게도 사이고는 사건의 대강을 알고 있었다.

"어디서 들었소?"

"뭐, 소문을 들었을 뿐이오."

사이고는 대답했으나, 실은 그렇지 않았다. 그는 어제 영국 공사의 통역관이며 지일파(知日派)인 어네스트 사토의 방문을 받았고 그들이 도사로 간다는 것도 그때 들은 것이었다.

"영국인은 워낙 까다로워서 말이오……."

사이고는 말했다. 사쓰마 번은 영국과의 전쟁 경험이 있으므로, 영국인의 기질을 안다는 점에서는 다른 사람들보다도 훨씬 뛰어났다. 까다롭다는 것은 그들이 논리적이라는 뜻이다.

"말꼬리를 조심하시오. 교묘히 물고 늘어지곤 하니까."

그런 요령을 가르쳐 주고, 또한 기선 문제에 대해서는 덴포 산 앞 바다에 머물고 있는 사쓰마 기선 미쿠니마루(三國丸)를 마음대로 사용하라는 승낙을 내려 주었다.

료마는 이날 오후 사사키 등과는 만나지 못한 채 별개 행동을 취하고 있었다.
그는 북쪽으로 향했다.
혼초 거리(本町)로 빠져 요도야 다리를 건너서 나카 섬(中島)으로 갔다.
이 대하(大河) 한가운데 떠 있는 길쭉한 육지 위에는 수십 개 번의 오사카 번저가 즐비하게 늘어서 있어서, 그 경관은 오사카의 풍경 가운데에서도 특이한 것이었다.
요도야 다리를 다 건넌 북쪽 끝에는 에치젠 후쿠이(福井) 32만 석의 오사카 번저가 있었다.
'이상한 분이다······.'
도베는 그렇게 생각했다. 자기 번 번주는 만날 자격도 없고 만나 본 일도 없으면서, 도사보다 대번이며 가문의 지위도 훨씬 높은 에치젠 영주 마쓰다이라 슌가쿠는 느닷없이 찾아가도 만나뵐 수 있는 것이다.
실제로 료마는 문지기에게 "지난해는 여러 가지로······" 라고 했을 뿐 그대로 성큼성큼 들어갔다. 현관에서만은 어쩔 수 없는 듯 관원에게 이름을 밝히고 참정 나카네 유키에(中根雪江)를 불러내게 하여, 유키에를 통해서 슌가쿠에 대한 면회를 청했다.
나카네 유키에는 그 뛰어난 시국 안목으로 세상에 알려진 나이 지긋한 명사이며, 료마와는 그전부터 가까운 사이였다.
"늘 귀공 이야기를 하고 계시오."

나카네 유키에는 료마가 찾아온 뜻을 짐작하는 듯, 영국 해병 사건 때문이냐고 물었다.

"사실은 그 사건에 대해서……."

료마는 말했다.

"나는 도사 번에서는 신분이 낮고, 그뿐 아니라 탈번죄까지 있으므로, 우리 대원이 혐의를 받고 있는 사건이면서도 손을 쓸 도리가 없소."

"그럴 테지."

나카네 유키에는 호의에 넘치는 웃음을 보여 주었다.

"그래서?"

"요도공께 드리고 싶은 말씀이 있소. 그것을 슌가쿠공께서 대신하여 도사 번에 교시해 주셨으면 하는 거요."

"흐음, 귀공 대리로 말이지?"

"그렇소."

"알겠습니다."

나카네는 큰 소리로 웃었다. 1개 낭사를 대신하여 32만 석의 번주가 도사 영주에게 말을 전하는 것이다.

나카네의 보고를 듣고 슌가쿠도 입을 오므리며 웃었다. 슌가쿠는 료마에게 누구보다도 큰 호감을 가지고 있었다.

"여전하군."

료마가 만나뵙고 인사하자, 이 39살의 영주는 말했다.

"그러니까 요도 앞으로 편지를 써 달라는 거지?"

"그렇게만 해 주신다면……."

"좋소. 그래, 어떤 내용의 편지를 쓰지?"

료마는 그 내용을 설명했다. 만약 하수인이 도사인이라는 것이 밝혀졌을 때의 태도에 관한 것이었다.

그때 요도식 고집을 굽히지 않으면 오히려 일이 틀어져 문제가 커지게 된다. 아무쪼록 조약에 따라, 국제 신의라는 입장에서 처리해 주기 바란다. 그것밖에는 다른 방법이 없다는 것이었다.

"옳은 말이야. 요도는 영웅다우니까 말이지."
마쓰다이라 슌가쿠는 점잖게 웃었다. 말투에는 다소 이죽거림이 풍기고 있었다.
"그대의 염려는 이해할 수 있다."
정색을 했다. 요도는 영웅적인 기개가 넘치는 인물이므로, 혹시 영국인이 무턱대고 위협적인 태도로 나올 때는 전번에 동원령을 내려 전쟁을 시작할지도 모르는 것이다.
"그런 뜻일 테지?"
"아니오, 저……."
료마는 우물쭈물하다가 말끝을 맺지 않고 말았다. 요도는 영웅 기질이 있기는 하지만 큰 소리를 좋아할 뿐 실행력은 없다고 료마는 보고 있었다.
차라리 료마가 두려워한 것은 요도의 기세 좋은 호언과 가슴을 찌르듯 하는 독설이었다. 그런 언사를 영국인 앞에서 함부로 했을 때, 그들이 어떤 말꼬리를 잡고 늘어질지 모르는 것이다.
'그래서는 곤란하다.'
지금 이 시기에 영국과 분쟁을 일으킨다면, 곧바로 막부 관료들이나 각 번을 상대로 공작 중인 도사 번이 제의한 대정봉환안은 한꺼번에 무너질 수밖에 없는 것이다. 료마는 현재로는 아무쪼록 국내에 아무 말썽이 없기를 바라며, 개들의 싸움조차 꺼리고 싶은 심정이었다.
"그건 그렇고, 그대는 해원대에서 만국공법을 번역하고 있다면서?"

"바로 그것이옵니다만……."

료마는 그의 자랑인 만국공법에 대해 한바탕 늘어놓았다. 일본 및 각 번이 만국공법을 지키지 않는 한, 구미 열강은 늘 일본을 야만국으로 볼 것이며, 야만국으로 보는 한 대등한 대접은 하지 않으리라고 했다.

"그 때문에 이번 일도 모두 만국공법에 따르도록 저희 번 노공을 깨우쳐 주셨으면 하는 것입니다."

"좋아. 편지를 쓰지."

슌가쿠는 가볍게 끄덕이고, 심부름하는 아이에게 명하여 붓과 종이를 준비시켰다.

"일필(一筆) 올리나이다."

그렇게 시작되는 글을, 슌가쿠는 단필로 써 내려 간다.

　　선선한 가을철인 이때에, 존체 더욱 청안(淸安)하심을 앙축하나이다.
　　……
　　망거(妄擧)의 하수인이 도사 번이 틀림없을 때는 조약에 따라 떳떳한 조치를 하시기 바라며, 그럼으로써 외국에 대한 신의도 유지되고 도사도 평온할 것으로 생각되어……

쓰기를 마치자 슌가쿠는

"이만하면 됐을 테지?" 하면서 료마에게 보여 주었다. 료마는 읽어감에 따라 슌가쿠의 호의에 감동을 금치 못하며 고개를 흔들었다. 그 바람에 눈물방울이 다다미 위에 굴러 떨어졌다.

"저는 워낙 야인이라……."

무슨 말로 감사드려야 할지 모르겠습니다 하고 말하자, 슌가쿠는 료마의 그 눈물에 젖은 얼굴이 우스웠던지 소리를 내어 웃었다.
"도무지 자네답지 않은 말을 하는군. 사카모토 료마에 대한 내 우정이다."
친번 삼가(三家)에 다음 가는 집안 영주가 한낱 야인에 지나지 않는 료마를 친구라는 말로 불러 준 것이었다.

한편 사사키와 유히는—
사쓰마 번저에서 사이고로부터 여러 가지 조언을 들은 뒤, 니시나가보리의 번저로 돌아왔다.
여기서 식사를 한 후 휴식을 취하고 있자 금방 만나고 돌아온 사이고가 사환을 보내와 편지를 전했다.
"덴포 산 앞바다에 우리 번의 기선 미쿠니마루가 머물고 있다고 했습니다만 그것은 제 착각이었습니다."
"뭣이, 그렇다면 도사에는 돌아갈 수 없단 말인가?"
사사키는 번내에서는 유능한 관리였지만 다소 경솔한 데가 있다.
"사사키, 덤비지 말고 다음을 읽어 봐."
유히 이나이가 편지를 들여다보며 말했다.
"배는 효고 앞바다에 머물러 있습니다. 이미 사람을 보내서 기관에 불을 넣도록 명령을 내려 두었습니다. 막부 군함, 영국 군함도 모두 효고에 있는 듯합니다."
사이고는 그렇게 써 보낸 것이었다.
"효고라……."
"백 리는 될 텐데……."
오사카에서 40킬로미터는 되는 거리였다.
"이미 기관에 불을 넣고 있다면 서둘러 가야하겠는걸."

"그보다도 다음을 읽어 보게"

유히 나가이는 주의시켰다. 유히는 유능한 인물은 아니었지만, 나이가 많으니만큼 침착한 것이 장점이었다.

시이고의 편지를 계속 읽었다.

"우리 번저에서 입수한 정보에 의하면 영국 군함은 두 척 떠납니다. 이미 영국 공사 일행은 오사카에서 보트를 타고 효고로 떠났다는 소식입니다."

영국측 요원은 공사 퍼크스, 서기관 키트포드, 통역관 사토 등이었다. 그들이 탑승하게 될 군함은 동양함대의 바실리스크 호와 살라미스 호였다.

"이쯤 되면 가마라도 타고 달리지 않으면 안 되겠는걸."

"그렇소. 어서 준비시킵시다."

유히 이나이는 오사카 주재관 보좌역 야마다 기나이를 불러, 효고까지 갈 가마 두 채를 준비시켰다.

야마다 노인은 가마를 준비하자 유난히 긴장된 얼굴로 말했다.

"실은 이 일건을, 말씀드릴까말까 깊이 생각해 봤습니다만, 역시 말씀드려야 할 것 같아 굳이 아뢰옵니다만……"

길게 서두를 늘어놓으며 사사키 산시로와 유히 이나이의 기색을 살핀다.

"무슨 일인데?"

"두 분을 암살하려고 뒤따라 다니는 놈이 있습니다."

"암살? 대체 어떤 놈인데?"

"고치 혼초 일가에 사는 향사 사카모토 곤페이의 아우 료마라고 하는 자입니다. 이미 이 번저에까지 찾아왔었던 것을 제가 적당히 쫓아 버리고 말았습니다."

"이 멍청아!"

사사키는 펄쩍 뛰다시피 하며 이 하급 관원을 꾸짖었다.
"그래, 그 료마는 어디 갔느냐?"

'관원이란 별 수 없다.'
사사키 산시로는 자신도 관원이면서 그런 생각을 했다. 오사카 주재관 보좌역인 야마다 기나이는, 료마를 쫓아 버렸을 뿐만 아니라 그 행방조차 확인해 두지 않은 것이다.
"큰일 아닌가?"
"그, 그럴 줄은 미처……."
야마다 노인은 뜻하지 않은 번 고위 관리의 질책을 받자 완전히 당황해 버리고 말았다.
"사카모토 료마라고 하면 번의 관리들은 언제까지나 향사의 아들 정도로밖에는 생각하지 않는다. 그는 지금 천하의 명사란 말이다."
"하, 하오나, 그자는 탈번한 죄인이며 이 오사카 번저에도 그 수배서가 내려와 있습니다. 그런 죄인을 명사로 대접해야 한단 말씀입니까?"
"야마다의 말도 일리가 있네."
유히 이나이였다. 관리란 원리 원칙대로만 해야 한다고 유히는 말하는 것이다.
"융통성이 없는 관리야말로 참다운 관리다. 그렇게 하지 않으면 번이 유지되지 않는다. 야마다가 료마에 대해 취한 조치가 나쁘다고는 할 수 없어. 산시로, 용서해 주게."
"흠."
사사키도 유히의 말에 따를 수밖에 없었다. 관리들이 모두 이상한 잔재주를 부린다면 번 조직은 유지되지 않을 것이다.

하기는 사사키와 유히도 역시 관리였지만, 그들은 행정관이 아니라 정치가임을 자처하고 있었다.
'우리는 다르다.'
그들은 생각한다. 낭상 사사키의 번에서의 관식은 총산찰관이어서, 그 직책으로 볼 때, 탈번자인 료마를 내버려둬서는 안 될 것이지만, 지금은 정치적인 이유로 그 점에 대해서는 눈을 감고 있는 셈이었다.
"그런데 아직 그대론가?"
유히 이나이가 말했다.
"료마는 아직 탈번자인가? 고토 쇼지로와 후쿠오카 도지가 적당히 복적시켜 두었으리라고 생각했는데?"
"아니야. 그렇지 않네."
사사키 산시로는 총감찰관의 입장에서 말했다.
"번청 서류는 예전 그대로야. 아직 탈번자로 되어 있다. 노공께서 워낙 까다로워서 말이지."
그럴 것이었다. 요도는 통제주의자여서 무엇보다도 탈번자를 싫어했다. 특히 료마의 경우는 두 차례씩이나 탈번했으므로, 탈번죄 사면에 관한 서류를 올린다면 얼마나 격노할지 모를 일이었다. 사사키 등 번 중신들은 그 점을 두려워하여 료마의 탈번죄를 정식으로 취소시키는 행정 절차를 밟지 않고 있는 것이었다.
"그건 그렇다치고, 지금으로서는 료마와 만난다는 것은 단념하지 않으면 안 될 거야."
그런 말을 하고 있는 동안 가마 두 채가 번저에 닿았다.
가마 한 채에 가마꾼이 여덟 명씩 딸려 있다.
사사키와 유히는 머리띠를 매고 가마 안에 올라탔다. 천장에 늘어져 있는 끈을 쥐며 엉거주춤한 자세가 된다.

료마는 그날 밤 에치젠의 번저를 물러 나온 뒤 도톤보리(道頓堀)의 여인숙에 투숙했다.

'오늘 하루는 완전히 헛수고만 했는걸.'

그런 생각을 하자, 답답하기도 하고 앞일이 걱정되기도 해서 눈을 감아도 좀처럼 잠이 올 것 같지 않았다.

'모처럼 슈가쿠공의 편지는 얻어 냈지만, 사사키나 유히를 붙들지 못하는 한 아무 소용도 없지 않은가?'

"나리께선 정말 괴로우시겠군요."

도베가 동정해 주었다.

"뭐, 그렇지."

같은 지사의 입장에서 말하면, 사쓰마의 사이고나 오쿠보는 이미 번의 고급 관료여서 한 번을 이끌어나갈 수 있는 행정적인 입장을 견지하고 있었다. 조슈의 가쓰라 고고로 등도 역시 그랬다.

그에 비하면 료마는 한낱 탈번 낭사여서 번저나 그밖의 번 시설과 번 조직을 이용할 수조차 없는 것이다.

그렇다고 해서 복적해 봤자 한낱 향사에 지나지 않아 번을 움직이는 데 있어서는 아무 권한도 없는 것이다.

"워낙 나리는 혼자서만 버티고 서 있는 형편이어서……."

"그렇군."

료마도 이불 속에서 쓰게 웃었다. 료마에게는 휘하에 해원대 조직이 있었지만, 이렇듯 번 자체가 움직이지 않으면 안 되는 사건에 부딪치면 어쩔 도리가 없는 것이었다.

다음날 아침, 아직 날이 채 새기도 전에 눈을 떴다. 료마는 답답한 대로 자리에서 벌떡 일어났다.

"나리, 아직 어둡습니다요."

"아니다. 한 번 더 니시나가보리의 도사 번저를 찾아가기로 하자.

번리들이 또 쓸데없는 소리를 할 때는 칼을 빼들고 위협을 할 도리밖에 없다."

"그거 재미있군요."

도베도 옷을 쟁겨 입고 부엌에 가서 잔밥으로 주먹밥을 만들어 온 뒤, 쪽문을 열고 길거리로 나왔다.

아직 별빛이 그대로 남아 있었다.

두 사람은 주먹밥을 먹으면서 걸었다. 에비스 다리(戎橋) 근처에서 주먹밥을 쌌던 대나무 껍질을 버리고, 다음부터는 묵묵히 걸음만 재촉했다.

요쓰 다리를 서쪽으로 건너섰을 무렵에 해가 떴다. 나가보리 강(長堀江)을 따라 곧장 서쪽으로 걸어서, 우와지마 다리(宇和島橋), 돈다야 다리(富田屋橋), 돈야 다리(問屋橋), 시라가 다리(白髮橋) 등을 거쳐 도사 번저 앞까지 이르렀을 때는 마침 번저의 하인들이 대문 앞을 쓸기 시작하고 있는 때였다.

"나다."

여느 때처럼 료마는 쪽문을 열게 하자, 곧장 현관 쪽으로 걸어갔다.

이윽고 어제의 그 주재관 보좌역인 야마다 기나이가 나타났다.

"노인장, 이걸 보시오."

품속에서 유지에 싼 야마노우치 요도 앞으로 보낼 마쓰다이라 슌가쿠의 편지를 내 보였다.

노인은 고분고분했다.

"이야기는 사사키님을 통해서 들었네. 사사키씨는 어젯밤 가마를 타고 효고로 향하셨어."

"쳇!"

너무 늦었구나 하고 생각했으나, 아직 말을 달려 쫓아가는 방법이 있었다.
"번저의 말을 빌려 주시오."
빌려 주지 않을 때는 베어 버린다는 기색을 보이며 다가서자, 노인은 예상 외로 간단히 꺾였다.

번저의 말을 빌려달라고, 료마가 반쯤 위협하듯 야마다 기나이에게 요구하자, 노인은 의외로 순순히 응해 주었다. 료마가 번의 중진들과 가깝다는 것을 알았기 때문이리라.
"효고에는 마스야(枡屋)라는 도사 번 단골 여인숙이 있소. 말은 그 도사야에 맡겨 두도록 하오."
노인은 그의 본디 성격인 듯싶은 친절한 말투로 돌아가 있었다.
잠시 뒤, 료마는 마구간지기가 끌어내온 말에 오르자 도베에게 물었다.
"자네는 어떻게 하지?"
도베가 탈 말까지는 없었던 것이다.
"제 걱정일랑 마십시오. 달려서라도 효고까지는 갈 수 있고, 만일 나리와 길이 어긋나면 교토로 돌아가겠습니다."
"그래."
료마는 고삐를 쥐고 말머리를 돌려, 가쓰오자 다리의 널판을 울리며 강 건너 쪽으로 사라진다. 북쪽으로 길을 잡으면서 료마는 마을 복판을 달렸다.
이윽고 후쿠시마 마을(福島村)로 빠졌다. 주위 일대는 온통 밭이어서 말을 달리는 데 거치적거리는 것이 없었다. 들길을 서쪽으로 달렸다.
강이 나타난다.
나카쓰 강(中津川)이었다.

오사카와 효고 사이의 육로 교통에서 가장 불편한 점은 대부분의 강에 다리가 놓여 있지 않은 점이었다. 에도 막부는 다리를 만드는 것을 거의 병적일 만큼 꺼려 온 정권이었다. 그 이유는 전략적인 것인 듯했다. 막부령인 오사카가 서쪽에서 공격을 당하는 경우를 가상할 때, 다리가 있으면 적의 진격이 빨라진다는 것이었다.

그 때문에 이를테면 오십 리 밖인 니시노미야(西宮)까지 이르는 동안만 해도 다리가 없는 강이 여럿 있었다.

나카쓰 강(노사도), 간자키 강(神崎川—쓰쿠다), 사몬도노 강(佐門殿川—아마가사키), 무코 강(武庫川), 에다 강(枝川) 등이었다.

무코 강이나 에다 강은 보통 물이 없으므로 육로나 마찬가지였지만, 나카쓰 강, 간자키 강, 사몬도노 강은 늘 출렁출렁 흐르고 있어서, 나루를 이용하지 않으면 건널 수 없었다.

료마는 노사도(野里) 나루터에서 배를 타고 나카쓰 강을 건넜다. 다시 샛길을 달려, 많은 행인들이 내왕하는 큰길로 빠졌다. 큰길에서는 마음대로 말을 달리 수가 없어서 적이 초조했다.

니시노미야에 이른 것은 두 시간 뒤였다. 주막에 들러 말에 물을 먹였다.

    포대를 위한 흙 나르기는
    밥을 먹여 주고도 이백에 오십 냥
    고마워라, 고맙고말고.

이 노래를 부르며 흙일하는 사람들이 지나간다.

료마는 그들이 니시노미야 해안의 막부 포대 건설에 고용되어 있는 인부라는 것을 알고 있었다. 가쓰 가이슈의 설계에 의한 포대인데, 분큐 3년 이래 그럭저럭 5년이나 걸렸으므로 어지간히 완공도 가까울 것이었다. 포대는 돈이 드는 석축이 아니라 흙으로 쌓아 올리고 있어서 막부 재건의 궁핍상을 그대로 드러내고 있기도 했다. 그 흙도 강바닥에서 갈대 뿌리가 얽힌 진흙을 떠올린 것으로서, 이 고장에서는 '흙포대'라고 하며 은근히 웃음거리로 삼고 있는 듯했다.

니시노미야의 주막촌을 지날 때면, 료마는 언제나 저 겐지(元治) 원년의 하마구리 궁문의 변란 때를 생각하곤 했다.
어둡고 음산한 기억이었다.
교토에서 패한 조슈 군과 도사의 무사군은 야마자키 가도(山崎街道)를 거쳐 이 니시노미야까지 피해 왔다. 니시노미야에서 바닷길로 조슈를 향해 퇴각하기 위해서였다.
거의 전군이 피투성이가 된 모습이었다. 빈사 상태인 중상이어서 가마에 실려 있는 자, 창을 지팡이삼아 한 걸음 한 걸음 가까스로 걷고 있는 자, 그야말로 참담한 패군의 모습이었다.
그런데 니시노미야는 오사카 효고 사이에서 가장 큰 교통의 요지이며 오사카 만 방위를 위한 요충이기도 했으므로, 이곳에는 막부의 명령에 의해 히메지 번(姬路藩), 다지마(但馬) 도요오카 번(豊岡藩), 센슈(泉州) 기시와다 번(岸和田藩), 기슈 번 등이 주둔해 있었다.
히메지 번병 같은 경우에는 그 무렵 니시노미야 로쿠탄 사(六湛寺)에 머물고 있었는데, 교토에서 조슈군이 후퇴해 온다는 소식을 듣자, 주막촌 동쪽 히가시 강(東川) 둑에 포병 진지를 설치하고 패잔병의 내습을 기다렸다.
그때 요시다 쇼인의 문하로서 그 이름이 알려진 도키야마 나오하치(時山直八 : 후에 에치고의 오지야에서 전사했음)가 싸움 교섭의 임무를 띠고 나타나서 말했다.

"우리는 교토에서 물러나 본국으로 돌아가려는 조슈군이다. 길을 가로막으려면 일전을 벌이기로 하자."

일전을 벌인다면 패잔 조슈군은 이 니시노미야에서 전멸하지 않을 수 없었으리라. 그 말은 거의 자포자기적인 심정에서 나온 것이 틀림없었다.

그러나 히메지 번 장수들은 사리가 분명한 인물들이었다.

"일부러 제의하시니 민망하오. 과연, 우리 번은 막부의 명령에 의해 큰길을 수비하고 있지만, 큰길이 아닌 다른 길이라면 우리는 모르오. 만약 귀하들이 딴 길을 택하신다면, 우리로서는 관여할 바 아니오."

도요오카, 기시와다, 기슈 등 각 번도 번병을 잃고 싶지 않았으므로 같은 태도를 취했다. 덕분에 조슈군은 호구(虎口)를 피하여 옆길로 빠져나왔다.

그 뒤 오사카에 출장해 온 막부 관리는 이들 수비 번의 태만을 알았지만 그것을 힐책할 만한 권위는 이미 막부에는 없었다.

부득이 막부측은 이곳 하급 포졸들을 동원하여 민간인들을 잡아들이기 시작했다. 조슈군이 쉬고 간 찻집 주인들은 남김없이 니시노미야 초소로 끌려갔고, 물건을 판 상인, 해안까지 안내한 어부 등도 모두 투옥되었다.

이다미(伊丹)의 근왕 유인(勤王儒人)으로 알려진 하시모토 고하(橋本香波) 같은 사람도 패잔병에게 식사를 제공했다는 이유로 투옥되어 혹독한 취조를 받다가 옥사했다.

그 무렵 료마는 이 니시노미야에서 오십 리 떨어진 곳에 있는 고베 마을에서 해군학교를 관리하고 있었는데, 패잔병 몇 명을 수용했으므로 가쓰가 막부의 의심을 받게 되어 그 실각의 원인이 되기도

오테키마루 95

했다.

그로부터 3년이 지난 셈이다. 그러나 백 년쯤 지난 것처럼 3년 동안 료마에게도 일본 자체에도 수많은 일이 일어났다.

료마는 주막촌 인파 속에서 천천히 말을 몰다가 이윽고 물 없는 슈쿠 강(夙川)에 이르자 그곳을 건너고 나서 다시 말에 채찍을 가했다.

료마는 정오가 좀 지나 효고에 닿았다.
'이것이 효고인가?'
이런 생각이 들 만큼 몇 달 전 거리 모습과는 달랐다.
물론 효고라고 하면 긴키(近畿) 지방에서도 으뜸가는 좋은 항구로서 일찍부터 번창해 왔지만, 그러면서도 귀빈용 여관 하나 없이, 너저분한 민가만이 다닥다닥 붙어 있었다.

그러나 지난 겨울, 이 지방의 성격이 아주 달라지는 사태가 벌어졌다. 열강은 이 항구를 서둘러 개항하도록 막부에 요청했고, 막부는 그것을 조정에 건의했다. 윤허를 둘러싸고 공경과 지사들이 맹렬한 반대를 해 왔지만, 지난 겨울 막부측의 요청이 받아들여져 마침내 윤허가 내린 것이다.

효고는 국제 시장이 되었다.

각국은 이곳에 거류지를 두고 영사관을 지었다. 그 속도는 놀라울 정도여서, 시내 높은 곳에는 이미 나가사키에서 흔히 볼 수 있는 식민지풍의 서양식 건물들이 즐비하게 늘어서 있었다.

외국인 남녀들이 마차를 타고 오고 가는 모습도 얼마든지 볼 수 있었고, 그 당당한 몸집은 가뜩이나 작고 초라한 일본인의 모습을 더욱 초라하게 보이게 했다.

료마는 오사카 주재관 보좌역이 지정한 여인숙 마스야로 가서 말을 맡겼다.

 그러고는 하카마 자락을 걷어차며 바삐 걸어갔다. 곧 항구가 눈앞에 펼쳐지기 시작했다.

 항 내에는 갖가지 국기를 게양한 십여 척의 군함과 배가 미물러 있었다.

 막부 군함도 있다.

 '막부 요인들은 저 배를 타고 갈 작정인가?'

 그것은 료마도 기억하는 가이텐 함이었다.

 가이텐 함은 막부 함대의 주력함 가운데 하나여서, 작년 6월 나가사키의 미국 상사 윌스의 손을 통해서 막부가 사들인 독일제 군함이었다. 목조 외륜선으로서 총 톤수 1,676톤, 400마력에 마스트는 셋이다.

 이미 두 개의 굴뚝에서 검은 연기를 뭉게뭉게 내뿜고 있는 것을 보면 출항 준비를 서두르고 있는 것이리라.

 료마는 항내의 거룻배 취급처로 달려갔다.

 이 항내에는 거룻배 취급처가 여러 군데 있었다. 말하자면 바다의 가마꾼들이다. 손님을 태우고 항내를 돌아다닐 뿐 아니라, 입항선에 식료품과 땔감, 물 같은 것도 날라다 주는 일을 하고 있었다.

 사무실이라고 해야 모래펄에 세운 오두막집이어서 갈대발로 지붕을 대신하고 있다.

 "배 한 척 부탁하오."

 료마가 말하자 붉은 훈도시 차림의 늙은 사공이 나타나, 어디로 갈 거냐고 묻는다.

 "나는 근시여서 잘 보이지 않는데, 항내에 사쓰마의 미쿠니마루가 있을 거요. 그 배까지 데려다 주시오."

 "미쿠니마루라면 곧 떠날 텐데?"

그런 뜻의 말을 셋쓰(攝津) 사투리로 했다.
료마가 거룻배에 올라타자, 사공은 서둘러서 저어 주었다.
"영국의 군함도 있을 텐데?"
"있소. 바실리스크 호와 살라미스 호 말이오?"
사공은 자세히 알고 있었다. 바실리스크 호는 이미 출항 중이라고 한다.
"저 연기가 바로 그거요."
사공은 멀리 앞바다에 떠도는 검은 연기를 턱으로 가리켰다.

료마는 사쓰마 기선 미쿠니마루에 거룻배를 대자 배 위를 올려다보며 큰 소리로 외쳤다.
"사카모토 료마다!"
선장은 사쓰마 번사 이노우에 신자에몬(井上新左衞門)이라는 사람이었고, 료마와도 서로 안면이 있는 사이였다.
"곧 줄사다리를 내려 주지."
대답하더니 잠시 뒤 사다리가 내려왔다. 료마는 사다리를 타고 배 위로 올라가자, 곧장 유히 이나이와 사사키 산시로가 있는 선실로 갔다. 두 사람은 눈을 크게 뜨며 놀랐다.
"료마가 아닌가?"
"오랜만이오."
료마는 끄덕이며, 품속에서 에치젠 영주 마쓰다이라 슌가쿠의 편지를 꺼내 주었다. 고치에 닿거든 곧바로 노공 요도에게 전해 달라는 말을 했다.
"읽어 봐도 좋은가?"
유히는 전혀 생각지도 않았던 일이라, 료마의 양해를 얻고 편지에 대해 가볍게 고개를 숙인 다음 소리 내어 읽었다. 소리 내어 읽은 것은 사사키에게도 들려주려는 생각에서였을 것이다.

"훌륭한 편지군."

다 읽고 나자 이렇게 말하면서 공손하게 다시 말았다.

'늙은이라 내핑스러운 소리를 하는군.'

료마는 속으로 우스워하며 두 사람의 속셈을 묻기 시작했다.

"사건 처리 방침에 대해서인데……"

일일이 들어 보니, 과연 요도가 고르고 고른 유능한 인물이니만큼 그 방침은 매우 타당한 것이었다.

1. 하수인은 끝까지 도사인이 아니라는 것을 영국인에게 주장한다.
2. 담판 태도는 만국공법에 바탕을 두며, 위엄과 준법정신으로 진척시킨다. 만약 하수인이 도사인이라는 것이 밝혀질 때는 깨끗이 법과 국제관례에 의하여 처리한다.
3. 번내의 혈기왕성한 분자들이 대영 전쟁을 벌이려 할 것은 틀림없으니, 노공의 결단에 의해 그것을 억제한다.

이상, 세 가지였다.

"기막힌 걸!"

료마가 손뼉을 쳤을 만큼, 그것은 료마 자신의 의견과 일치하고 있었다.

"무슨 일이 있어도, 머지않아 쏘아 올리게 될 화포(火砲 : 대정봉환안)에 이 사건이 지장을 주어서는 안 된다."

"물론이지."

유히도 사사키도 고개를 끄덕였다.

"그런데, 자네는 이제부터 어떻게 할 작정인가?"

료마에게 묻는다. 탈번한 중죄인을 본국으로 데리고 갈 수는 없었고, 게다가 료마가 번의 중진들과 함께 돌아온다면 번내 막부파의 과격분자들이 어떤 소동을 일으킬지 몰랐으며, 그렇게 되면 유히와 사사키는 실각하게 될 염려가 없지 않았다.
"나 말인가?"
료마는 고개를 갸우뚱했다.
"교토에도 급한 용무가 산더미처럼 쌓여 있지만, 그보다도 나는 내친 김에 나가사키로 가서 사건의 진상을 조사해 볼 작정이다."

"그런데 도대체 그 사건 내용은……."
료마는 우선 그것부터 따져 보지 않을 수 없었다. 사사키 등은 이타쿠라 집정관을 통해서 자세히 들었으리라 생각했기 때문이다.
"이타쿠라 내각 원로는 뭐라고 하던가?"
"이타쿠라 원로께서도 사건을 자세히 알고 있지는 못했다. 다만 영국 공사의 주장과 나가사키 주재 막부 행정관의 간단한 보고를 들었을 뿐이다."
사건이 발생한 것은 7월 6일 밤이었다.
장소는 나가사키의 화류가 마루야마다.
그 무렵 영국 동양함대에 소속된 군함 이칼레스 호가 나가사키에 입항해 있어서 많은 승무원들이 상륙해 있었다. 그런데 그들 가운데 귀함 시간이 지나도 돌아오지 않는 자가 있었다.
해병 로버트 포드와 존 포팅스 두 사람이었다. 그들은 마루야마에서 술을 마신 뒤 권총을 꺼내들고 행인을 놀리고 있었는데, 어디선가 수수께끼의 무사가 나타나더니 단칼에 그들을 베어 죽이고 유유히 사라졌다는 것이다.
사건은 단지 그것뿐이었다.
먼저 영국 군함이 떠들어 대기 시작했고, 막부측 나가사키 행정청에서 현장 일대를 조사한 바에 의하면, 예의 무사가 가지고 있던 초롱은 '빨강, 하양, 빨강'으로 칠해져 있었다 한다. 해원대의 부대 휘장이었다.

―그렇다면 가메야마의 흰 하카마패들인가?

그런 관측이 행정청에서는 떠돌았다. 본디 막부의 나가사키 행정청과 시중의 낭인 결사인 해원대는 오래전부터 대립해 있었고, 근래에는 더욱 험악한 양상을 보이고 있었다. 료마 자신도 대원들에게 이런 지시를 내려 둘 정도였다.

"교토에서 막부 토벌전이 개시되면 나가사키에서는 먼저 행정청을 습격해라. 저장금을 몰수해서 군비로 써라. 10만 냥쯤은 될 거다."

서로가 그런 사이였으니만큼, 행정청에서 해원대를 의심하려 든 것은 오히려 당연한 일이었다.

그런데 영국 군함측 역시 일본인을 내세워서 탐문해 보니, 하수인은 흰 윗도리에 흰 하카마라는 위아래가 모두 흰색인 해원대의 차림을 하고 있었다는 것이 알려졌다.

그런데 더욱 심상치 않은 것은 이 사건이 있은 다음날 아침, 아직 날도 채 새기 전에 해원대의 범선 오테키마루(橫笛丸 : 고전의 다이쿄쿠마루)가 돛을 올리고 나가사키 항에서 떠났으며, 그와 전후하여 도사 번의 배 고초마루(胡蝶丸)도 서둘러 떠났다는 것이다. 의심을 하자면 충분히 사건과 연관시켜 생각할 수 있었다.

영국측은 당연히 나가사키 행정청에 대들었다.

"이만한 증거가 갖추어져 있는데 어째서 범인을 잡지 않는 거냐!"

또 하나의 증거(라고까지는 할 수 없을지 모르지만)는 사건이 일어나던 날 밤, 해원대의 간부인 스가노 가쿠베에와 대원 사사키 사카에(佐佐木榮)가 가게쓰 루(花月樓)에서 술을 마셨다는 사실이었다.

오테키마루 101

"어서 체포하라."

행정청을 들볶았지만, 행정청 쪽에서도 막상 체포 단계까지 몰고 가자면 일이 귀찮아지는 것이었다. 해원대를 상대로 해서 전쟁이라도 벌일 각오 없이는 결단을 내릴 수 없는 일이었기 때문이다.

마침내 영국측에서는 화가 나, "그렇다면 오사카에 가서 막부 각료들과 교섭하겠다"는 결론을 내리고 사건처리의 책임을 막부의 수상인 이타쿠라에게 짊어지운 것이었다.

"대체로 그런 경과야"

사사키 산시로는 말했다.

그들이 계속해서 사건 처리 방안을 위한 의견을 나누고 있는데, 갑자기 배가 여리게 흔들리기 시작했다.

"어떻게 된 거냐?"

사사키가 당황하여 선창을 통해 내다보니까 육지가 완만히 움직이고 있었다. 어느 틈에 닻을 올렸는지 배는 이미 기관을 가동시켜 천천히 떠나고 있었던 것이다.

"이봐, 료마, 배가 떠나 버렸네."

사사키는 돌아다보며, 그야말로 난처한 얼굴을 했다. 사쓰마 번의 선장은 료마도 도사까지 가는 줄 알고 배를 출항시켜 버린 것이리라.

"어떻게 하지?"

유히 이나이는 어쩔 줄 몰라 했다. 료마와 같은 정치범을 데리고 귀번하면 번내의 반격이 얼마나 치열할지 순간 그것을 생각한 것이다.

료마는 반사적으로 결심했다. 배가 움직인 이상 도사까지 가게 되는 것은 천명이다. 그렇게 각오한 것이다.

동시에 그는 다른 행동으로 옮겼다. 그는 의자에서 벌떡 일어나자 선실을 뛰쳐나왔다. 거룻배 사공에게 뱃삯을 주지 않은 것이다. 이 두 가지 반사를 동시에 처리할 수 있는 두뇌 작용은 아마 검술에서 얻은 것이리라.

그는 달리면서 허리의 약상자를 끌러서 그 속에 덴포 전(天保錢—막부가 덴포 6년에 처음으로 만든 동전)을 한 닢 넣었다.

갑판으로 뛰쳐나가 뱃전으로 달려가 보니, 거룻배가 저만치 물결 위에서 흔들리고 있다.

"어어이!"

료마는 크게 외치고 말했다.

"돈이다아!"

고함 소리가 상대방에게까지 전해진 것으로 보자, 료마는 안심하고 약상자를 힘껏 던졌다. 약상자는 크게 호를 그리며 날아가 이윽고 물 속에 떨어졌다. 그러나 가라앉지는 않으리라.

곧 선실로 되돌아와 사사키와 유히에게 선언하듯이 말했다.

"할 수 없다. 나도 도사까지 간다."

두 사람은 각오한 것 같았다. 그러나 료마가 그 모습을 본국에 드러낸다는 것은 암만해도 좋지 않은 일이었다. 수구파의 좌막 감정만 공연히 북돋우는 결과가 되어, 대정봉환안을 위해서도 좋지 않은 결과가 오리라.

"나는 배 안에서 그냥 뒹굴고 있겠어. 상륙은 하지 않겠단 말이야."

료마는 선선히 말했다. 두 도사 번 중신은 그 말을 듣고 비로소 안심하는 듯 했다.

항해 중, 사쓰마 번 선장의 호의로 료마는 선장실에서 기거하게 되었다.

오테키마루 103

그날 밤 기딴 해협(紀淡海峽)을 지났을 무렵부터 풍랑이 심해져서 배는 몹시 흔들렸다. 다음날 아침, 무로도 곶(室戶岬)을 돌아갈 무렵에야 겨우 바다는 잔잔해졌고, 저녁 무렵에 스사키항(須崎港)에 도착했다.

스사키는 고치의 서쪽 40킬로쯤 되는 곳에 있으며, 도사 번에서도 으뜸가는 좋은 항구였다. 항내는 사면이 섬과 산으로 둘러싸여 있어서 난바다의 풍랑은 완전히 차단되는 것이다.

다행히 아직 영국 군함도 막부 군함도 들어와 있지 않았다. 그들보다 한 걸음 먼저 고치에 도착하여 기초 공작을 정비하고 싶었던 사사키 등의 희망대로 된 셈이었다.

다행히 항내에 기선이 하나 머물러 있었다. 선미에 게양된 깃발의 가문으로 보아, 도사 번의 기선임에 틀림없었다.

"유가오마루(夕顔丸)가 아닙니까?"

참정 유히 이나이가 누구보다도 기뻐했다. 유히로서는 마침 잘 된 것이, 유가오마루의 선장은 이나이의 양자 유히 게이사부로(由比畦三郎)였던 것이다. 료마를 유가오마루에 숨기기에는 안성맞춤이었던 셈이다.

"료마, 우리 게이사부로를 알고 있나?"

모른다고 료마는 대답했다. 번의 상급 무사 따위를 료마가 알 턱이 없다.

"내 양자다."

그러니 그 유가오마루에 숨어 있는 것이 어떻겠느냐고 유히가 말하자, 료마는 순순히 받아들였다. 어느 배든 그로서는 상관없었다.

그는 사쓰마 선 미쿠니마루에서 내려 준 보트를 타고 유히와 함께 유가오마루로 저어 갔다.

유히가 그의 양자에게 사정을 말하고 부탁하자 흔쾌히 승낙했다. 번의 각료인 데다가 양아버지인 유히 이나이의 부탁을 거절할 까닭이 없었다.

"선실을 하나 내 드리겠습니다."

그러면서 료마를 맞았다. 료마는 그동안 선장 유히 게이사부로에게 가볍게 인사를 한 번 했을 뿐, 말 한 마디 없이 무뚝뚝하게 서 있었다.

참정 유히가 오히려 그것을 걱정하여 양자인 게이사부로를 딴 데로 끌고 가 타일렀다.

"저 사람은 워낙 저렇게 무뚝뚝하기로 이름난 사람이다. 개의치 말아라."

잠시 뒤 유히 이나이와 사사키 산시로는 스사키 거리로 상륙했다. 다행히 이 고장 행정관은 하라 덴페이(原傳平)라고 하여, 사사키 산시로의 사촌형뻘 되는 사람이었다.

두 사람은 번의 일을 도맡아 보는 해상운송점 한 방을 빌려서 쉬며, 하라와 그 보좌관 마에노 겐노스케(前野源之助)를 불러 나가사키의 사건을 설명했다.

"실은 이런 변고가 발생했소."

그 때문에 영국 공사가 군함을 타고 이 스사키에 입항해 오리라는 말을 했다. 동시에 막부의 고관 히라야마 즈쇼노카미도 막부 군함을 타고 올 것이라고 한 다음 다시 말을 이었다.

"아마 도사 전체가 발칵 뒤집힐 소동이 벌어질 거요. 허나 그래서는 안 되오. 상급 무사고 향사고 서양인들이 내습하는 것으로만 알고, 번명도 아랑곳없이 제각기 무기를 들고 이 스사키로 몰려올 것임에 틀림없소. 그래서는 안 된단 말이오."

사사키는 같은 말을 몇 번이고 되풀이했다.

"떠들지 않아야만 담판이 원만히 되오. 그 때문에 행정관이 알아서 그들을 잘 달래도록 하고 잘 단속해 줘야겠소."

그렇게 이르고 나자, 가마를 두 채 부르게 하여 40킬로미터 동쪽에 있는 고치로 향했다.

저녁 무렵부터 바람이 일기 시작하더니 해가 지면서 비가 내리기 시작했다. 이윽고 앞장선 횃불도 꺼지고, 가마 안에 있는 두 사람마저 흠뻑 젖을 만큼 심한 폭풍우가 휘몰아쳐 왔다.

'하늘이 돕는 건지도 모른다.'

사사키는 가마 멀미로 제정신이 아니면서도 그런 생각을 하고 있었다. 이 폭풍우로 영국 군함도 막부 군함도 그 도착이 늦어지리라. 그 사이에 충분한 준비를 할 수 있다고 생각한 것이다.

가마가 밤새도록 달려, 고치 성 밑 거리에 닿은 것은 아침 7시였다. 둘 다 옷매무새가 엉망이고 머리도 흐트러진 처량한 모습이었다.

사사키 산시로는 성 밑 거리에 이르자 곧장 중신 후쿠오카 구나이(福岡宮內)의 집으로 찾아갔다. 거기서 옷을 갈아입고 후쿠오카의 하인을 시켜 머리를 만지게 했다.

"저것은……."

사사키는 뜰을 바라보았다.

"이 댁 다즈(田鶴) 아가씨가 아닌가?"

화려하게 단장한 처녀가 뜰 안을 걸어가고 있었던 것이다.

"아닙니다. 동생이신 오이이님입니다. 다즈님은 아직도 지쿠젠의 진수부에 계십니다."

하인은 대답했다.

사사키는 더 이상 아무 말도 하지 않았다. 그는 성 밑 거리에서 제일가는 미인이라는 말을 듣던 이 집 딸이, 그 뒤 야마노우치 댁에서 파견되어 교토의 산조(三條) 댁으로 갔다는 것을 알고 있었다. 그 뒤 산조 사네토미는 낙향하여 지쿠젠 진수부에서 유배 생활을 하고 있는데, 디즈도 그를 따라 진수부로 가서 산조를 비롯한 나섯 대신들의 시중을 들고 있다는 말도 듣고 있었다.

료마와의 관계는 물론 모른다.

그러나 뜰을 걸어가는 비슷한 처녀를 보고, 그와는 관계없지만 문득 스사키 항의 유가오마루에 숨어 있는 료마를 생각했다.

'그 사나이는 누님 밑에서 자랐다는 말을 들었다. 하다못해 그 누님한테라도 넌지시 귀띔을 해 주고 싶은데……'

사사키는 요즘 료마라는 사나이에 대해 깊은 우정을 느끼고 있었다. 사사키의 공적인 입장은 도사 번의 포도대장이라고도 할 수 있는 직분이며 료마는 번의 정치범이다. 기묘한 관계이기는 했지만 오히려 그런 관계이기 때문에 우정의 강도가 그만큼 강하다고도 볼 수 있었다.

"자네는 이름이 뭔가?"

하인에게 물었다. 구마키치(久萬吉)라고 한다는 대답이다.

"구마키치라……."

동물에서 딴 이름이 많은 도사로서는 매우 평범한 이름이었다. (구마는 곰을 뜻함) 50쯤 돼 보이는, 믿음직한 노인이었다.

상투를 틀고 나자 사사키는 사카모토네의 오토메 앞으로 편지를 써서 구마키치에게 들려 보냈다.

그 편지에는 자신의 직책을 생각해서 일부러 이름을 밝히지 않았다.

"혼초 일가에 있는 사카모토 곤페이의 집을 알고 있을 테지?"

"알다뿐입니까?"

사카모토 집안은 이 후쿠오카 가문에 딸려 있는 향사인 것이다. 양가의 내왕은 빈번했고, 이 구마키치 역시 오토메나 료마를 그들이 태어날 무렵부터 알고 있었다.
"이것을 사카모토네의 시집에서 뛰쳐나왔다는 사람한테 전해 주게."
"수문장 아씨 말씀입니까?"
"참, 그런 별명이 있는 모양이더군. 나는 만난 일은 없지만."
연애편지가 아닌가 하는 의심을 받을까봐, 사사키는 일부러 그렇게 말했다.
"누가 보내는 편지냐고 하거든, 그저 어떤 가신이라고만 해 두어라. 내 이름을 밝혀서는 안 된다."
"알겠습니다."
사사키는 수고비조로 약간의 돈을 종이에 싸서 주려고 했으나, 구마키치는 질색을 하며 굳이 받으려고 하지 않았다.
사사키와 유히는 서둘러 그 집에서 나왔다.

요도는 성 안에 있지 않았다.
성 밑 거리 남쪽으로 흘러내리는 시오에 강(潮江川 : 가가미 강) 강변에 있는 산덴(散田) 저택에서 보통 머물며 정무를 보고 있다. 강 건너편에 히쓰 산(筆山)을 바라볼 수 있는 성 밑 거리 제일가는 경승지로, 산과 물의 조석 변화는 요도의 시상(詩想)을 부풀리기에 가장 알맞은 곳이기도 했다.
사사키와 유히는 중신 후쿠오카 구나이를 따라 산덴 저택으로 찾아갔다.
요도는 막 일어나는 참이었다. 대체로 그는 늦게 일어난다. 이 시인 영주는 늦잠을 자는 편이다. 다른 사람들은 보통 9시 정도면 모두 잠드는데, 요도는 그 무렵이면 한창 밤술을 마시는 때였다. 자리에 들어서도 곧 잠을 이루지 못하고 누운 채 책을 읽다가 때로는 그 책에 끌려서 12시를 넘겨 버리기도 한다.

잠자리에서 시상에 잠길 때두 있다. 그런 때는 손을 뻗쳐 벼루를 끌어당겨서는 떠오른 시를 적어 둔다. 본디 영주란 어렸을 때부터 일상 행동에 엄한 훈련을 받아 예의범절에서는 거의 인공적이라고 할 수 있는 사람이 만들어지는 법이지만, 요도의 일상생활은 시정의 문인과 별다른 차이가 없었다.

그는 사사키 등과 객실에서 만났다.

"무슨 일인가?"

자리에 앉자마자 사사키와 유히를 힐끗 쳐다본다. 날카로운 눈빛은 검객의 그것과 비슷하다. 검객이라는 말이 나왔으니 말인데, 요도는 무가이류(無外流)의 명수여서 서민으로 태어났다면 검술을 가지고도 충분히 밥을 먹을 수 있는 사람이었다. 거기에 타고난 자부심이 더해져서 천하를 깔보는 기개가 눈빛에 나타나 있었다.

요도는 자기 자리에서 가장 가까운 곳에 앉아 있는, 문벌 중신인 후쿠오카 구나이는 거들떠보지도 않고 있었다. 가신들의 재능을 극단적으로 사랑하는 요도는 무능하고 거드름만 피울 줄 아는, 선대부터의 장식품 같은 존재인 중신이라는 인물들이 견딜 수 없도록 역겨운 것이었다.

사사키는 꿇어 엎드린 채 윗몸을 약간 들며 다다미를 내려다보는 자세로 이번 사건의 개요를 정확하게 보고하기 시작했다.

요도는 별로 놀라지도 않고 묵묵히 듣고만 있었다. 가끔 턱을 당기듯이 끄덕인다. 그 의젓한 모습은 그가 평소에 자부하고 있듯이 전국 풍운 속의 옛 영웅을 닮은 데가 있었다.

사사키는 사건의 개요를 말한 뒤 영국의 태도와 막부의 태도를 덧붙여 설명하고, 그들 양 정부 대표가 각각 군함을 타고 이 도사를 향해 오고 있는 중이라는 것도 말했다. 이어서 자신의 전망을 밝히고 도사 번이 취해야 할 태도도 의견으로서 보고한 다음, 마지막으로 마쓰다이라 슌가쿠의 서신을 올렸다.

"그 서신에 관해서는……."

사카모토 료마가 뛰어다닌 전말을 설명하고, 그 료마가 배가 떠나 버리는 바람에 탈번의 몸이면서 귀국해 버렸다는 것을 솔직히 말한 다음, 그러나 다른 번사들에게 미칠 영향을 고려해서 스사키 항내에 있는 유가오마루에 그냥 머무르게 하고 있다는 말을 덧붙였다. 요도는 일일이 끄덕인다.

마지막으로 파안대소(破顔大笑) 하며 말했다.

"뭐가 그렇게 시끄러운가?"

알아서 처리하라는 말이었다. 요도는 이 사건에 관해서 이 한 마디를 했을 뿐이었다. 사사키의 수완을 믿고 있었기 때문이리라.

사태가 성 밑 거리에 알려지자, 도사 번은 세키가하라 전쟁 이래 가장 큰 소동이 벌어졌다.

하급 관리들은 일손이 잡히지 않았고, 혈기에 날뛰는 자들은 칼을 어루만지며 시중을 뛰어다녔으며, 민간인들은 여기저기 골목에 몰려서서 될 수 있는 대로 많은 소문을 들어 보려고 했다.

"벌써 영국 군함이 스사키에 들어와 있단다."

스사키 항내의 미쿠니마루를 영국 군함으로 잘못 알고, 10리 밖인 고치 성 밑 거리에서 떠들어 대는 장면도 있었다. 번청의 회의도 갈팡질팡할 뿐 좀처럼 결론을 얻지 못했다.

그 무렵 교토에 있는 나카오카 신타로는 멀리 교토에서도 이런 사태를 훤히 짐작하고 재경 번리에게 편지를 내어 실증을 토로했다.

"미안한 말이지만 우리 도사 번은 너무나도 고지식한 폐단이 있소. 무슨 일이든 이론에만 치우치고 일정한 방침을 세워서 관철하는 능력이 없으며, 말만 많고 핵심이 분명치 않소."

그렇게 도사 번 관리들의 단점을 기막힐 정도로 분석히고 한편으로는 가슴 아파하고 있었다.

"마침내 그들(영국)의 술수에 빠지게 되리라."

물론 나카오카가 말하는 그런 폐단은 도사 번에 한한 것이었다. 그것은 어쩌면 3백 년의 막번 체제가 낳은, 행동성과 기능성을 잃은 관료제도의 폐해이리라. 그러므로 그런 체제를 무너뜨리고 재기 발랄한 새 기구와 새로운 사회를 건설하지 않으면 일본은 망하게 된다는 것이다. 그것이 혁명가인 동시에 각 번의 지사들 가운데서도 가장 뛰어난 평론 능력을 가지고 있는 나카오카 신타로의 결론이었다.

어쨌든 번청은 당황하면서도 유히와 사사키가 제시한 기본 방침만은 따르기로 하고, 일곱 고을의 행정 담당자에게도 그 결의를 곧바로 시달했다.

"어디까지나 협상이다. 번으로서는 병력을 동원하지 않는다."

그런데 이러한 번청의 시달을 아예 무시해 버리고 칼자루를 쓰다듬고 있는 젊은 중신이 있었다. 올해 30이 되는 이누이(이다가키) 다이스케였다.

다이스케는 이미 군사총재(軍事總裁)였다. 그는 이 자리에 취임하자 거의 만용에 가까운 용기를 내어 번의 낡은 군제를 없애고, 그가 에도에서 연구한 서양식 총부대를 채택했다. 가신들 가운데 수구파들은 크게 반대했으나 다이스케는 그것을 묵살했다.

그렇다고 해서 번 체제 그 자체를 무너뜨릴 수는 없었으므로, 그 절충 책으로서 상급 무사, 보졸의 차남, 삼남들로 총부대를 조직하고 각대 대장으로는 가신들 가운데에서도 가장 용감한 젊은이들을 골라 임명했다. 가다오카 겐키치(片岡健吉), 야마다 기쿠마(山田喜久馬), 후다쓰가와 겐스케(二川元助), 야마지 주시치(山地忠七), 소후에 가세이(祖父江可成), 기다무라 조베(北村長兵衞) 등이다.

상급 무사는 좌막이라는 것이 도사 번의 특징이다. 그러나 이누이는 사사키와 더불어 그 예외였고, 특히 막부 타도를 위한 정열은 더욱 첨예화해 가고 있었다. 이미 앞서 말한 각 대장도 이누이의 영향을 받아 은근히 막부 타도의 뜻을 굽혀가고 있었다.

이누이는 그가 지난 몇 달 동안에 조직한 이 서양식 군대에 대해 비상소집령을 내리고, "적은 영국 군함과 막부 군함, 다만 이것은 연습이다"라는 지시 밑에 우라도(浦戶), 다네자키(種崎), 스사키(須崎) 등 각 연안 지방으로 급파했다. 그들의 복색은 아직 양복이 만들어지지 않았으므로 모두 머리띠를 두르고 검술용 도복을 입었으며, 하카마의 양쪽 허리를 잔뜩 치켜 올리고 있었다.

4일, 막부 군함 가이텐
스사키에 입항.
6일, 영국 군함 바실리스크 호
뒤이어 스사키에 입항

영국 군함이 늦어진 이유는 공사 일행이 아와(阿波), 하치스카 영주의 초청을 받고 도쿠시마(德島)에 들렀기 때문이며, 그들은 요함(僚艦) 살라미스 호를 도쿠시마에서 오사카로 돌려보내고 한 척만이 스사키에 입항했다.

"본디 도사인들은 기질이 거칠다는 평이 있다."

이 말은 이때 도사에 들이닥친 영국 공사의 통역관 어네스트 사토가 그의 저서에서 한 말이다.

사토의 글을 빌리면 다음과 같다.

이른 아침 우리는 도사의 자그마한 항구 스사키 앞바다에 닻을 내렸다. 항내에는 막부함 가이텐과 도사 군함 유가오마루가 머물러 있었다. 우리는 적대적 행동을 충분히 각오하고 있었으므로 전투준비를 갖추고 있었나.

"영국함은 그 폭풍우 때문에 늦었던 것이다"라고 사사키 산시로는 그의 저서에서 말하고 있다. 그러나 영국함 요인들은 그 폭풍우가 휘몰아친 날, 하치스카 영주의 초청을 받고 세 채의 가마에 실려 도쿠시마 성으로 향하고 있었으므로, 비를 맞아 흠뻑 젖기는 했지만 함상에서 그 폭풍우를 만난 것은 아니었다.

료마는 영국함이 스사키 앞바다에 나타났을 때 마침 유가오마루를 빠져 나와서 막 모래펄에 상륙했다. 물론 위법이었지만 선장 유히 게이사부로도 '모래펄까지라면' 하고 눈을 감아 준 것이었다.

바닷가의 해상운송점 뒤켠, 큼직한 헌 술통들이 굴러 있는 그늘에서, 아무도 모르게 고치 성 밑 거리를 빠져 나온 동지 오카우치 슌타로(岡內俊太郎)와 몰래 만났다.

"료마가 스사키에 와 있다"는 비밀이 어떤 경로를 통해서인지 고치의 동지들 귀에 들어간 것이었다.

료마는 오카우치에게 교토의 절박한 사정을 자세히 얘기하고, 동시에 더욱 과열하기 시작한 사쓰마의 번정도 설명해 주었다. 감정이 격해지기 직전의 조슈 사정을 자세히 써 보낸 가쓰라 고고로의 편지도 보여 주고 말했다.

"막부를 쓰러뜨릴 시기는 바로 눈앞에 닿았다. 도사만이 사쓰마 조슈에 뒤진대서야 되겠는가? 나는 대정봉환안을 진척시키고 있지만, 그 안도 막부 타도를 위한 무력의 배경 없이는 이루어질 수 없다. 이누이 다이스케 등 본국에 있는 동지들에게 번론을 통일하도록 잘 말해 주게"
그런 말을 지껄이면서 천하를 움직이고 있는 셈인 자신이 도사 번 항구의 술통 그늘에서 수군수군 밀담을 나누고 있는 것이 스스로도 우스웠다.
"마치 하녀와 하인이 사랑이라도 속삭이고 있는 것 같지 않나?"
"그건 그렇고, 곤페이님과 오토메님은 자네가 스사키에 와 있다는 것을 아시나?"
"모르실 거야."
"나는 곧 성 밑 거리로 돌아갈 텐데 전해 드릴까?"
"그만 두게. 설사 알고 있더라도 만나러 오거나 하지 말라고 일러 줘. 애인은 만나지 않으면 탈이 날지 모르지만 동기간이야 만나지 않더라도 변함이 없을 게 아닌가?"

료마와 오카우치 슈타로가 술통 그늘에서 밀담을 나누고 있는 동안에도 한길에는 번병들이 요란한 발소리를 울리며 이리 뛰고 저리 뛰고 있었다. 이누이가 자랑하는 서양식 총부대가 달려오는가 하면, 가까운 시골 마을에서 녹슨 창을 둘러메고 달려온 향사패들도 떠들썩하게 지껄이며 달려가고 있다.
료마는 냉소하고 말했다.
"무슨 군대가 이 따위냐. 이렇게 뿔뿔이 흩어져서 떠들고만 있어서는 막상 전쟁이 일어났을 때는 지리멸렬할 뿐이다. 강력한 군대란 구령이 내리는 순간까지, 소리 없이 조용한 법이야."
료마는 그 말을 이누이 다이스케에게 전해 달라고 했다. 그리고 앞바다에 머물러 있는 영국 군함을 가리키면서 말했다.
"저 마스트를 봐. 제독의 깃발이 게양되어 있지 않다. 저것은 싸울 뜻이 없다는 증거야. 군사총재인 이누이가 그런 것도 모르고 부하들을 이리 뛰고 저리 뛰게 하니, 대체 무슨 짓이냐고 하더라고 전하게."

"알겠네."

오카우치 슌타로는 말을 타고 와 있었다. 료마와 헤어신 뒤 그대로 백 리 길을 달려 고치 성 밑 거리에 이르자, 곧장 지도관(致道館)으로 갔다. 이 지도관을 이누이 다이스케는 임시 본영으로 삼고 있었다.

"료마를 만나고 오는 길이오."

오카우치는 료마가 말한 교토 정세와 사쓰마 조슈의 움직임을 보고한 다음 예의 제독 깃발 얘기를 했는데, 이누이는 싱긋 웃기만 했다.

"다이스케는 웃기만 할 뿐, 아무 대답도 하지 않았다."

오카우치는 뒷날 이때의 태도를 간결하게 전해 주고 있다. 이다가키 다이스케는 보신 전쟁이 일어났을 때 사쓰마 조슈 도사 삼번의 지휘관 가운데서도 가장 유능한 지휘관으로 인정받게 되는 인물인데, 이런 점은 아직 젊으면서도 과연 전군(全軍)의 장다운 풍모를 내비친 것이라고 할 수 있었다.

다이스케 곁에는 가미(香美) 고을 노이치 마을(野市村)의 향사, 오이시 야타로(大石彌太郎)가 서 있었다. 오이시는 도사 근왕당 최고 고참 인물이며 다케치 한페이타 사건 때 용케 살아남아서, 지금은 이누이 다이스케의 비밀 활동을, 말하자면 참모로서 개인적으로 돕고 있는 중이었다.

그 오이시가 오카우치 슌타로에게 말했다.

"료마에게 걱정하지 말라고 해라."

그리고 번병들이 연안 일대를 뛰어다니고 있는 까닭을 넌지시 설명했다.

"사실은 영국 군함이 목적이 아니다. 막부 타도를 위한 거병이라는 단계에 이르렀을 때를 위한 실지 연습을 하고 있는 거야."

도사 번의 방침은 어디까지나 막부 옹호다. 그러나 일단 교토에서 막부 토벌전이 벌어지면 다이스케는 군사총재로서 독단으로 번병에 동원령을 내려, 교토로 진격하려는 속셈인 것이다.

"그때를 위한 동원훈련이다. 말하자면 영국인은 그 구실이야"

오이시는 말했다.

오카우치는 다시 말을 타고 스사키로 달려와 료마에게 그 진의를 전했다.

"구실이라……."

료마는 술통 그늘에서 웃음을 터뜨리기 시작했다.

—료마는 포복절도했다.

이 이누이 다이스케의 기지와 뱃심이 료마에게는 어지간히 유쾌했던 모양이다.

일단 스사키 앞바다에 닻을 내렸던 영국함은 역시 교섭상의 불편을 느껴 항내로 깊숙이 들어오려고 했다.

항내로 들어온다는 것은 다소의 위험이 따르는 일이었다. 도사 번 연안포의 사정거리 안에 깊숙이 들어오는 셈이 되며, 어둠을 틈타 적이 거룻배 같은 것을 타고 기습해 올지도 몰랐기 때문이다.

"저 우스꽝스런 청동대포에 조준을 잘 맞춰 놓도록. 마스트에서 망을 보는 병사도 포대 위에 있는 사람의 움직임을 빈틈없이 감시하도록 해 주오."

공사 퍼크스는 함교(艦橋)까지 올라가서, 타고난 성미대로 함장 쪽으로 큰 소리를 질렀다.

함장은 불끈한 모양이었다.

"공사님, 친절은 감사합니다만, 조준도 감시도 여왕 폐하의 해군이 수행하는 임무입니다."

그러고 점잖게 항의했다.

그 무렵 극동에 와 있던 각국 공사 가운데 퍼크스만큼 활동적인 인물은 또 없었으리라. 그러나 퍼크스의 유능성은 토목공사 인부들의 책임자 같은 건강과, 점잖지 않게 화를 잘 내는 그 성미가 바탕이 되어 있었다. 화가 나면 이것저것 가리지 않고 상스러운 영어로 소리 질렀다.

"동양인을 상대할 때는 논리보다도 고함과 채찍과 대포에 의한 위협이 훨씬 잘 통한다."

그렇게 믿어 온 사나이였다. 실제로 그는 청국에서 그런 방법으로 성공을 거두었다. 그가 광동(廣東) 주재 영사로 있을 때, 제2차 아편전쟁에 불을 지른 역할을 한 것은 유명한 사실이다. 그 뒤 그는 상하이 주재 영사를 거쳐 일본 주재 공사로 영전했다. 부임했을 무렵에는 일본인에 대해서도 미개인을 다루듯하려고 했다.

"이 나라에선 그런 방식이 통하지 않는다."

젊으면서도 거의 천재적인 정세 분석력을 지니고 있는 통역관 어네스트 사토가 그때그때 이 저돌적인 상사를 교육시켜 왔다.

"일본에는 유럽 선진국과 별 차이가 없을 만큼 교육이 보급되어 있으며, 무사의 대부분은 지식인이다. 다만 지식이나 문명의 계열이 유럽과는 다를 뿐이다."

그렇게 사토는 생각하고 있었고, 공사가 외교 수단으로 삼고 있는 허갈(虛喝 : 막부 말기 당시의 유행어. 사토는 글자를 보고 읽을 수도 있었고, 정확히 쓸 줄도 알았다)은 단순히 일본인들의 반감과 모멸을 살 뿐이라고 보고 있었다.

사토의 일본어 실력은 문어체를 읽을 수 있을 뿐만 아니라, 속어, 방언까지도 알아들을 수 있었다. 이를테면 그의 일본어 실력을 어떤

기회에 막부 관리가 칭찬하자,

"그런 비행기는 타고 싶지 않소!" 라고 에도 말씨로 재치 있게 받아 넘긴 일이 있을 정도였다.

이 젊은이의 통찰력은 "일본의 장군은 법적으로 볼 때, 제후의 우두머리 같은 것이고 원수는 아니다. 원수는 잠재적으로 정권을 지녀 온 교토의 천황이다"라는 것을 발견할 정도로 뛰어났다. 그는 영국 여왕은 일본 천황을 상대해야 한다고 주장해 왔다. 그 발견이 영국으로 하여금 반막부파인 사쓰마 조슈와 접근케 했다고 할 수 있다.

어쨌든 영국 군함은 항내로 진입하여 막부함 가이텐 곁에 닻을 내렸다.

번 전체가 온통 떠들썩하는 가운데서도 요도는 고치 성 밑 거리의 산덴 저택을 떠나지 않았고, 그 안색이나 태도 역시 평상시와 다른 데가 없었으며, 일과 중에도 여전히 술병에서 손을 놓지 않고 있었다.

다만 관리들이 하도 떠들어대자, 차마 볼 수 없다는 듯이 중신 몇 명을 불러들여 말했다.

"겨우 영국 군함 한 척쯤 온 것을 가지고 동분서주 법석을 떨며 그들을 격퇴하자고 야단들을 치는 것은, 언뜻 보면 용감한 것 같지만 용기도 아무것도 아니다. 단순한 미친 짓이다. 도사인은 세계를 적으로 삼고 큰 싸움을 벌일 만한 도량을 지녀야 하지만, 그러자면 심신을 조용히 가라앉히고 뜻을 크게 품어야 하며 눈은 먼 곳을 바라 본 채, 이런 하찮은 일 따위는 일상 잡무를 다루듯이 가볍게 처리할 줄 알아야 한다."

그런 요도의 태도에는 역시 평범한 관리들과 견줄 수 없는 의젓한 데가 있었다.

담판 위원이 네 사람 선출되었다. 고토 쇼지로, 유히 이나이, 와타나베 야쿠마, 사사키 산시로 등이다.

그들이 고치를 떠날 때, 군사총재 이누이 다이스케의 부하인 부대장 소후에 가세이가 나타나 말했다.

"여러분은 담판을 하러 간다지만, 우리는 서양인들의 상륙을 절대로 허락하지 않겠소. 서양인뿐이 아니오. 막부함의 승무원이건 뭐건, 양복을 입은 놈이 단 한 발자국이라도 도사의 땅을 밟을 때는 서양인 무리와 같은 놈들로 보고 총살해 버리고 말겠소."

그가 짖어 대듯 떠드는 바람에 사사키는 질겁하여 차근차근 타일렀다. 그래도 불만이 덜 가라앉은 듯했으나, 어쨌든 그는 물러갔다.

네 사람은 가마를 타고 스사키를 향해 길을 서둘렀다. 도중 나고산(名古山)을 넘으며 휴식을 취할 때, 고토 쇼지로는 말했다.

"집안일은 아무래도 내 힘으로는 자신이 없네."

담판 결과를 가지고 번내 사람들을 납득시킬 능력이 자기에게는 없다는 뜻이었다. 고토의 허풍과 건달식 수법, 그리고 낭비벽은 번내에서도 유명해서 요즘은 아무도 고토를 상대하려고 하지 않았.

그 점에 대해, 사사키 산시로는 중신층에나 젊은층에나 대체로 신망이라고 할 수 있는 것을 지니고 있었다.

"자네가 집안일을 맡아 주게."

고토가 말했다.

"그 대신 영국 사람들과 담판을 하는 것은 내가 맡기로 하지."

그의 말에 모두 웃으며 찬성해 주었다. 과연, 외국인을 상대하는 데는 고토형의 인물이 적격이리라.

스사키에 닿자 고토는 번선(藩船) 유가오마루로 가서 선실에 있는 료마를 만났다.

오테키마루 119

료마에게 담판 요령을 들어보기 위해서였다.
"정직하게, 그리고 성실히 대하는 거다. 그 다음은 임기응변이야. 이쪽에 성의가 있다는 것만 상대방이 알아주면 애기는 쉽게 끝날 수 있을 거다."
"분명히 범인은 자네의 대원이 아닐 테지?"
"아니다. 왜냐하면 나는 현장을 보지 않았기 때문이야. 여기까지 와서 떠들어 대고 있는 영국 녀석들도 막부 녀석들도, 누구 하나 현장을 본 자가 없다. 다만 영국 측이 그런 점에 생각이 미쳐서 나가사키에 가서 공동 조사를 하자고 하면 성의껏 응하도록 하는 것이 좋을 거야."
고토는 육지로 되돌아왔다.
담판은 영국 군함 위에서 한다는 결론을 보았다.

7일 오후, 고토 쇼지로는 혼자 자그마한 배를 타고 영국함으로 향했다.
두툼한 어깨를 명주 문복(紋服)으로 감싸고, 흰 칼자루에 납빛 칼집의 대소도, 검은 버선에 흰 끈이 달린 짚신—대체로 그런 차림을 하고 멀리 바다에 눈을 던지고 있는 모습은 얄미울 만큼 침착했다.
다른 세 위원이 함께 가지 않은 것은, 해안 일대에 모여 있는 이누이 다이스케 휘하 번병들의 움직임이 지나치게 험악했기 때문이었다. 사사키 산시로는 그의 조정능력을 발휘하여 그들을 위무하고 있는 중이었다.
이윽고 함상으로 올라가자 갑판에는 사관의 지휘를 받는 일대의 수병들이 늘어서 있다가 그에게 경례를 했다.
"수고들 한다."

고토는 한 마디 던진 채, 통역관 어네스트 사토의 안내를 받아 사관실로 들어갔다. 긴 테이블 둘레에 열 두어 개쯤 되는 의자가 놓여 있다.

사토의 소개가 있자 공사 퍼크스는 살짝 일어나는 듯하다가 곧 다시 앉았다. 거의 오만불손이라고 해도 좋을 태도였다.

사토는 고토를 이렇게 소개했다.

"도사 번의 각료입니다."

인사도 하는 둥 마는 둥 한 채 퍼크스는 발언을 시작했다. 굉장한 기세로. 도사 번 병사가 우리나라 군인을 죽였다. 그런데도 번에서는 범인을 숨겨 주고 있다. 도대체 이게 무슨 짓이냐 라고 소리 치면서 테이블을 두드렸다.

어느덧 그는 일어나 있었다.

고토는 먼 산만 바라보며 거의 냉소하고 있는 것 같은 표정이었다. 그 태도가 퍼크스를 더욱 격앙케 했다.

그것은 격앙이 아니라 퍼크스의 수법이었다. 본디 동양인에 대해서는 우선 호통부터 쳐서 상대방의 기를 죽인 다음 의논할 문제로 들어가는 것이 그의 수법이었으며, 광동과 상해에서도 그런 방법으로 성공을 거두고 있었다.

호통을 치고, 발을 구르고, 때로는 그릇이 튀어오를 만큼 힘껏 테이블을 두드려 댄다. 통역관 사토마저 손을 댈 수 없는 정도로 미친 사람 같았다. 잠시 뒤 그는 잠잠해졌다.

사토에게 통역을 시키기 위해서다.

이 섬세한 신경을 지닌 젊은 통역관은 상사의 발언을 될 수 있는 대로 온건한 일본어로 바꾸어서 고토에게 전했다. 그러나 고토 자신이 범인이기나 한 것처럼 따지고 드는 말투는 여기저기에 끼어 있었다.

고토는 한결같은 표정으로 끄덕이고는 퍼크스에게 말했다.
"우선 묻고 싶소. 처음 우리는 귀관이 교섭을 목적으로 이 도사까지 온다는 말을 들었는데, 암만해도 그렇지 않은 것 같소. 적어도 나는 사신이오. 그런데도 지금 그 무례하고 난폭한 태도는 뭐요. 결국, 목적은 교섭이 아니라 도전이었단 말이오? 도전이라면 나는 더 이상 이 자리에 앉아 있을 필요가 없다고 보오. 담판을 멈추겠소."
사토는 놀랐다.
이미 격식대로 통역만 하기보다는 상사를 타이르는 것이 선결 문제라고 생각하자, 자리에서 일어나 퍼크스 곁으로 가서 귓속말로 뭐라고 속삭였다.

사토의 속삭임은 금방 효과를 보였다. 이 주정뱅이 같은 공사가 갑자기 태도를 바꾸었기 때문이다.
"그가 그런 말을 하던가?"
공사는 고토의 만만치 않은 응수에 탄복한 듯, 고토를 보는 눈이 달라졌다. 사토는 이어서 말했다.
"그는 공사께서 지금까지 대해 온 인물과는 좀 종류가 다른 것 같습니다."
퍼크스는 일본에 부임한 이래, 이 젊은 통역관의 인물을 보는 안목을 믿고 있었으므로 순순히 태도를 바꾸었다.
"내가 지나쳤소."
퍼크스는 일어나 사과했다. 이 식민지 상인 출신(그런 전력이 있었다) 외교관은 일을 재빠르게 처리하는 사람인 반면 단순한 데가 있는 사나이였다.
"실은 나의 선입견이 내 언동을 그르친 것으로 생각하오. 나는 일찍이 중국 고관들을 상대해서 여러 가지 교섭을 해 왔소. 그때는 다짜고짜 위압적인 태도로 임하지 않으면 회의가 늘 진척되지 않았소. 그 좋지 않은 경험이 귀관에 대해 무례한 언동을 하게 했소. 깊이 사과드리는 바이오."

"알았으면 됐소."

고토는 담뱃대에 담배를 담으면서 끄덕였다.

이리하여 담판은 시작됐으나, 퍼크스는 어디까지나 범인은 도사인이라는 전제하에 문제를 논했고, 고토는 끝까지 그렇지 않다고 주장할 뿐이어서 도무지 얘기는 결판이 날 것 같지 않았다.

'이것은 협상이 아니다.'

사토는 통역을 하면서 절망적인 심정을 금치 못했다.

담판 도중 선실 바깥으로 기묘한 광경이 보였다. 산기슭을 끼고 동서로 뻗은 도로 위에 무장한 병사들이 떼를 지어 몰려다니고 있는 것이었다.

퍼크스는 다시 핏대를 세웠다. 외교 교섭 중 군대를 풀어놓는다는 것은 있을 수 없는 일이라고 생각한 것이다.

노기를 머금은 투로 따지고 들었다.

"저건 대체 뭡니까?"

고토는 힐끗 선창을 내다보고는 가볍게 웃으면서 말했다.

"아무것도 아니오. 멧돼지 사냥을 하고 있는 겁니다."

이 뱃심 좋은 대꾸에는 퍼크스도 쓴웃음을 짓지 않을 수 없었다. 더 이상은 그 문제를 들먹이지 않았다.

"어쨌든 이런 식으로는 끝장이 나지 않소."

고토는 통역관 사토를 향하여 말했다.

"서로 자기 주장을 버리기로 합시다. 나는 범인이 도사인이 아니라는 내 주장을 버리겠소. 귀관측은 도사인이 범인이라는 주장을 버리시오. 그리고 쌍방이 나가사키에 사람을 파견하여 공동 조사를 하는 것이 어떻겠소?"
그렇게 말했으나 퍼크스는 계속 끈질기게 버텼다.
"아니오. 우리는 확증을 가지고 있소."
고토는 쓴웃음을 지을 수밖에 없었다. 결국 이날은 이쯤으로 헤어지고 말았다.
고토가 돌아간 후 퍼크스는 완전히 그의 인물에 반해 버렸다.
"내가 지금까지 만나 본 일본사람 가운데에서 가장 총명한 인물의 하나다."
"저도 그렇게 생각합니다."
이렇게 대답한 사토는 그의 회고록에 다음과 같이 쓰고 있다.

인격적인 박력을 지닌 사이고를 제외하면 그 이상의 인물은 없으리라고 생각했다.

퍼스크란 사나이는 고토처럼 자존심에 넘치는 상대에 대해서는 예의를 갖춘 태도를 보이지만, 같은 일본인이라도 눈치나 보는 상대에 대해서는 악귀 같은 태도를 취하는 듯했다.
고토가 돌아간 뒤, 막부 군함으로부터 외교 담당관격인 히라야마 즈쇼노카미가 왔다. 사토 등 젊은 관원들이 '늙은 여우'라고 부르며 경멸하고 있는 막부 관리다. 교양은 있는지 모르지만 무능하고 교활하고 늘 눈치만 살피고 있었다.
이때만 해도, 교섭이 일단 끝난 다음이니 얼굴을 내밀어 봤자 아무 소용도 없는 것이었다. 그러나 히라야마로서는 도사와 영국 측이 서로 맞붙기라도 할 기세로 담판을 벌일 석상에 얼굴을 내밀었다가, 막부측으로서의 발언을 요청받고 배부른 소리를 하게 되면 두고두고 쌍방에 어떤 언질을 주는 결과가 될지도 모르는 일이어서, 책임 상 불리하다는 생각에 회피하고 만 것이었다.
"그것이 일본정부 관리들의 상투적인 수단이다."
퍼크스는 기세가 등등하여 소리치기 시작했다. 외무담당 행정관이라면 일국의 외무성 국장쯤에 해당하는 지위인데, 퍼크스는 마치 급사라도 꾸짖듯이 마구 야단을 친 것이다.
사토의 회고록에 의하면

고토가 돌아가자, 그 뒤에 히라야마가 나타났다. 공사는 그에 대해 어지간히 심한 말을 했다.
'당신은 어린애가 심부름을 하는 격이오.'
그렇게까지 욕설을 퍼부었다. 그러자 히라야마는 여기까지 오는 동안 또는 도착 뒤의 여러 가지 고생, 그리고 도사 번 측이 이번 혐의로 몹시 분개하고 있다는 것 등을 불쌍해 보일 만큼 풀이 죽어 호소했다.

그렇게 적혀 있다.
이날 밤 퍼크스는 사토에게 말했다.
"막부 관리와 번의 관리는 무척 다르군."
막리는 겁쟁이고 번리는 뼈대가 있다는 것이었다. 본디 그런 관찰을 영국측은 전부터 하고 있어서 막부를 제쳐놓고 반막 의식이 강한 대번에 대해 장래를 기대하도록 하자는 것이, 영국 대일 외교의 비밀 기조가 되어 가고 있었다.
"나는 이렇게 생각하네."
퍼크스는 사토에게 말했다. 이 담판을 기회로 해서 도사 번과 밀접한 관계를 맺고 싶다는 것이었다. 사쓰마와 전쟁 결과 영국은 사쓰마 번과 가까워져서 지금은 서로 이익을 얻고 있지만, 도사 번에 대해서도 같은 관계가 되고 싶다는 것이, 언뜻 보기에 이 거칠기만 해 보이는 공사의 속셈이었던 것이다.

다음날도 담판은 이어졌고, 결국 고토가 제안한 대로 쌍방이 공동조사를 하기로 했다. 그 뒤 퍼크스와 고토는 일본의 현상에 대해 의견을 나누었고, 사토의 표현에 의하면 "서로 영구적인 교류를 맹세"했다. 하기는 이 사적인 석상에서도 고토는 담판에 임할 때의 퍼크스의 태도를 비판하여 위협의 말을 했다.

"내가 대표로 왔으니 망정이지 다른 도사인이 대표로 왔다면 이처럼 점잖게 끝나지는 않았을 거요."

퍼크스는 불끈한 얼굴이 되었으나 애써 그것을 참아 넘기고 헤어질 때는 얼싸안을 듯한 친근감을 보이며 고토를 배웅했다.

결국 막부, 도사, 영국의 대표가 나가사키로 가게 되었다.

그러나 영국 공사 퍼크스가 아무리 활동적인 사람이라 해도 더 이상 수사원 같은 일까지 할 수는 없었으므로 스사키에서 바실리스크 호로 곧장 근무지 에도를 향해 돌아왔다.

뒷일은 어네스트 사토가 맡아 보게 되었다. 늙은 여우라고 불리는 막부의 히라야마 즈쇼노카미야말로 따분한 신세가 되었다.

"당신이 직접 나가사키로 가야 하오."

퍼크스가 주장을 한 것이다. 자기는 오사카에 공무가 산더미처럼 쌓여 있다는 말을 히라야마는 넋두리처럼 늘어놓았으나, 결국은 굽혀서 일단 오사카에 되돌아갔다가 배편으로 나가사키에 가기로 했다. 히라야마 노인은 완전히 풀이 죽은 모습이었다.

이것은 장난기와 야유가 심한 사토의 표현이다. 게다가 스사키에서 고치까지 갔다 오는 동안에 그에게 젊은 도사 번 번사들이 돌을

던지는 사태까지 벌어져, 이 히라야마의 처량한 신세는 마치 쓰러져 가는 낡은 정권의 무능한 외교관의 모습과 그 가엾음을 그림으로라도 그린 것 같았다.

"요도공을 만나 볼 생각은 없는가?"

출발 전 고토가 사토에게 권하자, 사토는 기꺼이 그것을 받아들였다. 이 사쓰마 조슈와는 별개의 입장을 취하고 있는 대번의 대표자를 알아 두었다가, 뒤에 정세 분석을 위한 자료로 삼는다는 것은 외교관으로서 당연히 필요한 일이었다.

그들은 성 밑 거리의 산덴 저택에서 만났다.

대면 장소는 2층에 마련되어 있었다. 요도는 문지방 가까이까지 마중 나가 정중하게 일본식 인사를 했다. 사토 또한 익숙한 일본식 절로 공손히 경의를 표했다.

방은 일본식 방에 의자를 놓은 형식이었다. 요도는 도코노마에 놓인 중국풍의 자단나무 팔걸이의자에 앉았고, 사토는 보통 등의자에 앉게 했다. 고토 등 중신들은 옆방 문지방 곁에 무릎을 꿇고 앉았다.

사토는 회고록에서 말하고 있다.

"요도는 키가 크고 살짝곰보에 이가 좋지 않은 사람이었다. 다소 성급하게 말을 하는 경향이 있었다."

예의 사건 얘기가 나왔을 때 요도는 쓴웃음을 지으면서 말했다.

"도사는 증거도 없이 의심을 받고 있다."

사실, 요도가 입수한 정보(이요 우와지마의 다테 무네노리가 보내 온)에 의하면, 막부 각료는 영국 공사에 대해 확언을 했다고 한다.

"범인은 도사 번사임에 틀림없다."

막부는 도사가 대정봉환이라는 반역적인 움직임을 보이기 시작한 것에 신경이 곤두서서, 이 기회에 영국을 부채질해서 도사 번을 난처하게 만들 속셈인 듯했다. 이 견해는 요도도, 고토도, 그 밖의 번사들도 가지고 있었다.

막부에 호의를 가지고 있지 않은 사토 역시 그런 견해를 가지고 있었다.

그 뒤 술자리가 벌어져 시녀들이 나와 시중을 들기 시작했다. 그것이 끝나자 식사가 나왔으나, 요도는 자리에서 일어났다.

"건강이 좋지 않아서"라는 이유였다.

"사실은 좋아하는 술을 혼자서 오붓이 마실 생각이었으리라."

사토는 냉소적이지만 그러나 호의적인 눈으로 그렇게 보았다. 사토는 요도가 천하에 알려진 호주가라는 것을 알고 있었던 것이다.

료마는 유가오마루에 숨어 있으면서 끝내 형 곤페이나 누님 오토메를 만나지 않았다.

다만 출발 직전, 형 곤페이 앞으로 편지를 써서 시계 하나를 곁들여 인편으로 보냈다.

배는 13일 오후 1시 무렵에 스사키 항을 떠났다. 선장은 여전히 유히 게이사부로였다.

함께 타고 있는 사람들은 도사 번 대표인 사사키 산시로, 영국 대표인 어네스트 사토였다.

"이 도사 번의 기선은 형편없는 고물이어서, 기관은 낡아 빠져 속력은 불과 2노트(Knot)쯤이었다. 다행히 바다가 잔잔했으니 망정이지, 바람이라도 불었다면 가라앉고 말았으리라."

사토는 그렇게 쓰고 있지만, 사실은 2노트보다는 조금 빨랐다.

료마는 그사이 한 번도 갑판에는 올라오지 않았다. 지금까지 기거했던 사관실에서도 나와, 줄곧 배 밑 화부실에 틀어박혀 있었다.

사사키도 료마의 존재를 애써 숨기려고 했다. 문제가 된 '하수인'의 결사인 해원대의 두목이 함께 타고 있다는 것을 사토가 알게 되면 영국측의 심증을 더욱 굳힐 염려가 있었기 때문이다.

"내 말은 입 밖에 내지 말도록 하게."

료마도 자진해서 말하고 화부실로 내려간 것이었다.

항해 중 사토는 꼭 한 번 기관실에 내려갔다가, 기관 옆에 멍하니 앉아 있는 장신의 사나이를 보았다. 평상복에 칼도 차고 있지 않지만, 문복(紋服)을 입고 있는 것으로 보아 무사일지도 모른다고 사토는 생각했다. 그러나 유난히 쓸쓸하게 웅크리고 앉아 있는 그 사나이가 설마 사카모토 료마 이리라고는 사토는 꿈도 꾸지 못했다. 사토는 료마를 만난 일은 없지만 그 소문은 듣고 있었다. 소문에 의하면 늠름한 인상이어서, 이렇게 기관 앞에 쭈그리고 앉아 유배길을 떠나는 사람 같지는 않았다.

그때 료마는 힐끗 사토를 돌아다봤다. 그러나 무표정하게 눈길을 돌려 다시 계측기를 들여다본다. 두 사람이 얼굴을 맞댄 것은 이것이 처음이었고, 그 뒤에도 정식으로 이름을 밝히고 만난 적은 없었다.

배 안에서의 사사키 산시로에 대한 사토의 인상은 매우 희미한 것이었다. 단순한 도사 번 관리 이상으로는 사토의 눈에 비치지 않았다.

사사키 역시 사토가 질색이었다. 원래부터 서양인을 싫어하는 양이론자 출신이어서, 지금은 다소 편견이 없어지기는 했지만 갈색 머리털에 푸른 눈을 가진 서양인 모습은 여전히 기분 나쁜 것이었다. 그 때문에 사토와는 거의 대화를 나눈 일이 없었다.

그 밖에 번명에 의한 사사키의 수행원으로서 오카우치 슌타로가 있었다. 오카우치는 일찍부터 근왕파였던 관계로 료마나 나가사키의

오테키마루 129

동지들과 가까우므로 사사키가 대동하기로 한 것이리라.

　배는 14일 아침에 시모노세키에 닿았고, 다음날인 15일 저녁 5시에 나가사키 항에 입항했다.

　사토는 그의 숙소인 영국 영사관으로 가고, 사사키는 시내 이케다야에 숙소를 정했으며 료마는 일단 해원대 본부로 들어갔다.

주란 같은 달

고소네 별장의 '본부'로 돌아오자 오료가 소리를 질렀다.
"아이, 더러워!"

달아나려고 했다. 아닌게 아니라 배 밑에서 며칠을 보내고 왔으므로 얼굴도 손도 그을음 투성이였다. 옷도 축축했고 가까이 가면 왠지 중국인들이 먹는 돼지고기 만두 냄새가 풍겼다.

"그렇게 고약한가?"

료마는 품속에서 향수병을 꺼내서 어깨와 옷깃에다 뿌렸다. 그리고 태연히 방안에 앉았지만 오히려 더 이상한 냄새가 풍기어 오료는 속이 메스꺼웠다.

'남자고 여자고 모두들 야단이지만, 대체 이 사람의 어디가 그렇게 좋은 걸까?'

오료는 그러고 있지 말고 억지로라도 료마를 목욕탕에 잡아넣으면 될 텐데, 이상하게도 거기까지는 생각이 미치지 못하고 있었다.

잠시 뒤 스가노 가쿠베에, 이시다 에이키치, 와타나베 쓰요도, 나카지마 사쿠타로 등이 나타나 료마를 중심으로 빙 둘러앉았다.

"내일 나가사키 행정청으로 사사키가 불려간다. 그 때문에 오늘 밤 사사키의 숙소인 이케다야에서 밤새도록 대책을 논의하게 되어 있어."

이 모임은 그에 대비하여 기초적인 의논을 하기 위한 것이었다.

우선 료마는 막부, 우리 번, 영국 등의 태도를 짧게 설명하고 쭉 얼굴을 둘러보았다.

"정말 누가 그런 짓을 한 건 아니지?"

모두 고개를 흔든다.

"맹세코 우리 짓이 아닙니다."

료마는 그제야 숨을 돌리며 말했다.

"그 말이 듣고 싶었어. 우리가 한 짓이 아니라면 막부건 영국이건, 어떤 싸움이라도 응해 줄 테다."

그는 어지간히 기뻤던 모양으로, 어깨를 대여섯 번 추썩거렸다. 어쩌면 어깨가 근질거렸기 때문인지도 모른다. 제일 나이 어린 나카지마 사쿠타로가 그 눈치를 짐작하고 슬며시 자리에서 일어나 목욕물을 준비하러 나갔다.

그 뒤에 스가노 가쿠베에가 씁쓰레하게 웃으며 말했다.

"나하고 사사키 사카에가 의심을 받고 있지."

사건 당일 밤, 현장 근처의 가게쓰루(花月樓)에서 늦게까지 술을 마시고 있었던 흰옷 차림의 대원이란 이 스가노와 사사키 사카에였던 것이다. 행정청에서도 그것을 알고 있어서, 지금 스가노의 주변을 열심히 캐 보고 있는 듯했다. 그리고 스가노보다도 사사키 사카에가 좀더 수상하다고 행정청에서는 보고 있는 눈치였다.

사건이 있은 다음날 새벽, 해원대 소속인 오테키마루가 고동도 울리지 않고 허둥지둥 나가사키 항을 떠났다. 수상하다고 본다 해도 할 수 없게 되었지만 사실은 부대에서 오테키마루를 시운전한 것에 지나지 않았다. 항구 밖을 한바탕 돌아다니다가 정오가 조금 지난 무렵에 나가사키로 귀항했다. 그리고 스가노 등은 배에서 내렸다.

그런데 사사키 사카에 혼자만 대에서 빌린 다른 기선에 옮겨 타고 해원대의 상업상 용무를 위해 사쓰마로 떠났다. 흑설탕을 싣기 위한 것이었으나 행정청에서 보면 달아난 거라고 볼 수도 있는 일이었다.

잠시 뒤 나카지마 사쿠타로가 목욕물을 보러 갔더니, 더운 때라서 물은 벌써 데워져 있었다. 오료는 고맙다는 말도 안 하고 말했다.

"늘 기선에서 불을 때 온 솜씨라 제법이네요."

사쿠타로는 불끈했다. 어째서 이런 여자를 료마가 좋아하는지 생각할수록 한심했다.

"난 화부가 아닙니다."

"어머, 그럼 돛대에 올라가는 패인가요?"

오료는 웃지도 않고 되묻는다. 비꼬는 것도 농담하는 것도 아니었다. 천연스럽게 그렇게 묻고 있으니, 사쿠타로는 당할 도리가 없었다.

"이래봬도 사관(士官)입니다."

잔뜩 볼이 부었을 때 실랑이를 갈라놓듯 료마가 나타나, 잠자코 탕 속에 들어가 버렸다.

첨벙 하고 들어가 보니, 물은 알맞게 미지근했다. 미지근한 물을 좋아하는 료마의 성미를 알고 있는 사쿠타로의 배려이리라.

"오료, 등을 밀어라!"

료마는 소리쳤다.

오료는 준비를 마치자 비누를 가지고 들어왔다.

오료는 바느질, 요리 등 여자가 알아야 할 일은 아주 서툴렀으나, 다만 두 가지 잘하는 일이 있었다. 월금(月琴)을 뜯는 것과 남자의 몸을 기분 좋게 씻어 주는 일이다. 이 두 가지만은 아무리 토라졌을 때에도 기꺼이 응하곤 했다.

그녀는 료마의 등을 신나게 밀어 준 다음, 골고루 비누칠을 하기 시작했다.

'이상한 여자다……'

료마도 그것만은 신기해 했다.

"오료, 내가 죽더라도 때밀이가 되면 밥은 먹을 수 있겠는걸?"

료마는 정색을 하고 그런 말을 한 적이 있었다.

잠깐 사이에 료마의 때가 벗겨지고 비누 향기가 욕실에 가득해졌다.

나가사키의 좋은 점은 비누를 헐값으로 얼마든지 구할 수 있다는 것이다.

참고삼아 말해 본다면, 비누가 일본에 전래된 것은 꽤 오래전 일이어서, 도요토미 시대에도 이미 비누라는 말이 있었다. 하카다(博多)의 다인(茶人) 가미야 소탄(神谷宗湛)이 이시다 미쓰나리에게 비누를 선사했다는 기록이 있다.

그러나 에도, 오사카, 교토에서는 비누라면 비눗방울 장수가 장사용으로 쓸 뿐, 일용품으로서는 거의 쓰지 않고 있었다.

료마는 나가사키에 와서 비누를 쓸 때마다, 한여름 고치 성 밑 거리에서 사람들의 눈길을 끌던 비눗방울 장수를 떠올렸다.

"비눗방울이 하늘로 둥실둥실 떠올라 가자, 그것을 잠자리가 터뜨려 버리던 것을 난 기억하고 있어."

문득 료마는 그런 말을 했다. 료마는 잠자리의 용기에 경탄하여 지금도 가끔씩 그 생각을 하는 것이었다.

오료는 대꾸도 하지 않았다.

이윽고 료마는 욕실에서 나와 일동의 한가운데로 다시 들어와 앉자, 갑자기 생각이 났다면서 이런 말을 했다.

실은 욕실에서 고치 성 밑 거리의 비눗방울 장수를 생각하다가, 그것과는 전혀 다른 생각이 문득 떠오른 것이었다. 현상을 걸어서 범인을 찾아내자는 것이었다.

"내일, 대원 일동이 서로 나누어 시내 네거리마다 방을 붙이고 광고를 해서 범인을 가르쳐 준 자에게는 1천 냥의 상금을 내린다고 해라."

날이 저물었다. 료마는 일행을 거느리고 사사키 산시로 등 번리가 묵고 있는 이케다야를 향해 걸음을 서둘렀다.

그 일대에는 고개가 많았다. 내려다보면 시중이나 항구에는 아롱진 등불이 켜져 있었다. 기름을 아끼지 않고 등불을 켜는 것은 나가사키의 밤의 특색이리라. 교토나 오사카, 에도 등지에서는 볼 수 없는 아름다운 야경이었다.

료마 일행은 그 불빛을 등에 지고 고갯길을 올라갔다. 고갯길에 깔린 포석이 은빛으로 반짝인다. 저만큼 곤피라 산(金比羅山) 위로 보름달이 떠오르려는 참이었다.

이윽고 달은 봉우리 위로 솟아올랐다.

"귤 같은 빛이구나!"

료마는 그 달이 엄청나게 크고 불그레한 빛을 띠고 있는 것에 아주 흡족하여 큰 소리로 웃었다.

"저 달이 몇 차례나 차고 기울고 해야만 막부가 쓰러지는 걸까?"

어쨌든 그렇게 되기 위해서는 이따위 시시한 사건은 어서 끝내고,

하루바삐 교토로 올라가 가장 중요한 대정봉환 공작을 진척시켜야 했다.

이케다야에 닿자 번리들은 모두 모여 앉아 료마를 기다리고 있었다.

본국에서 온 번리는 사사키 산시로와 오카우치 슈타로, 나가사키 주재 번리는 이와사키 야타로와 마쓰이 슈우스께(松耳周助) 등이었다.

이와사키 야타로는 고토 쇼지로의 이례적인 추천으로 지금은 나가사키 주재관이 되어 있다. 신분도 주군 호위관이어서 당당한 고관이었다. 한낱 천한 낭인 출신이 계급제가 까다로운 도사 번에서 이토록 승진했다는 것은 그야말로 이례적인 일이었다.

나가사키 주재관은 번에서 세운 도사상회(土佐商會)의 책임자이기도 했다. 이 번립 도사상회의 외곽 단체가 해원대였으므로 이와사키는 해원대의 회계도 겸하고 있었다. 좀더 자세히 말한다면 이와사키는 해원대에 대해서는 번에서 파견된 회계관이라는 위치에 있었다.

료마는 곧 현상금 얘기를 했다. 사사키는 손뼉을 치면서 말했다.

"묘안이군, 백 냥쯤 내기로 할까!"

료마는 배포도 어지간히 없는 친구라고 생각했다. 1천 냥쯤은 걸어야 한다고 주장했다.

"액수가 커야만 시중은 들끓는다. 들끓어야만 막부도, 영국도, 도사측이 그토록 큰돈을 거는 것을 보고 어쩌면 범인은 도사인이 아닐지도 모른다는 생각을 하게 될 게 아닌가?"

"그런 돈은 없네."

사자 머리 같은 얼굴로 엄하게 잘라 말한 것은 이와사키 야타로였다.

료마는 불끈했다. 야타로와는 이상하게 비위가 맞지 않아, 그의 얼굴만 보면 공연히 괴롭히고 싶은 생각이 든다.

"자넨 돈만 세고 있으면 되는 거야. 내야 할 때는 핏방울 같은 돈이라도 쥐어짜서 내야 하는 것이 회계 담당관이다. 게다가 범인이 시중의 밀고로 드러난다는 것은 만에 하나도 없는 일이야. 그러니까 액수가 클수록 이쪽에서는 덕을 본단 말이야!"

"그러니까 자네 상법은 해적 상법이란 말을 듣게 되는 거다."

"그래서 어쨌다는 건가? 해적이라면 대해적이 될 수 있는 놈이 아니면 큰 장사는 할 수 없는 거야."

료마는 이와사키를 두말 못하게 몰아세워 1천 냥을 준비하도록 했다.

막부 대표 히라야마 즈쇼노카미 일행이 나가사키에 닿는 것이 늦었으므로 담판은 18일에야 하게 되었다.

그날 료마는 이시다, 나카지마, 와타나베, 스가노 등 네 명의 대원들을 거느리고 이케다야로 가서 번리측과 합류했다.

이윽고 그들 일행이 나가사키 행정청에 출두하여 양식 객실에서 기다리고 있자, 곧 막부측 대표가 나타났다. 나가사키 주재 행정관인 노세 오스미노카미(能勢大隅守), 도쿠나가 이와미노카미(德永石見守), 외무 담당관보 히라야마 즈쇼노카미, 총감찰관 도가와 이즈노카미(戶川伊豆守), 감찰관 보좌관 시다라 이와지로 등 몇 명이었다.

이어서 어네스트 사토가 나가사키 영사 플라워즈와 더불어 나타나 자리에 앉았다.

담판이 시작되었다.

이야기는 점점 범위가 좁아져서, 사건 당일 밤과 그날 이후 스가노 가쿠베에와 사사키 사카에의 거동에 관한 문제를 두고 막부측과 도사측은 격렬한 논쟁을 벌였다.
 '흐음, 정말 자세히 조사했는걸.'
 료마는 막부의 조사 능력에 탄복했다. 그들은 스가노가 그날 밤 가게쓰 루에서 어느 정도 술을 마셨는가 하는 것까지도 알아내고 있었다. 말하자면 스가노 이상으로 스가노의 그날 밤의 행동에 대해 자세히 알고 있는 셈이었다. 그뿐 아니라 난처하게 된 것은, 스가노가 진술하는 자신과 사사키의 행동 가운데 시간적으로 앞뒤가 맞지 않는 대목이 생긴 것이다.
 "이상하지 않은가?"
 막부는 그 점을 예리하게 찔러와, 스가노는 마침내 말문이 막히고 말았다.
 "그 부분은 취중이라 기억이 없소."
 그렇게 말해 버리고 말았다. 이 대답은 상대방에게 더욱 큰 의혹을 안겨 주었다.
 결국 막부측은 또 하나의 용의자 사사키 사카에를 가고시마에서 불러다 놓고, 다시 흑백을 가려 보자는 말을 하기 시작했다.
 '야단났는걸.'
 료마는 생각했다. 이런 짓을 하고 있는 동안에 시일은 자꾸만 흘러가지 않는가.
 교토의 대정봉환이란 대연극은 지금 료마가 나가사키에 와 있으므로, 막을 올린 채 무대가 움직이지 않고 있는 것이다. 나가사키에서 심의가 하루 늦춰지면, 그만큼 역사는 제자리걸음을 하게 된다.
 이윽고 휴식에 들어갔을 때, 료마는 사사키 산시로에게 사사키 사카에 소환론을 단연 거부해 달라고 부탁했다.
 담판이 재개되자 사사키는 소리를 질러가면서 소환론을 거부하고,

스가노 가쿠베에의 진술만으로도 사실은 충분히 인정할 수 있지 않느냐는 주장을 했다.

료마는 그동안 한 마디도 발언을 하지 않고 있었다. 번리도 용의자도 아니기 때문에 발언할 자격이 없는 것이다.

석상에서 무료한 대로 옷소매 속의 먼지 뭉치를 뜯어내어 만지작거리고 있었다.

'이상한 사나이다.'

사토는 그렇게 생각한 듯했다. 자세히 보니 유가오마루 기관실에 쭈그리고 앉아 있던 사나이와 비슷하다.

'누굴까?'

이렇게 생각했으나, 료마가 코를 후비기 시작했을 때는 실망하고 말았다. 보나마나 이름 있는 인물은 아니라고 생각한 것이다.

막부측은 양보하지 않았다.

끝까지 사사키 사카에를 가고시마에서 데려와야 한다고 했다. 여기에는 사사키 산시로도 더 이상 항변할 도리가 없었다.

"어떡하지?"

얼마 안 되는 다음 휴식 시간에 료마와 의논하자, 료마는 곧바로 의견을 바꾸었다.

"부득이하다. 그 대신 시일을 될 수 있는 대로 아끼기 위해 나가사키 항내에 머물러 있는 막부 기선 나가사키마루(長崎丸)를 빌리자고 해라. 상대방이 승무원의 부족을 말하면 해원대에서 채워 준다고 해 주게."

"알았어."

사사키가 자리에 돌아가 그런 제의를 하자 막부측도 받아들여, 담판은 사사키 사카에가 나가사키에 닿을 때까지 휴회하기로 했다.

승무원은 놔두고 배만 빌리기로 했다. 료마는 해원대로 돌아가 스가노, 이시다, 와타나베 등을 모아 놓고 일동을 쭉 둘러본 다음, 이시다 에이키치의 어깨를 꽉 쥐며 말했다.

"선장은 자네가 맡아 주게."

부득이한 인선이었다. 조종술에 가장 능란한 사람은 스가노 가쿠베였으나, 그는 지금 막부의 의심을 받고 있는 몸이라 나가사키를 떠날 수 없었다. 스가노 외에도 시라미네 슌메, 세키 유우노스케(關雄之助) 등 매우 숙련된 자들이 있었지만, 그들은 해원대의 상업 관련 일로 지금 오사카에 가 있었다.

"제가 해낼 수 있을까요?"

이시다는 둥그스름한 얼굴로 조용히 웃어 보였다. 언뜻 보면 우물이나 파고 다니는 인부 같은 신통치 않은 사나이지만, 네덜란드 어의 독해력은 대원 가운데에서 나카오카 겐키치 다음 가는 실력을 가진 것으로 알려져 있었다. 게다가 얼굴에서 풍기는 인상과는 달리 과감한 성격을 지니고 있었다.

이 젊은이의 경력은 그대로 막부 말기의 풍운아이기도 했다.

도사 아키(安藝) 고을 나카야마(中山)마을의 향사의 집에 태어난 그는 분큐(文久) 3년, 네덜란드 의학에 뜻을 두고 오사카로 올라와, 그 방면의 명문인 오가타 학숙(緖方學塾)에서 공부했다.

그가 오사카에 있을 때, 후에 덴추조(天誅組)의 수령의 한 사람이 된 동향 출신 요시무라 도라타로(吉村寅太郞)와 알게 되어, 그에 의한 감화로 요시무라 등이 야마토에서 거사했을 때 학당을 뛰쳐나가 그들에게 가담했다. 그 이후 이부키 슈우키치(伊吹周吉)라는 가명으로 덴추조 간부가 되어 전전(轉戰)했으나, 싸움에 패하여 총수인 전 시종(侍從) 나카야마 다다미쓰(中山忠光)를 지키며 적의 포위를 뚫고 달아나 조슈로 피했다. 그 뒤 조슈군과 더불어 하마구리 궁문의 변란에 참가하여 부상했다.

　패배 뒤 다시 조슈로 물러갔다가 막부와의 전쟁이 일어나자 조슈 기병대에 참가하여 싸웠으며, 그 뒤 료마의 해원대에 투신했다. 육전의 경험은 풍부하지만 배를 조종하는 데는 대단치 않았으므로 료마도 그 점을 감안하여,

　―자네는 해원대의 상업 업무를 맡아 주게.

　그렇게 일러두었던 사나이다. 에이키치는 유신 후 귀족원 의원 남작이 된다.

　"할 수 있고말고."

　료마는 딱 잘라 말했다. 그러나 이시다 에이키치는 선장복을 가지고 있지 않았다. 그 때문에 료마는 회계인 이와사키 야타로에게 떼를 써서 우선 20냥을 내도록 했다. 곧 사람을 외국 물품 취급상으로 보내서 옷과 구두를 사오게 하여 이시다 에이키치에게 입혔다.

　이시다 에이키치는 낡은 선장복을 입고 막부 기선 나가사키마루에 오르자 곧 닻을 올리고 떠났다.

　그전에도 나가사키마루라는 같은 이름의 막부배가 있었지만 그것은 겐지 원년 시모노세키에 머물던 중 조슈인들에 의해 불살라지고 말았다. 이시다가 탄 이 나가사키마루는 제2의 나가사키마루라고도 할 수 있는 것으로서 분큐 3년에 막부가 영국으로부터 구입한 것이었다. 배의 중턱에는 철판을 댔고 마스트가 3개, 120마력에 341톤으로 소형이기는 했지만 성능은 좋았다.

　이시다가 떠나자 료마에게는 한가한 시간이 생겼다. 나가사키마루가 돌아올 때까지는 당장 할 일이 없는 것이다.

　'무엇이든 할 일이 없을까?'

　놀고만 있을 수 없는 성격이어서, 이 허공에 뜬 기간을 어떻게 이

용할까 생각했다. 문득 생각이 미친 것은 사사키 산시로에 대한 교육이었다.
'마침 잘됐다.'
이 기회밖에는 없었다. 사사키라는 다소 모호한 막부 타도론자를 망치로 두드려도 튕겨날 정도의 막부 타도파로 만들어 버리리라 생각했다.

지금 번정(藩政)에서 권력을 쥐고 있는 막부 타도파로서는 번 육군의 이다가키 다이스케가 있다. 그보다는 다소 지나치게 권변자재(權變自在)한 존재이기는 했지만 참정인 고토 쇼지로가 있다. 다음에는 이 사사키 산시로인 것이다. 사사키에게는 이다가키와 같은 파격성도 없고 고토와 같은 허실이 뒤섞인 정치력도 없었지만, 언뜻 보아 소박한 매력이 있고 담력도 있으며 정세에 대한 이해력도 있었다.

도사 번 중신은 이 세 사람을 제외하면 나머지는 무능하든가 캄캄한 좌막파(막부옹호파)뿐이었다. 사쓰마, 조슈, 도사 세 번을 합쳐 막부 토벌군을 조직하는 방법은 이 세 사람에게 기대할 수밖에 없었다.

료마는 그렇게 결심하자 이시다를 배웅한 그날부터 이 일에 몰두했다. 매일 사사키가 투숙하고 있는 이케다야로 찾아가, "또 왔소" 하며 게다를 내던지듯 벗어버리고 이층으로 달려 간다.

"그야말로 매일이었다. 하루에 두세 번씩 오기도 했다."

사사키 산시로는 유신 후 이렇게 술회한 일이 있지만, 사사키로서는 료마가 교육을 위해 오는 것인 줄은 모르고 자기를 좋아하는 줄만 알았다.

"늘 자고 가곤 했다. 이를테면 내 숙소를 자기 집으로 삼고 있는 것 같은 형편이었다."

그렇게만 알고 사사키는 반가워했으나 료마는 늘 앉자마자 국사를 논했다. 일본이 얼마나 위태로운 가를 논하고, 열강의 의도를 분석했으며, 서양 각국의 통치 형태와 정계 상황을 설명하는 등 그야말로 지친 줄 몰랐다.

사사키는 처음 듣는 말뿐이라, 료마의 한 마디 한 마디가 모두 신선했다.

"잠깐, 장사를 돌보고 오겠네."

하고는 료마는 허둥지둥 돌아간다. 그러다가 해원대에서 상업 용무를 끝내면 다시 헐레벌떡 달려와서는 말하기 시작했다.

"아까 그 얘기의 계속이야" 하고 다시 말하기 시작하므로 사사키로서는 연속 야담이라도 듣는 것처럼 재미있기도 했다.

그러나 듣는 편도 지치는 법이다.

피곤하다는 말도 할 수 없어서 참고 있다가, 사사키는 정말 병에 걸리고 말았다.

식욕이 통 없고 때때로 이상한 기침이 나며, 저녁 무렵이면 손을 움직이는 것조차 귀찮을 정도가 된다고 한다.

'큰일났구나.'

료마는 내심 당황했다. 지금 이 사사키가 죽어 버리는 날에는 도사 번 근왕파는 무너지고 마는 것이다.

"아마 좀 과로한 모양이야."

사사키는 일부러 개의치 않은 듯 말했다.

과로일 수도 있었다. 그는 교토를 떠난 뒤 오사카, 고치, 나가사키 등 각지를 바삐 뛰어다녔고 그 여정도 무리에 무리를 더한 것이었다. 특히 폭우를 무릅쓰고 스사키 항에서 고치 성 밑 거리까지 가마를 타고 달렸던 것이 좋지 않았다. 그 뒤부터 몸이 이상한 것이다.

"내가 용한 의사를 구해 보지."
료마는 해원대 부하들과 의논하여 의사를 골라 봤다.
나가사키는 의사의 거리이기도 했다.
각 번의 번의(藩醫)와 의생(醫生)들이 이곳으로 몰려들어 네덜란드 의학을 연구하고 있으므로 명의를 찾는 것은 힘들지 않았다.
막부 의사 다케우치 겐안(武內玄庵), 동 이케다 겐사이(池田謙齋), 오무라(大村)번의 나가요 센사이(長與專齋) 등 세 사람에게 의논했더니, 세 사람이 모두 "그렇다면 만세헬드 선생이 좋을 거요"라는 말을 하고, 그 네덜란드 의사 집까지 직접 안내해 주었다.
네덜란드인 의사는 면밀히 진찰하고 나서 그 기침의 흉내를 내 보였다. 사사키는 놀랐다.
"지난 몇 해 동안, 가을과 겨울에 걸쳐 이런 기침이 나지 않았나요?"
"그렇습니다."
저도 모르게 외쳤다. 사사키가 유럽 문명에 크게 충격을 받은 것은 바로 이때라고 해도 좋았다.
"그 기침에 의해서 당신 허파가 늘어난 것 같습니다. 만약 앞으로 기침이 더욱 심해지고 자주 일어나게 되면 호흡이 짧아지고 때로는 피를 토하는 수도 있습니다. 다시 말하면 기관지가 약해졌습니다. 지금 조심하지 않으면 폐병이 될 우려가 있습니다."
"어떻게 해야 좋겠습니까?"
"정신적인 과로를 피해야 합니다. 아무 생각도 하지 말고 한가롭게 휴양하고 있으면 3, 4년 안으로 나으리라 생각합니다."
"좋은 말씀이지만……."
사사키는 난처했다. 요즘 같은 시국 아래 한가한 휴식을 취한다는 것은 바랄 수 없는 일이 아닌가?

"시국이 나의 휴식을 허락지 않습니다."

사사키가 그런 말을 하자 의사는 크게 끄덕였다. 그는 현재의 일본 정세를 알고 있는 눈치였다.

"그렇다면 한나절 일을 하면, 나머지 한나절은 쉬도록 하십시오."

사사키는 잘 알았다는 말을 하고 네덜란드인 의사 집에서 나왔다. 료마는 돌아오는 길에 격려의 말을 했다.

"피차 앞으로 50년을 더 산다 해도 소용이 없네. 시국은 앞으로 1, 2년이면 결판이 날 거야. 그러니 하다못해 2, 3년이라도 더 살 수 있도록 노력해야 하네."

9월 2일 아침, 마침 도사 상회 지붕에 올라가 항구를 바라보고 있던 대원 나카지마 사쿠타로는 두 척의 배가 돛을 오므리면서 항구로 들어오는 것을 보았다.

"돌아오는구나."

나카지마는 지붕에서 내려왔다. 해원대의 일로 가고시마에 가 있던, 용의자 대원 사사키 사카에가 탄 오테키마루를, 이시다 에이키치 등이 막부 기선 나가사키마루를 타고 소환하러 갔다가 지금 함께 돌아온 것이다. 젊은 나카지마로서는 흥분하지 않을 수 없었다.

아래층으로 달려 내려오자, 번의 나가사키 주재관이며 해원대 회계를 함께 맡고 있는 이와사키 야타로는 돼지고기국을 부어 가며 밥을 먹고 있었다.

"이와사키님, 오테키마루와 나가사키마루가 돌아왔습니다."

"응?"

야타로는 힐끗 나카지마의 얼굴을 봤으나 젓가락은 계속 움직이고 있었다. 그게 어쨌다는 거냐 하는 표정으로 바삐 밥만 먹고 있다.

"어서 준비하십시오."

사쿠타로는 말했다. 그로서는 어서 외출 준비를 하고 료마를 불러내어 같이 항구까지 마중 나가고 싶었던 것이다.

"모자라는 작자일수록 떠들어 대는 법이다."

야타로는 돌연 내뱉듯이 한 마디했다. 그러나 젓가락은 여전히 움직이고 있었다.

나가사키에 와서 이와사키 야타로는 무엇보다도 돼지고기에 맛을 들여, 중국인 상가에 매일같이 하인을 보내서 돼지고기를 사 오게 했다. 그리고 그것을 싫어하는 하인에게 억지로 끓이게 하는 것이다.

하기야 일본인들은 짐승의 고기를 절대로 먹어서는 안 되는 것인 줄만 알고 3백 년 동안 그것을 밥상에 올려놓지 않아 왔다. 도쿠가와 막부가 고기를 먹지 못하게 한 것도 그 이유의 하나이기는 했다.

대원 중에서도 야타로가 돼지고기를 먹는 것을 두고,

―부정(不淨)이다.

그렇게 보고 비난하는 자들이 있었으나 야타로는 개의치 않고 바보들이 무엇을 아느냐는 식으로 코웃음만 치고 있었다. 야타로의 말에 의하면, 일본인에게 고기를 먹지 못하게 한 것은 불교 사상도 아무것도 아니며, 도쿠가와 막부의 국민왜소화 정책에 의한 것이었다고 한다. 고기를 먹으면 기력과 체력이 충만해지고, 그 힘을 정치로 돌리는 것이 막부로서는 두려웠다는 것이다.

"봐라."

이와사키 야타로는 늘 말한다. 일본의 그림은 풍속화건 뭐건, 그림 속의 사람들은 모두 누워서 뒹굴고 있지 않은가? 배추 잎만 먹고 사니까 서서 걸어 다닐 기운마저 없는 거다. 그렇게 말하는 것이다.

그렇다고 야타로는,

—돼지고기를 잔뜩 먹고 막부를 쓰러뜨려야 한다.

이런 말은 하지 않았다. 야타로로서는 막부를 타도하는 따위의 헌 집을 무너뜨리는 일은 딴 사람에게 맡겨 버릴 작정이었다. 그의 흥미는 막부 타도 후에 있었다. 그 새 시대에 뛰어나가 서양의 상인들이 그렇듯이 천하와 국가를 뒤흔들 수 있는 거상(巨商)이 되고 싶은 것이었다. 지금 번리로서 이례적인 발탁을 받고 있는 것도 그로서는 하찮은 일이었다.

야타로는 계속 밥만 먹는다.

결국 나카지마 사쿠타로는 이와사키 야타로를 내버려 두고 혼자 고소네 별장까지 달려갔다. 료마에게 배가 들어온다는 것을 알렸다.

"그래? 가 보자."

료마는 대도(大刀)를 집어 들어 허리에 차고, 곁에 있던 스가노, 와타나베 등과 함께 밖으로 나왔다. 고개를 내려가면 길은 그대로 항구와 이어진다.

"사카모토님, 이와사키님은 곤란한데요. 모자라는 작자들일수록 떠든다면서, 항구로 나가보자고 해도 들은 체도 하지 않았어요."

나카지마는 호소했다.

료마는 씁쓰레한 얼굴을 했다. 이 지나칠 정도로 도량이 큰 사나이는 웬만한 일은 농으로 웃어넘겨 남과의 조화를 꾀하지만, 웬일인지 이와사키 야타로에 대해서만은 늘 웃는 빛을 보이지 않았다. 지금 역시 곰의 쓸개라도 핥은 얼굴을 하고 있다. 무슨 큰 이유가 있는 것이 아니라, 어쩐지 서로 마음이 맞지 않는 것이었다.

'대체 저 녀석은 어쩌자는 걸까?'

야타로도 료마를 이해할 수 없었지만 료마도 야타로라는 인물을 잘 알 수 없었다.
 '색다른 데가 있는 것 같다.'
 거기까지는 알 수 있었다. 맡은 사무를 처리하는 것을 봐도 남들이 하루쯤 걸려야 할 일을 야타로는 삼십 분이면 해치운다.
 남은 시간은 다른 사람과 담소하는 일도 없이 꼼짝도 않고 앉은 채, 침울한 얼굴로 사방을 노려보듯이 하고 있다. 이 세상에서 자기가 무엇을 해야 할지 아직 그것을 거머쥐지 못한 듯했다.
 한낱 미천한 낭인의 몸으로 총감찰 대우인 지금의 지위에까지 올라섰는데도 조금도 기쁜 얼굴을 하지 않는 것을 보면, 자신의 능력에 어지간한 자신을 가지고 있는 듯도 했고, 번내에서의 출세 같은 것은 아예 문제 삼지도 않고 있는 것 같기도 했다.
 다른 번 지사들과도 접촉하지 않는다. 야타로는 정치 같은 것에는 아무 흥미도 없었다.
 '저 녀석은 어둠 속 네거리에 서 있다.'
 료마는 그렇게 보고 있었다. 이상아(異常兒)가 지니고 있는 이상적인 정열이 어느 쪽을 향해야 할 것인지 아직 정해지지 않은 듯했다. 적어도 그 정열은 지금 같은 봉건적인 구조 밑에서는 발휘할 데가 없는 듯했다.
 야타로는 장부에만 매달려 나날을 보내고 있는 지금의 직책에 염증을 느꼈던지, 지난 봄 갑자기 번의 기선을 몰고 미친듯이 항해를 떠난 일이 있었다.
 "무인도를 점령하겠다"며 나선 것이다. 그 소문을 듣고 교토에 있던 료마는 그만 웃음을 터뜨리고 말았다.
 목표는 동해에 떠 있는 어떤 외딴섬이었다. 조선에서는 울릉도라고 하는 섬이다.
 야타로가 나름대로 진지했던 증거로, '대일본 도사 번의 명을 받들어 이와사키 야타로가 이 섬을 발견하다'라는 팻말까지 싣고 떠났다는 것이 있다. 함께 떠난 사람은 부하인 야마사키 쇼로쿠(山崎昇六)였다.

이와사기는 그 섬은 어느 나라에도 속하시 않는 무인노라는 것을 나가사키에 있는 조선인 백낙(白樂)이라는 사람을 통해서 들었다. 게다가 수목이 울창하다는 말을 듣고 벌채부(伐採夫)까지 태우고 갔다. 놀라운 행동력이라고 할 수 있었다.

그런데 막상 상륙해 보니 상황이 좀 이상했다.

야타로는 울릉도의 해변에 서서 사방을 살펴보았다. 암만해도 사람이 사는 것 같았던 것이다.

'무인도가 아니었던가?'

이런 때, 야타로는 그의 성격 탓으로 실망보다도 화를 먼저 내곤 한다. 먼저 와서 살고 있는 자들이야말로 괘씸한 자들이라고 생각했다.

해변에다 모전을 깔고 밥을 먹기 시작하자, 이윽고 반라의 사나이 10여 명이 나타나더니 야타로 일행을 둘러싸고 신기한 듯이 내려다본다.

"이 섬의 이름이 무엇이냐?"

야타로는 종이에 써서 그들에게 주었다. 그들 가운데 제일 연장자인 듯싶은 흰 옷을 입은 노인이 '대한 울릉도야(大韓鬱陵島也)'라고 써서 돌려준다. 모두 조선인인 듯했다. 야타로는 필담을 계속하는 동안 더욱 실망하지 않을 수 없었다. 조선인들이 이곳에 자리잡고 사는 것은 아니지만 바다짐승들을 잡기 위해 늘 오는 섬이라고 말하는 것이다.

야타로는 화가 나서 지껄이면서 그것을 글로 써서 노인에게 주었다.

"나는 대일본 도사국의 무사 이와사키 야타로라는 사람이다. 오늘부터 너희들도 도사 번의 토착민이 됐으니 기쁘게 생각하여라."
노인은 무슨 수작이냐 어처구니없다는 얼굴로 대답조차 하지 않았다.
야타로는 그들에게 과자를 주었다. 그것만은 모두 기뻐하며 받아먹었다. 노인은 좀더 내놓으라는 듯한 시늉을 했다.
그 뒤 산으로 올라가 보니 재목이 될 만한 나무는 없고 잡목만 드문드문 자라고 있을 뿐이었다. 야타로는 더욱 울분을 가눌 수 없게 되었다.
마침 산속에 초가집 한 채가 있었다. 들어가 보니 사람은 없고 큼직한 냄비 밑에 불이 지펴져 있다. 냄비 속에는 죽은 수달이 들어 있었다. 통으로 삶아서 가죽을 벗기려는 것인 듯했다.
"불을 질러라!"
돌연 야타로는 말했다. 부하인 야마사키 쇼로쿠가 놀라며 반대했다. 조선인들이 가엾지 않느냐는 것이었다. 그러나 야타로는 고개를 흔들었다.
"통쾌하지 않느냐"
이것이 그 이유였다. 야마사키는 계속 말렸지만 다른 자들이 초가지붕에다 불을 지르고 말았다. 집은 흰 연기를 뿜어올리며 타기 시작했다.
"도망이다⋯⋯."
야타로는 맨 먼저 산에서 뛰어내려왔다. 그리고 곧 도망쳐 버렸다.
나가사키로 돌아온 야타로는 조선에서 쇠가죽이 싸다는 말을 들었다.
—쇠가죽으로 구두를 만들자.
야타로는 그렇게 생각하고, 이번에는 영국선을 빌려 타고 조선으로 떠났다. 그러나 그 무렵 조선은 대원군의 극단적인 쇄국주의에 의해 통제되고 있었으므로 연안에 접근할 수도 없었다. 포격까지 받는 바람에 허겁지겁 나가사키로 되돌아왔다.

야다로는 그런 모험적인 기획에만 관심이 있을 뿐, 일상 업무에 대해서는 아무 흥미도 없는 듯했다. 더구나 회계권을 쥐고 있는 야타로로서는 번의 나가사키 금고에서 돈이나 우려내려고 하며, 그리고 이번 일과 같은 골치 아픈 분쟁이나 일으키는 해원대 따위에는 귀찮은 존재일 뿐이었다.

료마는 가고시마에서 돌아온 사사키 사카에를 부두에서 맞았다.

사사키는 료마가 에치젠 번으로부터 맡은 대원이었다. 자그마하고 별로 두드러진 점도 없는 사나이였으나, 술을 마시면 무턱대고 소리를 질러대며 얼굴 모양까지 달라지곤 했다. 게다가 웬일인지 극단적인 좌막론을 내세운다. 그러면서도 평소에는 동지들의 근왕론에 순순히 맞장구치는 것이었다.

"취하면 좌막파가 된다는 것은 그것이 본심이기 때문이다. 사사키 사카에를 베어 버릴 테다!"

대원들이 떠들어댄 일도 있었다. 료마는 그런 소동을 크게 꾸짖고 타이른 일이 있다.

"한 사람의 좌막파도 설득하지 못한다면 세상을 뒤엎을 큰일을 치를 수 있겠는가?"

취하면 좌막론을 내세우는 것은 사사키가 도쿠가와 가문의 에치젠번 출신인 까닭에 저도 모르게 멸망하는 막부에 대한 감상을 금치 못하기 때문이리라. 평소에는 근왕파라는 점으로 보아 사사키 자신은 마음속의 갈등으로 어지간히 고민하고 있었던 것이 틀림없다.

료마는 돌아오는 길에 다짐을 하고, 이케다야(사사키 산시로의 숙소) 2층으로 데리고 올라가 다시 한번 다짐했다.
"영국 해병 살해 사건은 정말 자네가 저지른 짓이 아닐 테지?"
"틀림없습니다."
사사키는 차고 있던 칼을 떼어 료마 앞에 내놓으며, 살펴보십시오 하고 말했다. 료마는 칼을 도로 내밀며 웃어넘겼다.
"그렇다면, 좋다."
내일 열릴 예정인 법정 대책을 세우기 위해 다른 동지들을 불러들였다. 번에서는 사사키 산시로, 이와사키 야타로, 오카우치 슌타로, 야마사키 쇼로쿠가 참석하고 해원대 측에서는 스가노, 와타나베 등이 함께했다.
"단호히 부인하는 거요. 쓸데없는 잔꾀를 농할 필요는 없소. 요는 아니라고 할 수 있는 기백이오. 그밖에는 다른 방법이 없소."
료마는 그렇게 말하고, 그렇게 하기로 방침을 정했다.
실은 이 영국 해병 살해 사건의 하수인이 해원대가 아니었다는 것이 판명된 것은 메이지 원년 8월에 이르러서였다. 하수인은 그 무렵 뜬소문도 돌지 않았던 지쿠젠 후쿠오카 번사였다.
가네코 사이키치(金子才吉)라고 했다. 후쿠오카 번의 수재였으며 나가사키에는 측량술 수업을 위해 파견되어 있었는데, 사건이 나던 날 밤, 그는 성제(星祭) 구경을 하려고 나왔다. 함께한 사람은 무라사와 우하치로(村澤右八郎), 나가타니 기지로(永谷儀次郎), 사누이 다베에(讚井多兵衞), 구리노 신이치로(栗野愼一郎), 다하라 요소(田原養相), 도미나가 겐지(富永賢治) 등이었다.
도중에 그는 외국 해병이 술에 취해 행패부리는 것을 보자 격분을 금치 못하여 단칼에 베어 버리고 말았다. 그러나 가네코는 번에 누를 미칠까 두려워 이틀 뒤에 하숙에서 할복자살했다.
이 사실을 지쿠젠 후쿠오카 번은 극비에 붙이고 있었다. 도사 번과 영국과의 분쟁을 보고도 계속 침묵을 지켰으나, 어떤 계기로 이것이 들켜 메이지 원년 가을이 되어서야 겨우 사건이 해결된 것이다. 영국 공사 퍼크스는 자신의 미친 사람 같은 태도를 부끄럽게 여겨 그런 뜻을 적은 사과문을 아마노우지 요노에게 보냈다.

그러나 그 무렵의 료마 등은 사건의 진상에 대해서 알 까닭이 없었다.

결국 막부측은 손을 들고 말았다. 사사키 사카에가 돌아온 다음 날, 시내 다테산(立山)에 있는 나가사키 행정청에서 두 행정관 및 총감찰관 도가와 이즈노카미, 감찰보조 시다라 이와지로 등 고관이 참석한 가운데 심의가 벌어졌다.

도사 번에서는 용의자인 스가노와 사사키가 출두했고, 번 대표로는 사사키 산시로가 병중이므로 이와사키 야타로가 출두하여 쌍방의 주장을 되풀이했다. 물론 결론이 날 기미가 보이지 않았다.

게다가 배석한 어네스트 사토가 이 심의에 흥미를 잃어 연방 하품만 삼키고 있어서 막부측은 내심 기뻐하며 넌지시 의견을 물었다.

"이제 어쩌면 좋겠습니까?"

사토로서는 자기 상사의 광태 때문에 일어난 분규로 보고 있었으므로 처음부터 열의가 없었다.

"이만 끝내는 것이 좋겠습니다."

그 덕분에 심의는 마무리되었다.

그러나 막부측으로서는 이쯤으로 소동을 벌인 일을 그냥 얼버무려 넘긴다는 것은 위신에 관한 일이었으므로 기묘한 결심(結審) 방법을 생각했다.

"사과하라"는 판결을 도사 측에 내린 것이다.

"용의는 일단 풀렸지만 스가노 가쿠베에와 사사키 사카에, 와타나베 고하치 등의 진술에 조금 차이가 있었다는 점, 도사 번 주재관 이와사키 야타로가 문제의 오테키마루 출발시 행정청에 출항계를 내지 않았던 점 등은 질책을 받아 마땅하다. 그 점에 대한 공개사과를 하라."

그런 것이었다. 물론 '공개사과'라는 것도 하나의 처벌이기는 했으나, 피고가 행정관 앞에 꿇어 엎드려 "사과드립니다" 하면 끝나는 것이었다.

이날 료마는 증인 자격으로 병실에서 대기하고 있었는데, 행정청이 그런 판결을 내렸다는 말을 듣자 코웃음을 치며 말했다.

"잘못이 없는데 무슨 사과냐."

스가노, 사사키 사카에, 이와사키, 와타나베 등 네 명에게 절대로 막부 쪽에 사과하지 말라고 일렀다.

그러나 오후가 되어 재개했을 때 행정관이 "사과하라" 하는 영을 내리자, 이와사키 야타로는 재빨리 "사과드립니다" 하면서 엎드려 버렸다. 야타로로서는 고작 이런 일에 무사가 고집을 부리듯 버텨봤자 아무 소용도 없다는 생각이었다.

야타로가 사과해 버리자, 사사키 사카에마저 허둥지둥 꿇어 엎드리며 덩달아 사과해 버리고 말았다.

그러나 스가노 가쿠베에와 와타나베 고하치 만은 완강히 거절하고, 꼿꼿이 고개를 든 채 항변을 계속하면서 한 걸음도 물러나지 않았다.

이래서는 행정관측이 결심을 내릴 수가 없어서, 사과할 것을 밤이 깊도록 요구하였으나, 두 사람은 끝내 굽히지 않았다.

마침내 행정관이 꺾여서 무죄로 판결을 바꾸어 그대로 방면하고 말았다.

료마는 이케다야에서 요양 중인 사사키 산시로 앞으로 곧장 서신을 보냈다.

 지금 막 전쟁은 끝났소. 그런데 이와사키, 사사키 사카에 등은 아시다시피 전략을 지니지 못한 자들이라 부득이 패퇴했소. 오로지 스가노, 와타나베의 진(陣) 만은 감히 적군이 넘보지 못했소.

 료마의 글씨는 춤추는 듯했다.

 재판은 끝났다. 료마는 역사를 빙 돌려놓는 본업으로 돌아가지 않으면 안 되었다.

 아니, 료마뿐이 아니었다.

 재판에 출석했던 영국 공사관의 통역관 어네스트 사토 역시, 그런 사건에는 아무 흥미도 없었다. 그의 관심은 오로지 낡은 역사의 종말을 구경하는 것과 새로운 역사의 탄생을 취하는 것에만 쏠리고 있었다.

 '누가 낡은 역사의 숨통을 끊고 새로운 역사를 일으키는가?'

 그것만이 알고 싶어 사토는 일본의 요인들과 만나고 그들의 말뜻을 캐 보고 있었다. 이 예민한 감각을 지니고 있는 청년은, 막부도 모르고—아니, 사쓰마 조슈 사람들 자신도 극소수밖에 모르는 '사쓰마 조슈 비밀동맹'을 이미 냄새 맡고 있었다. 그가 만약 저널리스트가 되었다면 역사에 남을 기자가 됐을지도 모를 일이지만.

 사토는 막부측과 사쓰마측에 아는 사람이 많았다. 그만큼 취재원도 풍부했다. 그러나 조슈인은 한두 사람밖에는 모르며, 도사인에 이르러서는 이번 사건으로 겨우 고토 쇼지로를 알았을 뿐이다. 그밖에는 아무도 몰랐고, 특히 폭탄적인 존재인 이누이 다이스케를 몰랐다. 도사인에 대한 것은 사토의 맹점이었다.

 최대의 맹점은 사카모토 료마였다. 도사에서 나가사키까지 같은 배를 타고 오고 나가사키 행정청에서도 같은 테이블에 앉았으면서도, 그가 사쓰마 조슈 비밀동맹의 작자이고 바야흐로 막을 올리려는 대정봉환극의 작자 겸 연출자라는 것을 상상조차 못한 것이다.

사토는 재판 때문에 나가사키에 머무는 동안 영사 플라워즈의 관사에 묵고 있었다. 그리고 그동안에 이 역사에 남을 취재기자는 놀라운 인물을 만났다.

가쓰라 고고로였다.

이 조슈 번의 거물은 물론 공공연히 나가사키에 나타났던 것은 아니다. 풍운의 움직임을 나가사키에서 탐지하기 위해 사쓰마인을 가장하고 이토 슌스케를 데리고 나타났다. 그 주요 목적은 료마를 만나서 대정봉환안이 무력 토막의 사상을 담고 있는가, 아닌가를 확인하기 위한 것이었다.

그가 나가사키에 닿자마자, 이토는 자신이 전부터 잘 알고 있는 영국 영사에게 데리고 갔다. 영사 플라워즈는 저녁 준비를 해 놓고 환대했다. 같은 관사에 묵고 있던 사토도 당연히 함께했다.

영사는 가쓰라의 소속 번과 이름을 소개했다.

사토는 그 무렵 상황을 회상기에서 이렇게 말하고 있다.

"만찬이 베풀어졌을 때, 나는 비로소 유명한 기도 준이치로(木戶準一郞), 다른 이름으로 가쓰라 고고로라고 하는 인물과 만났다. 이토 슌스케와 함께 영사관에 들렀던 것이다. 가쓰라는 무인으로서도 정치인으로서도 가장 과단성 있는 인물이었지만, 언뜻 보기에는 부드러운 인상이었다."

식사가 끝난 뒤, 사토는 정국 이야기를 나눴다. 그러나 "두 사람 (가쓰라와 이토)은 나를 경계하고 있는 것 같았다"고, 사토는 기록하고 있다. 가쓰라는 끝까지 막부를 타도할 것이라는 본심을 밝히지 않고 시치미를 뗀 것이다.

"우리 주군께서는 정말 곤란한 입장에 계시오. 매우 온순한 성품

이어서 막부 타도 따위는 생각조차 하신 일이 없소. 그런데도 막부나 세상에서는 이러쿵저러쿵 하니, 정말 딱한 입장이 아니냐 말이오."

시쓰미 조슈 비밀동맹이란 움직일 수 없는 증거를 쥐고 있는 사토로서는 내심 우스워서 견딜 수 없었다.

그 무렵, 가쓰라는 '목게이(木圭)'라는 암호명을 쓰고 있었다.
"사이님 앞—목게이로부터."
그런 여자 필체의 편지를 료마가 받은 것은 아직 재판이 끝나기 전이었다. 사이님이란 료마의 가명 사이다니 우메타로(才谷梅太郎)를 줄인 것이었다. 가쓰라는 심부름꾼이 막부측에 붙들리는 경우에 대비하여 그 형식을 쓴 것이었다.
"가쓰라가 와 있다."
료마는 동지들에게만 귀띔을 하고 나카지마 사쿠타로로 하여금 밀회 준비를 시켰다.
밀회는 아부라야 거리(油屋町)의 오케이(慶)네 집을 쓰기로 하고, 그 다실에 장소를 마련했다.
가쓰라는 이토 슌스케를 데리고 나타났다. 저택 구석구석마다 해원대의 사관들이 몸을 숨기고 만약의 침입자에 대한 대비를 했다. 료마가 가쓰라의 신변에 대한 염려를 한 것이었다.
"실은 두 가지 얘기가 있네."
가쓰라는 나지막한 소리로 말했다.
"첫째는 형께서 추진하고 있는 대정봉환이오. 그건 설마……."
가쓰라는 료마가 무혈 혁명을 꿈꾸는 것은 아닌지 걱정이 되었다. 막부로부터 완전히 봉쇄당하고 있는 조슈 번으로서 번을 살릴 수 있는 길은 막부를 무력으로 때려눕히는 방법밖에 없었다.

"거기에는 이런 내막이 있네."

료마는 사이고에게 본심을 털어 보였듯이 가쓰라에게도 더욱 자세히 내막을 설명했다.

요컨대 막부와 각 번 막부옹호파를 납득시키기 위해서는 그야말로 무혈 혁명이 최선이라고 역설한다. 만약 막부가 거절할 때는 그 실정을 온 천하에 알리고 각 번을 규합해 막부를 쓰러뜨릴 전쟁을 벌인다는 것이다.

"그러기 위해서는 상당한 병력을 준비해 둬야 하네. 교토에서는 우리 도사 번의 나카오카 신타로가 시라카와(白河)마을에 육원대를 만들어 놓고, 지금 사쓰마의 서양식 훈련관 스즈키 다케고로(鈴木武五郎)를 초빙해 동지들의 조련에 힘쓰고 있는 중이야."

또한 료마는 도사 본국에서도 이누이 다이스케가 비밀리에 번 육군의 대대적인 탈영을 시도하고 있다는 사실을 털어 놓고, 한편 해원대도…… 하고 말을 이었다.

"나가사키를 떠나 교토로 향할 걸세."

료마는 이미 이시다 에이키치를 선장으로 하는 오테키마루에 대포를 실으라는 영을 내려 두었으며, 내일이라도 오사카로 떠날 예정이라는 말을 했다.

"뿐만 아니라……."

료마는 말한다.

"네덜란드 상인에 주문하여 소총 천 자루를 상하이에서 실어 오는 중이다. 다만 그 대금을 어떻게 지급할 것인지 지금 걱정거리이기는 하지만 말이야."

가쓰라는 기뻐했다. 그런 뒤 그는 두 번째 용건을 몹시 거북한 표정으로 말했다.

"실은 조슈에서 이 나가사키까지 번의 기선을 타고 왔는데 기관이 고장을 일으켜 나가사키에서 수리를 했어. 그런데 그 비용이 엄청나게 비싸서 천 냥쯤 부족하므로, 그것을 청산하지 않고는 귀국할 수 없는 형편이 되어 버렸네. 무슨 좋은 수가 없을까?"
 료마는 이 일을 선선히 떠맡았다.

 천 냥이라고 하면 큰돈이다.
 료마는 곧 사사키 산시로와 의논하여 회계 담당인 이와사키 야타로에게 그 돈을 내게 했다.
 "싫다."
 야타로는 상대도 하지 않았다. 그는 이 따위 강도 같은 녀석의 말대로 하다가는 회계고 뭐고 감당해 낼 수 없다는 생각이 들었기 때문에 딱 잘라 거절했다.
 "이 말에 료마는 화가 머리끝까지 났다.
 "번으로서의 우정이다. 자네 같은 회계 담당자는 모르는 일이야. 자네는 금고 뚜껑을 열기만 하면 되는 거다."
 료마는 본의 아닌 거친 말을 퍼부으며 야타로의 멱살이라도 잡을 기세로 대들어서 마침내 천 냥을 토해 놓게 했다.
 "해적 같은 놈!"
 야타로는 돈을 내놓으면서 혀를 찼다. 암만해도 이 두 사람은 얼굴만 맞대면 서로 감정이 폭발하여 냉정한 대화를 할 수 없었다. 생각해 보면 료마와 야타로는 서로 알기 시작한 처음부터 온건한 말을 나누어 본 적이 한 번도 없었다.
 다음날 료마는 마루야마의 다마가와정(玉川亭)에서, 조슈의 가쓰라 고고로와 이토 슌스케를 불러다 놓고 술을 마셨다. 도사측은 료마와 사사키 산시로였다. 료마가 조슈에서 가장 위대한 정치가인 가쓰라를 사사키에게 소개한 것은 역시 근왕 교육의 실습을 위한 것이었다.
 그뿐만 아니라 정치적인 의미도 있었다. 우유부단하여 그 궐기를 사쓰마 조슈 양 번에서 의심스럽게 생각하고 있는 터이라, 그런 폐풍을 사사키의 앞으로의 활동에 의해 타개토록 하려는 뜻도 있었던 것이다. 그런 점에서 본다면 다마가와 정의 모임은 사사키가 그 주빈인 셈이었다. 가쓰라도 그 점을 잘 알고 있어서, 끊임없는 미소를 사사키에게 보이고 있었다.
 "지난번 사토라는 영국 통역관을 만난 일이 있는데요."
 가쓰라는 그때 얘기를 했다. 사토는 가쓰라에게 이런 말을 했던 것이다.
 "서양에는 노파사업(老婆事業)이라고 하여 신사로서는 부끄럽게 여기는 일이 있습니다."
 노파사업이란 말로만 한다한다 하면서 끝내 실행하지 못하는 것을 뜻한다. 사토는 은근히 막부 타도의 시기를 염두에 두고 한 말인 것 같았다.
 "우리는 영국의 1개 통역 따위에게 놀림을 당한 셈이야."
 가쓰라는 말했다.
 가쓰라는 화술에 능숙했다. 앞으로 정세 타개를 연극에 비유해 말했다.
 "보나마나 대정봉환은 어려울 거요. 성공을 기대하지 말고, 7, 8할쯤까지 연극이 진행된 뒤에 무대 상황을 살펴보고, 막판에 가서는 포격 연극으로 돌리는 수밖에 없을 줄 아오."
 사사키 산시로는 큰 소리로 웃으면서 기뻐했다. 사사키는 자신도 극중의 인물이 된 기분이었다. 나가사키로 온 뒤 그는 완전히 막부 타도론자가 되어 버렸다고 할 수 있다.
 "지금 그 말을 사카모토 앞으로 보낸 편지 양식으로 하여 적어 주시오, 본국으로 가지고 가서 본국의 수구파들을 깨우치는 자료로 삼고 싶소."

이처럼 사사키는 가쓰라에게 부탁하기까지 했다.

가쓰라는 나중에 편지를 썼다. 그 편지 덕분에 가쓰라의 '노파 사업'과 '막판에는 포격 연극'이란 말이 하나의 유행어가 되었다.

료마는 이 연회 성과에 만족했다. 그는 닥치는 대로 마시고 잔뜩 취하자 말했다.

"미국에서는 대통령이 하녀의 급료까지 걱정한다고 한다. 300년 동안 도쿠가와 장군은 그런 걱정을 해 본 일이 있는가. 이 한 가지 사실 만으로도 막부는 쓰러뜨리지 않으면 안 된다."

이 말이 도사 번에 전해져 근왕파 인사들을 더욱 자극시켰다. 도사계의 근왕 운동은 사쓰마 조슈 두 번의 그것보다 양민 구제란 경향이 짙었으며, 그 전통은 메이지 시대에 이르러 자유민권운동과 결부되게 되는데, 그 기초적인 사상은 료마의 이 한 마디로 집약될 수 있으리라.

가쓰라는 다음날 아침 나가사키를 떠났다. 조슈 본국에서는 이미 거병 준비가 진척되고 있어서 가쓰라의 귀국을 기다리고 있었던 것이다.

누가 날리는 건지 철 늦은 연이 후토 산(風頭山) 꼭대기에 떠 있었다.

　　나가사키 명물은 연날리기, 우란분 축제
　　가을에는 스와의 북소리 따라
　　동네사람 하나둘 어슬렁어슬렁

그런 민요에도 있는 연날리기다. 여느 때 같으면 봄에만 벌어지는 행사인데, 때 아닌 가을철에 크게 유행하고 있었다.

교토, 오사카 방면에서도 '부적 소동'이라는 기묘한 현상이 벌어져, 세상을 바로잡는 신부(神符)가 내렸다고 법석을 떨며, "얼씨구 절씨구" 하면서 샤미센 장단에 맞춰 덩실덩실 춤을 추는 패들이 있다고 한다. 사쓰마인들이 퍼뜨린 것이라는 소문도 있지만, 해마다 치솟는 물가와 막부의 정치력 쇠퇴, 더구나 강도들의 횡행이라는 말기 현상이 서민들로 하여금 세상을 바로잡아야 한다는 갈망을 가지게 했고, 그것이 그런 광태를 연출케 하고 있는 것이라고 해도 좋으리라.

나가사키에서도 료마는 거병 준비에 바빴다.

이미 대원 이시다 에이키치를 선장으로 하는 오테키마루를 오사카로 출항시켰다.

료마는 처음에는 대원 전부를 끌고 갈 예정이었으나 도중에 생각을 바꾸어 일부를 남겨 두기로 했다.

"이유는 이렇다."

그는 남은 대원들에게 말했다.

앞서 사사키에게도 말한 적이 있는 나가사키 행정청 습격 사건이었다.

"교토, 오사카 쪽에서 전쟁이 터졌다는 소식을 듣거든 곧바로 행정청을 습격해서 공금 10만 냥을 몰수토록 해라."

료마는 이어서 말했다. 항내에는 막부 군함 '가이텐'이 머물러 있었다.

"그것을 빼앗아 타고 교토로 올라오도록."

그런 때에 교토에서 무쓰 요노스케가 아키의 배 신텐마루로 나가사키에 왔다. 무쓰는 진작부터 료마가 영을 내려 두었던 해상 환전

업무에 관한 조사서를 배 안에서 정리하여 그것을 료마에게 제출했다.

료마는 쭉 내려 읽고 말했다.

"됐다."

"이제부디는 좀 서진 일을 하지 않으면 안 된다. 풍운이 사라지거든 이 조사서를 바탕으로 해서 크게 사업을 벌여 보기로 하세."

그리고 그의 노고가 적지 않았음을 치하하고 그 조사서를 나가사키 주재관 이와사키 야타로에게 맡겼다.

야타로는 눈이 휘둥그레지며 그것을 읽고 소중히 금고에다 간직했다.

이제는 총기 구입을 위한 대금 문제가 남아 있었다.

료마는 운이 좋았다.

마침 나가사키의 사쓰마 번저에 갔다가, 사쓰마 번 나가사키 출장원인 분요 지로에몬(汾陽次郎右衛門)에게서 이런 말을 들었다.

"나가사키에서 5천 냥을 마련했는데 그것을 오사카 번저에 보내도록 해야겠어."

료마는 그 돈을 잠시 융통해 줄 수 없겠느냐는 부탁을 했다. 사쓰마인들 사이에서 료마의 신용은 대단했으므로 "좋소" 하고 즉석에서 내주었다. 료마는 즉각 대원을 오우라 해안으로 달려가게 했다. 그곳에는 미리부터 라이플총을 사들이기로 약속되어 있는 네덜란드계의 해트만 상회가 있었다.

합의가 이루어졌다.

사들이는 라이플총은 모두 1300정이었다. 그 총 대금은 1만 8000냥이었으나, 계약금조로 우선 4000냥을 내기로 했다.

료마는 도사 상회로 돌아와, 그 계약서에 서명했다. 보증인으로는 료마와 절친한 사이인 하사미야 요이치로(鋏屋與一郎)와 히로세야

조키치(廣世屋丈吉)가 나서 주었다.

잔금 지불일은 현품을 받은 뒤 90일로 했다.

"90일이라면 석달이다. 그 사이에 막부를 쓰러뜨리고 새 정부를 세우는 거다. 잔금은 새 정부가 지불토록 한다. 네덜란드 상사 측에 폐는 안 끼친다."

료마는 걱정하는 야타로에게 말했다. 야타로는 씁쓰레한 얼굴을 하고 있었으나, 문득 중얼거렸다.

'어쩌면 그대로 될지도 모른다.'

실제로는 그보다 몇 달이 더 길어졌지만 그동안 야타로는 나가사키에서 연불 교섭을 하여, 결과적으로는 료마가 말한 대로 될 수 있었다.

료마는 이어서 사사키에게 말했다.

"그중 3백 정은 해원대가 갖고 1천정은 도사 번에 기증한다. 그 뜻을 본국에 급히 알려 주게."

사사키는 크게 기뻐하며 외쳤다.

"자넨 역시 고향인 도사를 잊지 않고 있었군."

료마는 다시 조후(長府 : 조슈의 지번) 번사 미요시 신조와 가쓰라 고고로 앞으로 편지를 보냈다.

"막부 토벌전을 일으킬 때는 사쓰마 조슈 두 번과 해원대의 군함, 수송선을 같은 함대로 편성하여 효고에 집결시켜 둘 필요가 있다."

이 문제에 대해서는 이미 가쓰라에게 말한 일이 있어서 가쓰라는 그때 말했다.

"자네가 그 총수를 맡으면 어떻겠나?"

료마는 고개를 흔들었다. 혹시 막부 함대를 은사 가쓰 가이슈가 거느리고 오지 않을까 하고 염려했던 것이다. 가쓰를 향해서 포문을 열 수는 없는 일이었다.

그 무렵 나가사키 항에 사쓰마 선 미쿠니마루가 입항하여 급히 석탄을 싣고 있었다. 료마가 그 배를 방문하자, 타고 있던 사쓰마 번의 중신 시마쓰 노보루(島津登)와 마치다 민부(町田民部)가 료마에게 속삭였다.

"사카모토군, 드디어 시작이네."

이제부터 이 기선으로 가고시마에 돌아가 거기서 본국 병력을 실은 다음, 다시 조슈령인 시모노세키로 가서 그곳에 모여 있는 조슈군을 싣고 교토로 극비리에 갈 작정이라는 것이었다. 사실 도바 후시미에서 분전하는 사쓰마 조슈군의 대부분은 이 배로 수송된 병력이었다.

"도사는 아직도 결단을 못 내리고 있나?"

마치다 민부는 걱정스럽게 말했다. 사쓰마, 조슈, 도사 세 번이 보조를 같이하지 않으면 교토에서의 쿠데타는 성공하기 어려우리라.

료마는 자신의 고국을 부끄럽게 생각했다.

"나도 곧 상경할 예정인데, 도중에 도사에 들러서 소총 1천 정을 풀어놓을 작정이다. 언제까지나 꾸물거리고 있지는 않겠지."

료마는 그 뒤 배를 물색했다. 마침 무쓰 요노스케가 빌려 타고 온 아키 번선 신텐마루가 아직 나가사키 항내에 있었다.

"신텐마루를 빌려 줄 수 없겠는가?"

료마는 아키 번의 나가사키 주재관과도 가까운 사이였으므로 선선히 승낙을 받았다. 아키 번은 요즘 중신 쓰지 쇼소(辻將曹)를 중심으로 하여, 급속히 막부 반대세력으로 변화하고 있었지만, 그래도 마음 놓을 수는 없었.

"저 배를 어떻게 할 작정이오?"

번사 하나가 물었다. 그러나 료마는 그저 웃어 넘기며 여느 때처럼 장사를 하려는 거라고 얼버무려 버렸다.

이 배에 도사 번에 증정할 1천 정의 총과 해원대용 3백 정의 총을 싣고 나자, 료마는 고소네의 별장으로 돌아와 오료에게 명했다.

"준비해."

료마로서는 오료만을 나가사키에 남겨둘 수는 없었고, 그렇다고 풍운이 휘몰아치는 교토로 데리고 갈 수도 없었다. 조슈번 지번인 조후 번에서 맡아 주도록 이미 미요시 신조 앞으로 편지를 보내 두었던 것이다.

료마가 나가사키 항내에 있는 신텐마루에 오른 것은 게이오 3년 9월 14일 새벽이었다.

선내에는 오료 말고도 오카우치 슈타로가 있었다. 대원으로서는 무쓰 요노스케, 스가노 가쿠베에, 나카지마 사쿠타로, 그리고 진수부의 산조 사네토미가 보낸 특사인 도다 우다(戶田雅樂 : 후일의 오지키 사부로 납작)도 함께 타고 있었다. 배는 닻을 올리고 아주 느린 속도로 움직이기 시작했다.

료마는 선교에 선 채 이나사 산(稻佐山)과 후토 산(風頭山)을 바라보았다. 이윽고 태양이 솟아오르기 시작하자 탄성을 내지를 정도로 그는 이 항구의 아름다움에 감동을 느꼈다.

나가사키 항은 예부터 "다마노우라(瓊浦)"라고 한다. 과연 이 아름다움은 그 이름에 어긋나지 않았다.

"오랫동안 근거지가 되어 준 고장이다."

료마는 사라져 가는 이나사 산을 바라보며 문득 그렇게 중얼거렸다.

이윽고 그는 감상을 견디기 어려웠던지, 밑에 있는 선실로 내려갔다.

"무쓰군, 석탄 값이 오를 거야."

뚱딴지같은 웃음을 보이며 말했다. 전쟁으로 기선의 왕래가 잦아질 것이므로 석탄의 수용도가 갑자기 늘 것이라는 것이었다.

우라도

　신텐마루는 현해탄을 지나 이틀 만에 조슈 시모노세키 항에 닿았다.
　료마 등이 곧 상륙하여 해원대 지부로 쓰고 있는 해상 운송점 이토 스케다유(伊藤助大夫)의 집으로 가자, 조슈의 이토 슌스케와 미요시 신조가 찾아왔다.
　"짐을 일부 내려야겠으니 좀 도와주시오."
　이토와 미요시에게 말했다.
　짐이란 라이플총의 일부다. 해원대가 가지기로 한 3백 정 가운데 1백 정은 나가사키 본부의 대원들이 가지고, 나머지 2백 정은 여기서 다른 편으로 교토로 직행하는 무쓰 요노스케와 스가노 가쿠베에 등이 가지는 것이다.
　"이것은 당분간의 군자금이다. 헛되이 쓰지 말도록 해."

그렇게 말하고 무쓰와 스가노에게 1백여 냥의 돈을 내주었다. 그들은 교토의 풍운 속으로 곧바로 가기 위해, 고치로 가는 료마의 신텐마루와 헤어져 적당한 배를 구해 가지고 오사카로 향해야 했다.

"마치 아코(赤穗)낭사들이 쳐들어가기 직전 같군요."

무쓰가 잔뜩 흥분해서 말했다. 쳐들어간다 해도 상대방은 기라 고즈케노스케(吉良上野介) 정도가 아니라 도쿠가와 막부 그 자체인 것이다.

이어서 료마는 미요시 신조에게 곁에 있는 오료를 가리켰다.

"이 짐도 좀 부탁하네."

"알겠소. 주군께도 이미 말씀드렸소. 조후 성 밑 거리에 맡아 두기로 하지요."

"유감이지만 그리 얌전한 짐이 아니야."

"어머, 이렇게 얌전한 짐이 또 어디 있어요?"

오료는 뽀로통해진다. 미요시 신조는 데라다야(寺田屋) 사건 이래 오료와는 잘 아는 사이여서 큰 소리로 웃었다. 얌전한 여자는 아니다. 그러면서도 료마에게는 통 도움이 안 되는 거추장스런 짐일뿐인 것이다.

"사카모토 선생."

젊은 이토 슌스케는 목소리를 낮추며 물었다.

"도사 번은 괜찮을까요?"

다시 말하면 사쓰마, 조슈 양 번에 호응해서 궐기할 것인지를 묻는 말이었다. 도사 번은 사쓰마 조슈 양 번과 달라서, 번을 움직이는 키는 요도 자신이 틀어잡고 있었다. 그 까다로운 요도의 흉중이 과연 어떨 것인지가 사쓰마 조슈 양 번 지사들의 의문점이었다.

"모르겠다. 하지만 고토가 실패하면 이누이 다이스케가 있다. 교토에서 일단 포연이 오르기 시작하면 이누이는 독단으로 번병을 거느리고 풍운을 향해 뛰어들 것이다. 이번에 내가……."
료마는 말했다.
"내가 도사에 들르는 것은 변설로 변론을 좌우해 보자는 것이 아니다. 신식총 1000정을 번에 기증하면서 번의 결의를 촉구하려는 거야."
말보다도 사실을 제시하여 그에 따라 상대를 움직이려는 방법은 탈번 이래 료마가 줄곧 취해 온 방법이었다.
이토는 히죽이 웃었다.
"뭐냐?"
료마는 노려보듯 했다. 이 조슈의 이토 슌스케는 가쓰라나 죽은 다카스기를 따라 그림자처럼 노상 쫓아다닌 젊은이였는데, 근래에는 유난히 어른스러워져서 말투도 제법 의젓해진 듯했다.
"한 마디 비꼬고 싶은 모양이군?"
"그렇습니다. 만일 도사 번이 그 신식총 1000정을 받아들이지 않는다면, 우리 조슈 번이 즉석에서 인수하겠습니다."
그 한 마디는 과연 료마로서는 뜨끔한 것이었다. 총을 수령한다는 것은 궐기에 응하리라는 것을 뜻한다. 도사 번이 여전히 우물쭈물하며 받지 않으려고 한다면 조슈 번에 달라는 말이다.
'녀석이!'
이런 생각을 하지 않을 수 없었다.
그건 그렇고 라고 하며 료마가 물었다.
"아까 우리가 시모노세키 항에 들어왔을 때 검은 연기를 뿜으며 떠나간 기선이 있었는데 그건 뭔가?"
"사쓰마의 오쿠보 도시미치님이 타신 배입니다."
이토의 말에 의하면, 사쓰마의 오쿠보는 교토 거병을 위한 최후의 타협을 하기 위해 직접 배를 몰고 조슈에 와서, 전략 전술과 병력수

송 문제 등 자세한 협의를 마친 후에 료마와 엇갈려 교토로 떠나갔다는 것이다.

'마침내 일대 연극의 막이 오른다.'

료마는 가볍게 몸이 떨리는 것 같은 심정을 가누지 못했다.

신텐마루는 그날로 시모노세키를 떠났다.

맑은 하늘을 바라보며 고치로 향한다. 항로는 분고 수로(豊後水路)를 남하하여 사다노 곶(蹉跎岬)에 이르면 왼쪽으로 꺾인다.

"사카모토님, 사카모토님이 별안간 고치에 들이닥친다는 것은 좀 생각해 볼 문제가 아닐까요?"

동지인 번사 오카우치 슈타로와 배 안에서 말했다.

우선 료마가 탈번자라는 문제가 있다. 번청의 속된 관리들이 번법 위반이니 뭐니 하여 떠들어 댄다면 정작 요긴한 과제는 허공에 뜰 염려가 있다.

게다가 도사 번 상류 계급의 막부 옹호론은 근래에 더욱 그 열기가 가해져 젊은 무사들 가운데에는 이성을 잃고, "은혜를 저버린 근왕파들을 모두 해치우자"는 큰 소리까지 나오고 있어서, 번 내 사정은 극도로 험악했다. 그런 상황 속에 료마가 상륙한다면 그들 막부 옹호파는 자객단을 조직하여 료마를 죽이려 들지도 모를 일이었다.

"그런 까닭이 있으니 조심하지 않으면……"

"자네한테 모든 것을 맡기겠네. 알아서 해 주게."

료마는 일체를 오카우치의 재량에 맡기기로 했다.

24일 아침. 신텐마루는 아키 아사노(淺野) 영주를 상징하는 '매깃' 깃발을 마스트에 휘날리면서 우라도 만(浦戶灣)에 다다랐다.

이윽고 배는 기관을 멈추고 보트를 내렸다. 료마 혼자서 타고 있었다.

료마는 본선과 헤어져 단신 모래펄에 상륙했다.

가쓰라하마(桂濱)였다.

료마를 태우고 온 보트는 다시 본선으로 돌아갔다. 그들은 우라도 만으로 깊숙이 들어갔는데, 오카우치가 고치 성밑거리에서 내려 참정 와타나베 야쿠마(渡邊彌久馬)에게 미리 예고를 하기로 했다.

―료마가 가쓰라하마까지 와 있습니다.

그럼으로써 중신들을 설득하여 료마의 고치 도착을 자연스럽게 하자는 것이었다.

어쨌든 료마는 혼자만 보트에서 내렸다. 하카마 자락을 물에 적시며 모래펄에 올라서자, 늘어선 솔가지를 울리며 남서풍이 불어오고 있었다.

모래밭이 희고 길게 뻗어 있다. 완만한 해안 저쪽에 류오 곶(龍王岬)이 바다를 향해 길게 뻗어 있었고, 바위에 부딪치는 물결이 끊임없이 부서지고 있는 것이 바라보였다.

'가쓰라하마라……'

료마는 한 걸음 한 걸음 모래밭에 새겨지는 발자국을 즐기듯이 걸어갔다. 걸음마다 치솟는 감상을 그는 억누르지 못했다. 도사에서 태어난 사람에게는 가쓰라하마처럼 고향을 상징하는 것은 또 없으리라.

달 구경에 알맞은 가쓰라하마

이 노래에도 있듯이 고치 성 밑 거리 사람들은 8월 보름날 달 밝은 밤이면 바닷가에 모여들어 달을 안주삼아 술을 마시며 밤을 새는 것이 연중행사로 되어 있다.

뒷날 이 바닷가에 료마의 동상이 서게 된다. '수에즈 동쪽에서 가장 큰 동상'이라고 일컬어지는 그 동상은 다이쇼(大正) 15년에 몇 명의 청년에 의해 건립운동이 펼쳐졌다. 당시 와세다 대학의 학생이었던 이리마지리 요시야스(入交好保)를 비롯하여 교도 대학에 새학 중이던 노부기요 히로오(信淸造男), 도이 기요미(土居淸美), 아사다 사카에(朝田盛) 등 여러 사람이었다.

그들은 전국의 청년 조직으로부터 얼마 안 되는 기부금을 모아 갔다. 도중에 이와사키 야타로가 일으킨 이와사키 남작 집안에서 5천 원의 기부금을 내겠노라는 제의가 있었지만, 많은 사람으로부터 푼돈을 모아서 건립한다는 취지에서 그들은 그 기부금을 거절했다. 마침내 자금이 만들어지자, 조각가 모토야마 하쿠운(本山白雲)에게 동상 제작을 의뢰했다.

동상은 쇼와(昭和) 3년 봄에 완성되었다. 대좌 뒷면에는 건립자의 이름을 새겨 넣는 것이 보통이었지만, 그들은 일체 이름을 밝히지 않고 이렇게만 새겨 넣었다.

'고치 현(縣) 청년 건립'

5월 27일 제막식 때, 그 무렵의 일본 해군은 군함 하마카제(濱風)를 가쓰라하마에 파견하여 그들이 울리는 예포 속에서 제막식이 시작되었던 것이다.

그러나 이때의 료마는 설마 자기가 이 바닷가에 동상이 되어 남으리라고는 꿈에도 생각하지 않았을 것이다.

우선 그는 솔밭 사이에 있는 초라한 여관을 찾아내자, 그 여관에 들어가 고치에서 소식이 오기를 기다리기로 했다.

료마의 사자 오카우치 슌타로가 우라도 만에서 하선하여 고치 성 밑 거리로 달려갔을 때는 이미 해가 저물 무렵이었다.

오카우치는 자기 집에 들를 겨를도 없이 곧장 참정 와타나베 야쿠마의 집으로 찾아갔다. 오로지 와타나베만을 의지하려고 했던 것은 고토와 유히가 상경 중이어서, 본국에 남아 있는 각료 가운데에서는 와타나베가 가장 통할 만한 인물이었기 때문이다.

"뭐냐, 이렇게 밤늦게?"

와타나베는 옷 띠를 고쳐매면서 객실에 나타났다. 두 눈이 유난히 작았다.

"도사에는 기암괴석형 얼굴과, 수세미에 눈과 코를 뚫어 놓은 것 같은 밋밋한 얼굴형의 두 종류밖에 없다"는 말이 있지만, 와타나베는 이 수세미에 속하는 형이었으리라.

오카우치는 나지막한 소리로 모든 사실을 털어놓았다.

"흐음 흐음 흐음……."

와타나베는 그저 놀랄 뿐이다. 이미 천하의 중심축을 움직인다는 사카모토 료마가 혁명 참가를 권유하기 위해 가쓰라하마까지 와 있다는 것이다. 뿐더러 아키 번선에 신식 소총 1천 정을 싣고 와서 그것을 무료로 증정하리라는 것이다. 어찌되었든 도사 번 창건 3백 년 이래 가장 큰 중대사라고 할 수 있었다.

"료마의 말에 의하면."

오카우치는 한층 목소리를 낮췄다.

"지금 도사가 일어나지 않는다면 결국 사쓰마와 조슈가 지나간 뒤 먼지나 뒤집어쓰며, 타고 남은 벌판에서 못이나 줍는 꼴이 되리라는 것입니다."

오카우치는 여기까지 말하고, 와타나베 앞으로 보낸 편지를 내놓았다. 와타나베는 급히 그것을 읽었다.

편지에는

"오늘은 24일이오. 26일에는 사쓰마군 2개 대대가 몰래 상경하게 될 거요. 또한 이것은 극비에 속하는 일이지만, 그때 조슈군도 3개 대대가 함께하게 되오. 사태는 이미 일각의 유예도 허락지 않소."

그렇게 씌어 있었다. 불던 소총 천정에 대한 말도 첫머리에 적혀 있었다.

"아무튼 료마를 가쓰라하마에 그냥 내버려 둘 수는 없다."

밤중이기는 했지만, 와타나베는 총감찰관 모도야마 다다이치로(本山只一郞)를 부르게 했다. 모도야마의 저택은 바로 가까운 곳에 있었다. 잠시 뒤 모도야마는 개들이 짖어 대는 가운데 달려 들어왔다.

"음, 과연 중대한 사태요!"

와타나베와 오카우치로부터 중대 비밀을 듣자 모도야마는 잠시 말을 잇지 못하고 설레는 가슴만을 누르고 있는 듯했다. 모도야마의 심정을 비유해 본다면, 역사의 긴장 그 자체가 마치 협박자처럼 도사의 현관 마루 끝까지 와서 버티고 앉아 있는 것 같은 느낌이었으리라.

"어, 어쨌든."

모도야마는 말했다. 공공연히 후대할 수는 없지만, 우선 료마를 적당한 장소에 옮겨 놓지 않으면 안 된다. 그 장소로는 스이에(吸江)가 좋다. 스이에는 우라도 북쪽 기슭 일대를 가리키는 지명으로, 만 내의 경치를 관상하는 데는 가장 알맞은 장소로 알려져 있는 곳이다. 자연 거기에는 고급 다정(茶亭)도 많았다.

"마쓰가바나(松鼻)의 다정이 좋을 거요. 그러나 극비에 붙여야 하오."

모도야마는 말했다.

오카우치는 그 사실을 료마에게 알리기 위해 급히 와타나베의 집에서 뛰쳐나왔다. 한편 와타나베와 모도야마도, 밤중이기는 했지만 사람을 시켜 동지들을 모두 와타나베 집에 모이도록 했다.
오카우치는 가쓰라하마를 향해 달렸다. 달리면서 방금 참정 와타나베 야쿠마로부터 들은 사실을 어떤 식으로 료마에게 옮길까 하는 것을 생각했다.
'보나마나 실망하겠지.'
고토 쇼지로의 상경에 관한 일이었다.
료마가 사이고, 가쓰라와 미리 짜 두었고 고토도 승낙했던 한 가지 사실은, 고토가 다만 대정봉환안이란 종잇장 한 장만을 들고 상경하는 것이 아니라 번병 2개 대대를 대동한다는 것이었다. 그 번병을 교토에 대기시켰다가 봉환 계획이 실패로 돌아갈 때는 곧바로 사쓰마 조슈와 더불어 거병할 예정이었다.
그러나 고토는 단 한 명의 군사도 거느리지 않고 홀로 상경했다는 것이다. 물론 고토는 요도에게,
"교토에는 신센조가 거리낌없이 행동하고 있어서 이 제안을 방해하려고 할 것입니다. 호위 병력을 데리고 갔으면 합니다."
이렇게 간청했으나, 눈치빠른 요도는 그 이면의 뜻을 짐작하고 그 청을 받아들이지 않은 것이다.
오카우치는 가쓰라하마에 이르자, 솔밭 사이에서 자그마한 여관을 찾아냈다. 여관이라고 해야 원래는 어부의 집으로, 필요하면 손님을 재우는 정도인 듯했다.
료마는 그 집에서 생선구이를 놓고 저녁을 먹고 있었다.
"왔나, 어서 들어오게."
료마는 이미 그 집에서 한 20년쯤은 살아 온 것 같은 태도로 젓가락을 흔들면서 말했다.
'정말 천하태평이로구나.'

오카우치는 오히려 우스웠다.

그러고 보니 늙은 어부 내외는 물론, 그 딸과도 아주 친해진 모양이었다. 겨우 네댓 시간 들어앉아 있었을 뿐인데도 가족들은 료마가 떠나는 것이 무척 섭섭한 듯해서 오가우치의 눈에는 사라리 우습게 비쳤을 정도였다.

'이상한 사람이야.'

료마가 밥값을 놓고 나올 때, 열대여섯 살쯤 됐을 딸이 쫓아 나오며 이름을 물었다. 이름도 모르고 있었던 모양이었다.

"순례자야."

료마가 그렇게 대답하자, 소녀는 놀리지 말라는 듯이 뾰로통해졌다. 그 엉덩이를 소녀가 깜짝 놀랄 만큼 한 대 때려 주고 료마는 그 집을 나섰다. 오카우치가 초롱불을 받쳐 들었다.

"지금 상황은……."

오카우치는 와타나베 참정과 모도야마 총감찰관의 뜻을 전하고, 이어서 고토의 상경에 관한 말을 옮겼다.

"나가사키의 영국 해병 사건이 해결됐다는 소식을 듣자, 고토는 곧 배편으로 고치를 떠나 상경했다 하오. 그러나 번병은 한 명도 데리고 가지 못했다는 말이었소."

"대정봉환안의 건의서 한 장만을 가지고 상경했단 말인가?"

료마의 걸음이 느려졌다. 온몸의 힘이 한꺼번에 빠져 버리는 것 같았다.

'실망한 모양이구나……'

오카우치는 료마의 실망을 두려워했다. 바야흐로 도사 번을 시류의 밑바닥에서 건져내는 일이 오직 료마 한 사람의 손에 달려 있는 이때, 그가 실망해 버린다면 죽도 밥도 안 되기 때문이다.

"낙심하지 마시오."

"안 해. 나는 낙심하기보다는 다음 대책을 생각하는 성미다."

그렇게 말은 하면서도 료마의 걸음은 역시 무거운 듯했다. 자연 오카우치는 많은 말을 늘어놓았다.

"요도공은 번병을 거느리고 가서 건의서를 들이댄다는 것은, 위협으로 이쪽 주장을 밀고 나가려는 것이라 사나이답지 못하다고 했다더군. 어디까지나 공론에 의해야만 한다는 말씀이었다는 거요."

"옳은 말이야. 공론에 의해서 나랏일이 이루어지는 세상을 만들고 싶은 것이 바로 내 뜻이기도 하니까."

그 때문에 료마는 배 안에서 팔책(八策)을 써서 대정봉환안의 밑바탕을 만들지 않았는가.

"그러나 언변과 몇 줄의 문장만으로는 도쿠가와는 움직이지 않을 게다. 옛날 이에야스는 무력으로 천하를 취했고, 그 자손 15대 역시 무(武)에 의해서 60여 주를 다스려 왔어. 그런 정권을 요도공은 종이쪽지 하나로 내던지게 하자는 건가?"

영주란 할 수 없다고 료마는 생각하지 않을 수 없었다. 아무리 명석한 두뇌를 가지고 있다 해도 영주란 결국 세상사를 모르는 모양이라고 생각됐다.

"이누이 다이스케는 어떻게 됐나?"

료마는 무력 혁명파인 번 육군 총재의 동향을 물었다.

오카우치의 말에 의하면, 이누이는 고토의 단신 상경에 반대하여, 요도 앞으로 나아가 진언했다고 한다.

"······옛날 도쿠가와 이에야스는 말 위에서 천하를 취하여 3백 년의 패업을 이루었습니다. 그 패업을 말 한 마디로 쓰러뜨리자는 것은 어린애와 같은 짓입니다. 반드시 병마가 따라야 할 줄 압니다."

그러나 요도는 쓴웃음을 짓고 이를 물리쳤으며, 이 위험한 다이스케를 일시 외유라도 시킬까 하는 생각을 비친 일조차 있다고 한다.

"우리도 30리."
이런 속칭이 있는 이 후미 깊숙한 안쪽에 스이에(吸江)가 있었다. 낮이었다면 '스이에 십경(十景)'이라고 일컬어지는 풍경이 료마의 눈을 즐겁게 해 주었으리라.
그 스이에의 마쓰가바나 다정에 들어가자, 이미 참정 와타나베 야쿠마가 기다리고 있었다.
곧 이어 총감찰관 모도야마 다다이치로가 같은 직함인 모리 겐지(森權次)를 데리고 달려 왔다.
그들은 '사카모토 선생'이라고 불렀다. 도사 출신의 1개 낭인에 대하여 번의 현관들이 선생이라고 부른 것은, 료마를 존경했기 때문이라기보다 료마의 배경을 이루고 있는 새로운 추세에 그토록 전전긍긍하지 않을 수 없었던 때문이리라.
"술을 준비시킬까 했으나, 이런 모임에 취하는 것은 좋지 않으리라 생각해서 감주를 가져왔소."
와타나베 참정은 집에서 만든 감주를 내놓았다. 물론 다정 시중꾼들은 부르지 않았다.
이 자리에 있는 현관들은 모두 료마란 이름만 소문에 들어 왔을 뿐, 그 실물을 보는 것은 처음이었다.
'무뚝뚝하고 옷차림에 신경을 쓰지 않으며 고수머리에다 유난히 키가 큰 사나이라고 들었는데, 과연 그대로구나.'
처음에는 무슨 괴수라도 대하듯이 겁도 나고 신기하기도 해서 조심스럽게 마주앉아 있었으나, 20분도 채 못돼서 그들은 료마 특유의 분위기 속에 끌려 들어가기 시작했다. 료마의 말은 웅변이라고는 할 수 없었다. 잠깐 더듬기도 하고 때로는 말이 막히기도 하며, 그런가 하면 모두 다 웃음을 터뜨리지 않을 수 없는 기발한 예를 들기도 한다.

놀라운 일은 이 근왕가가 근왕이란 말은 단 한마디도 입 밖에 내지 않았다는 사실이었다.

"사상은 별개 문제다."

그런 뜻의 말을 료마는 몇 번이고 되풀이했다. 사상은 사람마다 제각기 다른 것이 당연하며, 그런 논의는 한가한 사람들에게 맡겨 두는 게 좋다. 역사는 지금 사상이나 감상을 뛰어넘어 버렸다. 이미 막다른 골목에 이른 지금과 같은 단계에서는 역사란 물리 현상과 같은 것이라고 료마는 역설했다. 일체 추상적인 표현을 하지 않고 하나하나 구체적으로 설명했다. 그 주장의 주제는 '이해관계'라는 것이었다. 도사 번으로서는 지금 어떻게 움직여야만 유리한가 라는 것이었다. 그런 논법이 아니고서는 상급 무사 출신인 이들 고급 관료의 마음을 사로잡을 수 없다는 것을 료마는 알고 있었다. 도사 번에 대한 세평도 들려주었다.

"도사에 대한 평은 좋지 않소, 멸시당하고 있소. 이대로 있다가는 역사가 이어지는 한 모멸을 면치 못할 거요."

그는 조슈의 이토 슌스케가 시모노세키 항에서 "도사인들이 총을 마다하면 조슈에서 인수하겠습니다" 하고 비꼬았던 일과, 가쓰라 고고로가 말한 '마지막 판은 포격 연극' '노파 사업' 같은 말을 인용하면서,

"이래도 도사 번은 팔짱만 끼고 있을 건가?" 하는 결론으로 몰아갔다.

"변혁은 며칠 뒤면 닥쳐옵니다. 그야말로 며칠 뒤요. 지금 땅을 박차고 일어나지 않으면 패배자의 위치로 떨어지고 말 거요. 역사

는 결코 비겁한 자를 동정하지 않습니다. 여러분은 도사 번을 짊어지고 있소. 군공과 번을 겁쟁이나 패자의 위치에 떨어뜨리고 싶지는 않을 것입니다."

간추리면 이런 논지였는데, 그 어느 내목도 실증 없이는 말하지 않았으므로 세 사람은 모두 료마의 의견에 설복되었다.

'이 녀석들이 미친건 아닌가?'

료마가 고개를 갸웃거렸을 만큼 그들은 흥분했다. 긴장과 초조와 울분 때문에 그냥 앉아 있을 수 없는 것 같은 기색마저 보였다.

"료마."

어느 틈에 와타나베 참정은 료마의 이름을 친숙하게 부르고 있었다. 문제는 이거다 하면서 주먹을 치켜들더니 엄지손가락을 세워 보인다.

요도를 뜻하는 것이었다.

"료마, 측신들을 만나 주지 않겠나? 그들을 개조하지 않으면 안 되네."

만나는 장소가 문제였다.

—료마를 어디에다 숨겨 두어야 하나?

그 문제를 놓고 와타나베 참정과 모도야마 총감찰은 넌지시 귀엣말을 나누고 있었다.

"난 이젠 아무 데도 가고 싶지 않소."

료마는 다소 불쾌했다. 이런 판국에 이르러서도 아직 료마의 하찮은 탈번죄를 꺼리어 숨을 데를 찾아내려고 머리를 짜는 그들의 소심성이 답답했다.

"내 한 몸은 어떻게 되든 좋소. 그보다도 번의 방침을 정하는 데에 전력을 기울여 주시오."

그런 뜻의 말을 하자, 그들은 몹시 민망하게 생각하며 료마의 비위를 건드리지 않으려는 듯 한결같이 미소를 보였다.
"옳은 말이오."
결국 그들은 료마에게 '아키 히로시마 아사노 집안 가신, 오자와 쇼지(小澤庄次)'라는 가명을 주고, 그 이름을 번청에 제출함으로써 고치 성 밑 거리에서의 료마의 체재를 합법적인 것으로 하려고 했다.
"번법이라는 것이 엄연히 있고, 게다가 번내 좌막파들과의 문제도 있으니 양해해 주시오."
모도야마 총감찰관은 둘러댔다. 번의 사법관으로서는 그렇게 하지 않을 수 없을 테지만, 료마로서는 역시 쓸쓸한 마음을 가누지 못했다.
"좋습니다."
아무렇지도 않은 듯 대답하기는 했으나, 모번(母藩)에 대한 자신의 열정이 이토록 통하지 않는가 하는 것을 절실히 느끼지 않을 수 없었다.
그러나 와타나베, 모도야마 등은 그들 나름대로 사태의 긴박성을 느끼고 있었던 것이리라. 그날 밤 료마와 헤어지자 곧 요도의 측근인, 비서관이라고도 할 수 있는 니시노 히코시로(西野彦四郞)를 방문했다. 료마의 입국에 관한 말을 하고 요도에 대해 궐기를 종용하도록 부탁했다.
다음날 아침, 니시노 히코시로는 다른 측근 몇 명을 데리고 와타나베 참정과 모도야마 총감찰관과 함께 료마를 찾아왔다.
료마는 이날 여러 말을 하지 않고, 나가사키에서 가져온 예의 라이플 총 한 자루와 탄약 한 상자를 꺼내 보였다. 그것이 도사 번의 결의를 위한 무언의 설득이 되리라는 것을 그는 알고 있었던 것이다.

7연발의 라이플 총이었다.

참고삼아 말해 보면, 그 무렵까지 십수 년간은 세계적으로 소총이 발달되는 시기였다. 예를 들면 일본에 있어서 서양식총의 대표적인 것은 게벨총이라고 하는 것이었다.

화승총과 별 차이가 없었다. 발화장치가 화승 대신 용수철이 달린 부싯돌인 것뿐이며, 총알은 화승총과 마찬가지로 총구로 집어넣게 되어 있었다. 막부나 선진 각 번들은 이 게벨총을 사들여서 그 '서양식 무기'를 갖춘 것으로 알았다. 조슈 번도 그런 점은 마찬가지여서 게벨 총이 주력화기였다.

얼마 되지 않아 서양에서는 새로운 총이 개발되어, 이것이 무서운 신식 화기로서 일본에도 들어왔다. 탄환은 총미(銃尾)에서 장전한다. 그 때문에 발사 속도가 게벨총의 10배가 되어, 이 총으로 장비를 바꿀 때 병력은 일약 10배의 힘을 발휘할 수 있었다. 게다가 이 총은 총강(銃腔)에 선조(旋條)가 파져 있고, 끝이 뾰족한 총알이 돌면서 날아가므로 사정거리도 늘어난 동시에 명중률도 높았다. 이 '총미 장전식 선조총'의 출현은 과거의 총을 폐품으로 만들어 버렸다.

그러나 이 신식총은 막부, 사쓰마 번, 조슈 번, 사가 번, 도사 번 등에서 매우 조금씩 구입한 정도로, 동부 일본 각 번에서는 아직도 화승총을 주력 화기로 하고 약간의 게벨총을 가지고 있는 것에 지나지 않다.

그런데 료마가 가져온 이 라이플총은 그토록 귀중한 '총미 장전식 선조총'마저 폐품으로 만들어 버릴 최신식 소총이다. 종래의 소총은 모두 단발이었는데, 이것은 7연발인 것이다.

"이 라이플총으로 1천 명을 무장시키면 3만 명의 적과 싸울 수 있소."

이 라이플총을 지니는 한, 도사 번은 일본 최강의 번이 될 수 있다고 료마는 말했다.

료마는 총을 집어 들었다.
총신에는 1860년 뉴욕 주라고 새겨져 있다.
"탄환은 이렇게 장전합니다."
료마는 레버를 조작하며 찰칵 약실을 열었다. 그리고 오른손을 뻗쳐서 탄약 상자를 끌어당기더니 그 뚜껑을 열었다. 안에는 1백 20발의 탄환이 들어 있었고 다른 상자에는 같은 수의 화약이 들어 있었다.
"이게 총알이오."
끝이 뾰족한 첨두형 총알을 집어 들었다. 모두 숨을 삼키고 있었다. 총알이라면 토끼 똥처럼 동그란 것이었는데, 료마의 손가락 사이에 끼어 있는 것은 그것과 전혀 다른 것이었다.
"공모양에서 첨두형으로 바뀌었다는 한 가지 사실만으로도, 세계의 역사는 달라질 수 있는 거요."
료마는 일곱 발의 총알을 넣고 레버를 조작하여 장전을 끝냈다. 총을 들어 창 밖으로 내다보이는 바다를 겨냥하면서 말했다.
"이제 일곱 발을 연이어 쏠 수 있습니다."
그러나 방아쇠를 당기지는 않았다. 모두 말 한마디 못하고 있었다.
"용기와 나라를 생각하는 마음을 지닌 자만이 이 총을 가질 자격이 있소. 거꾸로, 일본의 암처럼 되어 가고 있는 막부에 가담하려는 자에게는 이 총을 줘서는 안 되오."
도사에 막부를 타도하려는 뜻이 있으면 기증하겠지만, 그렇지 않을 때는 오히려 나라의 앞길을 그르치게 되니 줄 수 없다는 뜻이었다. 결국 료마의 기증을 받아들인다면 그것이 곧 막부 타도를 위한 결의를 한 셈이 되는 것이다.

"어떻소?"

료마는 다짐은 하지 않고, 아무렇게나 총을 다다미 위에 내굴린다.

그 뒤, 요도의 측근들은 천하의 추세에 대해서 료마에게 여러 가지 질문을 했다. 료마는 일일이 친절하게 대답을 해 주었다.

그들은 진심으로 료마의 뜻에 경의를 나타내고 시간을 아끼듯이 돌아갔다. 한편으로는 요도에게 보고하고, 한편으로는 번청에서 긴급회의를 열 작정인 듯했다.

돌아갈 때 와타나베 참정은 오카우치를 현관 한옆으로 불러다 놓고 나지막한 소리로 말했다.

"료마는 집에 들르지 않을 건가?"

앞서 스사키 항에 나타났을 때도 성 밑 거리에는 들어오지 않아 집에는 가 보지 못했다고 한다. 탈번한 몸이므로 다른 가족에게 누가 미치지 않을까 료마는 두려워한 것이리라.

"번청에서 편의를 도모할 테니, 넌지시 집에 들러 보라고 전해 주게. 그것이 우선은 그의 호의에 보답하는 유일한 길이다."

"알겠습니다. 그렇게 전하겠습니다."

오카우치는 그들을 현관에서 배웅하자 곧 이층으로 올라와 료마에게 그 말을 전했다.

"그래?"

료마는 끄덕이고 얼른 고개를 돌렸다. 갑자기 눈물이 핑 돈 것이다. 사실은 이번 역시 생가(生家)에 누가 미칠까 두려워 들르지 않을 작정이었던 것이다.

"그럼 가 볼까?"

멋쩍은 듯이 말했다. 분큐 2년, 사와무라 소노조(澤村惣之丞)와

짜고, 꽃놀이를 간다고 하고는 그대로 국경을 넘어 버린 이래 벌써 몇 년이 지난 것일까.

'아득한 옛날만 같구나……'

그런 생각을 하고 있을 때 나가사키에서부터 함께온, 진수부의 산조 사네토미의 밀사 도다우다가 나타났다. 그는 료마가 교토에서 연출할 대연극의 실황을 진수부에 보고하기 위한 연락 임무를 띠고 있었다.

"오자키군(도다의 본명), 우리 집에 가 보지 않으려나?"

돌연 료마가 말했다. 생가에 대한 그리움이 짙어질수록 어쩐지 혼자 돌아가는 것이 멋쩍어진 것이었다.

"예, 모시겠습니다."

이 젊은 교토인은 무심히 그렇게 대답했다. 그의 본명은 오자키 사부로(尾崎三郞)다. 오무로 닌나지노미야(御室仁和寺宮) 집안의 자손이며 교토 교외 사이인 마을(西院村)에서 태어났다. 나중에 신정부의 여러 직책을 두루 맡았고 남작이 되기까지 했다.

그날 오후, 료마는 스이에서 자그마한 배를 타고 맞은편 기슭을 향해 저어가기 시작했다.

"이 근처는 물맛이 아주 좋네."

료마는 손을 담갔다가는 빨곤 했다. 바로 시오에 강(潮江川 : 강가미)의 민물과 우라도 만의 바닷물이 섞이는 곳이어서 알맞게 간이 든 물맛이었던 것이다.

"어렸을 때는 예까지 헤엄쳐 오곤 했어."

료마는 이 바닷물이 마치 옛 친구처럼 반가운 듯했다. 둘러보니 바다 위에는 우산 모양의 돛을 단 작은 배들이 수없이 떠 있었다. 그런 기묘한 돛으로 배를 조종하며 어부들이 낚싯줄을 늘이고 있는 것이다. 너저분히 널려 있는 저편에 고치 성의 천수각(天守閣)이 있다.

이윽고 상륙하자, 남의 눈에 띄지 않도록 행인이 적은 강가를 따라 걸었다. 혼조 일가에 있는 십까지는 3킬로미터쯤 될 것이나. 동행은 도다 우다 하나뿐이었다.

니시가라도 거리(西唐人町)까지 오자, 강 건너편 언덕인 히쓰 산(筆山)을 향하여 큼직한 다리가 놓여 있었다. 그 다릿목에서 낚싯줄을 늘이고 있던 중년 무사가 "아니?" 하고 낚싯대를 던지며, 껑충 뛰어오르듯이 몸을 일으켰다. 낚싯대는 그냥 떠내려간다.

"료, 료마가 아닌가!"

향사인 시마무라 주타로(島村壽太郞)라는 사나이였다. 집은 히가시 신마치 거리(東新町)에 있었으며, 죽은 다케치 한페이타의 아내 도미코(富子)의 동생이었다.

"설마 유령은 아닐 테지?"

"쉿!"

료마는 손가락을 입술에 갖다 대고 크게 어깨를 흔들어 보이면서, "아무 말씀 말아 주시오."

그러고는 어리둥절해진 시마무라를 뒤에 두고 걸음을 재촉했다.

이윽고 그는 한적한 골목을 돌아 빠져 나가서 생가 문전에 이르렀다. 전에 없이 대문이 여덟 팔(八)자로 열려 있었다.

'옛날 그대로군.'

료마는 올려다보고 내려다보고 하다가 대문 안으로 발을 들여 놓는다.

"어흥!"

대문 뒤에 마치 아이들이 숨바꼭질이나 하듯이 숨어 있던 오토메가 그렇게 료마를 놀래 주었다. 료마는 솟구치는 웃음을 참지 못하며, 모두가 어렸을 때와 똑같다는 생각을 했다.

사카모토 집안에서는 번청에서 넌지시 연락해 주었으므로 료마가 돌아온다는 것을 한 시간쯤 전부터 알고 있었던 것이다. 료마가 미나미 호코닌 거리(南奉公人町)를 북쪽으로 꺾었을 때, 미리 나와 망을 보고 있던 겐 할아범이 알아보고 한달음에 달려와 알려 주었다는 것이었다.

료마는 뜰 안을 둘러보았다. 여기저기 관목 그늘마다, 겐 할아범이 있는가 하면 조카인 하루이(春猪)가 있고 유모 오야베도 있었다. 오야베는 벌써 한바탕 울었는지 얼굴 전체가 통통 부어 있다.

"아마, 세상에서 가장 아늑한 곳에 돌아왔구나."

료마는 춤이라도 출 듯이 기뻐하면서 교토 무사인 도다 우다를 소개했다. 도다 우다는 무사 집안답지 않은 이 개방적인 가풍에 어리둥절한 모양이었다.

'재미있는 집이군.'

마치 상인의 집 같았다. 짐작컨대 이 사카모토 가문의 분가이며 집도 한 울타리 안에 있는 사이다니야(才谷屋)가, 성 밑 거리의 3대 부상(富商)의 하나라는 것도 사카모토 가문의 성격에 근본적인 영향을 미치고 있으리라. 또한 료마가 무사이면서도 세련된 경제 감각을 지니고 있는 것에 대한 수수께끼도, 이 집에 와 보고 도다 우다는 비로소 풀린 것 같은 느낌이었다.

잠시 뒤 도다 우다는 료마를 따라 안방으로 들어가서, 사카모토 집안의 주인이며 료마의 형인 곤페이에게 인사했다.

형이라고는 하지만 부자지간이 아닌가 싶을 만큼 나이가 많아서, 이미 노인이라고 해도 좋을 것 같았다. 료마와 닮은 점은 뼈대가 유난히 크다는 것뿐, 곤페이는 몸이 뚱뚱했고 용모도 두드러진 데가 없었다. 또 듬성듬성해진 머리 역시 료마와 같은 고수머리가 아니었다.

"먼 길을 오시느라 수고하셨소."

활의 명인이라는 말을 들었지만 언뜻 보면 숨어 사는 부호 같은 인물이었다.

고끼리 같은 조그만 눈에 눈물이 글씽거리고 있었다.

그날 밤 온 집안 식구가 한자리에 모여 잔치가 벌어졌다.

정면에는 형 곤페이와 손님인 도다 우다, 료마, 그리고 료마의 매형들이 늘어앉았다.

그 옆에는 하루이의 남편인 데릴사위 세이지로(淸次郞), 그리고 오토메와 다케치 한페이타의 미망인 도미코 등이 앉았고, 하루이는 상차림을 지휘를 하고 있었다.

옆방에는 사카모토와 사이다니야의 부하들과 점원들, 다음 넓은 마루방에는 겐 할아범 등 하인배, 봉당에 있는 여자들은 오야베가 지휘하는 등, 앉아 있는 자, 서 있는 자 모두 합해서 30명이나 되는 번거로운 잔치였다. 료마의 귀국은 비공식적인 것이었으므로 매우 가까운 사이만 모인 것이 그 정도다.

'유쾌한 집안이군……'

도다 우다는 그저 재미있기만 했다.

형 곤페이는 어지간한 호주가여서 시종 벙글거리며 술잔을 입으로 나르고 있다.

그 점은 오토메 누님도 마찬가지였다. 평소에는 조심하고 있지만, 이런 좌석이 벌어지면 두 되쯤은 충분히 해치운다고 한다. 그 오토메의 고수머리가 료마와 몹시 닮은 데가 있었다.

"오토메 누님과 사카모토 선생은 아주 닮았습니다."

"머리가 말이지?"

료마는 히죽이 웃었다. 료마가 어렸을 때 아버지 핫페이(八平)는 에도에 다녀 온 일이 있었다. 그때 아버지는 가발을 선물로 사 가지고 왔다. 핫페이는 그 정도로 딸의 고수머리가 걱정이 됐던 모양이다.

곤페이의 딸이며 데릴사위를 맞아 사카모토 가문을 잇게 될 하루이는 죽은 어머니를 닮았는지 전혀 다른 생김새를 하고 있었다. 이름처럼 새끼 돼지를 닮은 데가 있어서, 까르륵거리며 노상 웃는다. 료마는 그 하루이가 무척 사랑스러운 듯,

"하루이, 술이 없지 않니?" 하며 술을 가져오게 하고선 오히려 그녀에게 술을 마시게 하곤 했다. 하루이의 취한 모습이 아주 유쾌하고 재미있었던 것이다.

이 하루이에게는 이미 쓰루이(鶴井)와 도미(兎美)라는 두 딸이 있었다. 물론 아직 어려서 자리에는 끼지 않고 있다.

"모두 동물 이름이군요?"

"그렇지. 돼지가 두루미와 토끼를 낳은 셈이야. 도사에는 동물에서 딴 이름이 많소."

료마가 대답했다.

도다 우다가 신통하게 생각한 것은 동석한 사람들이 누구 하나 료마가 지금 무엇을 하고 있는지 묻지 않는다는 것이었다. 역시 번에 대한 배려를 하지 않을 수 없었던 것이리라.

'도사 사람들은 논쟁을 안주로 해서 술을 마신다고 하지만, 이집 사람들은 그렇지 않은 것 같다.'

실랑이 대신 각각 재주를 보여 주었다. 모두 솜씨들이 뛰어나서 형 곤페이는 하루이의 샤미세에 맞춰 조루리(淨瑠璃 : 악기에 맞춰서 엮어 가는 민중극)를 한 판 엮어 댔고, 오토메는 일현금(一弦琴)을 탔으며, 하루이는 료마의 샤미센에 맞춰 춤을 추었다.

"도다님도 한번 하셔요."

오토메는 손님이라고 봐주지 않았다. 할 수 없이 서투른 노래를 한 마디 불렀지만, 도무지 이 유쾌한 좌석에는 어울리지 않는 것이었다.

잔치가 끝나자 도나는 객실로 안내되었다.

료마는 이층으로 올라가 그가 소년 시절에 쓰던 방으로 들어갔다. 그 방은 오토메가 오카노우에(岡上) 집안을 뛰쳐나온 뒤 줄곧 쓰고 있었다. 오토메는 남은 술을 가지고 뒤따라 올라왔다. 오늘 밤은 밤새도록 마셔 보자는 것이었다.

"안 돼, 난 누님처럼 못 마십니다."

"무슨 소리야!"

오토메는 털썩 주저앉았다. 신장 1백 80센티미터인 거구여서 처녀 때부터 '사카모토의 수문장 아가씨'로 통한 그녀다. 요즘에는 살까지 붙어서 더욱 우람해져 있었다.

"누님, 집을 뛰쳐나오겠다는 생각, 이젠 버렸나요?"

료마는 놀렸다. 여승이 되어서 여러 나라 순례를 떠나고 싶다느니, 남장을 하고 지사 활동을 하고 싶다는 등 하며 편지를 보내오곤 했던 일건을 두고 한 말이었다.

"그거?"

오토메는 웃기만 하고 아무 대답도 하지 않았다.

두 사람은 마주하고 계속 술을 마시다가 새벽녘에는 모두 고주망태가 되어 쓰러지고 말았다.

다음날 아침 사카모토 집에는 번청의 관원과 후쿠오카 댁의 가신이 나타나서 형 곤페이와 대면하고 통고를 했다.

"계씨의 탈번죄는 사면하기로 어젯밤 내부 결정이 있었소."

료마의 경우, 번사로서는 어디까지나 '향사 곤페이의 아우'라는 신분이었으므로, 이런 일은 모두 형 앞으로 통고되는 것이었다.
"다만 공식적인 발표가 없었기 때문에, 내놓고 성 밑 거리를 나돌아 다니지는 말도록."
그런 조건이 딸려 있었다.
그러나 료마는 집을 나섰다.
고치에서 해안을 따라 동쪽으로 걸어, 60킬로미터 떨어져 있는 아키(安藝) 고을의 야스다(安田)라는 고장을 찾아갔다. 이곳 향사이자 의원이기도 한 다카마쓰 준조(高松順藏)에게 큰누님 지즈(千鶴)가 출가해 있었고, 료마는 어렸을 때 자기 집처럼 드나들었었다. 료마가 교토에서 유모 오야베 앞으로 낸 편지 가운데,
"후시미의 호라이 다리(寶來橋) 근처에 데라다야(寺田屋)라는 여인숙이 있소. 그 집에 있을 때는 이를테면 나는 다카마쓰 매형 댁에 있는 것만 같은 기분이오."
그런 대목이 있었는데, 그 '이를테면'의 다카마쓰 집이었다.
"잠깐 놀러 왔습니다."
다카마쓰네 집에 들러 두 시간쯤 뒹굴다가 바쁜 일이나 있는 듯이 돌아왔다. 특별히 볼일이 있었던 것이 아니라, 그저 문안이나 드리기 위해 갔을 뿐이었던 것이다.
"돌아올 때, 선물이라면서 예의 라이플총을 한 자루 탄약과 함께 놓고 나왔다.
이 총은 그 뒤 준조의 맏딸 시게(茂)의 남편인 히로마쓰 겐지(弘松源治)가 막부 토벌전에 가담하려고 넘겨받았으나, 겐지는 어쩌다 원정군에는 참가하지 못했다. 이 총은 그 뒤 히로마쓰 집안의 광 속에서 썩고 있다가 쇼와(昭和) 때에 이르러 발견되었다.
료마는 다시 성밖 다네자키(種崎) 마을에 있는 친척 오가와 가메지로(小川龜次郎) 댁을 찾아갔다. 마침 제사를 올리는 날이어서 음

식이 산더미처럼 차려져 있었다.

"먹을 복이 있는걸."

료마는 기뻐하면서 술과 음식을 먹고 있는데, 얼마 뒤 뜻밖의 인물이 찾아왔다.

같은 마을의 향사로서, 히네야 도장(日根野道場) 시대의 료마의 사범이었던 도이 요노스케(土居揚之助) 노인이었다.

"뭣이, 료마가 왔다고?"

노검객은 기뻐하면서 방으로 들어왔으나, 료마는 마침 뒤꼍 욕탕에서 목욕을 하는 중이었다.

"아, 도이 선생님!"

료마는 욕탕 안에서 큰 소리를 질렀다.

도이 노인은 이날 하지메(一)라는 어린 손자를 데리고 왔는데, 그 꼬마가 어디선가 쓰러진 듯 무릎이 까져서 시끄럽게 울고 있었다.

료마는 욕실 안으로 꼬마를 불러들여, "너도 목욕이나 해라" 하면서 옷을 벗기려고 했다. 그러나 낯선 사람한테 붙들린 바람에 아이는 더욱 울어댔다. 료마는 난처해져서 자기 왼쪽 가슴을 가리키며 달랬다.

"봐라, 이건 칼자국이야. 아저씬 칼을 맞고도 울지 않았다. 너도 남자니까 울지 말아야지."

잠시 뒤 방 안에 마주 앉아 노검객과 이런저런 얘기를 나누었으나, 지루해진 꼬마는 더욱 보챈다.

"가만 있자, 아저씨가 북하고 닭을 그려줄까? 그러니 울지 말아야 한다."

붓통에서 붓을 꺼내자, 얼른 그림을 한 장 그렸다. 그린 장본인인 료마마저 탄복하고 싶을 만큼 잘된 그림이었으나, 아이는 그래도 울음을 그치지 않았다.

료마는 따분해진 모양이었다. 품속에서 유리 거울을 세 개 꺼내어 그것을 아이에게 주었다.

얼마 뒤 노검객은 손자에게 끌리듯이 하여 돌아가 버렸다.

번청에서는 여전히 출병 문제를 놓고 떠들썩하고 있었으나, 료마는 집에 돌아와 묵고 있는 동안 이렇게 특별한 일 없이 나날을 보내며 두 번 다시 논의를 되풀이하지 않았다.

―도사 번의 운명은 도사 번이 택하여라.

그런 것이 료마의 솔직한 심정이어서 반쯤 단념한 상태였다.

료마가 다시 집을 떠나 신텐마루를 타고 후라도 만을 떠난 것은 10월 1일이었다.

그 무렵 고토 쇼지로는 요도의 특사로서 이미 오사카에 와 있었으며, 대정봉환안의 설득 공작을 위해 동분서주하고 있었다.

고토가 오사카에 닿았을 때, 마침 사쓰마의 사이고 다카모리도 오사카에 와 있었다.

"우선 사이고부터 설득하리라."

고토는, 아니 고토 일행은 사이고의 여관으로 찾아갔다. 여기서 일행이라고 한 것은 고토가 단독으로 움직였던 것이 아니라, 요도의 지시로 번 각료의 한 사람인 데라무라 사젠(寺村左膳)을 대동하고 있었던 것이다. 데라무라는 요도 측근 중에서도 대단한 막부 옹호파여서 후에 도바, 후시미의 전쟁이 일어났을 때도 "참전자는 처벌해야 한다"고 날뛰기까지 한 인물이었다. 요도는 이 데라무라를 딸려 보냄으로써 고토의 독주를 제어하려고 했던 것이리라.

고토가 방문했다는 말을 듣고 사이고는 무릎을 치고 희색을 띠며 객실로 나갔다.

―마침내 결행 시기가 닥쳐왔는가!

그런데 고토가 이름난 막부 옹호파 데라무라 사젠을 데리고 왔다는 사실을 알고 뭔가 잘못되었음을 알아차렸다.

'도대체 어떻게 된 일이냐?'

사이고는 크게 실망했다.

"이것이 장군 앞으로 보낼 저희 번의 대정봉환 건의서입니다."

고토는 그렇게 말하면서 사이고에게 그 건의서를 내 보였다.

……황공하오나 삼가 진언하나이다.

그렇게 시작되는 당당한 서면이었다. 시대의 추이를 논하고 대정봉환의 타당성을 설명한 다음, 천황정부 확립 후에는 상원, 하원의 의회를 두고 서민에게도 의원선거권, 피선거권을 준다는 것과, 나아가서는 군사, 외교, 학교제도에 이르기까지 언급한 것으로서, 논문으로서는 더 이상 훌륭한 글은 좀처럼 없을 성싶은 것이었다.

그러나 그 원안을 료마를 통해서 들은 바 있는 사이고로서는 별로 새로울 것도 없는 논지여서, 죽 읽고 나자 한마디했다.

"훌륭하군요."

그러고는 덮어 버린 채, 이어서 늘어놓는 고토의 웅변을 한 귀로 흘려넘기고 있었다. 사이고가 바라는 것은 도사 번의 웅변이 아니라 그 무력이었다.

마침내 사이고는 견디다 못해 말허리를 꺾었다.

"고토님, 병력은 따라오지 않았군요?"

고토는 급소를 찔린 형국이어서 잠시 입을 다물었다. 그러나 곧 유창한 투로 말했다.

"본국에 놓아 두었습니다."

"하하하, 본국에 놓아 두셨다?"

사이고도 그 말에는 유머를 느끼지 않을 수 없었던 듯했다. 본국에 병력을 두고 있는 것은 어느 번이나 마찬가지 아닌가.
 "그렇다면 사쓰마로서는 찬성할 수 없소."
 사이고는 끈질기게 주장하여, 마침내 이날 회담은 흐지부지 끝나고 말았다.
 사이고는 교토의 오쿠보에게 이 사실을 급히 알리고, 자신도 그 편지를 뒤쫓듯이 교토로 올라갔다. 또한 그 사이고를 뒤쫓듯이 고토 등도 상경했다.
 사이고는 도사 번에 대해 실망했다.
 "고토는 종이쪽지 한 장으로 세상이 움직이리라고 생각하는 모양이다."
 분개하며 오쿠보 도시미치에게 말했다. 사이고가 들은 료마의 대정봉환은 무력혁명안이 뒷받침되고 있는 것이었는데, 그것이 공식적으로 번에서 다루어졌을 때는 허울 좋은 서면만이 남은 것이다.
 "도사 번은 틀렸다."
 오쿠보 도시미치도 도사 번을 혁명의 동지로 삼으려는 생각은 이제 집어치워야 할 것 같다는 말을 했다. 그렇다면 결국 무장 봉기는 사쓰마, 조슈 양번에서만 할 수밖에 없다.
 그러나 고토는 단념하지 않고 재삼 사쓰마 번저로 찾아와서는 사이고를 상대로 웅변을 늘어놓으며 설득시켜 보려고 애썼다. 마침내 고토는 논지를 바꾸어 말했다.
 "무장 봉기를 단행할 때까지는 도사 번과 행동을 같이해 주시오."
 이 선에서 양해를 구했다. 그 말만은 사이고도 받아들이지 않을 수 없었다.

 물론 고토의 교섭 대상은 사쓰마 번뿐만이 아니었다.
 아키 번도 있었다.

아사노(淺野) 가문을 말한다. 아키 히로시마의 42만 6천 석의 대번으로, 본디 조슈 번과 이웃하고 있어서 정치사상의 영향을 받기 쉬운 지리적 환경에 있었다. 게다가 번을 지도하고 있는 중신 쓰지 쇼소(辻將曹)라는 인물이 시대의 전망에 밝고 투기적인 배짱도 있어서, 근래 사쓰마 조슈 양번에 많은 접근을 하고 있었다.

"다음 시대는 서부의 대번들에 의한 연방국가가 된다."

쓰지는 그렇게 보고, 사이고와의 약속 밑에 머지않아 있을 쿠데타에 참가하기 위해 이미 번병 1천 명을 교토에 주둔시킬 방책도 추진시키고 있었다.

고토는 이 쓰지 쇼소도 만나 예의 현하지변(懸河之辨 : 물이 거침없이 흐르듯 잘하는 말)으로 하룻밤 사이에 도사 번의 평화혁명 방식에 가담시키고 말았다.

고토에게는 그런 재능이 있었다. 여담이지만 고토는 그의 일생 중에서 이때가 가장 빛난 때였다. 유신 후 세상이 안정되자, 고토의 발상은 그 모두가 지나치게 웅대하여 하나도 성사되는 일이 없어서 실의에 빠진 채 죽어 갔지만.

"그 풍모는 고대 중국의 대책사를 방불케 하는 것이었다. 일본인으로서는 어지간히 보기 드문 인물이 아니었을까?"

후에 이다가키 다이스케가 어이없다는 투로 평을 내린 이 사나이에게는 막부 말기의 난세야말로 가장 적합했던 것이리라.

당연히 고토는 정권을 내던지게 되는 쪽인 막부 요인에 대해서도 사력을 다해 납득 공작을 계속했다.

특히 고토가 그 대상으로 선택한 것은 나가이 나오무네(永井尚志)였다.

나가이는 막부 각료들 가운데에서도 뛰어난 수재이며 이해력이 풍부했다.

그 나가이는 오랜 관료 생활의 경험에서 막부의 내정과 실력을 훤히 알고 있어, 앞으로는 재정적으로 보나 국내적인 인기와 대외 신용면으로 보나 이미 정권 담당 능력이 없는 것을 내다보고 있었다.

료마가 언젠가 나가이 나오무네에게 물었다.

"그렇다면 묻겠습니다만, 금후 사쓰마 조슈가 연합하여 막부에 도전해 올 때, 막부는 이길 수 있습니까?"

나가이는 고개를 떨어뜨린 채 대답했다.

"이기지 못한다."

단순한 수재일 뿐 꿋꿋한 고집이 없으므로, 눈에 비치는 모든 자료가 비관적인 것으로만 보이는 모양이었다.

게다가 나가이는 장군 요시노부 휘하 가운데에서 모사가 뛰어난 신하였던 하라 이치노신(原市之進)이 암살된 후로는 감찰관이라기보다도 거의 비서관 같은 존재가 되어 있었다. 요시노부를 움직이려면 나가이 나오무네를 움직이는 것이 가장 빠른 길이리라.

그 때문에 료마는 지난 봄, 고토를 나가이에게 소개하고 나서 말했다.

"성벽은 언뜻 보면 무척 견고해 보이지만, 어느 한 군데에서 돌을 빼내면 전체가 무너질 수도 있는 법이다. 도쿠가와 요시노부의 경우는 나가이 나오무네가 바로 그 돌이야."

도쿠가와 막부라는 거대한 석조 건물의 역학적 구성의 치명점이 나가이 나오무네라는 섬약한 지식인에게 있었다는 것은 하나의 숙명이었을 것이다. 왜냐하면 요시노부 자신이 교양인이었으므로 자연히 꿋꿋한 신념가보다도 자신의 말벗에 알맞은 지식인을 좋아했기 때문이다.

고토는 이 나가이를 열심히 설득시켰다. 고토가 모사에 뛰어났던 점은, 존왕론(尊王論)을 가지고 설득하지 않고 존막론(尊幕論)으로 대했다는 것에 있다.

"요도는 막부를 존중히 여기고 있고 나 또한 존중히 여기고 있다. 현 시국 아래서 우리 도사 번처럼 철저한 존막파는 또 없다. 예컨대 막부는 와해되더라도 도쿠가와 가문은 이어지지 않으면 안 된다. 도쿠가와 가문을 다음 세대까지 살리는 길은 대정봉환이 있을 뿐이다."

논점을 이 한 점에 집약시켰다.

나가이 나오무네는 당연히 고토가 내놓은 건의서를 장군 요시노부에게 올렸고, 고토의 주장도 빠짐없이 전했다. 그러나 요시노부는 아무 회답도 없었다.

고토는 매일같이 나가이의 숙소를 방문하여,

"결코 독촉을 한다는 뜻이 아니라, 좀 더 드리고 싶은 말씀이 있어서……."

그런 식으로 예의 웅변을 늘어놓고 돌아가곤 했다.

나가이는 오사카에 있는 막부 수상 이타쿠라 가쓰기요에게도 건의서의 사본을 보내고, 고토의 의견도 써 보냈다.

어쨌든 막부로서는 이 건의서를 무시할 수는 없었다. 각하시키면 그것을 구실삼아서 '막부야말로 조정의 적이다'라는 기치 밑에 막부 토벌군을 일으킬 것이 아닌가? 막부로서는 그것을 피해야 했다.

자연히 나가이 나오무네는 하루에 두 차례나 찾아오는 고토를 싫은 얼굴로 대하지 못하고 정중히 대접해 주곤 했다.

그럴 수밖에 없었다.

이렇게까지 객관적으로 정세를 쌓아 올려 막부를 다그치고 있는 것은 요도도 고토도 아닌, 고토 배후에 있는 자라는 것을 나가이 나오무네는 잘 알고 있는 것이다.

'료마다!'

그렇게 생각하고 있었으나 고토는 공을 독점할 셈인지, 아니면 다른 이유가 있는 건지, 그 흑막의 인물인 료마의 이름을 전혀 입 밖에 내지 않고 있었다.

'고토란 녀석, 어지간히 엉큼한 녀석인 것 같군.'

나가이는 그런 고토의 뱃심을 재미있게 생각하고 있었다.

어느 날 고토가 여느 때처럼 나가이를 방문하여 요담을 마치고 돌아가려고 할 때 나가이가 말했다.

"소개할 사람이 있소."

"예?"

고토가 주춤했을 때, 왼쪽 미닫이가 열리면서 턱이 너부죽하고 눈매가 날카로운 인물이 나타나더니 공손히 인사를 했다.

나이는 서른네댓쯤 됐으리라. 머리를 길러 뒤에서 크게 하나로 묶고 사치스런 검은 비단옷을 입고 있었다. 거무스름한 살결이다.

'누굴까?'

그렇게 생각하고 있는데, 상대방은 공손한 태도로 자진해서 이름을 밝혔다.

"처음 뵙습니다. 저는 곤도 이사미(近藤勇)라는 사람입니다."

고토는 내심 흠칫했다. 조금 부풀린다면 대낮에 괴물을 만난 것 같은 충격이라고 해도 좋았다.

사실상 곤도는 당시로서는 괴물 이상의 존재였으리라. 그의 명령 하나면 어떤 지사이든 쓰러지게 마련이었고, 현재 이 사나이가 지휘하는 관립 암살단에 의해 얼마나 많은 유명무명의 지사들이 살해되었는지 모른다.

그가 거느리는 신센조(新選組)는 말하자면 비상경찰군이라고 할 수 있었다. 막부 법률에 관계없이 그가 죽이려고만 생각하면 정상적인 절차를 밟지 않고도 얼마든지 죽일 수 있는 것이다. 처음에는 신분도 낭사여서 아이즈 휘하에 있었던 것이, 지난 6월, 10부로 신센조 전원이 정식으로 막부 직속이 되었고, 곤도는 성곽 수비대장이라는 직명을 받아 정식으로 장군 친위대장이 되었다.

곤도는 일선에 우언히 나가이를 방문했다가 이런 말을 했던 것이다.

"대정봉환을 획책하고 있는 도사 번 참정 고토 쇼지로씨를 만나 봤으면 하는데요."

나가이는 요즈음 곤도가 정치에 흥미를 느끼기 시작했다는 것을 알고 있었으므로 좋다면서 즉석에서 허락했다.

어떤 의미에서는 호기심이 있기도 했다.

'곤도의 얼굴을 보고 고토는 어떤 태도를 보일까?'

고토의 인물을 측량한다는 점에서도 흥미가 있었고, 나아가서는 고토의 웅변이 자기(나가이)와는 전혀 다른 형인, 말하자면 완미하다고 해도 좋을 정도의 신념형에 속하는 곤도 이사미에 대해서도 과연 효과가 있는가를 시험해 보고 싶었다.

"아, 그래요?"

고토는 앉음새를 고치면서 인사를 받고, 나는 도사 번의 고토 쇼지로라고 통성명을 했다.

그러고 나서 곤도 이사미가 허리에 차고 있는 소도(小刀)를 가리키며 농담처럼 말했다.

"나는 본디 귀하의 그 허리에 있는 것과 같은 물건을 싫어해서 말입니다. 우선 그것을 떼어 놓을 수 없을까요? 그러고 나서 천천히 얘기해 보는 것이 어떻겠소?"

나가이 앞이라 곤도는 당연히 대도(大刀)는 별실에 떼어 두었지만, 소도만은 그냥 허리에 차고 있었다. 그 소도도 만약의 경우를 위해, 대도 못지않게 긴 것을 차고 있다.

고토로서는 얘기 도중 곤도가 이론보다는 칼을 빼들고 들이칠지도 모른다는 염려가 있었던 것이다.

'훌륭한 배짱이다.'

정면에 앉은 나가이 나오무네는 고토의 태도에 혀를 내둘렀다. 의젓한 몸가짐, 여유 있는 미소, 남의 기분을 언짢게 하지 않는 알맞은 재치. 그런 점에서는 고토만한 인물은 교토 전체를 둘러봐도 없으리라고 생각했다. 게다가 고토는 도사 번의 중신인 데다 천하에서 뛰어난 제후로 알려져 있는 요도의 대리이기도 하여, 그 두툼한 배경은 한층 그의 무게를 더해 주고 있었다.

고토의 그런 당당한 태도를 보고 곤도도 예사 인물이 아니라고 생각한 듯했다.

그 증거로, 좀처럼 웃는 일이 없는 곤도가 소리를 내어 웃으며 허리에서 칼을 떼어가지고 멀리 밀어 놓았다.

'이 바보 같은 작자가!'

고토는 내심 이 신센조 국장을 그렇게 보고 있었다. 본디 고토는 암살자라는 것은 모두 그렇게 평가하고 있어서, 나중에 영국 공사 퍼크스가 하마터면 자객의 손에 죽을 뻔했을 때도, 고토는 퍼크스에 대해 변명조로 말했다.

"일본인이 모두 저렇다고 생각하면 곤란하오. 어느 나라에든 풍전백치(瘋癲白痴)는 있는 법이니까."

고토로서는 암살자 따위는 어떤 정신병자인 풍전백치라고밖에 생각할 수 없는 것이다. 곤도 이사미 역시 고토의 눈에는 풍전백치의 두목 같은 존재였다.

그러나 동시에 고토는 그 풍전백치의 발작을 두려워하고 있었다. 그 때문에 곤도를 손아귀에 말아 넣을 속셈으로 그의 장기인 동양적

심술(心術)을 썼던 것인데, 곤도는 감쪽같이 그 술수에 넘어간 셈이었다.

'대단한 인물이다.'

곤도는 거의 존경하고 싶을 정도였다.

'대정봉환 공작 따위를 하고 있다니 괘씸한 녀석이다.'

곤도는 이 자리에 나타나기 전까지만 해도 그렇게 밖에는 고토를 보지 않았으나, 막상 고토를 대해 보고는 생각을 달리하기 시작했다.

'이만한 인물이 하는 말이라면 검토해 볼 가치가 있을 게다.'

곤도의 용건 중의 하나는 고토가 가지고 있는 대정봉환 건의서의 사본을 얻는 것이었다.

"좋습니다."

고토는 사본 한 통을 곤도에게 주고, 그 내용을 설명하기 시작했다.

"이것은 신정부 수립안이기는 하지만, 동시에 도쿠가와 가문의 구제안이기도 하오."

고토는 이 안이 성립되면 도쿠가와 가문은 정권이란 두통거리를 버리고, 8백만 석의 대영지를 지닌 채 제후의 맹주로서 존속하게 된다고 말했다.

"귀하의 고명은 진작부터 듣고 있었고 다시없는 국사(國士)라고 해도 좋을 인물인 것으로 알고 있다. 일본의 영원한 번영을 위해, 귀하와도 더불어 이 안을 추진해 가고 싶다."

그런 식으로 고토는 설득했다. 곤도를 국사로서, 또한 현 시국 하에서의 중요한 정치가로서 대접하고 있는 점이 곤도의 자부심을 만족시켰다.

어차피 곤도는 한낱 무인에 지나지 않았다. 그는 고토의 이 교묘한 감언에 넘어가 마침내는 감탄해 버리고 말았다.
"듣고 보니 과연 훌륭한 취지요."
곁에서 그러한 곤도의 모습을 지켜보고 있던 나가이 나오무네는 내심 숨이라도 돌리고 싶은 느낌이었다.
실은 나가이도 대정봉환이야말로 도쿠가와 가문을 정권이라는 질곡에서 해방시키는 천부적인 묘안이라고 생각하고 있었지만, 다만 막부 내부를 설득시킬 자신이 없었다. 그런데 막부 내부에서도 가장 강경파인 이 신센조 국장이 차차 납득하기 시작하는 모습을 보자 자신과 안도감을 얻은 것이다.
'어쩌면 이 안건, 성사될지도 모른다.'
이 점 나가이로서는 곤도가 어떤 화학 시험지같은 것이었던 셈이다.
이날 첫 대면에서 곤도는 조슈 번 처리 방법에 대해서만 찬성하지 않았다.
조슈 번은 '조정의 적'인 동시에 막부의 적이며, 공번(公藩)으로서의 모든 자격이 박탈되어 있다. 도사 번은 그것을 용서하고 공번으로서 부활시켜야 한다는 것이었다. 그러나 곤도는 끝까지 주장했다.
"조슈는 용서할 수 없습니다."
고토는 하나하나 그것을 반박하고 세계정세를 설명하면서, 이대로 국내에서 싸움이 이어지면 일본은 멸망할 도리밖에 없다고 했다. 일본을 구원한다는 관점에서 볼 때, 조슈는 논의할 필요도 없이 용서해야 한다고 했다.
"이사미는 마침내 아무 말도 하지 못했다."
데라무라 사젠은 그 수기에 말하고 있다.
오로지 한 점, 조슈 문제에 대해서만은 이론이 있지만, 곤도가 이 안에 대해서 별로 큰 반감을 가지고 있지 않다는 것을 고토는 알았다.

'그렇다면 나도 신센조의 추격을 받지 않게 된다.'

고토는 안심했다.

곤도는 어지간히 고토가 마음에 들었던 모양이었다.

"우리 둔소에 놀러 오시지 않겠습니까?"

고토는 그것을 지나가는 인사 정도로 생각하고, 내일이라도 틈이 나면 가 보고 싶다는 적당한 대답을 해 두었다.

그런데 곤도는 역시 무사시의 시골 출신 무사라, 고토의 말을 곧이듣고 다음날 줄곧 기다렸던 모양이었다.

마침내 고토가 나타나지 않자, 재촉하는 편지를 썼다.

그 편지를 받아 보고 고토는 곤도의 고지식함에 놀라, 곧 사과하는 편지를 쓰고 그것을 부하인 시모무라 게이타로(下村銈太郎)와 모치즈키 기요히라(望月淸平) 두 사람을 사자로 하여 들려 보냈다. 편지뿐만 아니라, 선물도 들려 보냈다.

'그 녀석의 비위를 거스르면 목숨이 없다.'

고토로서는 그것만이 걱정이었다.

곤도는 고토의 그러한 예의와 인물, 식견에 더욱 탄복하여, 국의 간부들을 모아놓고 명령을 내렸다.

"도사의 고토에 대해서는 손을 대지 말아라."

곤도의 이 한 마디야말로 교토에서 활동하는 자로서는 무엇보다도 튼튼한 생명의 보장이라고 할 수 있었다.

곤도는 계속 고토를 만나고 싶어하여 편지를 보내왔다.

"찾아오기가 거북하다면 이쪽에서 방문하고 싶은데 언제쯤이 좋겠는가?"

고토는 회답을 보냈다. 슬슬 곤도가 귀찮아지기 시작한 때문이리라.

"어젯밤 아라시 산(嵐山) 구경을 갔다가 감기에 걸려서 줄곧 누워 있다."
그래도 곤도는 다시 편지를 보냈다.
"어젯밤 아라시 산에 놀이를 가셨다가 감기가 걸리셨다니 유감입니다."
이런 내용의 위문편지다.
그러나 단순한 위문편지에 그치지 않고 "그렇다면 언제쯤 만나뵐 수 있겠는가?"라는 말을 곤도는 다시 묻고 있었으니, 이쯤 되면 그 천진스러움은 차라리 가엾을 정도라고 할 수 있으리라.
고토는 마침내 손을 든 모양이었다.
날짜를 정하여 기온(祗園)의 요정에서 만나기로 했다.

신센조 국장 곤도 이사미라는 인물은 무사시(武藏) 미나미다마(南多摩)에서 중농(中農)의 아들로 태어났다. 그 일대의 농촌을 지반으로 하는 덴넨리신류(天然理心流)를 익힌 뒤, 그 종가(宗家)의 양자로 들어가 나중에 종가를 이었다.
에도에도 자그마한 도장이 있다. 분큐 3년, 기요카와 하치로(淸河八郞)의 신초조(新徵組)에 응모했으나, 교토로 올라온 뒤 그들과 손을 끊고 신센조를 일으켰다. 그 경비는 교토 수호직 마쓰다이라 가다모리의 손을 거쳐 막부에서 대고 있다.
신센조는 용맹과감하고 부대 규율이 엄하여 일본 사상 가장 강력한 경찰군이 이룩된 셈이었다. 물론 그들은 원래, 존왕양이사상(尊王攘夷思想)에 의한 동지적 결합으로 출발한 것이었다. 그것이 어느 틈에 사상 빛깔이 희미해져서 지금과 같은 형태와 성격을 취하게 된 것은, 주장인 곤도, 부장인 히지카타 도시조(土方歲三)에 의한 것이었으리라.
부장 히지카타는 정치사상에 대한 흥미는 전혀 없는 듯했다. 오로지 신센조의 조직 강화에만 이상적일 만큼 정열을 기울이며 전념하고 있었다.

그러나 곤도는 다소 달랐다.

곤도는 신센조가 징지 국변 가운데서 득이한 존재가 되기 시작하자 자기도 그 정국에 대해 발언을 시도하려는 생각을 하기 시작했다.

특히 겐지 원년 늦여름에 있었던 하마구리 궁문 변란에서 조슈군이 패퇴한 뒤로는, 곤도는 자주 각 번 주재관들과 기온이나 시마바라(島原)에서 모임을 가지며 그들의 논의에 참견하게 되었다.

본디 곤도는 1개 검객이어서 교양이라고는 일본외사(日本外史)를 읽은 정도뿐이었지만, 어쩌면 근본은 총명한 사나이였는지도 모른다.

교토에 와서 여러 가지 일을 겪는 동안 정치의 본질을 조금씩 알아가기 시작했다. 부대 업무를 보는 틈틈이 라이산요(賴山陽)의 저서를 베껴 가며 글씨 공부를 했고 편지투를 배우기도 했다. 곤도의 편지는 결코 서투른 것이 아니었다.

그토록 향상심이 강한 사나이였으나, 다만 가장 큰 약점은 "장군은 절대적이다"라는, 농민들의 신앙과도 같은 것이 끈질기게 뿌리박고 있었다. 곤도의 출신지인 무사시 미나미다마 고을은 에도와도 가깝고, 또한 장군 직할령이어서, 말하자면 장군 직속의 농민들이 사는 고장이었다. 이곳 농민들의 장군을 받드는 마음은 장군 직속의 무사들이나 가신들보다 훨씬 높았을지도 모른다.

곤도는 그런 흙냄새 풍기는 권위 신앙이 사상의 바탕이 되어 있었다. 그래서 그의 눈으로 볼 때는 조슈인이나 근왕 낭사들은 '장군님을 거역하는 반역 도당'으로밖에는 보이지 않아, 물솥에 넣고 끓여 죽여도 시원치 않을 악당들이었다. 신센조도 조슈인도 출발은 똑같은 존왕양이사상이었는데도 결과가 크게 달라진 것은 그런 점에 이유가 있었다.

게다가 곤도는 입신출세욕이 너무도 강했다. 본디 지사로서 상경했을 터인데, 지사답게 무보상의 길을 걷지 않고 막부 권력에 의지하여 영달을 꿈꾸는 경향이 커서, 마침내 성곽 수비대장이라는 고급 직속 무사가 되었다.

멸망해 가는 정권이 흔히 상투 수단으로 쓰는 '직위 작전(職位作戰)'에 곤도는 말려든 셈이었다.

곤도의 향상심은 여기서 그치지 않아, 단순한 막부의 경찰군 지휘관으로서는 만족할 수 없어서, 하나의 정객으로서 대번의 대표자들과도 교분을 나누려고 했다. 고토 쇼지로에 대한 끈덕진 접근 노력도 그런 것의 한 가지였으리라.

이 고토와의 두 번째 모임에서, 곤도는 고토의 술 좋아하는 버릇에 끌려서 적지 않게 취했던 모양이다.

곤도는 이렇게 뚱딴지같은 소리를 했다.

"귀하가 참으로 부럽습니다. 혹시 저도 귀번에 태어났다면, 지금과는 좀 더 다른 모습으로, 저도 제 생각대로 움직일 수 있었을 텐데요."

이런 점으로 보아 곤도의 내심은 반드시 단순하지는 않았던 모양이다. 이미 사물에 눈을 뜨기 시작한 그로서는, 시대의 조류에서 동떨어져 가는 막부측에 서 있다는 것이 다소 쓸쓸하지 않을 수 없었으리라.

풀매미

고치에서 오사카로 이어지는 료마의 항로는 반드시 순조로운 것은 아니었다.

10월 1일, 우라도를 떠난 신텐마루는 그날 오후 무로도 곶(室戶岬)에서 폭풍을 만나 하마터면 침몰할 뻔했다.

"스사키로 돌아갈 수밖에 없을 것 같다."

료마가 단을 내렸으므로, 곧 방향을 바꾸어 도사 해안에서는 가장 적당한 폭풍 피난항으로 알려져 있는 스사키 항으로 들어갔다.

그러나 이날, 심한 파도 때문에 신텐마루의 기관 일부가 고장을 일으켜 출항이 불가능하게 되었다.

오카우치 슌타로는 즉각 상륙하여 고치 번청에 연락하고 번선을 빌리도록 교섭했다.

번에서는 료마를 위해 번선 고초마루(胡蝶丸)를 급히 정비하여 제공하기로 했다. 그러나 역시 당장에는 되지 않았다. 료마는 그동안 교토의 풍운을 생각하며 적지않은 초조감을 금치 못했으나, 어쩔 수 없는 일이었다.

결국 고초마루가 출항한 것은 10월 5일이었다. 선중에서 반가운 일이 한 가지 있었다. 고초마루의 사무장을 맡고 있는 사람이 우에다 난지(上田楠次)라는 옛 동지였던 것이다.

료마는 우에다에 대해 석탄에 관한 주의를 환기시켰다.

"교토에서 전쟁이 일어나면 사쓰마 조슈와 막부의 군함, 기선이 일제히 움직이게 된다. 그 때문에 석탄이 귀해질 테니, 효고에서 잔뜩 사들여 두도록 해."

그런 말을 한 것이다.

이같은 배려에서 료마는 이시다 에이키치가 선장을 맡아 보고 있는 해원대의 오테키마루를 이미 효고 항에 입항시켜, 아직은 값이 싼 석탄을 실어 나르게 하고 있었다.

"막부 말기에 헤아릴 수 없는 근왕지사들이 출현했지만 석탄에까지 신경을 쓴 사람은 그 녀석 하나뿐이었다."

우에다 난지는 만년에 말한 일이 있다.

이 난지의 아우는 하치마(八馬)라고 하여, 일찍부터 교토 번저에 있으면서 근왕운동을 벌였는데, 지난달 초 고조대교(五條大橋) 위에서 막부파인 아이즈 번사 10명과 싸움이 벌어지자 잽싸게 칼을 뽑아 달겨들어 그 가운데 몇 명을 살상하고 그대로 달아나 버렸다고 한다.

"하치마는 그전부터 날랬어."

료마는 크게 웃었다.

교토 번저에서는 이 싸움이 있은 뒤 아이즈 번과의 사이에 말썽이 일어날까 두려워 하치마를 본국으로 돌려보냈다고 한다.

다음날 료마는 오사카의 덴포 산 앞바다에 닿았다.

강을 오르내리는 작은 배로 요도 강을 거슬러 올라가 도사보리를 거쳐서, 사쓰마 번의 오사카 번저 맞은편에 있는 동번 용달상 '사쓰만(薩萬)'으로 들어갔다.

해원대가 오사카 사무소로 쓰고 있는 곳이어서 대원 시라미네 슌메, 다카마쓰 다로, 하세베 다쿠지(長谷部卓爾) 등이 주재하고 있었다.

모두 사쓰마 번의 동태에 대해서는 자세히 알고 있어서, 당장이라도 교토에서 혁명전이 일어나지 않는가 하여 흥분할 대로 흥분하고 있었다.

"한가하게 장사업무를 보고 있을 때가 아닙니다"라는 말들을 하는 것이다. 료마는 그들의 흥분을 진정시키며, 정말 싸움이 시작되거든 효고로 달려가서 오테키마루를 타고 덴포 산 앞바다에 정박해 있는 막부 군함을 기습하라고 명한 뒤, 차도 마시지 않고 '사쓰만'에서 나왔다.

교토까지 함께한 자는 도다 우다와 나카지마 사쿠타로 두 사람이었다.

덴마 하치켄야(天滿八軒家)에서 요도 강을 올라가는 밤배를 타고, 그날 밤은 배 안에서 잤다.

다음날 아침 후시미에 도착.

여인숙 데라다야로 들어가자 마루 끝에 앉은 채 아침밥을 청해 먹었다.

"교토는 아주 공기가 험악하다던데요?"

여주인 오토세는 걱정해 주었으나 료마는 통 다급한 눈치가 없다.

"후시미에는 아직도 모기가 있나?"

풀매미 211

료마는 팔꿈치와 가슴께로 날아드는 모기를 귀찮은 듯이 쫓으며 말했다. 오토세는 웃으면서, 후시미는 양조업으로 이름난 고장이므로 화로가 아쉬워질 무렵이 돼도 모기가 나오는 수가 있다고 했다.

속칭 다이부쓰 가도(大佛假道)라고 불리는 본가도를 따라 교토에 다다르자, 다시 시내를 북상하여 시라카와 마을의 육원대 본영으로 갔다.

여기서 비로소 여장을 벗어 던지고 나카오카의 방에 다리를 뻗고 드러누웠다.

"겨우 교토에 닿았구나."

료마는 새삼 팔다리를 뻗치면서 말했다. 아닌 게 아니라 나가사키의 영국 해병 살해 사건 때문에 두 달 남짓이나 허송세월한 셈이었다.

얼마 동안 쉬고 있자, 나카오카는 무슨 생각을 했던지 복도로 료마를 끌어냈다.

"료마, 잠깐 나좀 보세"

복도에는 초롱불이 3백 개쯤이나 걸려 있었다. 초롱은 모두 위쪽과 아래쪽이 붉게 칠해져 있어서 해원대 부대 휘장과 비슷했고, 그 밖에 높직한 고정식 초롱불과 지휘 깃발, 총, 짤막한 창 같은 것도 늘어서 있었다.

"준비는 끝났네. 당장이라도 결정만 되면 과감히 출동할 수 있어."

자랑을 하자는 것이 아니라, 료마가 고토 쇼지로를 조종하여 되지도 않을 대정봉환 공작만 진행시키며 시간만 허비하는 것을 은근히 비웃는 것이었다.

"난 고토를 베어 버릴까도 생각했었다."

나카오카는 말했다. 교토에서 사쓰마 조슈의 궐기론자들 하고만 어울리고 있는 나카오카로서는 당연한 일이었다. 고토가 하찮은 건의서 따위를 들고 다니며 궐기일을 늦추고 있는 것이 답답해서 견딜 수가 없는 것이다.

"그 따위 운동을 언제까지나 계속하고 있으면 싸움 기회도 놓칠뿐더러 사기가 떨어지네. 막부측이 전비를 갖출 여유마저 주게 되는 거야. 막부가 에도에서 병력을 투입해 오면 일은 다 글러지지 않느냐 말이다."

"그러고 보니……."

료마는 부정하지 않고 말했다.

"시일을 너무 끄는 것 같은걸."

"료마, 한가한 소리를 하고 있을 때가 아니야."

"너무 성급히 굴지 말게."

료마는 타이르듯 말했다.

"이에야스 이래 3백 년, 요리토모(賴朝) 이래 7백 년의 무가 정치를 내던지느냐 않느냐의 막판이야. 그렇게 갑자기는 결정을 내릴 수 없지 않겠나?"

그러나 나카오카는 납득하지 않았다.

"고토는 사이고와의 약속을 깨뜨리고 단 한 명도 군대를 데려오지 않았어."

"알고 있어. 난 이제부터 고토를 만나 그 까닭을 물어 보겠네. 신타로, 이제 7, 8일 정도만 참으면 되는 거야. 사쓰마 친구들을 잘 달래 줘. 이렇게 부탁하네."

"모두 서두르고 있다. 난 더 이상 그들을 달랠 자신이 없어. 아니 그보다도……."

나카오카는 노려보듯하며 말했다.

"나 자신, 나를 억누를 수 없어."

풀매미 213

"신타로, 여기서 며칠간 참는 것은 일본 백세(百世)를 위해서야."

료마는 내던지듯 말하고 일어나더니 칼을 집어 들고 방에서 나갔다. 고치를 떠난 뒤 한 시간도 쉬지 못하여 다소 피곤하기는 했으나 이제부터 또 교토 시내로 달려가 고토 쇼지로와 만나야 하는 것이다.

료마는 밖으로 나와 시라카와 마을의 시골길을 따라 교토로 향했다. 마침 해가 떨어지고 있어서 주위의 소나무 가로수가 붉게 물들 만큼 저녁놀이 짙었다.

료마가 가와라 거리의 번저에 다다랐을 때는 이미 어두워진 뒤였다. 고토는 돌아와 있지 않았다.

"니혼마쓰의 사쓰마 번저에 가서 사이고를 만나고 있는 중이오."

번저에서 하는 말이었다.

고토는 그 무렵, 사쓰마 번저에 있었다. 요즈음 그는 매일 자신과 막부와의 교섭 결과를 사쓰마의 고마쓰 다데와키와 사이고 다카모리에게 자세히 보고하고 있었다. 그렇게 함으로써 그들의 무력 발동을 제어하려는 것이다.

사이고는 언제나 아무 의견도 제시하지 않았다.

고마쓰 다데와키는 한 번의 중신인 만큼, 고토가 주장하는 평화 방식론이 감각적으로는 나쁘지 않게 느껴지는 듯 다소 호의적인 응대를 해 주고 있었다.

사이고는 좀처럼 개전론을 굽히지 않은 채 고토의 활동을 못마땅하게 여기고 있었다.

고토가 그만 돌아가려고 하자, 사이고는 초롱불을 내다 주며 굳이 들고 가라고 했다. 사양하다 못해 고토는 할 수 없이 그것을 받아들고 대문 밖으로 나서려고 했다.

뜻밖에도 대문 곁 어둠 속에 사람이 있었다. 칼을 치켜들고 당장이라도 내려쳐서 고토를 두 동강 낼 기세다. 사이고를 숭배하는 속 칭 "사람백정 한지로(半次郞)", 후일의 기리노 도시아키(桐野利秋) 였다.

고도는 천천히 초롱을 치켜들어 그 나카무라 한지로의 일군을 비치며 한 마디 내던지고 성큼성큼 그 자리를 떠나 버렸다.

"수고하네."

한지로는 일순 어리둥절한 채 내리칠 기회를 놓치고 말았다. 고토는 그 초롱불 덕분에 목숨을 건졌다고 할 수 있다.

번저로 돌아온 고토는 맞은편의 기쿠야(菊屋)라는 책방에서 료마가 기다리고 있다는 말을 들었다.

"그래?"

고토는 다시 신발을 신고 번저의 대문을 나섰다.

나서면 곧 가와라 거리의 한길이다. 크게 대여섯 걸음만 옮기면 맞은편 민가에 부딪친다.

료마는 가게 입구 가까운 계산대에 앉아 있었다. 집안사람들은 이미 잠자리에 든 듯, 이 집 장남인 미네키치(峰吉)만이 료마의 시중을 들고 있었다. 미네키치는 이미 어른이라고 할 나이였으나, 살결이 흰 데다 얼굴이 작기 때문에 열 서넛 정도로밖에는 안 보인다.

고토가 계산대에 올라앉자 미네키치는 가게문을 닫고 풍로를 내왔다. 말린 정어리를 구우려는 것이다.

"허, 정어리 아닌가?"

고토는 석쇠 위를 들여다보며 말했다. 고토는 정어리를 좋아해서, 오사카의 찻집에서 술을 마실 때는 반드시 정어리를 내놓게 했다. 교토에는 생선 정어리가 없으므로 료마의 배려로 미네키치를 시켜서 말린 정어리라도 사 오게 한 것이리라.

"자네도 곧잘 남의 기분을 알아주는군 그래."
고토는 기쁜 듯이 말하고 목덜미를 철썩 한번 때렸다.
"지금 하마터면 사쓰마의 나카무라 한지로한테 당할 뻔했네."
"자네가 좀 더 살아 있지 않으면 곤란하네."
료마는 술병을 집어 들었다.
"사이고는 뭐라던가?"
료마가 묻자 고토는 몹시 서두르고 있다는 대답을 하고, 대막부, 대사쓰마의 교섭 경위와 전망을 자세히 얘기했다. 그 고토의 말만 듣고도 사이고와 오쿠보가 얼마나 초조해 하는가를 알 수 있었다.
"사이고는 그럴 테지."
료마는 잔을 내려놓았다. 료마가 본 바로는 사이고처럼 매력적인 인물도 없는 듯했으나 다만 호전적인 경향이 있지 않나 하는 생각이 든다. 게다가 번 내에는 사이고를 뒤따르는 자들이 많고, 그들이 한결같이 혈기에 날뛰는 자들이어서, 때로는 사이고 자신도 제어할 수 없는 때가 있었다. 나카무라 한지로 같은 자는 그 좋은 예가 되리라.
"그래?"
고토는 말을 듣고 보니 과연 알 수 있을 것 같았다.
"그래서 그런지 아까도 회담 석상에서 사이고는 거의 의견을 제시하지 않았네. 짐작컨대 사이고는 번 내 동지들을 더 이상 누를 수 없는 단계까지 이른 모양이야."
"한 방이라도 총소리가 울리는 날에는 모든 것이 깨지고 만다. 막부가 어서 결정을 내리도록 촉구해야겠어."
"어서 라고 하지만……."
고토는 역시 지칠 대로 지친 모양이었다.
"어려운 일이야. 조금만 더 시일이 있어도 어떻게든 해보겠는데……."

"끝내 막부가 받아들이지 않는다면 받아들일 수 있도록 약간 가감을 하면 되지 않나? 이를테면 막부는 장군 칭호를 잃게 되는 것이 아쉬울 거야. 그렇다면 그런 칭호쯤 남겨 두게 해도 무방하네."
"료마!"
고토는 놀랐다.
"그건 폭론이 아닌가? 장군이란 호칭을 버리게 하자는 데에 목적이 있는 것이 아닌가!"
"호칭 같은 건 명목뿐이야. 정권을 교토에 넘겨주면 명예만이 남는 거야. 단, 그 호칭을 남겨 주게 될 때는 이쪽에서도 교환 조건을 제시해야 하네."
"어떤?"
고토는 다가앉았다.
"대단한 건 아니야. 장군 칭호를 남겨 주는 대신, 에도의 화폐 주조소를 곧바로 교토로 이전시키라고 하는 거야."
막부의 화폐 주조소가 교토로 옮겨지면 막부가 직영해 온 금광, 은광도 교토로 넘어온다. 그렇게 되면 막부는 금은이 없어서 외국 물품을 사들일 수 없고, 외국 물품을 사들일 수 없으면 자연히 망할 수밖에 없는 것이다.
'엉뚱한 생각을 하는 녀석이구나.'
고토는 고개를 설레설레 흔들었다.

료마의 움직임과는 별도로—
교토 일각에서는 무력으로 막부를 쓰러뜨리겠다는 계획이 극비리에, 꾸준히 무르익고 있었다.
그 중심 인물은 이와쿠라 마을에 틀어박혀 있는 공경 이와쿠라 도모미였다. 이와쿠라는 이미 선대 황제의 징계가 풀려 직접 궁중공작을 할 수 있는 몸이 되었다.

그러나 겉으로는 여전히 은퇴 생활을 하고 있는 척하면서 밤이면 무사로 꾸며, 자라기 시작한 중머리를 복면으로 가리고, 은밀히 사쓰마의 오쿠보 도시미치의 하숙을 방문하는가 하면 어린 천황의 외조부인 나카야마 다다야스를 찾아가기도 하는 등 남모르게 움직이고 있었다.

혁명이라는 것이 거대한 음모라면, 이와쿠라만큼 그런 재능을 타고난 사람도 드물 것이다. 그뿐 아니라 그는 이와쿠라 마을을 떠나지 않은 채 그 일각에서 교토의 풍운을 조종하고 있는 것이다.

이와쿠라에게는 좋은 동료가 있었다.

사쓰마의 오쿠보 도시미치였다. 이미 혁명도 막바지에 이르러 필요한 계획이 자질구레한 음모 단계가 되자, 그것은 사이고가 감당할 분야가 아니어서, 사이고는 그 방면의 활동을 일체 오쿠보에게 맡기고 있었다. 오쿠보는 이와쿠라와 제휴하여 이미 피와 살같은 밀접한 관계가 되어 있었다.

공경 이와쿠라가 맡은 일은 어떻게 해서든지 어린 천황의 외조부 나카야마 다다야스를 설득하여 막부 타도의 밀지를 손에 넣는 것이었다.

오쿠보가 맡은 일은 그 밀지를 가지고 사쓰마 영주를 움직이는 일이며, 사이고가 맡은 일은 번병을 혁명의 불 속에 던져 교토에서의 무력전을 지휘하는 것이었다.

이 세 사람의 활약은 명인의 삼인무(三人舞)를 보듯이 이미 호흡이 들어맞고 있었으며, 춤은 점차로 템포가 빨라져 이제 그 절정에 다다르고 있었다.

이와쿠라는 그의 비서격인 동지 다다마쓰 미사오(玉松操)라는 재야학자에게 명하여 천황기의 디자인을 몰래 고안하게 했다.
"막부 토벌전"
이것이 시작된다 해도 사쓰마 조슈의 사사로운 전투이어서는 천하는 움직여 주지 않는다. 관군의 입장에 서지 않으면 안 된다. 그러기 위해서 한편으로는 비밀 황명을 위한 공작을 하고 다른 한편으로는 천황기를 만들려는 것이다.
이것이 이와쿠라의 마법이었다. 천황기만 해도 현실적으로 있는 것이 아니었다. 역사책에 의하면 남북조시대에 썼다는 기록이 있을 뿐이다.
"역사를 조사해 봤자 깃발 모양까지는 알 수 없을 겁니다. 여러 사람이 납득할 수 있는 모양을 생각해 내면 될 게 아니겠습니까?"
이와쿠라는 그 자신이 '선생'으로 섬기고 있는 비서 다마마쓰 미사오에게 그렇게 말하고 있었다. 후일 사쓰마 조슈가 관군의 위용을 갖추는 데 큰 역할을 한 천황기는 이렇게 이와쿠라 마을의 공방(工房)에서 고안되고 있다.
그 재료인 비단도 구하기 어려웠다.
"여자들의 옷띠감이면 되지 않겠는가?"
그런 결론을 얻어 오쿠보는 잘 아는 여자를 시켜 니시진(西陣)에 가서 사 오게 했다. 그 여자도 자기가 사온 옷띠감이 역사를 뒤바꾸는 소도구가 될 줄은 꿈에도 생각지 못했으리라.
료마가 고치에서 배편으로 오사카에 닿은 날, 조슈의 연락관인 시나가와 야지로(品川彌二郎)는 은밀히 교토에 숨어들어 오쿠보의 하숙으로 찾아가 도시미치와 만나고 있었다.
"드디어 결기군요."
시나가와는 활기에 넘쳐 있었다. 이 마지막 연락 사항을 품속에 넣고 교토를 탈출하여 조슈로 돌아가 번군을 대거 상경시킨다는 것이 시나가와의 비밀 연락관으로서 임무였다.

오쿠보 도시미치는 신센조의 눈을 피하기 위해 시나가와에게 사쓰마 번사의 차림을 하게 했다.

사쓰마 사람들은 고로(吳絽)로 만든 하오리를 좋아한다. '고로'란 고로프 그렌이라는 네덜란드어를 줄인 것으로, 양모에 삼베나 무명실을 섞어 짠 두툼한 옷감이었다. 시나가와는 그 검은 하오리를 빌려 입고 시마쓰(島津) 집안의 가문인 ⊕ 모양이 찍힌 삿갓을 빌려 썼다. 어느모로 보나 사쓰마 사람이었다.

다음날 6일 아침 8시 오쿠보는 시나가와와 함께 말에 올라 말머리를 나란히 하고 이와쿠라 마을로 향했다. 이 비밀 모임에서 무력혁명을 위한 마지막 타합이 이루어질 것이었다.

"시간은 오전 10시쯤이었다."

이 조슈의 비밀 연락관이었고, 나중에 자작이 된 시나가와 야지로는 회고담에서 말하고 있다. 어쨌든 이와쿠라 마을로 들어갔다.

그러나 이와쿠라 도모미의 집으로는 가지 않았다. 이 집에는 이미 고등정무청의 눈이 번뜩이고 있어서, 마을에 있는 공경 나카미카도 쓰네유키(中御門經之)의 별장이 밀회 장소로 쓰이고 있었다. 쓰네유키는 이와쿠라의 죽마고우이며 막부파 공경도 아니었으므로 비밀이 누설될 까닭은 없었다.

오쿠보, 시나가와 두 사람은 말을 탄 채 대문 안으로 들어갔다. 현관 가까이 이르러 말에서 내리자 마침 그들의 발밑을 작은 거북 한 마리가 기어가고 있었다.

"이거 아주 길조군요. 거북을 본다는 것은 이 거사가 성공한다는 뜻이 아닐까요?"

시나가와는 그 궁상맞은 모습에 웃음이 가득해졌다. 그는 조슈 지사 가운데에서는 그렇게 특출한 인물은 아니었지만, 눈치가 빨라서 연락관으로서는 안성맞춤인 사나이였다.
"오쿠보는 크게 웃으며 끄덕였다."
큰일을 앞두고 잔뜩 긴장해 있었던 때라, 냉엄하기가 북해의 빙산 같다는 말을 들은 오쿠보도, 거북 한 마리이기는 했지만 그 길조가 무척 기뻤던 것이리라.
밀담은 진행되었다.
이윽고 이와쿠라 도모미는 다마마쓰 미사오가 고안한 천황기의 도안을 내놓았다.
"흐음."
두 사람은 다다미 위에 엎드리다시피 하며 그것을 들여다봤다.
제작에 관한 타협은 끝났다.
앞서 말한 것처럼 감은 오쿠보가 구하고 제작은 시나가와 야지로가 맡기로 했다. 시나가와는 감과 도면을 조슈로 가지고 돌아가서 만든다는 것이었다.
나중에 그대로 진행하기로 결정되었다.
깃발에는 정기(正旗)와 부기(副旗)가 있다.
정기는 해와 달을 그려 넣은 이른바 금기(錦旗)로서 천황기이다. 이것은 사쓰마 번에서 쓸 것과 조슈 번에서 쓸 것을 각각 하나씩 만들기로 했다.
부기는 나중에 참가할 각 번이 쓰게 할 것으로, 국화 무늬를 넣은 붉은 기와 흰 기로 되어 있었다. 이것은 각각 열 폭씩 만들기로 했다.
"이 깃발만 휘날리면 막부는 순식간에 적군이 되는군요."
시나가와는 얼굴을 일그러뜨리고 기뻐하면서 말했다.

풀매미 221

"급히 제작하여 사쓰마 번에서 쓰실 것은 교토로 급히 보내겠습니다."

"자, 다음에는 천황의 밀지인데……."

이와쿠라는 두 사람에게 말했다. 천황기를 합법화하기 위해서는 막부 토벌 밀지가 사쓰마 조슈의 손에 들어와 있어야 한다. 이와쿠라는 일어나더니 문갑에서 종이를 몇 장 꺼내왔다.

"이것이 밀지입니다."

'뭐?'

시나가와 야지로는 솔직히 말해서 놀랐다. 이와쿠라는 천황기를 만들었을 뿐만 아니라 밀지까지 만들어 두었단 말인가.

"저, 정말입니까?"

"놀라시긴……."

이와쿠라는 소리 내어 웃었다. 밀지 그 자체가 아니라 황명의 초고였던 것이다. 이것도 이와쿠라의 비서가 문안을 짜서 정서한 것이었다.

"하지만 여기에……."

이와쿠라는 문장 끝의 여백을 가리키며 말했다.

"옥새만 누르면 칙명이 되는 거요."

그리고 눈을 디룩거리며 시나가와를 쳐다보았다. 시나가와는 허둥지둥 끄덕였다.

"그 일도 진척되고 있습니까?"

오쿠보가 묻자, 이와쿠라는 쓸쓸레한 웃음을 지었다.

어린 황제의 외조부인 나카야마 다다야스를 설득하는 일이 어지간히 힘이 드는 모양이었다. 이 전임 태정차관(太政次官)인 다다야스라는 노대신은 공경으로서는 드물게 보는 꿋꿋한 인물인데다 완강한 개국반대론자였다. 그래서 이와쿠라는 본의 아니게 이 노인의 보수론에 맞장구를 치며 밀지 문제를 설득하고 있는 중이었다. 다다야스만 한번 고개를 끄덕이면 다다야스가 어린 황제의 손에 옥새를 들려주어 그 손을 내리누름으로써, 이 초고에 도장이 찍히는 결과가 되는 것이다.

이번 상경에서 료마는 숙소를 바꾸었다. 줄곧 이용해 온 재목상 '스시야'는 막부의 밀정이 냄새를 맡은 모양이어서, 사쓰마 번과 육원대에서 새로 마련해 주었다.
역시 가와라 거리의 한길에 있으며, 도사 번저에서도 가까운 곳이었다.
시조(四條) 어귀의 서쪽이라고 할 수 있고, 가와라 거리의 다코야쿠시 남쪽이라고 할 수도 있었다. 간장을 대규모로 만드는 곳으로, 가게 이름은 오미야(近江屋)라고 했고 주인의 이름은 신스케(新助)였다. 본디 도사 번의 용달을 맡아 보는 가게였는데, 교토 상인들 가운데에는 근왕지사에 대해 의협심을 발휘하는 자들이 많아서 남들보다 먼저 나선 것이다.
"그런 분이라면 목숨을 걸고 모시겠습니다."
신스케는 승낙한 다음, 일부러 뒤뜰 광 속에 밀실을 만들어, 만약의 경우에는 사다리를 이용해서 집 뒤 세이간 사(誓願寺)로 빠져나갈 수도 있게 해 주었다.
사이고 등은 그래도 걱정하여 일부러 사람을 보내서 충고했을 정도였다.
"도사 번에서 탈번죄를 사면한 이상, 번저에 묵는 것이 좋지 않겠는가?"
번저라면 치외법권을 가지고 있고 방비도 엄중하여 아무도 손을 댈 수 없을 것이기 때문이었다.

"답답해서 말이야."

료마는 웃어넘긴 채 거들떠보지도 않았다. 번저 같은 곳에 묵는 것보다는 시정의 상가에 묵는 편이 훨씬 그의 성미에 맞는 듯했다.

그날 료마는 번저에서 고토와 얘기를 나눈 다음 이 오미야 신스케의 집으로 돌아왔다.

2층과 광 일부가 료마를 위해 비워져 있는 곳이었다. 하인이 하나 딸려 있었다.

도키치(藤吉)라는 사나이였다.

도베는 지난 봄 료마와 오사카에서 헤어진 뒤 지병인 담석이 도져서, 오사카의 사쓰만(藤萬)에 편지를 써 놓고 에도로 돌아가 버린 것이다.

료마는 도베를 잊지 못해 이번 하인도 도키치라고 이름을 고치게 했다.

오오미의 오쓰(大津) 태생이었다. 교토에서의 씨름 대전표에는 맨 첫줄에 이름이 올라가는 씨름꾼이다. '구모이류(雲井龍)'라는 씨름꾼 이름도 가진 사나이였으나, 그리 세지도 못해서 요즈음은 본토 거리(先斗町)의 요릿집 '우오우(魚卯)'의 배달꾼이 되어 좁다란 골목을 큼직한 몸집으로 뛰어다니고 있었다. 그것을 해원대 문관인 나카오카 겐키치가 발견하여 작년부터 돌봐주고 있었는데, 이번에 료마의 상경을 계기로 료마의 하인으로 달아 준 것이다.

"구모이류라면 나하고 비슷한 이름이구나."

료마는 이 사나이가 아주 마음에 들었다. 그 도키치가 료마의 침식을 시중들고 있는 것이다.

료마가 오미야로 돌아오자 벌써 밤이 늦은 때였지만 무쓰 요노스케가 달려왔다.

"나카오카님에게 들었습니다."

그는 이와쿠라 마을을 근거지로 하여 몰래 진행되는 밀지공작을 료마에게 전해 주었다.

"그래? 이와쿠라경이라면 그만한 일은 해낼 게다."

료마는 가타부타 말이 없었다.

다만 문제는 그 막부 토벌 황명이 언제 사쓰마 조슈에 내리느냐 하는 것이었다. 내일 내릴지도 모르고 열흘 뒤에 내릴지도 모른다.

내리기만 하면 전쟁이 시작된다. 그때는 료마의 대정봉환 공작 같은 것은 포연 속에 흩날려버리고 말리라. 온 나라에 화약 연기가 가득해지고, 3백 영주는 교토측과 에도측으로 갈라져 각지에서 전쟁을 벌임으로써, 일본에는 다시 남북조 당시의 난세가 닥쳐올 것이 자명한 일이었다.

이와쿠라는 그 도화선에 이미 불을 붙였다고 해도 좋았다. 불은 도화선을 타고 타 들어가 머지않아 화약고를 폭발시키게 되리라.

"도화선이 다 타기 전에 장군으로 하여금 대정을 봉환케 해야 한다. 이쯤 되면 시간하고 경주를 해야 하는 셈인걸."

료마는 중얼거렸다.

그 뒤 며칠을 두고 료마와 고토는 백방으로 뛰어다녔으나 도무지 그 효과가 나타나지 않았다.

본디 막부는 창설 이래 합의제를 원칙으로 하고 있으므로, 위급 사태가 일어났을 때는 누구에게 책임과 결정권이 있는지 통 종잡을 수 없는 조직이었다.

고토는 여러 번에 걸쳐 오사카로 가서 오사카에 머물러 있는 집정관 이타쿠라 가쓰기요를 설득했다. 이타쿠라는 서양식으로 말하면 수상에 해당했지만 수상으로서의 결단은 늘 피하려는 인물이라 고토의 설득은 헛수고에 가까웠다.

그러나,

"도사 번의 면목은 세워준다."

이 부분까지는 이타쿠라도 생각하고 있는 눈치였다. 이것은 당연한 일로 도사 번의 면목을 짓이겨 버리면 모처럼 도쿠가와 가문의 구제를 위해 동분서주하고 있는 이 번을 사쓰마 조슈측에 붙게 할 염려가 있는 것이다. 이타쿠라는 그것을 두려워했다. 고토도 상대방의 그런 의구심을 교묘히 이용해서 설득하고 있었다.

어쨌든 막부의 관료 조직을 움직인다는 것은 그 행정 형태로 보아 불가능한 일에 가까웠다.

결국 장군 요시노부 자신에게 결단을 요구할 수밖에 없었다. 그러자면 요시노부가 가장 믿는 측근인 나가이 나오무네(永井尙志)에 대한 설득을 계속하는 수밖에 없었다.

료마와 고토는 번갈아 가며 나가이를 방문했다. 그 무렵 나가이는 니조 성(二條城) 북쪽에 있는 교토 고등정무청 저택이라 부르는, 부지 안의 남쪽 끝에 있는 서기관 저택을 빌려서 그곳을 임시 숙소로 삼고 있었다.

나가이는 고토의 열정에 탄복하여 "고토는 확실하고 정직했다"라고 남에게도 말하고 기록에도 남겨 두고 있다. 마찬가지로 료마에 대해서는 "고토보다 한층 뜻이 크고 그 이론도 재미있었다"고 말했다.

12일 밤이 되자 사태가 변했다. 이날 밤 교토 각처에 니조 성의 사자가 달려갔다.

"명 13일, 이례적인 일이기는 하지만 장군께서 각 번 중신을 니조 성에 소집하여 중대 자문을 하실 예정"이라는 것이다. 도쿠가와 3백 년 동안, 장군의 가신인 각 번 중신을 모아놓고 정치 문제를 몸소 자문한다는 것은 그 전례가 없었던 일이었다. 그뿐 아니라 자문 내용이 명시되어 있는 것이다.

"대정봉환의 가부에 대하여"

이날 밤 교토는 들끓듯 흥분에 휩싸였다.

소집을 받은 각 번은 교토에 중신을 주재시키고 있는 40여 번으로서, 그 번명은

가가, 사쓰마, 센다이, 오와리, 에치젠, 후쿠이, 히고 구마모토, 지쿠젠 후쿠오카, 아키 히로시마, 히젠 사가, 인슈 돗토리, 비젠 오카야마, 아와 도쿠시마, 도사, 구루메, 난키다, 남부, 히코네, 요네자와, 이즈모 마쓰에, 고오리야마, 히메지, 이요 마쓰야마, 야나가와, 후쿠야마, 니혼마쓰, 나카쓰, 우와지마, 쓰가루, 오가키, 마쓰시로, 시바다 등이었다.

도사 번에서는 당연히 번 수상인 고토 쇼지로가 참석한다. 사쓰마 번에 대해서는 막부는 특별히 중신인 고마쓰 다데와키를 지명했다. 측신으로서 이 번의 중진인 사이고 다카모리와 오쿠보 도시미치는 이미 막부 토벌 방침 이외에는 거들떠보지도 않고 있다는 것을 막부는 탐지하고 있었던 것이다.

이날 밤 고토는 이 니조 성의 사자를 번저에서 만났다. 사자가 돌아간 뒤 그는 곧 붓을 들어 료마에게 편지를 썼다.

료마는 그 편지를 오미야에서 받아 보고, 역사의 무게가 한꺼번에 온 몸을 덮쳐오는 듯한 느낌을 받으며, 저도 모르게 몸이 부르르 떨림을 억누르지 못했다.

보나마나 장군의 뜻은 이미 결정되어 있으리라. 자문이라고는 하지만 그 결의를 각 번의 여론에 호소하려는 것뿐일 것이다.

'길이냐, 흉이냐.'

료마는 생각했으나 그것만은 도저히 예측할 수 없는 일이었다.

료마는 손톱을 깨물었다.

손톱을 깨무는 버릇은 일찍이 그에게 없었던 것이었으나 본인은 그것을 모르고 있다.

'드디어 내일이라……'

그런 생각을 하면 그토록 신경이 굵직한 사나이도 안절부절못할 심정이었다. 가에이(嘉永) 그 무렵부터 비롯된 막부의 혼란을 대정봉환이란 방법으로 수습하리라는 착상을 한 뒤, 그 공작 계획을 짜고 안의 골자를 만들고, 나아가서는 새로운 통치형태의 구상마저 만들어서 살을 붙여 가지고 과감히 시류 속에 던져 넣었다. 모두가 료마 혼자에게서 나온 것이다. 그 성패가 내일이면 결정되는 것이다.

료마는 1개 지사에 지나지 않을 뿐, 고토와 같은 번의 중신이 아니었으므로 니조 성의 회의 장소에는 출두할 수 없었다.

하숙에서 결과를 기다릴 수밖에 없었다.

료마가 만약 단독으로 장군 요시노부를 만날 수 있는 신분이라면, 이 안의 이치와 이해를 설명하고 싶었다.

"이에야스가 난세를 수습하여 3백 년 태평의 기초를 쌓은 것은 역사에 대한 공훈이었다. 이제 그 세습 정권을 손수 종식시키고 즉석에서 새로운 역사를 연다면 이에야스 이상의 큰 공이며, 도쿠가와 가문은 두 차례에 걸쳐 역사에 공헌하는 셈이 된다. 생각해 보라. 동서고금에 군사를 쓰지 않고, 난을 일으키지 않고 다만 나라와 백성을 생각하여 그 정권을 양도한 예가 있는가. 우리나라에는 물론, 중국에도 서양에도 없었던 일이다. 그 전례 없던 일을 일본에서 처음 이루어내는 명예를 도쿠가와 가문은 지니기 바란다."

그렇게 료마는 설득하고 싶었다. 그런 설득만 할 수 있다면 그 자리에서 죽어도 좋았다.

료마는 그렇게 생각했다. 그러나 그 모든 말은 고토 쇼지로에게 자세히 해 두었다. 총명하고 능변인 고토는 남김없이 그런 뜻을 장군에게 전해 주리라.

'그러니 그것을 장군이 거부한다면?'

그럴 염려가 있는 정도가 아니라, 냉정히 생각해 본다면 십중팔구는 그런 비관적인 관측을 하지 않을 수 없었다. 장군이 선선히 정권을 넘기리라고 기대한다는 것은 차라리 동화적이었다. 장군은 어디까지나 인간이다. 고대 중국 신화에 나오는 요순과 같은 성인이 아닌 것이다.

다만 일말의 희망을 걸 수 있다면 장군 요시노부가 교양인이라는 사실이었다. 요시노부의 교양 바탕이 그 요순을 이상적 군주로 삼는 유교인 이상, 서양이나 도쿠가와 이전의 일본 역사에 없었던 일을 요시노부가 꿈꿀 가능성은 있는 것이다. 그 꿈이 현실적인 결단에까지 이르는가, 하는 것은 전혀 별개 문제였지만.

"도키치, 붓과 종이를 가져오너라."

료마는 옆방에 있는 사내에게 말했다.

이윽고 도키치가 그것을 가져왔다. 료마는 고토에게 내일의 큰일에 관한 마지막 편지를 쓰려는 것이다.

"건의서 문제에 관하여"

료마는 그렇게 써내려갔다. 씨름꾼 출신 도키치가 갈은 먹이라 먹물은 뚜렷하고 짙었다.

"만약 거부될 경우에는 처음부터 죽음을 각오했던 일이니, 성에서 물러나지 마시오."

고토는 대정봉환안이 수리되지 않을 때는 그대로 니조 성 한 칸 방에서 할복할 작정이라는 말을 료마에게도 밝힌 일이 있었다. '각오'란 말은 그것을 뜻한 것이었다.

"만일 퇴성하지 않을 때는……."

다시 말해서 봉환안이 거부되고 동시에 고토가 죽음으로써 성에서 돌아오지 않을 때는…….

"해원대 단독으로 장군의 입궐길을 기다렸다가……."

료마는 계속 써내려갔다. 해원대 동지들과 함께 장군 행렬을 습격하여 장군을 죽이고 자신도 죽을 생각이다. 지하에서 귀군과 만나게 되리라…… 그런 내용이었다. 료마로서는 사쓰마 조슈를 기다릴 대로 기다리게 한 그 죄를 죽음으로 갚고, 동시에 막부 타도의 선봉이 되어 죽을 작정이었던 것이다.

이 편지는 모두 385자였다. 글귀마다 살기에 차고 귀신이 나올 듯한 무서운 기운이 넘치어, 고토는 그 편지를 읽고 전율을 금치 못했다.

그날이 왔다.
게이오 3년 10월 13일이다.

정오를 알리는 북소리가 들린 지 얼마 안 되어 니조 성 성문으로 예복 차림을 한 무사들이 연이어 들어가기 시작했다. 요시노부의 소집을 받은 사십 번의 대표자들이었다. 큰 번의 경우는 두 명이 초대되었기 때문에 총수는 육칠십 명에 이를 것이다.

회장은 성내의 제2 회의실이었다. 두시 전에 모두 자리를 정하고 앉았다.

2시가 조금 지나서 막부의 최고 집정관 이타쿠라 가쓰기요가 침통한 표정으로 자리에 앉았다. 거느리고 있는 관원은 총감찰관 도가와 이즈노카미와 그 감찰관 시다라 이와지로(設樂岩次郎)다.

요시노부는 참석하지 않았다.

모두다 이타쿠라 가쓰기요에게 절을 했다.

"수고들 했소."

이타쿠라는 중얼거리고, 아랫사람에 명하여 미리 복사해 가지고 있던 몇 장의 서류를 모두에게 돌렸다. 그 서류에는 장군의 말씀이 쐬어 있었다.

이것이 의사 진행법이었다. 장군과 가신은 너무나도 신분에 차이가 있으므로 이런 형식을 취하지 않을 수 없는 것이다.

따라서 이 회합의 중대성에 비하면 회의 그 자체의 모습은 조금도 극적인 것이 되지 못했다.

"그것이 자문하시려는 안이오."

이타쿠라 가쓰기요가 말했다.

"각자 의견이 있으면 서슴지 말고 말하시오."

그 말이 끝나자 총감찰관 도가와 이즈노카미가 붓과 종이를 가지고 오더니 말했다.

"의견이 있어서 배알하려는 자는 허락할 것이니 여기에다 성명을 기입하시오."

의견이 있으면 별실에서 요시노부를 만나뵐 수 있다는 것이다.

장군의 '말씀'은 회람되고 있다. 회의실에는 무언가 웅성거림이 떠돌고 있는 것 같았으나, 모두 번의 중신들이라 궁중 예법이 몸에 밴 사람들이어서 함부로 소리를 지르지는 않았다.

그 때문에 고토 쇼지로는 온 몸을 비틀고 싶을 만큼 초조감을 금치 못하고 있었으나, 서류가 회람되어 올 때까지는 내용을 알 수 없었다.

'과연 길이냐, 흉이냐?'

이윽고 고토에게 서류가 왔다.

고토는 배례하고 그것을 받아들었다.

'앗!'

고함을 지르고 싶을 정도로 기쁨이 솟구쳤다.
"정권을 조정에 봉환하고 널리 천하의 여론을 다하여······."
그런 한 마디가 언뜻 눈에 비쳤던 것이다.
"다데와키님!"
곁에 앉은 사쓰마 번의 고마쓰 다데와키에게 속삭였다. 고마쓰는 끄덕였다.
 고토도 끄덕였다. 마침내 성공한 것이다. 고토는 무릎을 움켜쥐었다. 이제는 입안자인 료마에게 한시라도 빨리 알려 주고 싶었으나 그렇다고 중도에서 일어날 수는 없었다.
"고토님!"
고마쓰가 소곤거렸다.
"배알을 청합시다. 귀공과 아키 번의 쓰지 쇼소(辻將曹), 그리고 나, 다시 말해서 삼 번 공동 형식으로 배알을 청하는 것이 좋을 것 같소. 어떻습니까."
 고토는 장소가 장소이니만큼 대답을 하는 대신 잠자코 크게 고개를 끄덕였다.
 고마쓰의 말대로 만나볼 필요가 있었다. 대정봉환은 설혹 장군이 그렇게 결심했다 해도 막부 신하들이나 아이즈, 구와나 양 번에서 반대하고 일어날 때는 대혼란에 빠져 결국은 흐지부지될 염려가 없지 않았다.
 그것을 막기 위해서는 장군이 곧바로 입궐하여 천황에게 아뢰지 않으면 안 된다. 조정의 수락만 받아버리면 정권의 봉환은 법적으로 확정되는 것이다. 그것을 서두를 필요가 있다.
 니조 성의 대회의실은 제1, 제2 두 방이 있었다.
"그럼 안내하겠습니다."
 안내를 맡은 자가 사쓰마, 도사, 아키 삼 번 대표에 앞장서서 조심스럽게 넓은 복도를 걸어간다.

마침 이날은 막부파인 아이즈 영주와 구와나 영주도 니조 성에 들어와 있었는데, 두 영주는 그들 네 명(도사 번은 후쿠오카 도지가 끼어서 누 명이었다)을 보고 내뱉듯이 말했다.

"과연 난세구나."

"방계 영주의 하찮은 배신 따위가 장군 어전에 나아가다니 전대미문이 아닌가."

네 사람이 주어진 자리에서 잠시 기다리고 있자, 이윽고 도쿠가와 요시노부가 나타났다.

요시노부는 자리에 앉았다.

배신들은 모두 부복을 한다. 이마를 손등 가까이 가져간 채 숨소리마저 죽이고 같은 자세로 있다.

"그대들 아뢰올 말이 있다 하여 이렇게 알현을 허락하셨다."

최고 집정관인 이타쿠라 가쓰기요가 말했다.

그에 답하여 네 사람 가운데 제일 서열이 높은 사쓰마 번의 고마쓰 다테와키가 몸을 이타쿠라 쪽으로 돌리고 윗몸을 약간 치켜들면서 장군의 결의에 대해 감사한다는 말을 했다. 배신인 고마쓰에게는 장군께 직접 말할 자격이 없는 것이다.

이타쿠라는 끄덕이고 말했다.

"그대들 의견이 무엇인지, 그것을 말해 보아라."

"말씀드려도 괜찮겠습니까?"

"사양할 것 없다."

그런 형식적인 몇 마디가 오고 간 뒤 고마쓰는 다시 장군을 향해 엎드린다.

고토, 후쿠오카, 쓰지 등도 마찬가지로 엎드린다. 고개를 들고 바라볼 수는 없는 것이다.

고마쓰는 말한다. 지금 대정을 봉환한다 해도 조정에는 아직 정부가 수립되어 있지 않은 이상 내일부터 곧 정무를 볼 수는 없는 일이다. 조정에 정부가 만들어질 때까지 외국 사무와 국가의 큰 사건은 조정의 평의에 맡기고, 그 밖의 행정은 종전대로 조정의 위임이라는 형식 밑에 계속 맡아보아야 할 것이라는 말을 했다.

"옳은 말이다."

요시노부는 끄덕였다. 그들이 요시노부의 말을 들은 것은 그것이 처음이자 마지막이었다.

잠시 뒤 물러난 그들은 별실에서 이타쿠라 가쓰기요를 만나, 지금 곧 입궐하여 조정의 재가를 받도록 해 달라는 간청을 했다.

"지금 곧?"

이타쿠라는 언짢은 내색을 했다. 이타쿠라는 막부의 수상이기는 했지만 높은 자리에서 그럭저럭 지내 온 터라 긴박한 정세를 밑의 사람만큼은 알지 못한다.

그러나 네 사람은 예기치 않은 사태를 두려워하고 있었다. 이를테면 아이즈 번이 장군의 결의에 반대하여 들고 일어나면, 그것을 구실로 하여 사이고, 오쿠보 두 사람이 사쓰마군을 동원하여 아이즈를 친다는 명목 밑에 사실상의 막부 타도 혁명전을 일으킬지도 모르는 것이다. 사쓰마 번의 중신인 고마쓰 다데와키는 그 자신이 사쓰마인이니만큼 그 점을 진지하게 두려워하고 있었다.

그러나 집정관인 동시에 빗추(備中) 마쓰야마(松山) 5만 석의 영주이기도 한 이타쿠라 가쓰기요는 그런 위기감을 머리로는 이해할 수 있어도 피부로 느끼지는 못하는 듯했다.

"지금 곧이라고 하지만 그렇게는 할 수 없는 일 아닌가. 조정에도 사정이 있을 것이고……."

관료다운 말을 했다. 고마쓰 등은 한사코 물러나지 않으며 재삼재사 청을 넣은 끝에, 마침내 내일 14일에 조정의 사정을 알아보고 모레 15일에 요시노부가 입궐하도록 한다는 약속을 받았다.

"그러나 모저림 전황에게 아뢰어도 조징에서 새가를 내리시지 않는다면 일이 우습게 되네. 그런 착오가 일어나지 않도록 그대들 네 사람이 미리 주선하게."

이타쿠라는 말했다. 그들 네 사람이 궁중의 양해를 미리 얻어 두라는 뜻이었다.

네 사람은 니조 성에서 물러나오자 '주선'을 위해 대궐로 향했다. 이미 밤 9시였다.

가와라 거리의 하숙에서 료마는 아직 아무 소식도 못 받고 계속 기다리고 있었다.

이날, 교토에 있는 도사계 지사들은 모두 료마의 하숙에 모여 있었다.

오미야는 아래층이고 위층이고 도사 사투리를 쓰며 붉은 칼집을 늘인 사나이들로 북적거렸다. 방안이 하도 혼잡하여 뒤채와 이어진 복도에 앉아 있는 사람도 있었다.

모두 기다리고 있다. 니조 성의 회의 결과를 말이다. 료마의 거처에 와 있는 것이 가장 정보가 빠르다.

동시에 만일 거부했다는 결과가 알려질 때는 그들은 곧바로 료마를 중심으로 하여 막부 토벌전을 일으킬 생각이었다.

료마는 줄곧 2층에 있었다.

과자를 먹거나 차를 마시거나 하고 있는데 날이 저물어도 고토로부터는 아무 연락도 없다.

"틀렸나?"

료마는 고개를 갸웃거렸다. 그러나 겉으로는 초조한 빛을 보이지 않고 나카지마 사쿠타로를 불러 부탁했다.

"잠깐 심부름을 좀 해 줘야겠어. 쇼지로가 돌아왔는지 안 돌아왔는지 번저까지 가 보고 왔으면 하는데."

"알겠습니다."

나카지마는 곧 달려나갔으나, 잠시 뒤에 돌아와서 고토는 아직 안 돌아왔다고 보고했다. 고토가 따로 쓰고 있는 하숙에도 돌아와 있지 않더라는 것이다.

"결국 아직 성에서 나오지 않으신 겁니다."

'늦는다는 것은 좋은 징조가 아닌데.'

료마는 그렇게 생각했다. 보나마나 성내는 분란이 났으리라. 최악의 경우 고토는 봉환안이 거부되어 그 능변으로도 당할 도리가 없어지자 성내에서 할복했는지도 모른다.

"료마, 아주 절망 상태 아닌가?"

오랜 동지 하나가 큰 소리로 물었다.

"세상에 절망이라는 건 없는 법이야."

료마는 씁쓰레한 얼굴로 말했다. 죽은 다카스기 신사쿠도 그런 뜻의 말을 하면서,

"결코 절망하지 않는다, 그것이 내 신조다."

그런 말을 평소에 하고 있었던 것을 료마는 문득 생각했다.

한편 고토는 밤 9시가 되어서야 겨우 고마쓰, 후쿠오카, 쓰지 등과 함께 니조 성에서 물러나왔다. 그들은 곧바로 니조 간파쿠를 방문하게 되었으나, 고토만은 료마에게 결과를 급히 알리기 위해 도중에서 헤어져 하숙으로 돌아왔다. 그는 편지를 써서 하인에게 들려보냈다.

고토의 편지는 보도문처럼 간결한 것이었다.

"방금 퇴성."

그렇게 첫머리에 쓰고

"오늘의 결과를 간단히 말씀드리오."

이어서

"장군, 정권을 조정에 봉환하리라는 영을 내리셨소."

그렇게 굵직하게 내리썼다.

하인은 거리와 골목을 달려 이윽고 가와라 거리 오미야의 문을 힘껏 두들겼다.

나카지마 사쿠타로가 나가서 편지를 받자마자 단숨에 층계를 달려 올라와 료마에게 넘겨주었다.

료마는 펼쳤다.

묵묵히 고개를 떨어뜨린 채 편지를 들여다보고 있다. 좀처럼 고개를 들지 않는다.

'무슨 일인가?'

모두가 료마의 무릎 위에 놓인 고토의 편지를 들여다봤다. 뜻밖에도 대정봉환이 실현됐음이 뚜렷이 적혀 있지 않은가!

그들은 미처 말을 못했다. 수령인 료마가 여전히 입을 다물고 고개를 떨어뜨린 채 꼼짝도 않고 앉아 있었기 때문이다.

이윽고 그들은 료마가 고개를 숙인 채 울고 있다는 것을 알았다. 그럴 법한 일이라고 모두 생각했다. 이 한 가지 일을 이루기 위하여 료마는 뼈를 깎아내듯하는 고생을 해 왔다는 것을 그들은 모두 알고 있었던 것이다.

그러나 료마의 감동은 전혀 다른 것이었다. 잠시 뒤 료마는 옆으로 몸을 내던지며 다다미를 두드리더니 다시 일어나 그들로서는 꿈도 꾸지 못했던 말을 했다.

료마가 이때 중얼거린 말과 그 광경은 곁에 있던 나카지마 사쿠타로와 무쓰 요노스케에게는 평생을 두고 잊을 수 없는 기억이 되었다. 그들은 이 말을 뒤에 다른 사람에게도 들려주었고, 그 결과 이때의 료마의 말은 문어체 문장이 되어 전해지게 되었다. 여기서도 료마가 중얼거린 말을 문어체 그대로 옮겨 두는 것이 자연스러우리라.

장군의 오늘의 심정, 헤아리고도 남음 있도다. 용케도 결단을 내리셨도다. 용케도 결단을 내리셨도다. 이몸 장군을 위해서라면 맹세코 목숨을 아끼지 않으리라.

떨리는 목소리로 료마는 그렇게 말한 것이다. 료마는 온 몸을 꿰뚫고 달리는 감각 때문에 마침내 더 이상 몸을 버티지 못하는 듯했다.

그가 이때에 느낀 감동처럼 복잡하면서도 단순한 감동은 또 없을 것이다.

료마는 나가사키를 떠나 혁명 전야의 교토로 향할 때 격렬한 어조로 조슈의 가쓰라 고고로에게 말했다.

"미국 대통령은 하녀의 급료까지 걱정한다고 한다. 일본의 장군은 3백 년 동안 그런 걱정을 해 본 일이 있는가. 이 한 가지만으로도 막부는 쓰러뜨려야 한다."

교토에 와서는 고토 쇼지로에게 말했다.

"장군이 만약 이것을 무시할 때는 해원대를 거느리고 노상에서 습격하여 장군을 해치우런다."

그런 말을 했던 바로 그 료마가, 지금 다다미 위에 몸을 내던지고 신음하면서 "이몸, 장군을 위해서라면 맹세코 목숨을 아끼지 않으리라"라는 말을 하고 있는 것이다.

일본은 요시노부의 자기희생에 의해 구원되었다고 료마는 생각했으리라. 자기 희생을 감수한 요시노부에 대해 료마는 거의 기적 같은 것을 느꼈다. 요시노부의 견딜 수 없는 괴로움은 그 안의 입안자인 료마 이외에는 이해할 자가 없는 것이다.

이세 요시노부와 료마는 일본 역사의 이 시섬에서 단 둘만의 농지였다. 요시노부는 사카모토 료마라는 초야의 지사를 그 이름조차 모르고 있으리라. 료마 역시 요시노부의 얼굴을 모른다.

그러나 이 두 사람은 단 둘만의 힘으로 역사를 회전시킨 것이다. 료마가 기획하고 요시노부가 단을 내렸다. 료마로서는 요시노부의 자기 희생에 대한 감동 말고도 기획자로서, 마치 예술가가 그 예술을 완성시켰을 때와 같은 기쁨도 있었으리라.

그러나 그 기쁨은 요시노부의 희생 위에 서 있다는 사실로써, 료마는 요시노부의 심중을 헤아리고 동정하여 마침내 "장군을 위해서는 목숨도 아끼지 않겠다"는 말까지 한 것이었다.

이때 료마는 요시노부의 앞날에 대해 한 가지 우려가 있었다. 사이고, 오쿠보, 이와쿠라 등이 계속 음모를 획책하여 요시노부를 죄인으로 몰고 조정의 적으로서 요시노부 토벌군을 일으키지 않을까 하는 점이었다.

그때는 에도의 직속 무사들도 그를 버릴 것이 틀림없었다. 본디 요시노부는 미도계(水戶系)라는 이유로 해서 막부 대신들에게는 인기가 없었고, 또한 막부 대신들과는 의논도 없이 독단적으로 정권을 내던졌다는 점에서 그들의 반감을 살 것이기 때문이다.

요시노부는 사쓰마 조슈의 공격을 받고 막신들한테는 버림을 받아, 마침내 역사의 최대 공훈자이면서도 가장 비참한 운명에 빠져 버릴지도 모른다.

료마는 그것을 직감하고 있었다. 그리고 그때야말로 자신의 목숨을 내던져 요시노부를 구제하는 것이 요시노부에 대한 자신의 남모르는 보상이라고 생각했다.
"와아!"
함성이 료마의 주위에서 터졌다. 동지들은 손을 맞잡고 춤을 추면서 가에이, 안세이 이래 수천의 동지를 희생시켜 온 혁명 활동의 성취를 기뻐하기 시작한 것이다.
그러나 워낙 밤이 깊었다. 그들은 세 사람, 네 사람, 떼를 지어 돌아가기 시작했다.
뒤에 남은 것은 무쓰 요노스케와 도다 우다, 그리고 료마뿐이었다.
"오늘 밤 안으로 신정부안을 작성하지 않으면 안 된다."
그런 료마의 말이 있었으므로 두 사람은 남은 것이었다. 오늘 밤만 새면 내일부터 새로운 일본이 시작된다. 그에 필요한 통치형태와 정부안을 오늘밤 안으로 만들어 놓지 않으면 안 되는 것이다.

집안사람들은 이미 잠든 뒤였다.
료마는 무쓰 요노스케와 도다 우다를 아래층의 별실로 데리고 가서 거기서 붓과 벼루를 준비하게 했다.
"새로운 관제(官制)를 만들어야 하네."
료마는 말했다.
그의 주된 목표는 의회체제와 부국강병에 있었고, 사상적으로는 국민 평등이라는 것에 있었다. 그러나 그것이 당장 새 통치형태로서 이루어질 수는 없었다. 그런 사상적 정체에 이르기 위한 잠정적인 정체를 먼저 만들 필요가 있었다.
왜냐하면 현 단계에서는 3백 영주가 아직 그대로이며 그들의 영지 국민에 대한 지배체제를 곧바로 폐지할 수는 없는 일이기 때문이다.
또한 국민 역시, 농민이나 상인들에게 당장 어떤 기대를 가질 수는 없었다. 그들은 지적으로나 정치적으로나 미숙하여 그들의 일상 감각은 천하 국가와는 아무 관계없는 개인의 이익 추구에 머물러 있는 것이다.

그들을 곧바로 신국가 수립 요강에 끌어들인다는 것은 무리이리라. 공경들에게도 문제가 있었다. 공경들은 미나모토 요리토모(源賴朝)의 가마쿠라 막부 이래, 정치적 실업자로서 칠백 년이란 세월을 지내 온 것이다. 현재의 궁중제도도 국정을 집행할 수 있는 제도가 아니었다.

그렇다면 국정 담당자로서 곧바로 기대할 수 있는 것은 몇 명의 현명한 공경, 영주와 국사를 위해 동분서주한 지사들이 있을 뿐이었다.

료마는 우선 그들로써 정부 요원을 구성할 수밖에 없었다. 그들을 신국가를 탄생시키는 산파역으로 하여 서서히 서양식 통치형태로 이행시켜 가는 것이 가장 무리 없는 방법이었다.

"관직의 명칭도 일단은 일본의 예전 이름을 그대로 쓰는게 좋겠어."

료마는 말했다. 서양식 관직명에 대해서는 아직 적당한 번역어가 없었고 익숙하지도 않았다.

일반에게 저항감을 주지 않고 동시에 새로운 맛을 풍기자면 예전 것이기는 해도 왕조풍의 명칭이 좋을 듯했다. 그런 명칭이라면 완고한 복고주의적 근왕 사상가들의 감각에도 맞을 것 같았다.

의논 상대로서는 도다 우다가 가장 적당했다. 이 청년은 공경 출신이어서 그런 명칭이나 여러 제도에는 아주 밝았던 것이다.

"간파쿠(關白)라는 것을 두기로 하지."

료마는 말했다. 물론 낡은 왕조풍의 개념에 의한 간파쿠가 아니라 서양에서의 수상에 해당하는 것이라야 옳았다.

풀매미 241

이윽고 초안이 만들어졌다.

간파쿠 한 명
공경 가운데에서 덕망과 지식이 가장 뛰어난 자로서 이에 임명한다. 천황을 보필하고 여러 가지 정무를 장악하며 대정을 총재한다.
의주(議奏) 약간 명
황족, 공경, 영주들 가운데 가장 덕망과 지식이 뛰어난 자로서 이에 임명한다.
여러 정무를 보필하고 대정을 의정부주(議定敷奏)하며 겸하여 각 관청의 장(長)을 맡는다.
참의(參議) 약간 명.
공경, 영주, 당상관, 서민들로서 이에 임명한다. 대정에 참여하고 겸하여 각 관청의 차관을 맡는다.

이 안의 작성을 끝냈을 때는 이미 날이 샐 무렵이었다.
"도키치, 자리를 펴 다오."
료마는 옆방에서 졸고 있는 씨름꾼 도키치에게 분부했다.
도키치는 한 방에 이부자리 셋을 펴고 베개도 나란히 세 개를 놓았다. 그들이 각각 이불 속으로 들어갔을 때 덧문 밖에서 벌레가 울기 시작했다.
"가만 있자, 교토에서도 풀매미가 우는가?"
료마는 베개 위에서 귀를 기울였다. 풀매미란 새가 아니다.
풀벌레다. 날이 샐 무렵 어둠 속에서 방울을 울리는 것 같은 소리로 운다. 료마가 어렸을 때 유모 오야베가 그런 말을 해 준 일이 있었다.
"풀매미는 그렇게 작으면서도 날이 새게 하는 거랍니다, 도련님."

바로 그 벌레가 울고 있는 것이다.
"나도 풀매미일지 모른다."
료마는 잠이 들었다.

오우미 길

두세 시간쯤 잔 듯했다.

무쓰 요노스케가 이불을 차고 일어나보니 료마는 이미 툇마루에 나가 앉아 있었다.

"슬슬 나가 볼까?"

료마는 돌아다보며 말했다. 무쓰와 도다는 허둥지둥 우물로 달려가 세수를 했다.

"사카모토님은 아주 편리하군요."

무쓰가 얼굴을 닦으면서 말한 것은, 료마가 세수하는 법이 없는 것을 두고 한 말이었다. 뿐더러 료마는 하카마까지 입고 자다가 그대로 일어나서 덧문을 열고 툇마루로 나간 모양이었다.

"그러니 빠를 수밖에 없지 않나."

두 사람은 투덜거리면서 하카마를 입고 칼을 허리에 찼다.

이제부터 사쓰마 번저로 사이고와 오쿠보를 찾아가고, 또 교토 북방 이와쿠라 마을까지 이와쿠라 도모미를 찾아가려는 것이다. 그것이 료마의 사선이었다.

료마로서는 일이 예까지 성사된 이상 막부 타도의 선봉인 세 모략가의 활동을 중지케 하고, 앞으로는 그들을 신정부 수립의 중심적 존재로 만들려는 생각이었다.

그렇지 않으면 혁명 주류가 사카모토 고토파와, 이와쿠라 사이고 오쿠보파의 두 갈래로 나누어지게 되리라.

"난 이제 물러앉으련다" 하고 료마는 말한 것이다. 어젯밤 그런 료마의 태도를 듣고 무쓰는 깜작 놀라 큰 소리로 말해 버렸다.

"무슨 말씀이오!"

무쓰의 말도 당연하기는 했다. 료마는 사쓰마 조슈 연합을 이룩했고 대정봉환의 주동 역할을 했으며 이제 또 새로운 관제안을 만들었다. 당연히 혁명 정부의 주류를 차지해야 할 존재였다.

그런데도 료마는 이제 그만 물러날 작정이라고 하는 것이다. 모든 것을 이와쿠라 사이고 오쿠보파에게 넘겨 버리겠다는 것이다.

"모든 것을 말입니까?"

"그렇지. 그것이 일을 성취시키는 길이야. 이 새 관제안도 이와쿠라경에게 넘겨주어, 이와쿠라경 자신이 검토케 할 작정이다. 사이고와 오쿠보가 알아서 처리할 테지."

료마의 말에 의하면, 그렇지 않을 때는 이와쿠라 사이고 오쿠보 등의 막부 타도파는 신정부안에서 파벌을 만들어 대정봉환파와 대립되는 세력을 이루리라는 것이었다.

'틀림없이 그렇게 된다.'

그들은 유신 정부 수립이라는 최종점에서 료마 고토에 의해 공을 빼앗긴 셈이었다. 사이고의 경우는 공을 빼앗긴 셈이었다. 사이고의 경우는 공을 빼앗겼다 해서 감정의 변화를 일으킬 인물은 결코 아니지만, 그 주위나 또는 그 막하에 있는 자들이 어떻게 움직이고 어떻게 사이고를 추어올리며 어떤 폭주를 할지 모른다.

"모든 것을 사이고 일파에게 넘겨 버린다"고 료마가 말한 것은, 그런 결과를 꿰뚫어 봤기 때문이었다. 지금 료마가 혁명 정부의 주류로서 표면에 나서 다닌다면 정권은 탄생하자마자 두 파로 나뉘어 서로 맞서다가 마침내 무너져 버릴지도 모른다.

료마는 그런 점에 대한 자신의 심경을 이렇게 말했다.

"나는 일본을 새로이 탄생시키고 싶었을 뿐, 새로 탄생한 일본에서 영화를 누릴 생각은 없다."

이어서

"이런 심경이 아니고는 큰 사업은 할 수 없다. 내가 평소부터 그런 심경이었기 때문에 일개 지사에 불과한 내 의견을 세상 사람들이 경청해 준 거다. 큰일을 성취시킬 수 있었던 것도 그 때문이다."

다시 그는 말을 이었다.

"일이란 그 전부를 해서는 안 되는 거다. 8할까지면 족하다. 거기까지가 어려운 고비니까. 나머지 2할은 누구나 할 수 있다. 그 2할은 남이 맡아 하도록 하여 완성의 공은 양보하는 거다. 그렇지 않고서는 큰일을 해 낼 수 없다."

그렇게도 말했다.

료마는 이제 그 공을 양보하기 위하여 니혼마쓰의 사쓰마 번저로 찾아가고 있는 것이다.

그런 사태 가운데서 터무니없는 일이 우연히 일어나고 있었다.

막부 타도 밀칙에 관해서다.

이와쿠라 사이고 오쿠보는 료마 고토의 대정봉환파와는 달리 밀칙을 위한 공작을 은밀히 계속하고 있었는데, 그것이 하필이면 요시노부가 대정봉환 결의를 표명한 바로 그날 밤, 마침내 밀칙이 내린 것이다.

우연히 그것은 같은 날이었다. 다만 요시노부의 결의 표명이 몇 시간 빨랐다. 그 때문에 막부 타도 밀칙은 이와쿠라의 손에 들어오기는 했지만 무효가 되고 말았다. 장군이 정권을 반납하여 막부가 소멸한 이상, 그것을 칠 명목이 없어진 것이다. 이와쿠라 등은 헛다리를 짚은 셈이어서 밀칙은 어둠 속에 묻히고 말았다. 무력으로 막부를 타도하려는 파가 료마에 의해 보기 좋게 당한 형국이라고도 할 수 있으리라.

자세한 내막은 이러했다.

진작부터 이와쿠라는 그의 개인 비서격인 다마마쓰 미사오에게 밀칙 초안을 만들게 하여 그것을 정식 밀칙으로 만들 수 있도록 전(前) 태정차관 나카야마 다다야스에 대해 비밀공작을 하고 있었다.

나카야마 다다야스는 간파쿠도 섭정도 아니었지만, 그의 딸이 어린 황제를 낳았으므로 군중에서는 특수한 지위에 있었다. 어린 황제는 생후 나카야마의 저택에서 성장했다. 나카야마는 외조부인 동시에 후견인이었다.

"다다야스경이 어린 황제의 손을 부축하여 옥새를 누르기만 하면 훌륭한 칙서가 될 수 있다."

이것이 이와쿠라의 속셈이었다.

그 때문에 다다야스를 회유했다.

"알겠소, 그럼 기회를 봐서……."

다다야스는 그렇게 대답하고 그 기회를 기다리고 있었는데, 마침내 13일 오후, 어린 황제의 손을 붙들고 다다마쓰 미사오가 기초한 문면 말미에 옥새를 찍어 버리고 만 것이다.

"밀칙을 두 통 만들었소. 곧 우리 집으로 가지러 오시오."

다다야스는 이와쿠라에게 사람을 보냈다.

이와쿠라는 당장이라도 사람을 보내서 받아 오게 하고 싶었으나, 마침 며칠 전부터 신센조가 나카야마의 저택을 감시하고 있었다. 신센조로서는 설마 이토록 중대한 음모가 진행되고 있는 줄은 모르고, 다만 얼마 전부터 나카야마의 집에 사람의 내왕이 잦은 것을 보자, 혹시 무슨 일이 있지 않나 해서, 우선 대원을 파견하여 밤낮으로 저택 주위를 감시하고 있었던 것이다.

이와쿠라에게 야치마루(八千丸)라는 아이가 있었다. 나중의 이와쿠라 도모쓰네(岩倉具經)이지만, 이때는 아직 관례도 하기 전인 소년이었다. 이 소년을 심부름꾼으로 보내면 신센조 대원들도 의심하지 않으리라 생각했다.

그 계획은 보기 좋게 성공했다. 밤이 되어 나카야마 집으로 찾아간 야치마루는 다다야스로부터 밀칙을 받자 그것을 속옷 등에다 꿰매 달게 하고 뒤꼍으로 빠져나왔다. 뒤꼍에 있던 신센조 대원은 그대로 보내고 말았다.

"난 또, 꼬마 아니냐?"

밀칙은 사쓰마 번과 조슈 번에 대해 내렸다. 조슈 번사들은 공공연히 교토에 와 있을 수는 없었지만 이미 히로사와 헤이스케(廣澤兵助)가 번의 밀사로서 사쓰마 번저에 숨어 있었다. 이 히로사와가 수령했다.

료마는 그런 소식은 전혀 모르고 있었다. 모르는 채 하숙처인 오미야를 나서서 가와라 거리 북쪽에 있는 사쓰마 번저로 가고 있었다.

도중에 마루다 거리(丸太町) 모퉁이까지 왔을 때, 다나카 겐스케(田中顯助)와 맞부딪쳤다.

"아, 사카모토 선생."

겐스케는 말했다. 그는 시급 나카오카 신타로의 심부름으로 료마의 하숙을 찾아가는 길이라는 것이다. 다나카 겐스케는 도사 사가와(佐川) 사람으로, 분큐 3년에 탈번하여 지금은 나카오카의 육원대에 투신하고 있다는 것은 앞서도 말한 바 있다.

"실은 이렇게 됐습니다."

그는 밀칙이 내렸다는 비밀을 밝혔다. 그 말을 듣는 료마는 가슴이 서늘해지는 느낌이었다.

'위기일발이란 이런 것을 두고 하는 말이구나.'

그러나 이 정략전에서는 사이고가 사카모토한테 패한 셈이었다. 사이고의 심경은 적지않이 복잡하리라고 료마는 생각했다.

사이고 다카모리는 니혼마쓰의 사쓰마 번저에 있었다. 이날 아침, 그는 동지들을 모아 놓고 협의를 하는 중이었다. "앞으로 어떻게 하는가?" 라는 문제였다. 요시노부가 스스로 막부를 내던진 이상, 사이고는 무력으로 막부를 타도하려는 방침을 바꾸지 않을 수 없었다.

그러나 묘안이 없다.

'료마는 어떤 속셈일까?'

그것을 알고 싶었다. 사이고는 료마의 이름을 료오메라고 읽고 있다.

그때 료마가 나타났다. 사이고는 기뻐하며 별실에서 대좌했다. 다른 아무도 없었다.

"어쨌든 신정부를 만드는 것이 선결 문제요."

료마는 다짜고짜 그런 말부터 했다.

료마는 사이고의 흉중을 알고 있었다. 사이고는 그토록 고집하며 준비에 준비를 거듭해 온 무력타도 방침을 이제 정세가 바뀌었다고 해서 선선히 버릴 생각은 없을 것이다.

"앞으로 정세는 어떻게 움직일 것 같소?"

사이고의 장기는 상대방의 말을 잘 들을 줄 안다는 것이다. 마주 앉아 무심한 표정으로 상대방의 말을 듣는다. 상대방은 자연히 품고 있는 모든 말을 해 버리는 것이다.

료마도 여러 말을 늘어놓았다. 이제 여기서 풍운의 도매상격인 사이고를 끌어넣지 못하면 모처럼의 대정봉환도 그 뒤에 무너지고 말 것이다.

"무력 준비는 여전히 갖추어 놓을 필요가 있소. 지진은 이제부터가 본격적일 테니, 결코 제일 진만으로는 끝나지 않을 것이오."

그렇게 말했다. 요시노부가 정권을 반납한 것은 어디까지나 그의 개인적 결단이며, 막부 각료 모두를 납득시킨 것은 아니다. 아이즈, 구와나 같은 막부를 옹호하는 과격파의 양 번만해도 이대로는 물러나지 않을 것이다.

"당연히 도전해 온다. 그때는 무력이 필요하게 되오."

"흐음."

"현재로선 사쓰마와 아이즈의 사사로운 싸움이 되오. 신정부를 만들어 버리면 신정부 대 아이즈의 싸움이 되어 대의명분은 당연히 이쪽에 있게 되고, 3백 제후도 태반이 신정부측에 가담하게 될 거요."

"흐음."

"그러니 어서 신정부를 만들어야 하오. 당장 오늘이라도 아이즈 번이 전쟁을 일으키면 곤란하지 않겠소?"

"흐음, 과연 빠를수록 좋겠군."

사이고는 료마의 주장에 접근해 왔다. 그렇다면 이제 눈앞의 급선무인 신정부 수립에 몰두해야 할 단계다.

료마는 품속에서 신정부 안을 꺼내어 사이고에게 보였다.

읽고 난 사이고는 고개를 끄덕었다. 사이고는 뚜렷한 혁명 정부상을 가지고 있지 않았다. 막연히 유교적인 왕도정치와 같은 것을 꿈꾸고 있었을 뿐이다. 이 점, 사이고의 머릿속에 있는 신정치는 이를테면 플라톤의 철인정치와 비슷한 것이었다.

그러나 료마는 사이고와 같은 유교주의자가 아니어서, 서양식 정치와 사회를 모델로 한 혁명상을 그리고 있었다. 거기까지 깊이 파고든다면 두 사람은 충돌하게 되든가 서로 이해할 수 없는 도랑이 파일지도 몰랐다. 그러나 현 단계에서는 충돌의 위험은 없었다.

왜냐하면 료마의 안은 아직 원칙과 골자일 뿐이다. 그것은 건축 그 자체가 아니라 건축을 하기 위한 현장 사무실을 지은 정도에 불과했다. 이 현장 사무실인 관제 개혁안이 료마의 것이다.

"이의 없소?"

"나는 없소. 곧 다른 사람들에게도 물어 보기로 하지. 다만 여기에 실제적인 인물을 넣어 주어야 할 것 같소."

구성원을 말하는 것이다.

"복안이 없소?"

"있소."

료마는 방을 하나 빌어서 이 원안에 각 관제에 참가하게 될 실제의 인물명을 적어 넣는 작업을 시작했다. 료마가 적어 넣는 이 구성원이야말로 유신 정부의 으뜸 공신이 되는 인물이리라.

차차 이 니혼마쓰의 사쓰마 번저에 사람들이 모여들기 시작했다. 그들은 몇 패로 나누어져, 저택 내 이방저방에서 얘기를 나누고 있었다. 고마쓰 다테와키와 사이고, 오쿠보 등은 서원에서 대담을 하고 있었고, 나카무라 한지로 등은 '도라노마(虎間)'라고 불리는 레이제이파(冷泉派)의 호랑이 그림이 미닫이에 그려져 있는 방에서 얘기를 나누고 있었다.

료마는 대궐이 바라다 보이는 2층 한 방에서 책상에 마주 앉아 있었다. 대궐의 우거진 소나무 가지 위의 하늘이 잠이 모자란 료마의 눈에 쓰리도록 맑게 개어 있었다.

이윽고 료마는 명단을 작성하자 쾅쾅거리며 2층에서 뛰어 내려왔다. 아래층에 무쓰 요노스케가 버티고 서 있었다.

"됐습니까?"

무쓰가 묻자, 료마는 기쁜 듯이 끄덕이며 "됐어" 하고 대답했다.

"이렇게 죽 써놓고 다시 한번 생각해 보니 고금의 영웅호걸을 능가하는 인물들이 얼마든지 있네, 경사스런 일이야."

이렇게 덧붙였다.

료마가 복도를 지나 이윽고 서원으로 들어가자 좌중은 일제히 료마를 바라보았다.

료마는 그 서류를 넘겨주고 그들이 검토해 보는 동안 뜰로 난 툇마루로 나와서 기둥에 등을 기댔다. 한껏 몸을 늘였다.

이 집은 정원이 훌륭했다.

사쓰마 번의 니혼마쓰 번저는 고노에(近衞) 집안의 별장을 사들인 것이라, 나무 하나 돌 하나에도 일본의 대표적 귀족이 대대로 닦고 다듬어 온 윤이 엿보이는 듯했다.

료마의 신정부 요인 명단은 다음과 같았다.

간파쿠
산조 사네토미(부 간파쿠로 도쿠가와 요시노부)

의주(議奏)

시마쓰 히사미쓰(사쓰마), 모리 요시치카(조슈), 마쓰다이라 슌가쿠(에치젠), 나베시마 간소(히젠), 하치스카 시게쓰구(아와), 다테 무네나리(이요 우와지마), 이와쿠라 노모미(공경), 산조 사네나루(공경), 히가시쿠세 미치토미(공경)

참의(參議)

사이고 다카모리(사쓰마), 고마쓰 다테와키(사쓰마), 오쿠보 도시미치(사쓰마), 기도 쥰이치로(가쓰라 고고로 : 조슈), 히로사와 헤이스케(조슈), 고토 쇼지로(도사), 요코이 헤이시로(쇼난 : 히고), 나가오카 료스케(히고), 미쓰오카 하치로(에치젠)

사이고는 쭉 읽어보고 그것을 고마쓰와 오쿠보에게 돌렸다. 그들이 모두 본 다음에 다시 받아 들고 찬찬히 들여다봤다.

'료마의 이름이 없지 않은가?'

사이고는 이상하게 생각했다. 사쓰마 조슈 연합에서 대정봉환에 이르기까지의 큰일을 치러 낸 료마의 이름은, 당연히 이 '참의' 가운데서도 첫머리에 위치해야 하리라. 설사 첫머리가 아니라 해도, 도사 번에서 당연히 선출되어야 할 이름이었다.

'없다.'

사이고는 각 번의 균형을 생각하며 또 한 번 살펴보았다.

참의 항에는 사쓰마 번에서 세 사람씩이나 선발되어 있었다. 그런데 도사 번에서는 고토 쇼지로 한 사람밖에는 나와 있지 않은 것이다. 또한 의주 항에 있는 여섯 명의 영주는, 사쓰마, 조슈, 에치젠, 히젠, 아와, 이요 우와지마뿐이며, 도사의 야마노우치 요도의 이름이 없었다. 요도는 천하의 현후로 알려진 터고 스스로도 그렇게 자처하고 있는데, 그의 이름이 없다는 것은 웬일일까?

사이고는 생각했다. 요도의 이름이 없는 것은 알 만하다. 요도는 그 성격이 모가 져서 남과의 융화가 안 되는 것이다. 정치가로서는 정론(政論)을 지나치게 고집하고 타협성이 결핍되어 있다. 또한 기분파 경향도 있어서 일을 도중에서 내동댕이치기 쉽다는 점, 일을 만드는 성품이 아니라 그것을 비판하는 평론적인 형이라는 점도 있었다. 요도가 만일 여기에 낀다면 대사는 오히려 요도 때문에 무너질 우려도 없지 않았다.

그렇다손 치더라도 도사 번이 너무 적었다. 어쩌면 료마는 자신의 손으로 자기 번을 정국에서 물러나게 하려는 건지도 모른다. 대정봉환이란 큰 공은 단연 도사 번에서 세웠다. 료마로서는 도사 번을 그런 공훈 정도에서 만족시키기로 다음 일은 사쓰마 조슈 양번에 양보하려는 듯하다.

사이고는 그 명단을 보고, 이면에 있는 료마의 뜻을 그렇게 짐작했다. 그러나 그렇다 치더라도 료마 자신의 이름이 없는 것은 웬일일까?

그 자리에는 무쓰도 있었다.

무쓰 요노스케는 료마의 비서로서 문지방 밖에 앉아 있었다.

단순히 료마의 비서역을 맡고 있을 뿐만 아니라 지나칠 만큼 날카로운 비판안을 가지고 있는 사나이라, 그는 좌중의 움직임을 빈틈없이 지켜보고 있었다.

'사이고가 어쨌다는 거냐!'

그런 생각이 원래부터 무쓰에게는 있었다.

도량이 좁은 것은 무쓰의 타고난 성격이었다. 도량이 좁고 자칫하면 비틀린 생각을 하기 때문에 심중으로 늘 적의를 품은 상대가 있었다. 지금 무쓰가 적의를 느끼고 있는 것은 사이고 다카모리였다.

적의라는 말이 적당치 않다면 경쟁심이리라. 무쓰는 자기의 두령격인 료마가 사이고보다는 훨씬 뛰어난 인물이라고 생각하고 싶었던 것이다.

'시이고는 대번의 중신이지만 료마는 천하와 고립되어 있는 한낱 지사에 지나지 않았다. 그토록 처한 처지에 차이가 있는 데도 불구하고 료마는 사이고를 앞질러서 시국을 수습하지 않았는가?'

그런 눈으로 사이고를 보고 있었기 때문에 내심 그는 신랄한 비판을 하고 있었다.

'사이고는 이상하게 여기고 있다.'

그것이 무쓰는 통쾌한 것이다. 사이고가 이상히 여기는 표정의 이면을 무쓰는 훤히 들여다보듯 알 수 있었다.

"사카모토님?"

사이고는 그 두툼한 목을 료마를 향해 돌렸다. 툇마루에 앉아 있던 료마는 그에 응하여 사이고 쪽으로 윗몸을 돌린다.

"뭔가?"

하는 표정을 료마는 보이고 있었다. 사이고는 말했다.

"이 표를 보니 당연히 도사에서 나와야 할 귀공의 이름이 없는데, 어떻게 된 일이오?"

"내 이름?"

료마는 말했다. 무쓰는 료마의 얼굴을 살폈다. 근시의 눈을 가늘게 뜨고, 뜻밖의 질문을 듣는다는 듯한 표정을 하고 있었다.

"난 나서지 않소."

료마는 느닷없이 말했다.

"난 그게 싫어서 말이오."

"무엇이?" 사이고가 묻자, 료마는

"거북한 관원 생활이 말이오."

"거북한 관원이 싫다면 귀공은 무엇이 될 거요?"
"글쎄."
료마는 벌떡 몸을 일으켰다. 그 다음 말이 무쓰로서는 평생을 두고 잊을 수 없었던 한 마디였다.
"세계를 상대로 하는 해원대라도 만들어 볼까."
무쓰가 두고두고 남한테 말한 바에 의하면, 이때의 료마야말로 사이고보다 두 곱절, 세 곱절 큰 인물로 보였다는 것이다.
사이고도 그 말에만은 대답할 바를 몰랐다. 옆에 앉은 고마쓰 다테와키는 료마의 얼굴을 뚫어지게 바라보고 있었다.
자고로 혁명의 공로자로서 새 국가의 으뜸 공신이 되지 않는 자는 없으리라. 그것이 상례적인데도 료마는 스스로 피했다. 고마쓰는 료마를 줄곧 흠모해 온 사람이라, 그 한 마디가 무척 기뻤던 모양이었다.
"료마는 이젠 세계를 상대할 모양이군."
그는 부드러운 미소를 보였다.
'세계를 상대로 하는 해원대'라는 것이 무엇을 뜻하는지는 무쓰도 잘 알 수 없었다. 세계를 상대로 해서 무역 해운업을 시작한다는 말이었을까?
"어쨌든 오늘부터 도사는 제 2선으로 물러앉소. 앞으로는 사쓰마가 주축이 되시오."
료마는 이때 그런 말을 좀 더 구체적으로 하고 싶었으리라. 번론이 통일되지 않은 도사가 앞에 나서면 혁명의 에너지가 흩어질 뿐이라는 것을 료마는 누구보다도 잘 알고 있었다.
사이고는 은연중에 그것을 짐작했다.
"알겠소."
나지막하게 말했다.

료마는 한 가지 더 해야 할 말이 있었다.

재정 문제에 관한 것이었다.

"신정부에는 영웅호걸은 얼마든지 있소. 그러나 신정부의 성공 여부는 재정에 달려 있소. 그러나 재무 관계에 밝은 자가 없단 말이야."

"흐음."

사이고는 이 점, 지사 가운데에서도 가장 경제에 밝은 료마의 말에 귀를 기울이지 않을 수 없었다.

"마땅한 사람이 있소?"

"사쓰마는 어떻소?" 하고 료마는 기색을 본다.

고다이 사이스케(도모아쓰)가 있기는 했다. 근대적인 상업 업무나 산업 관계에 밝은 것은 틀림없었다. 그러나 일국의 재정을 다루어 낼 수 있을까 하는 점에서는 다소의 의문이 있었다.

"조슈는 어떨까?"

사이고는 마침 그 자리에 나타난 조슈의 연락관 히로사와 헤이스케(마사오미)에게 물었다.

"글쎄요."

히로사와는 살이 디룩거리는 얼굴을 기울인다. 기도 쥰이치로(木戶準一郎-가쓰라 고고로)는 순수한 정치가여서 그 방면에는 신통한 지식이 없었다. 야마가다 교스케(아리도모)도 어디까지나 군인일 뿐 재정에 관한 것은 모른다. 이노우에 몬타(가오루) 역시 조정의 명인이기는 하지만 재무에 관해서는 미지수였다.

"한 사람 있소."

료마는 말했다.

사이고는 끄덕이며 "귀공에게 맡기겠소" 말했다.

"에치젠 후쿠이의 번사로서 미쓰오카 하치로(三岡八郞)라는 사람이오."

좌중에는 아무도 그 이름을 알고 있는 사람이 없었다.

"미쓰오카 하치로……?"

사이고도 손바닥에 글씨를 써 보며 그 이름을 기억하려고 했다. 기실, 사이고는 이 요인 명단에 "에치젠 미쓰오카 하치로"라는 낯선 이름이 들어 있는 것을 보고 이상하게 여기던 참이었다.

"가만 있자, 나는 들은 일이 있는 이름인걸."

고마쓰 다테와키는 열심히 묵은 기억을 더듬어 보고 있는 눈치였다.

료마는 웃었다. 분큐 3년 가을에 에치젠 후쿠이 번의 근왕파로서 가이후쿠 소소구(海福雪)라는 기묘한 이름을 가진 지사가 사쓰마로 가서 고마쓰를 방문한 일이 있었을 거라고, 료마는 말했다.

"아, 가이후쿠 소소구!"

고마쓰는 생각해 냈다.

"그 가이후쿠의 동지요. 아마 사쓰마에 갔을 때, 가이후쿠는 같은 번의 미쓰오카 하치로에 대해 무슨 말을 했던 모양이지? 그때의 기억일 거라 생각하는데?"

"맞았어. 똑바로 보셨소. 그때의 기억이오."

고마쓰는 정색을 하고 대답했다.

"그 뒤 가이후쿠는 무엇을 하고 있소?"

"유폐 중입니다."

료마는 말했다. 후쿠이 번에서는 분큐 3년 가을에 근왕파 탄압을 시작하여, 가이후쿠도, 미쓰오카 하치로도 아직까지 유폐되고 있을 것이었다.

료마는 미쓰오카의 인물을 설명했다.

처음에는 하시모도 사나이(橋本左內)을 형으로 모셨고, 뒤에 요코의 쇼난(橫井小楠)의 합리주의의 세례를 받았다. 평소부터 번 재정이 미곡 경제를 주로 하고 있는 것은 잘못이라는 주장을 내세우고, 무역과 증산을 재정의 중심으로 삼아야 한다고 역설했다. 번 명에 의해 나가사키 무역의 실태를 조사한 일도 있으며, 물산총회소를 설립하고, 나가사키 상무소를 설치하기도 했다. 료마가 에치젠 후쿠이의 번주 마쓰다이라 슌가쿠에게 서양회사론을 늘어놓고 5천 냥을 융통했을 때도, 미쓰오카가 그 직접적인 주선을 하기로 했다.
"좋습니다. 일체 맡기겠소."
사이고가 말했다.
료마는 끄덕였다.
덕분에 료마는 내일이라도 에치젠 후쿠이로 가서 번과 교섭하여 미쓰오카의 징계를 풀게 하고 교토로 끌어 와야만 하게 되었다.
어쨌든 대정봉환에 따르는 신정부 수립안을 사이고는 모두 받아들이고 본격적으로 나설 기세를 보여주었다.

료마는 바빴다. 사쓰마 번저로 음식점에서 밥을 시켜 오게 하여 그것으로 끼니를 때웠다. 그는 다시 이와쿠라 마을로 달려가 이와쿠라 도모미를 만나지 않으면 안 되는 것이다.
밥을 먹고 나서 부엌으로 들어가 물을 마시고 있는데, 마침 시라카와 마을의 육원대에서 나카오카 신타로(中岡愼太郞)가 찾아왔다.
료마는 어둑한 봉당에서 대체적인 경과를 설명하고, 이와쿠라 마을에 같이 가 줄 것을 부탁했다.
"좋아."
나카오카는 승낙했다. 료마의 평화혁명론에는 본디 다소 불만이 없지 않았으나, 그것이 성공한 지금 그는 지론을 버리고 협력할 수밖에 없었다.

"하지만 밖에는 지금 비가 오고 있는데?"
"비가 오건 바람이 불건 오늘 밤 안으로 그 이와쿠라경을 만나지 않으면 일에 차질이 생기게 돼."
번저에서 사쓰마 번의 가문이 든 삿갓, 초롱, 비옷 따위를 빌려가지고 그들은 번저를 나섰다.
나카오카는 신타로(新太郞)라는 하인을 데리고 있었다. 후시미 가도에 있는 대장장이의 아들로서 나카오카를 흠모하여 잔시중을 들어 주고 있는 젊은이였다.
쇼코쿠 사(相國寺)의 해자를 끼고 걸어서 구라마(鞍馬)로 가는 길로 빠진 다음 가모 강(鴨川)을 동쪽으로 건너섰을 무렵 날이 저물었다. 북쪽으로 향했다.
그 무렵에 이르러서야 평화를 주장한 료마와 전쟁을 주장한 나카오카 사이에 겨우 의견이 일치되었다.
'어차피 전쟁은 벌어진다'는 전망이 피차 같았던 것이다.
왜냐하면 요시노부는 장군직에서 물러났다고 해도 그 직할령을 4백만 석 내지 6백만 석이나 가지고 있으며 에도, 교토, 오사카, 사카이(堺), 하카다(博多) 등 5대 상업도시도 직할령으로 삼고 있다. 그런데다 하코다테(函館), 요코하마, 나가사키, 효고 등의 직할 개항장을 사유하고 있고, 에도 성, 오사카 성, 니조 성의 요새마저 가지고 있는 이상, 그 군사적, 경제적 실력은 사실상의 일본 국왕인 것이다.
'그것을 모두 내놓고 조정에 반납해라.'
현 단계로서는 그렇게까지 말할 수는 없었다. 요시노부가 내놓을 생각이 있다 해도 막료들이 반대할 것이고 대대로 내려 온 영주들 또한 승복하지 않을 것이었다.
"그것들을 도쿠가와 가문에서 사유하고 있는 이상, 교토로 정권을 이양해 봤자 유명무실이 아닌가?"

나카오카는 이렇게 말했고, 료마 또한 옳은 말이라고 했다. 정권을 반납한 뒤의 큰 문제는 바로 거기에 있었다.

"요시노부를 신정부 요직에 앉히면 요시노부 자신이 토지와 영민을 반납할지도 모른다"는 것이 료마의 관측이었다.

"물론 그에 반대하는 막부 관료들과 번주들은 칼을 들고 일어나겠지. 하지만 그때는 요시노부가 신정부의 요인인 만큼, 그 자신이 토벌할 게다."

"그렇게 일이 제대로 될까?"

"되게 만들어야지. 그래도 승복하지 않는 자가 있다면, 그때 비로소 병력을 동원하는 거다."

그렇지 않으면 신정부는 옛 정부에 패배하게 된다. 군사적으로 신정부는 아직 단 한 명의 친병(親兵)도 가지고 있지 않은데, 옛 정부는 막번체제를 기반으로 하는 병력을 사유하고 있다. 사쓰마, 조슈가 아무리 안간힘을 써도 이 엄청난 군사력을 이겨 낼 수 없을 것이다.

"이길 수 있다."

나카오카는 료마의 의견에 반박했다.

그러나 료마가 다시 논박했다. 설사 최후로 이길 수 있다 해도 일본은 그 내전 때문에 지칠 대로 지쳐 버려, 구미 열강이 이루고 있는 것 같은 문명사회에 참가할 여력이 없어진다는 것이다.

"어쨌든 나머지 일은 번을 장악하고 있는 사이고나 오쿠보, 가쓰라 등에게 맡기는 거다. 나로서는 대정봉환을 깨끗이 매듭짓게 할 뿐이야. 그러자면 이와쿠라경의 협력이 필요하다. 아니, 오히려 나는 앞으로 이와쿠라경을 중심으로 하여 그를 도와간다는 형식을 취할 생각이야."

얼마 뒤 밤이 꽤 깊어서야 이와쿠라 마을에 이르러, 은거소의 대문을 두드려서 이와쿠라를 깨웠다.

료마는 방으로 안내되었다.
밤이 되니 역시 으스스했다. 고치에서 돌아온 뒤 줄곧 얇은 옷차림을 하고 있는 료마는 이와쿠라 마을의 추위가 유난히 심하게 느껴졌다. 부득이 앞자락으로 손을 넣어서 손바닥으로 어깨를 문지르고 있자, 보기가 딱했던지 이와쿠라는 등거리를 빌려 주었다.
이윽고 충복 요조가 나타나, 따끈한 술병을 료마 앞에 놓는다.
"한잔 하면 몸이 좀 녹겠지."
이와쿠라는 말했다. 이와쿠라 곁에는 근시인 후지키 사코(藤木左京)와 다마마쓰 미사오가 앉아 있었다. 방이라곤 셋밖에 없는 이 비좁은 은거소에 이와쿠라, 후지키, 다마마쓰, 요조 네 사람이 살고 있는 것이다.
료마는 사이고에게 말한 그의 생각을 털어 놓았다.
이와쿠라는 잠자코 듣고 있었다. 이따금씩 끄덕이며 웃음 지을 뿐 일체 입을 열지 않았다.
한 시간쯤이나 료마는 지껄였다. 그의 말이 끝나자 이와쿠라는 끄덕이면서 말했다.
"잘 알았네."
다만 도사 번을 정국에서 한걸음 물러나게 하려는 료마의 의견에 대해서만은 동의할 수 없는 듯했다.
"과연 야마노우치 요도는 근왕, 막부옹호 양쪽을 버리지 않고 있는 데다, 항상 그 이론은 까다롭고 복잡해서 앞으로의 사태 발전에 걸림돌이 되기도 할 것이다. 그러나 도사 번을 신정부에서 후퇴시키면, 요도는 불만을 품고 막부측으로 아주 기울어질지도 모르지 않나?"

"그런 분은 아닌 줄 압니다."

료마는 말했다. 요컨대 요도는 단순한 떼쟁이라고 료마는 말하는 것이나.

"아니야. 요도를 어떻게 평가하는가는 둘째 문제로 치고, 그는 마땅히 신정부에 참가시켜야 하며, 도사 번 대표도 사쓰마, 조슈와 같은 수만큼 참가시켜야 하네."

그 문제에 관해서 료마는 더 이상 항변하지 않았다. 모든 것은 세상에 보기 드문 모사꾼 이와쿠라에게 맡겨 두면 되는 것이었다.

료마는 요시노부 구제에 관한 일도 부탁했다. 이와쿠라는 신통치 않은 표정으로 끄덕였다.

료마는 거듭 요시노부에 대한 말을 했다. 도쿠가와 요시노부야말로 이번 개혁의 최대 공로자 가운데 한 사람이라고 주장했다.

"그럴까?"

나카오카는 나직이 말했다. 이와쿠라는 도쿠가와 가문을 타도하지 않고는 왕권 회복의 실리가 없다는 것이었다. 료마도 그 점은 같은 의견이었으나 도쿠가와 가문과 요시노부 개인은 분리시켜 생각할 필요가 있다는 말로 마침내 이와쿠라를 설득시켰다.

그리고 나서 료마는 예의 새 관제안을 이와쿠라에게 제출하고, 이어서 신정부의 기본 방침이라고도 할 수 있는 것을 그 자리에서 썼다.

8개 조목으로 되어 있었다.

제1의(第一義) 천하의 인재를 초빙하여 고문으로 삼는다.
제2의 유능한 제후를 골라 써서 조정의 관작을 내리도록 하며 현재의 유명무실한 관위를 버린다.

오우미 길 263

제3의 양이론을 버리고 외국과의 교류를 의결한다.
제4의 법령을 정비하고, 새로이 무궁대전(헌법)을 제정한다.
제5의 상·하의정소
제6의 육·해군국
제7의 친병(親兵)
제8의 일본의 오늘날 금은 물가를 외국의 평균에 맞춘다.

"과연, 이거야말로 귀한 말들인걸."
이와쿠라는 탄복해 마지않는 듯이 말하고, 이 두 통의 서류를 문갑에 간직했다. 뒷날 이 료마의 안은 거의 그대로 신정부 수립을 위한 기본 방침이 되었다.

료마가 이와쿠라의 은거소를 방문한 것은 요시노부가 니조 성에서 반환을 선언한 다음날이었다.
다시 그 다음날인 15일, 요시노부는 입궐하여 그 뜻을 정식으로 천황께 아뢰었다. 조정에서는 이를 수리했다. 따라서 대정봉환의 성립은 게이오 삼년 10월 15일이라는 결론이 된다.
그렇게 되기까지에는 다소의 곡절이 있었다. 그 전날 공경들은 비로소 요시노부의 뜻을 전해 듣고, 기뻐하기보다는 오히려 난처해 했다.
누구보다도 당황한 것은 조정에서 최고직인 섭정 니조 나리유키(二條齊敬)라는 노신이었다. 나리유키는 공경들의 장로(長老)격이라는 것뿐 그 이상은 아무 것도 아니었으며, 각 번 유지들로부터도 무능하다는 이유로 은근히 경멸당하고 있었다.
니조 성 선언이 있은 뒤 사쓰마의 고마쓰 다테와키 등은 집정 이다쿠라 가쓰기요의 요청으로 조정의 인수 태세를 정비하도록 나리유키의 저택으로 찾아가 그 중대 사실을 전했다.

"나, 난처하지 않나?"

이 노공경의 첫 마디였다. 이 나리유키의 당황이야말로 몇몇 공경을 제외한 기의 전체 공경들의 실감이라고 해도 좋았다. 소성에는 국정을 담당할 능력이 거의 없어서, 이제 새삼스럽게 그런 것을 짊어지운다 해도 난처할 뿐이었던 것이다.

"어쨌든 내일이라도 조정의 여러 관리들을 모아 놓고 의논해 보겠다. 회답은 그 뒤에 할 테니까."

니조 나리유키는 태평스러운 소리를 했다.

고마쓰 일행은 그렇게 태평스럽게 굴다가는 무슨 불의의 사태가 일어날지 모른다는 이유로 즉답을 요구했다.

"이 자리에서? 그런 터무니없는!"

나리유키는 나자빠지듯이 말했다. 고마쓰는 한심함을 금치 못하면서도 섭정으로서의 즉답을 내려주기 바란다고 애원하듯이 말했다. 그러나 나리유키는 그런 독단적인 처사는 할 수 없다는 이유로 여전히 고개를 저었다.

"혹시 나중에……."

고마쓰는 말했다.

"독단의 과오를 문책 당하게 되면 대감께서 할복을 하시면 되지 않습니까?"

"나는 무사가 아니야. 공경이란 말이야. 공경에겐 할복이란 있을 수 없어!"

"대감."

고마쓰는 앉음새를 고치며 똑바로 나리유키를 쳐다본 채 언성을 높이듯이 말했다.

"대감께서 만약 곧바로 결단을 내려 주시지 않는다면 저 역시 비상한 각오를 할 생각입니다."

"뭣이!"

나리유키는 겁을 먹었다. 비상한 각오란 고마쓰가 나리유키를 죽이고, 자기 또한 이 자리에서 배를 가르고 죽겠다는 뜻일 것이다.

"잠깐, 그럼 요구대로 하겠다."

이로써 회담은 끝났다. 니조 저택을 나서면서, 고마쓰와 함께 왔던 도사의 후쿠오카 도지가 유난히 들뜬 말투로—아마 대사가 성취된 까닭에 마음이 들떴던 탓이리라—고마쓰의 어깨를 두드리면서 지금 말한 그 결심이란 무슨 뜻이었느냐고 물었다.

"뭐, 깊은 뜻은 없었소. 그저 좀 위협을 해봤을 뿐이오."

고마쓰는 얼굴을 숙인 채 히죽이 웃었다. 온후한 고마쓰 다테와키마저 그런 수법을 쓰지 않으면 안될 만큼 공경 귀족이란 흐리멍덩한 존재였다.

이런 경위를 거쳐 조정 논의가 수리하는 쪽으로 결정되어, 15일 오전 11시 도쿠가와 요시노부의 입궐을 맞아 정식으로 수리했다.

같은 말을 되풀이하는 것 같지만 이 15일은 료마가 이와쿠라경을 방문한 다음날에 해당한다.

그 무렵에는 이미 교토에 주둔하는 각 번 번사들의 화제는 이 한곳에 집중되었다. 특히 아이즈와 구와나 등 막부 옹호 과격파들은 요시노부의 경거를 분개하고 사쓰마 도사를 증오하면서 대책을 논의했다.

"이렇게 된 이상 즉각 개전하여 사쓰마 번저를 불사르고 궁정을 점령하여 천자를 오사카 성으로 옮김으로써 도쿠가와 가문의 안녕을 꾀할 수밖에 없다."

그런 의견이 압도적이었다.

시중은 갑자기 소란스러워졌다.
"구로다니(黑谷)의 아이즈 번이 사쓰마 번과 싸움을 시작한댄다."
그런 소문이 민간인들 사이에까지 퍼져 성급한 사람은 가재도구를 수레에 싣고 시골 친척집으로 피난하는 소동까지 벌이고 있었다.
그 무렵 중립파 공경인 오기마치(王親町) 산조 사네나루(三條實愛)의 번저를 검은 지리멘 하오리를 걸친 의젓한 차림새의 한 사나이가 방문하고 있었다. 신센조 국장인 곤도 이사미였다. 곤도는 이미 반 사쓰마 정계의 거물로서 교토에서 그 지위를 굳히고 있었다.
사네나루는 그를 맞아들여 피차의 정보를 교환했다.
"요즈음 막부 관료들은 모두 조정을 원망하고 있습니다."
곤도가 말했다. 그것은 사실이었다.
"조정을 원망할 거야 없지 않나? 장군께서 스스로 정권을 반환하신 거야. 조정은 난처하지만 수리하지 않을 수 없다는 것이 실정이오."
"그것은 알고 있습니다. 그러나 사쓰마의 간계로 조슈의 죄를 사면하지 않았습니까?"
그것이 곤도 등 막신에게는 큰 문제점의 하나였다. 조슈는 오랫동안의 징벌이 용서되어 조정을 보좌할 공번(公藩)으로 부활했으며, 그 대군이 머지않아 공공연히 상경해 오리라는 소문도 있었다.
"그렇게 되면 천하는 어떻게 됩니까? 조정은 어떻게 됩니까? 지금까지 막부와 관련되었던 공경 제후는 모두 그 지위를 잃게 되고, 징계 처분을 받고 있던 산조 사네토미경 일파가 조정에서 실권을 쥐게 되지 않습니까?"
문자 그대로 혁명이 일어나는 것이다. 지금까지 막부 옹호파로 있던 공경들은 단두대 신세까지는 안 된다 해도 그에 가까운 처벌을 받게 되리라고 곤도는 위협을 했다.

"괘씸한 것은……."

곤도는 이름을 하나하나 나열했다.

"사쓰마의 고마쓰, 사이고, 오쿠보, 야인으로서는 사카모토 료마, 모든 일은 이 네 명이 획책한 짓입니다."

곤도는 이 네 명에 대해 신센조 조직의 전력을 기울여서 그 동정을 살피고 있었다. 물론 처치하기 위해서다.

료마의 경우는 그가 고치에서 오사카를 거쳐 교토에 들어왔을 때 이미 교토의 막부 옹호파 첨예 세력 사이에 전류처럼 그 소문이 퍼졌다.

"도사의 호협(豪俠)"

그들은 그런 관사를 료마의 이름 위에 붙이고 있었다.

"도사의 호협 사카모토 료마가 병력 5천을 거느리고 입경한다"는 것이 그 소문 내용이었다. 과장된 것이기는 했지만 아주 근거 없는 소문이라고도 할 수 없으리라. 곧바로 료마는 효고 앞바다에 해원대 기선 오테키마루를 무장시켜 대기토록 해두었고, 오사카의 상가 '사쓰만'에 해원대원을 집결시키고 있었기 때문이다.

다만 정작 입경한 것은 료마 자신과 몇 명에 지나지 않았지만.

어쨌든 대정봉환이 결정된 이틀 뒤인 17일, 사쓰마의 세 명물 고마쓰 다테와키와 사이고 다카모리, 오쿠보 도시미치 등은 일제히 여장을 갖추고 교토를 떠났다. 오사카를 거쳐 서쪽으로 간다.

그들은 쾌속 기선을 타고 조슈에 가서 교토 점령책을 타합한 다음, 다시 진수부로 가서 다섯 대신과 함께 가고시마로 돌아가 천하를 제압하기 위한 비책을 시마쓰 히사미쓰(島津久光)와 논의할 예정이었다. 용무는 바로 그것이다.

이 사실은 곧 교토 시중에 소문이 되어 퍼졌다. 사쓰마의 '간모(奸謀)'는 이미 공공연한 것이었다.

교토의 아이즈 번은 그 번저 내에 '교토 밀사 취급소'라는 특수한 방 하나를 가지고 있었다. 말하자면 정보부였다. 그 정보부에서 에도 번저 내의 같은 부국(部局)에 급하게 서신을 보냈다.

"17일, 사쓰마의 고마쓰 다테와키, 사이고 다카모리, 오쿠보 도시미치 등 세 명이 교토를 떠났다. 자세한 내막은 알 수 없지만, 보나마나 본국의 시마쓰 히사미쓰를 움직이고 진수부의 다섯 대신을 유인하며 조슈군을 교토에 끌어올리기 위한 것이리라."

교토 서민들의 소동도 이 세 사람이 교토를 떠나자 "당분간 전쟁은 없으리라"는 생각에 진정되었으며 아이즈의 정보부는 에도에 전하고 있다.

한편 사이고 등 세 사람이 교토를 떠난 바로 뒤, 신센조 대원 20명이 그 뒤를 쫓았다. 그러나 그들은 살해할 기회를 놓치고 헛되이 되돌아왔다.

료마는 어서 에치젠 후쿠이에 가야 한다는 생각을 하면서도, 눈앞의 바쁜 일로 아직 떠나지 못하고 있었다.

고마쓰, 사이고, 오쿠보 등 사쓰마의 요인들이 서행(西行)할 때도 료마는 자기 심복인 도다 우다와 나카지마 사쿠타로를 동행시켰다. 도다의 임무는 진수부에 가는 것이었으며, 나카지마의 임무는 나가사키로 가는 것이었다.

또한 료마는 공무를 띠고 고치로 급히 돌아가는 도사 번의 모치즈키 기요히라(望月淸平)를 통하여 모번(母藩)에 대한 경고를 전달케 했다. 번군을 상경시키도록 하라는 것과 도사의 근왕파 동지들을 대거 입경시키라는 두 가지였다.

같은 말을 되풀이하는 셈이지만 사이고 등이 떠난 것은 17일이다. 다음날인 18일, 자그마한 사건이 하나 일어났다.

이와쿠라 도모미의 교토의 본저택에서였다.

이날 이와쿠라는 교토의 저택에 있었다.

"오가키(大垣) 번사 이리야 마사나가(入谷昌長)"라는 명함을 내밀며, 돌연 이와쿠라를 방문한 자가 있었다. 급히 전할 말이 있다기에 이와쿠라가 경계하면서 그를 만났다.

"머지않아 중대 사태가 일어날지도 모릅니다."

그가 전하는 말이었다.

이리야의 말에 의하면 그의 번저에는 이다 고조(井田五藏)라는 사나이가 있다고 한다. 번의 프랑스 조련대장을 맡고 있으며, 서양식 육군 지휘관으로서는 꽤 알려진 인물이었다. 다만 그는 막부 옹호파였다. 그가 아이즈, 구와나 양번과 밀모하여 요인 부재중인 사쓰마 번저와 이와쿠라의 집을 습격, 그 소동을 이용하여 대궐에 침입함으로써, 천자를 오사카 성으로 옮겨 앉힐 계획을 진행시키고 있다는 것이다.

이와쿠라는 놀라서 이리야가 돌아간 다음 곧 무사 차림으로 꾸미고 밤길을 달려 시라카와 마을의 육원대 본부로 갔다. 나카오카에 대한 이와쿠라의 신임은 대단한 것이었다.

"나카오카, 어떡하지? 만일 그런 사태가 일어나면 지금까지 애써 온 일이 모두 수포로 돌아가지 않나?"

아무리 생각해도 현 단계에서 사쓰마 번은 인원 면으로 보아 패배할 것이 틀림없었다. 사쓰마의 증원 부대는 아직 조슈의 미다지리 항(三田尻港)에서 대기 중이며, 조슈군은 아직 도착하지 않았고, 사쓰마 본국군의 대거 상경도 고마쓰, 사이고, 오쿠보 등이 귀번하여 번주를 설득한 다음이 될 것이었다. 현재 교토에 있는 사쓰마병은 1천 명도 채 못 된다. 나카오카의 육원대를 합세시켜 봤자, 얼마 되지도 않는 것이었다.

아이즈, 구와나 양번의 병력은 2천500명 정도 됐으며, 오가키 번이 400명, 신센조가 400명, 순찰대가 150명이다. 이만한 대부대가 움직일 때는 사쓰마 번은 도저히 이길 가망이 없었다.

"어쨌든 시쓰마 번저에 가서 의논해 보기로 합시다."

나카오카는 이와쿠라를 데리고 밤거리로 나섰다.

사쓰마 번저에 닿았다.

고마쓰 등 세 명이 없는 동안은 요시이 고스케(吉井幸輔), 이치지 마사하루(伊知地正治) 두 사람이 번무를 맡아 보고 있었다. 그들은 이와쿠라를 깊숙한 방에 안내하고 남몰래 회의를 열었다.

결국 사쓰마병과 육원대 대원들은 일이 터지는 즉시 번저와 부대 건물을 버리고 대궐로 달려가 출입구를 지키며, 최후의 한 명이 쓰러질 때까지 천황을 빼앗기지 않도록 한다는 결론을 얻었다. 이미 이 단계에서는 천황쟁탈전이었다. 천황을 빼앗는 편이 관군이 되는 것이다. 장기의 장(將)과 같은 존재였다.

"승산은 있습니다."

사쓰마 번에서도 으뜸가는 군략가로 알려져 있는 이치지 마사하루는 믿음직한 말을 이와쿠라에게 했지만, 기실 승산 같은 것은 없었다. 대궐을 피로 물들일 각오를 굳혔을 뿐이다.

그러나 사실은 이 이리야의 정보가 아이즈, 구와나 양번의 모략이었다는 것이 나중에 밝혀졌다.

그들이 사쓰마를 치려고 했던 것은 사실이지만, 그런 정보를 흘리면 혈기에 날뛰는 사쓰마 사람들이 선제공격을 가해 오리라고 그들은 보았던 것이다. 아이즈, 구와나 양번은 먼저 공격케 하고 들이친다는 작전을 세우고, 이리야라는 사나이를 보냈던 것이었다.

료마는 다음날에야 이 사건을 알고, 사쓰마 본국군이 입경할 때까지는 모두 그들의 도발에 응하지 말라는 경고를 나카오카에게 했다.

료마는 아침 일찍 하숙에서 나와 여기저기 시중을 뛰어다니다가 밤늦게야 돌아오곤 했다.

"조심해야지."

사쓰마의 요시이 고스케 등은 심각한 얼굴로 하숙에서 나오라는 말을 했다. 하숙에서 나와 사쓰마 번저로 오라는 것이다.

도사 번 사람들도 한결같이 가와라 거리의 번저로 거처를 옮기는 것이 좋으리라는 충고를 했다.

"번저 같은 데서 어떻게 지낸단 말인가?"

그때마다 료마는 무시해 버렸다. 그래도 자꾸 권하자 말했다.

"제군은 아직 나라는 사람을 잘 모르는 모양이군. 난 밥사발을 베고 자는 사람이야."

모두 쓴웃음을 짓고 입을 다물었다. 과연 료마에게는 그런 소문이 붙어 다니고 있었다. 한번은 사쓰마 번저에서 잤는데, 아침이 되어 눈을 뜨자 음식 나르는 통에 밥을 넣어가지고 오게 하여 자리에 누운 채 그것을 먹었다. 먹고 나서 다소 잠이 모자랐던지 빈 밥사발을 엎어놓고 그 위에 머리를 올려놓았다. 사발 위에서 머리는 거북살스럽게 굴러다녔으나, 그래도 료마는 코를 골면서 자고 있었다.

그렇듯 제멋대로 살아온 생활이 규율 까다로운 번저에서 통할 까닭이 없다.

"한 가지가 만 가지, 난 모두 그런 식이야. 까다로운 번저에 어떻게 지낸단 말인가?"

"그 까다로움이 바로 귀형을 의적으로부터 지켜 주는 거요."

"그렇다면 난 차라리 죽는 게 좋네."

료마는 말했다.

물론 그도 신센조와 순찰대가 전력을 기울여 자기를 노리고 있다는 것을 알고 있었다.

"노릴 테면 노리라지."

그런 소리를 딴 사람에게도 하고 있었다. 료마의 말을 빌리면, 자기 목숨에 구애받는 녀석치고 변변한 녀석은 없다는 것이었다.

"죽는다는 것은 목숨을 하늘에 되바치고 높은 자리에 오르는 것임을 알고, 죽음을 두려워하지 말아라."

그런 어록을 수첩에 적어 놓고 료마는 자계(自戒)의 말로 삼고 있었다.

"세상에서 살려면 일을 해야 하느니라."

료마는 인생의 의의를 그렇게 잘라 생각하고 있었다. 어차피 죽는 목숨이다. 생사에 연연하지 않고 오로지 일만을 생각하며, 도중에 죽음이 닥쳐오게 되면 일을 추진시키던 자세 그대로 죽는다는 것이 료마의 지론이었다.

료마는 매일같이 거리를 바쁜 걸음으로 돌아다닌다. 그런 때는 한 순간도 죽음을 생각하지 않았다.

"그럴 수 있도록 스스로를 훈련시키고 있다."

료마는 늘 그런 말을 했다.

한번은 하숙에서 나와 도사 번저에 들렀다가, 그 길로 곧 니혼마쓰의 사쓰마 번저로 가려고 했을 때, 길모퉁이에서 십여 명 가량의 신센조 대원들과 맞부딪쳤다.

좁은 길이었다.

'료마가 아닌가?'

일제히 그런 생각을 하며 서로 눈짓을 해 가면서 기다리고 있자 료마가 다가왔다.

"도사 번의 사카모토님 아니시오?"

한 사람이 말을 건네자 료마는 걸음도 멈추지 않고 힐끗 거들떠보며 그냥 지나쳐 버렸.

오우미 길 273

"뭐야, 난 바쁘오."

그들은 어리둥절한 채 칼도 빼지 못하고 그 뒷모습을 바라보았다. 료마로서는 '난 지금 일을 보는 중이다' 하고 소리 지르고 싶었으리라. 어쩌면 단순히 상대방의 넋을 빼려는 속셈이었는지도 모른다.

17일 저녁 그로서는 드물게 일찍 오미야로 돌아와서 에도의 지바 주타로(千葉重太郎) 앞으로 편지를 썼다.

"교토가 재미있게 되어 가고 있네. 이리로 오게."

그런 내용이었다. 말미에 '사나코님에게도 안부 전해 주게'라고 덧붙이고 붓을 놓았을 때, 씨름꾼 도키치가 올라오더니 말했다.

"여자분이 만나 뵙고 싶다면서……."

찾아왔다고 한다. 나이는 조금 많은 것 같지만 대단한 미인이라고 했다. 료마는 고개를 갸우뚱했다.

찾아온 사람은 뜻밖에도 다즈라는 것을 알았다.

"이거 안 되겠는걸."

료마는 몹시 당황하여 툇마루에서 뛰어 내리자, 마침 가까이에 있던 오미야의 하녀에게 다즈를 안채 2층으로 안내하도록 하고 자신은 우물로 달려갔다.

"도키치, 이걸 좀 어떻게 해 봐라!"

요란스럽게 세수를 하며 상투를 가리킨다. 도키치는 빗을 가지고 나와 상투를 풀고 물을 묻혀 빗기기 시작했다.

빗겨 주면서도 도키치는 전에 없던 료마의 거동이 이상해서 견딜 수가 없었다. 보통 손님이 아닐 거라는 생각에, 어떤 분이냐고 물었다.

"뭐, 좀 까다로운 분이야."

료마는 한쪽 무릎을 땅에 꿇은 채 머리를 내맡기고 있기만 했다.

고수머리여서 잘 빗겨지지 않았다.
"그럼, 나리의 고운님이시군요?"
"아니야."
료마는 어울리지 않게 얼굴을 붉히며 말했다.
"남의 얼굴을 보면 귀찮게 잔소리만 퍼붓는 사람이야."
그러나 그 말은 하지 말았어야 했다. 다즈는 2층으로 올라가지 않고 료마 등 뒤에 와 있었던 것이다. 도키치는 뒤를 돌아보고 '아!' 하며 입을 다물었다.
다즈는 입술에 손가락을 대고 웃음을 머금은 채 다가오더니, 멍하니 있는 도키치의 손에서 빗을 받아들었다. 곧 료마의 머리를 쥐고 재치 있게 빗어 내리기 시작한다.
물론 료마는 빗질 솜씨가 달라진 것을 느끼고, 다즈가 뒤에 와 있음을 알아차렸다.
'도무지 이 여자한테는 못 당하겠는걸……'
어깨를 움츠렸으나 머리는 그냥 내맡겼다.
다즈는 이런 식으로 재회한 것이 무척 기쁜 듯 정성껏 머리를 빗겨 준 다음, 끈으로 붙잡아 매려고 바짝 죄어 쥐었다.
"아야야!"
료마는 비명을 질렀다. 다즈는 못 들은 체 하고 끈을 맨 뒤, 입을 갖다 대고 남은 끈을 송곳니로 물어 끊었다.
'뚝' 하고 작은 소리가 났다. 다즈가 즐겨 쓰는 향낭의 향기가 과거와의 시간의 공백을 한꺼번에 소멸시켰다.
"다즈 아가씨, 머리를 너무 죄어서 눈알이 매달리는 것 같소. 어떻게 좀 해 주시오."
"참아요. 나이가 그만하면 몸차림에 조심해야지, 남이 우습게 볼 것 아니에요?"

잠시 뒤 료마는 다즈를 2층 방으로 맞아들였다.
진수부의 산조 사네토미 밑에서 갑자기 상경해 온 까닭을 묻자, 교토의 정세를 알아가지고 진수부에 확실한 소식을 전하는 것과, 산조 집안의 가족들에게 사네토미의 근황을 알리기 위한 것이라고 했다.
교토에는 어젯밤에 도착했고, 산조 댁에서 여장을 풀자 곧 대정봉환이라는 사실과 조슈 번에 대한 사연, 다섯 대신의 징계 해제 등을 알았다고 한다.
"가슴을 꼭 움켜쥐어야 할 만큼 놀라고 있어요."
놀랐다는 것은 시국의 변동에 대해서이리라. 또 하나는 그런 변동을 가져오게 한 장본인이 료마인 것을 알고 놀랐을지도 모른다.
"료마님도 얕볼 사람이 아니더군요?"
그전처럼 료마를 놀려 댔다.
료마는 그런 놀림에 질색을 하면서도 이 산조경의 밀사에게 정확한 정세와 전망을 전해 주지 않으면 안 되었다.
하긴 불필요한 일이기는 했다. 진수부에 대해서는 다즈와 엇바뀌듯이 교토를 떠난 사이고 일행이 소식을 전할 것이고, 료마가 보낸 도다 우다가 보다 상세히 설명할 것이었다.
"나도 내일 아침 교토를 떠납니다."
료마는 에치젠까지 가야 한다는 말을 했다. 모든 일이 일단락 지어지면 정치에서 멀리 물러나 바다로 나갈 작정이라는 말도 했다.

다음날 아침, 료마는 짚신에 각반 등 여장을 갖추고 에치젠 후쿠이로 떠났다.
동행은 도키치다.
또 한 사람, 번의 감찰이며 도사 근왕당 이래의 동지인 오카모토 겐사부로(岡本健三郎)가 함께하고 있었다.

료마의 자격은 '도사 번 사자'라는 것이었다. 후쿠이에서 할 일은 두 가지가 있다. 번의 노대신 마쓰다이라 슌가쿠를 신정부에 참가시키는 것과, 료마가 기대를 걸고 새로운 일본의 재무담당관으로서 천거한 미쓰오카 하치로를 5년째 되는 금고에서 풀어주게 하여 교토로 데리고 올라오는 것이었다.

이 두 가지 일을 해 내려면 그 나름의 격식이 필요했다. 아무리 슌가쿠가 료마를 사랑하고 있다 해도, 대번의 영주가 한낱 료마의 말만 듣고 신정부의 중직을 맡고자 어슬렁거리고 교토까지 올라올 리는 없었다. 그 때문에 료마는 요도의 서한을 품속에 지니고 있었다.

에치젠으로 가기 위한 준비에 다소 시일이 걸렸던 것은 이 때문이었다. 료마는 고토 쇼지로를 설득하여, 쇼지로로 하여금 요도의 편지를 받아내게 했다. 이 편지 한 통을 나르기 위해 번선이 오사카와 고치간을 오고 갔다.

고토는 또한 료마에게 '도사 번 사자'라는 명의를 달아 주었다. 본디의 격식대로라면 이런 번의 연락관은 참정이나 총감찰관에게 위임될 성질의 것이었으나, 관직 없는 료마에게 그런 자격을 부여한 것은 만사 현실주의에 입각해서 처리하는 고토의 용단이었다.

번 사자에게는 감찰이 함께한다. 오카모토 겐사부로가 그 역할을 맡고 있었다. 감찰의 동행은 3백 년간 막번 체제의 관습이라고 할 수 있었다. 이를테면 만엔(萬延) 원년에 미일통상조약의 비준 교환을 위해 간린마루(咸臨丸)로 미국에 파견된 일본 정부 사절은 정사가 신미 마사오키(新見正興), 부사가 무라가키 노리마사(村垣範正), 그리고 감찰은 오구리 다다마사(小栗忠順)였다. 그들이 미국에 도착하자 현지의 신문은 이런 기사를 냈다.

오우미 길 277

'감찰이란 스파이를 말한다. 일본 정부는 스파이를 동행시켰다.'

미국인들로서는 이처럼 이해하기 어려운 관습도 또 없었으리라.

이 관습의 역사는 멀리 겐페이(源平) 시대에까지 거슬러 올라갈 수 있다. 미나모토 요리도모(源賴朝)가 요시쓰네(義經)를 헤이케(平家) 토벌의 사령관으로 임명했을 때, 동시에 군 감찰로서 가지와라 가게도키(梶原景時)를 임명했다. 이 두 사람이 전장에서 대립한 것이 요시쓰네 비극의 국제 요소의 하나가 되었음은 주지의 사실이다. 그 뒤 세키가하라(關原) 대전 때, 이에야스는 선발대의 감찰로서 혼다 다다가쓰(本多忠勝)와 이이 나오마사(井伊直政)를 명한 일이 있다.

그런 것이 관례화한 것이었다. 유명무실이기는 했지만 감찰이 동행한다고 하면 사자의 법적 자격이 정식적인 것이 되는 것이다.

"나한테 감찰을 붙여주시오."

료마가 준비 중에 고토에게 부탁한 것은 사자로서 정식 조건을 갖추고 싶었기 때문이었다. 말하자면 오카모토 겐사부로는 예복과 같은 의례적인 장식품으로 따라가는 셈이었다.

새벽에 교토를 떠나 오미 구사쓰(草津)에 다다르자 정오가 지났다. 여기서 점심을 먹었다.

잠시 휴식한 뒤, 다시 걷기 시작했다. 료마의 걸음이 하도 빨라 몸집이 작아 잽싼 편인 오카모토도, 뚱뚱한 도키치도 제대로 따라갈 수가 없었다.

"좀 더 천천히 걸어 주시오."

오카모토는 가까스로 쫓아가서 부탁했으나 료마는 걸음을 늦추지 않았다.

"서둘러야 해, 서둘러야!"

료마는 노래하듯이 말했다. 교토의 정세가 료마의 걸음을 서두르게 하고 있었다. 부풀려서 말한다면 역사가 료마의 걸음을 재촉하고 있다 해도 좋으리라.

"이 일이 내 마지막 일이 될 거야."

료마는 오미 후지(富士)라는 다른 이름이 있는 미카미 산(三上山)을 전방에서 바라보면서 말했다. 이 일을 끝내고 나머지는 사이고, 오쿠보, 가쓰라, 미쓰오카 등에게 맡긴 다음, 자신은 바다로 돌아가는 것이 지금의 료마에게는 유일한 소원이었다.

하늘은 맑았다.

료마는 간다.

오카모토와 도키치는 처지면 달리고, 처지면 달리고 하면서 호수를 낀 들녘을 걸어갔다.

에치젠 후쿠이는 마쓰다이라(松平) 32만 석의 성밑거리이다. 아스와 강(足羽川)을 건너 북쪽으로 가자 성이 눈앞에 우뚝 솟고 인가가 밀접해 있었다. 번화가는 오사카를 떠오르게 했다.

이 에치젠 마쓰다이라 가문은 슌가쿠(春嶽)의 대에 이르러 번의 재정 방침이 뚜렷한 개성을 보여 주었다. 과거의 미곡 수확을 기본으로 하는 방식이 수정되어, 이를테면 유럽에서 네덜란드가 그렇듯이 무역과 상공업이 번 재정의 기본이 되어 가고 있는 것이다.

슌가쿠의 선각자적 정치안에 의한 것이리라. 이를테면 슌가쿠는 히고 구마모토(熊本)의 요코이 쇼난(橫井小楠)을 초빙해다가 번의 경제 관리를 육성하기도 하고, 가쓰 가이슈를 통해서 해외 사정을 듣기도 했다. 또한 요코이나 가쓰의 사랑을 받고 있는 료마를 슌가쿠도 사랑했으며, 료마의 '회사 이론'에 찬동하여 고베(神戶) 해군 학교에 5천 냥을 출자해 주기도 하고 나가사키의 가메야마 동문을 돕기도 했다.

이 때문에 후쿠이는 대번의 성밑거리 특유의 한적함은 없었고 시끄러울 만큼 활기를 띠고 있었다.
 료마는 분큐 3년에 왔을 때 투숙했던 야마초 거리(山町)의 여관 다바코야(煙草屋)로 들어갔다.
 오카모토 겐사부로를 번청에 보내서 용건을 전하게 했다.
 슌가쿠는 곧 알현을 허락한다고 했다.
 "잠깐, 예복과 하카마를 좀 빌려다 줄 수 없겠나?"
 료마는 하녀에게 부탁했다. 도사 번의 사자라는 명목인 이상, 그런 것으로 예장을 갖추지 않을 수 없었던 것이다.
 하녀는 이웃에 있는 정장(町長)댁으로 달려가서 그것을 빌려다 주었다.
 "문장이 도사의 것이 아닌데 괜찮습니까?"
 하녀가 말했으나 료마는 전혀 개의치 않았다. 다만 입고 나서 한숨을 쉬었다.
 "생전 처음 이런 걸 입었는걸."
 부채는 여관에서 빌렸다. 이윽고 번청에서 사람이 나오자 료마는 그를 따라 나섰다.
 성안에서 슌가쿠를 알현했다.
 슌가쿠는 료마의 예복 차림을 보자 '헛헛헛!' 새가 우짖는 것같이 웃었다. 어지간히 유별나고 특이한 모습으로 비쳤던 모양이다.
 "자네는 그런 옷을 입고 오지 않아도 괜찮을걸 그랬어."
 그런 말을 해 주었다.
 료마는 웃지 않았다. 정색을 하고 교토의 새로운 정세를 설명하기 시작했다. 오른쪽에 중신 나카네 유키에(中根雪江)가 앉아 있고 왼쪽에는 서기가 앉아서 료마의 말을 빠르게 적고 있다. 료마는 한문투를 별로 쓰지 않고 속어나 비유를 연이어 드는 버릇이 있으므로,

들으면서 슌가쿠는 예의 새 울음 같은 소리로 웃곤 했다.

이윽고 나카네 유키에의 질문이 있었다. 료마는 그에 대답하며 될 수 있는 대로 자세히 정세를 설명하고 그것을 분석하곤 했다. 또한 에지젠 후쿠이 번이 앞으로 취할 길을 시사했다.

이어서 미쓰오카 하치로를 신정부에서 바란다는 말을 하자, 슌가쿠는 이맛살을 찌푸렸다.

"그자는 번의 죄인이야."

이토록 이해력이 있는 슌가쿠마저, 미쓰오카의 과격 근왕주의만은 달갑게 여기지 않고 있는 것이다. 도사 번의 야마노우치 요도와 마찬가지로 영주는 선뜻 혁명에 가담하지 못하는 이유가 여기에 있으리라. 사쓰마의 시마쓰 히사미쓰마저, 사이고나 오쿠보에 의해 교묘히 조종되면서도 근본은 보수적이어서 막부 옹호 경향을 완전히 벗지 못하고 있는 것이다.

"그러나 미쓰오카 하치로는 신정부의 죄인은 아니지 않습니까?"

료마는 말했다.

슌가쿠는 할 수 없이 미쓰오카를 방면할 결심을 했으나, 그 절차가 끝나자면 며칠은 더 걸릴 것이었다.

그러나 료마는 바빴다. 내일이라도 미쓰오카와 만나고 싶었다.

"할 수 없다. 우선 미쓰오카를 내일 하루만 내놓아 주어라."

슌가쿠는 나카네 유키에에게 분부했다.

료마는 모든 일을 원만히 끝내고 물러나왔다.

미쓰오카 하치로의 집은 성밑 게야 거리(毛矢町)에 있었다.

폐문(閉門)이라는 형을 받고 있는 중이어서 대문에는 못질이 되어 있었고 창문 역시 널빤지를 대고 못이 쳐져 있었다. 물론 외부와의 교섭은 일체 금지되어 있다.

그런데 이날 밤 번청 관원이 찾아오더니 한 통의 서면을 들이밀었다.
"이번에 사카모토 료마가 찾아와 나랏일로 미쓰오카 하치로를 면회하고 싶다는 요청을 했다. 승낙 여부를 대답하라."
이러한 짤막한 내용이다. 미쓰오카는 그것을 보자 환성을 지르고 싶은 심정이었다. 폐문의 형을 받고 있는 몸이기는 했지만 교토의 정세 변동은 어렴풋이 듣고 있었는데, 확실히 알 수 없어 설마하는 의문을 가지고 있었다. 그런 때에 료마가 나타난 것이다. 뿐만 아니라 번청에서 료마에게 편의를 제공하고 있는 정도라면 틀림없이 교토에는 근왕 정부가 수립되었다고 봐야만 했다.
다음날 아침, 미쓰오카는 새벽에 일어나 목욕을 하고 머리도 만졌다. 아침 7시쯤 관원 두 명이 나타났다. 죄인의 몸이라 관원 동행이 아니면 료마를 만날 수 없는 것이다. 이 관원은 번의 고급관리라고도 할 수 있는 사람인 마쓰다이라 겐타로(松平源太郎)와 감찰관 데부치 덴노조(出淵傳之丞)였다.
"직책상 함께 간다."
그들은 무뚝뚝하게 말하고, 미쓰오카를 데리고 나섰다. 햇수로 5년 동안 집 근처의 경치마저 본 일이 없는 미쓰오카로서는 저도 모르게 내달리고 싶도록 외출 그 자체가 환희였다.
오전 8시가 조금 못돼서 다바코야 앞까지 왔을 때, 미쓰오카는 더 참지 못하고 2층에 대고 크게 소리쳤다.
"료마!"
그 소리의 메아리처럼 료마는 2층에서 얼굴을 내밀더니
"여어, 미쓰오카! 할 말이 산더미처럼 쌓여 있네!"
이렇게 소리치며 내려다본다.
미쓰오카는 메이지 시대에 들어가 유리 기미마사(由利公正)로 이름을 고치고, 여러 관직을 두루 맡은 뒤 자작이 되었다가 메이지 42년에 여든 살로 죽었다. 그는 평생을 두고 이때의 감격을 되풀이해서 말하곤 했다.

2층에서 몸을 내밀고 있는 료마의 그 환한 표정과 들뜬 목소리로, 그는 일순 대사가 이루어졌음을 알아차렸다.

"난 죄인이라 입회인 동행이야!"

"좋다, 입회인도 같이 올라오라고 해! 오늘부터 다 같은 일본인이니까!"

료마는 지나치게 들뜬 탓인지 주정뱅이 같은 소리를 했다. 스스로도 그것을 알아차리자 낄낄거리고 웃었다. 오랜 암흑시대를 거쳐 오다가 비로소 태양을 본 기쁨을, 료마는 이 순간처럼 격렬히 느낀 일은 또 없었으리라.

물론 죄인의 몸인 미쓰오카의 감격은 그 이상의 것이었지만.

어쨌든 그는 올라왔다.

"불 쬐게."

료마는 미쓰오카와 마주 앉았다. 두 관원과 오카모토 겐사부로는 직책상 방 한 구석에 무릎을 나란히 하고 꿇어 앉아 있다.

료마는 지껄이기 시작했다. 먼저 대정봉환에 이르기까지의 정세, 봉환 전후의 막부와 각 번의 움직임, 이어서 봉환 뒤 오늘에 이르기까지의 대강을 두 시간 동안 들려주었다.

료마는 목이 마르면 연거푸 물을 마시고, 마시고 나면 또 지껄였다.

다음에는 미쓰오카가 묻기 시작했다.

"그래, 앞으로의 계획은 어떤가?"

"그게 아직 결정을 못 봤어. 하지만 우선 전쟁만은 안할 작정이다."

"전쟁에는 상대방이 있는 거야. 이쪽에서 하고 싶지 않더라도 저쪽에서 걸어오면 어떡할 수 없지 않나? 그때는 달아날 건가?"
"그럴 수야 없지. 하지만……."
료마가 돈도 군대도 없는 신정부의 현실을 털어놓자, 미쓰오카는 그에 응하여 자신의 재정책 일단을 피력했다.
료마는 무릎을 치며 기쁜 듯이 외쳤다.
"모두 말해 봐!"
이때 료마가 한 말은 미쓰오카의 기억에 의하면 이러했다.
"자네가 그런 말을 할 줄 알고 일부러 찾아온 거다. 자, 모두 말해 봐!"

미쓰오카 하치로란 인물은 기묘한 두뇌의 소유자였다. 국가 경제를 마치 손바닥을 뒤집듯 논하는가 하면, 아궁이를 개량하기도 한다.
유폐생활 중이라 하도 심심하여 그런 연구를 한 끝에 만들어 낸 것이었다. 종래의 아궁이보다 훨씬 연료를 아낄 수 있을뿐더러 화력도 강했다. 그가 발명한 아궁이는 쇼와 10년에 이르기까지 '미쓰오카 아궁이'라고 불리며 후쿠이 현(福井懸) 일대에서 쓰였다.
그는 료마에게 신정부 재정의 기본적인 방침은 이래야 한다고 주장하며, 그 기술적인 문제의 하나로서 금찰(金札)의 발행을 들었다.
태환 지폐를 말한 것이다. 신정부에는 신용이 없으므로 교토와 오사카의 부호들을 설득하여 그들을 발행주로 해서 그 신용과 재력을 빌린다면, 순식간에 1천만 냥쯤 돈을 만들어 낼 수 있다고 미쓰오카는 말하는 것이다.
"그러기 위해서는 천자님의 위엄과 권위가 무엇보다도 필요하네.

천자님이야말로 일본의 군주라는 것을 천하 만민에게 알릴 연구를 할 필요가 있어."

후일 미쓰오카 하치로는 그 말대로 활약했다. 도바, 후시미의 포연이 걷히자 그는 오사카로 가서 고노이케 젠에몬(鴻池善右衛門) 이하 15명의 부호를 모아 그들을 신정부의 재정관계 담당계원으로 임명하고, 또한 오사카의 유지급 상인 650명을 모아서 그들에게 정부에서 쓸 자금 조달을 명했다.

이 신정부의 차입금은 막부시대에 상인, 농민들로부터 거둬들인 돈과는 달라서 나중에 모두 갚기로 했고, 이자도 붙여주기로 했다. 내놓은 돈에 따라서 태정관(내각) 명의의 증서도 주었다. 이 때문에 인심도 안정되었고, 태정관찰(太政官札)을 발행한 덕분에 무(無)에서 발족한 신정부에 기금도 만들어졌다. 그 기금은 동쪽 정벌을 위한 군자금으로도 쓰여졌다.

그 모두는 이때 다바코야 2층에서 기본 계획이 마련되었다고 해도 좋았다.

료마와의 대담은 아침 8시에서 밤 9시까지 이어졌다.

도중 미쓰오카가 자리에서 일어난 것은 아래층에 있는 변소에 내려갔을 때뿐이었다.

미쓰오카를 감시하고 있는 관원 마쓰다이라 겐타로와 데부치 덴노조도 변소까지 같이 따라간다.

번의 검찰관 데부치는 변소 앞에서 뼈마디가 굵직굵직한 미쓰오카의 어깨를 두드리며 큰 소리로 웃었다.

"괘씸한 사람 같으니! 번의 감찰을 입회시키고 모반 의논을 하는 법이 어디 있나?"

사실은 마쓰다이라도 데부치도 이날까지는 막부 옹호파였으나, 회담 내용이 하도 엄청난 것에 기겁을 하고, 시대의 변화도 알게 됐으며, 한편으로는 죄인 미쓰오카가 이토록 훌륭한 인물이었나 하는 것에 그저 당황할 뿐이었다.

특히 마쓰다이라 겐타로는 료마에게 크게 감복하여 말했다.

"귀하를 스승으로 모시고 싶습니다."

그런 말까지 했다. 료마는 쓴웃음을 지으며 거절했다.

"나는 한낱 뱃사람이오. 천하에 관한 일은 모두 귀번의 이 미쓰오카씨를 따르도록 하시오."

그러나 이 고지식한 사나이는 료마의 그런 표현을 받아들이지 못하고, 거듭 간곡히 부탁했다.

마쓰다이라는 이 하룻밤의 인연으로 신정부와 관계를 맺어 뒷날 유신 정부에 등용되었으며, 미야기(宮城) 구마모도(態本) 지사를 지내고 만년에는 추밀(樞密) 고문이 되었다. 유신 뒤에는 마사나오(正直)라고 이름을 고치고 남작이 되었다.

밤이 깊어 마침내 미쓰오카가 돌아가려고 하자 료마는 몹시 섭섭한 눈치를 보이더니, 품속에서 편지 같은 것을 꺼냈다.

"뭔가?"

미쓰오카가 받아 보니 료마의 사진이었다.

"사진이야. 앞으로 무슨 일이 있을지 모르네. 만약의 경우에는 내 유품으로 생각해 주게."

료마는 말했다.

"그래?"

미쓰오카는 중얼거리며 료마의 얼굴을 바라보았다. 료마는 전에 없이 깊숙이 스며드는 것 같은 미소를 그 눈 밑에 새기고 있었다. 미쓰오카는 문득 현기증을 느끼며, 어쩐지 별세계의 인간과 마주 앉아 있는 것 같은 야릇한 느낌을 감추지 못했다.

다음날 아침, 료마는 교토로 떠났다.

미쓰오카에게는 료마의 사진 한 장과 새로운 운명의 씨만이 남겨졌다.

료마는 5일에 교토로 돌아와 6일에 이와쿠라 도모미를 방문하고, 미쓰오카를 신정부 참의로 발탁한다는 임명장을 에치젠 번으로 보내 달라는 의뢰를 했다.

이와쿠라는 곧 임명장을 써서, 에치젠 번 교토 주재소를 통하여 본국까지 급사를 시켜 보내게 했다.

그러나 에치젠의 막부 옹호파 중신들은 신정부 수립을 환영하고 있지 않아, 그 임명장을 일부러 미쓰오카에게는 보이지 않고 한 달쯤이나 모른 체했다. 그 때문에 신정부는 다섯 차례에 걸쳐 에치젠에 독촉을 했으며, 할 수 없이 번은 미쓰오카에게 그 임명장을 주었다. 그런 약간의 말썽은 있었지만, 미쓰오카의 운명은 그로써 확정된 것이었다.

기묘한 이야기가 있다.

료마가 후쿠이를 떠난 지 열흘쯤 지났을 때, 미쓰오카는 번의 중신 오카베 분고(岡部豊後)의 초청을 받았다.

"폐문중이기는 하지만 내 별장에 와서 소견을 말해 보도록 하여라."

번 수뇌로서는 새 정세의 행방을 살피기 위해서 번의 정치범 미쓰오카를 통해서 알아보는 수밖에 방법이 없다고 생각했던 것이리라.

미쓰오카는 그 소환을 기뻐했다. 이 기회에 중신들을 계몽하리라 생각하며 저녁 무렵 집을 나섰다. 나서다가 그는

'참, 료마의 사진을 잊었구나.'

이런 생각이 미쳐 집으로 다시 들어갔다. 그즈음 미쓰오카는 료마의 사진을 무슨 부적처럼 몸에 지니고 다녔다. 사진을 넣으려고 일

부러 비단 헝겊으로 주머니까지 만들었다. 그것을 품속에 넣고 오카베 분고의 별장으로 찾아갔다.
　오카베는 이 정치범을 위해 술상을 갖추어 놓고 기다리고 있었다. 미쓰오카는 료마를 통해서 들은 여러 정세를 전하고, 료마의 새 국가에 대한 이상을 설명한 다음 나아가서는 앞으로 에치젠 번이 취해야 할 길을 말했다.
　밤이 깊어서야 그는 돌아오고 있었다.
　미쓰오카는 하인에게 불을 밝히게 하여 길을 서둘렀다. 이윽고 아스와 강(足羽川) 다리에 이르렀다.
　다리를 건너서 둑으로 빠졌을 때, 지금까지 고요했던 천지에서 돌연 우렁찬 소리가 들려왔다.
　"무슨 소리냐!"
　평소에 겁을 모르던 미쓰오카가 외치듯이 하인에게 말했을 정도였다. 하인은 허리를 구부리고 옷소매로 초롱불을 가리면서 대답했다.
　"바람입니다요."
　과연 허공에 바람 소리가 일고 있었다. 맑은 밤하늘에 이상하다고 하지 않을 수 없었다. 중천에는 보름달이 휘영청 걸려 있고 구름 한 점 없는 것이다.
　"바람일 리가 있나?"
　"아닙니다, 바람입니다요."
　하인은 중얼거리면서 열심히 초롱불을 가리고 있다. 딴은 그 모습을 보면 바람인 것 같기도 했다. 그 직후 미쓰오카는 바람 속에 있었다. 일진의 돌풍이 둑을 휩쓸며 미쓰오카의 머리, 옷, 소매, 하카마를 휘날리었다. 하인이 든 초롱불도 꺼져 버렸다. 미쓰오카는 돌풍을 견디어 내려고 발끝에 힘을 주었다. 짚신 끈이 끊어지는 바람에 비틀거렸다.

바람은 지나갔다.

지나가자 거짓말처럼 다시 고요해지고 달은 중천에 그대로 걸려 있었다.

그러나 미쓰오카의 몸에는 까닭모를 전율이 남아 있었다. 다음 순간 미쓰오카는 외쳤다.

"불을 켜라."

"왜 그러십니까?"

"물건을 떨어뜨렸어!"

모두 없었다. 지갑은 물론, 그토록 소중히 지니고 다니던 료마의 사진도 없었다. 약 한 시간쯤, 미쓰오카는 둑 위를 샅샅이 찾아봤으나 사진은 끝내 발견되지 않았다.

미쓰오카는 할 수 없이 집으로 돌아왔다.

그리고 이틀 뒤, 료마가 나카오카 신타로와 더불어 교토의 숙소에서 죽었다는 소식이 미쓰오카에게 전해졌다. 그날 밤 거의 같은 시각에 료마의 넋은 하늘로 날아 올라간 것이다.

교토로 돌아온 료마는 나날이 매우 바빴다. 그런데 13일 한낮 무렵, 검은 지리멘의 하오리를 입은 의젓한 차림의 무사가 흰 부채를 들고 방문했다.

"이토 가시타로(伊東甲子太郞)라는 사람이다."

방문객은 하인 도키치에게 그 이름을 밝혔다.

도키치는 그 이름을 듣고 놀랐다. 이토라고 하면 신센조의 참모였던 사나이이고, 신센조에 대한 세간의 평에 관계없이 고명한 인물로 널리 알려져 있었다.

본디 에도의 후카가와(深川) 사가 거리(佐賀町)에서 제자들을 두고 있던 검술 도장의 사범으로, 호쿠신잇도류(北辰一刀流)의 명인일 뿐 아니라 국학에 대한 소양도 깊었다. 신센조의 곤도 이사미의 간청으로 겐지(元治) 원년 말에 많은 제자들과 친구를 거느리고 가맹하여 참모가 되었다.

그는 만 2년 반 동안 신센조의 부총재격으로 있었으나, 시대의 변천을 기민하게 알아차리고 지난 게이오 3년 3월에 탈퇴했다. 그냥 탈퇴한 것이 아니라 많은 대원들을 유인하여 집단 탈퇴를 하는 형식을 취했다. 즉각 능(陵) 경비장이라는 직명을 조정으로부터 받고 능관(陵官) 도다 다다유키(戶田忠至)의 휘하에 들어가, 지금은 히가시 산(東山) 고다이 사(高臺寺)의 겟신 원(月眞院)을 빌려 그곳에 머물고 있었다. 경비 일체는 몰래 사쓰마 번에서 나오고 있었으므로 명목은 어찌 되었던 사실상 막부 타도 단체이며, 신센조의 눈으로 보면 배신자였다.

"무슨 일인지 들어오라고 해라."

마침 와 있던 나카오카 신타로가 말했다.

이윽고 이토가 들어왔다. 혼자만이 아니었다. 한때는 신센조에서 그 검명을 떨친 바 있는 도도 헤이스케(藤堂平助)가 지금은 이토의 부하가 되어 이 자리에 함께하고 있었다. 이토도 도도도 호쿠신잇도류 지바 도장 출신이라, 료마와는 동창 관계가 있었다.

"한마디 충고 말씀을 드리려고 왔소."

이토는 그 하얀 얼굴을 들었다.

"모처에서 분명히 확인한 바에 의하면 신센조가 전력을 다해 귀하를 노리고 있다고 하오. 곧바로 도사 번저로 옮기시는 것이 좋을 거요."

용건은 그것뿐이었다. 이토는 같은 계통 출신이라 그 말은 충분히 믿을 만했다.

이토가 일부러 그런 정보를 가지고 찾아 온 것은 단순한 친절에서만은 아니었으리라. 근왕파로 변절한 그로서는 교토에서의 근왕파의 거물인 료마와 나카오카의 환심을 사 두고 싶었던 것이 틀림없었다.

"친절한 밀씀 감사하오."

나카오카는 정중히 머리를 숙였다.

그러나 뜻밖에도 료마는 고개 하나 까딱하지 않고 외면한 채 잠자코 있었다.

"료마, 모처럼 와서 일러 주시는데 태도가 그게 뭔가?"

나카오카는 보다 못해 옷소매를 끌어당겼다. 료마는 쓰디쓴 표정을 지은 채 건성으로 끄덕였다.

'무슨 수작이냐!'

료마는 속으로 욕설을 퍼붓고 싶었다. 불과 몇 달 전까지만 해도 닥치는 대로 근왕지사들을 베어 버리던 그들이, 상황이 바뀌었다고 보자 사쓰마 번이 인원 부족으로 고민하는 틈을 타 이쪽으로 붙어 온 것이다. 그런 사나이를 료마는 보는 것조차 싫었다.

이토는 우물쭈물하다가 물러가 버렸다.

료마가 죽기 이틀 전의 일이다.

"번저로 옮길까?"

나카오카는 이토가 사라지고 나서 말했으나 료마는 묵살했다. 이토의 충고를 듣고 허둥지둥 번저를 옮긴다는 것은 료마의 체면이 허락하지 않았다. 료마는 이상할 만큼 고집을 부렸다.

"죽고 사는 것은 천명이다. 그저 그뿐이야."

과연 천명이었다.

료마에게 충고를 했고, 그것이 적중하여 료마가 이 세상에서 사라졌음을 나중에 전해들은 이토는 "그러니 내 뭐랬느냐 말이다" 하고 남들더러 투덜거렸다지만, 그 이토 가시타로 자신도, 며칠 뒤인 11

월 18일, 교토 아부라고오지(油小路)에서 신센조의 집단 습격을 받고 난투 끝에 목숨을 잃고 말았다. 충고자인 이토 가시타로도 며칠 뒤에 닥쳐 올 자신의 운명에 대해서는 전혀 몰랐던 것이다.
  막부 옹호파의 광기는 대정봉환 뒤 거의 정점에 이르렀다.

  이 긴 이야기도 이제 마무리할 때가 되었다.
  사람은 죽는 것.
  료마도 죽지 않으면 안 된다.
  그 죽음의 원인이 무엇이었던가는 이 소설의 주제와는 아무 관계도 없다. 필자는 이 소설을 구상함에 있어, 일을 해 내는 인간의 조건이라는 것을 생각해 보려고 했다. 그것을 사카모토 료마라는, 시골 태생에 지위도 학문도 없고 다만 한 조각 뜻만을 가지고 있던 젊은이에게서 구해 봤다.
  그 주제는 이제 끝났다.
  그의 죽음을 자세히 기록한다는 것은 이미 주제와는 관계없는 일이다.
  료마는 암살되었다.
  암살이란 이를테면 교통사고와 조금도 다를 바 없다. 사고와 정열이 변형된 암살자라는 정치적 백치들에 관한 얘기를 아무리 자세히 써 봤자, 료마의 사상과는 아무 관련도 없는 것이다. 그 때문에 이 소설에서는 그들의 칼날 번뜩임만을 잠깐 건드리는 데 그치려고 한다.
  그러나 필자에게는 이 소설을 써 온 열기가 남아 있다. 그 여열을 식히기 위해 후기 가운데서 그들 문제를 다루어 보려고 한다.
  료마와 나카오카 신타로가 습격을 받은 날은 게이오 3년(1876년) 11월 15일 밤이었다.

나카오카에게는 이날 뜻하지 않은 용무가 생겼다.

실은 지난 9월 12일, 신센조 36명과 도사 번의 지사 8명이 산조 대교의 방문 게시장 부근에서 난투를 벌인 일이 있었다.

도사인들 가운데 즉사한 자는 없었다. 안도 겐지라는 자는 빈사 상태에 가까운 중상을 입었으나 가까스로 가와라 거리의 번저까지 돌아와, 재기할 수 없음을 깨닫고 문전에서 할복하고 말았다. 다른 다섯 명도 중상을 입기는 했으나 겨우 피해 나올 수 있었다.

미야가와 스케고로라는 청년만이 산조 남쪽 한길에서 몇 차례인가 칼을 맞고 쓰러져 실신한 채 포박되었다.

그 뒤, 교토 서부 행정관 다키가와 하리마노카미(瀧川播磨守)에게 인도되어 옥사에 매이는 몸이 되었다. 상처는 치명상이 아니었다.

미야가와는 상급 무사 출신이었지만 일찍부터 근왕파들과 어울려 다니고, 교토에 온 뒤에도 혈기를 주체 못하고 난폭한 짓을 많이 했다.

이 난투극의 원인은 산조 대교의 방문 게시장에 게시되어 있는 "조슈인을 숨겨 주지 말 것"을 경고한 방문을 떼어 버리려고 했던 것으로, 그것을 미리 탐지하고 있던 신센조에 의해서 포위 공격을 받은 것이었다.

교토 수호직 아이즈 번주 마쓰다이라 가다모리는 미야가와의 신분을 중시하여 번사 스와 쓰네키치(諏訪常吉)로 하여금 도사 번과 담판케 했다.

응대한 도사 번 측 인물은 번저 주재관인 나카무라 데이스케(中村禎助)였다. 데이스케는 막부 옹호파여서 아이즈 번에 대해 백배 사과했다.

아이즈 번은 양해하고 미야가와를 도사 번에 넘기려고 했으나 막부의 수석 집정 이다쿠라 가쓰기요가 그에 대해 반대했으므로, 미야가와는 계속 옥중에 묶여 있었다.

옥중에서 그는 수차례 걸쳐 죽음을 원했다. 그 떳떳한 태도가 아이즈 번 측에 호감을 주어, 다시 스와 쓰네키치가 도사 번저를 방문하여 제의했다.

"귀번에서 맡으시겠다면 그를 넘겨 드리겠습니다."

응대한 후쿠오카 도지는 혼자서 결정을 내리기 어려워, 시라카와 마을에 둔영하고 있는 나카오카에게 편지를 보내서 의논했다.

"번으로서는 맡을 수 없으니, 육원대에서 맡아 주시면 고맙겠습니다."

나카오카는 그 편지를 읽자 곧 시라카와 마을을 나서서 가와라 거리의 번저를 방문했으나, 마침 후쿠오카는 없었다.

'료마한테나 가 볼까?'

그렇게 생각하고 걸음을 돌렸다. 이것이 나카오카의 죽음을 가져오는 결과가 됐다.

료마는 있었다.

마침 료마는 며칠 전부터 감기에 걸려, 이날은 특히 열이 높아서 광으로 내려가 누워 있었다. 광에서 그냥 나카오카를 맞이했던들 아무 일 없었으리라.

"광 속은 답답하니 안채로 가자."

그렇게 말하고 나카오카를 안채 2층에서 기다리게 했다.

이날 날씨는 찼다.

료마는 풀솜 동옷 위에다 외제 솜으로 만든 솜옷을 덧입고, 그 위에다 검은 하부다에 하오리까지 걸친 차림으로 2층 깊숙한 방으로 갔다.

2층에는 방이 넷 있었다. 제일 안쪽 방인 팔조방에서 나카오카와 마주 앉았다.

"열 때문에 현기증이 날 정도야."

그렇게 말하면서 나카오카의 말을 들었다. 미야가와의 처리에 관한 의논이 끝나자, 신정부의 정부조직에 대한 의논을 했다.

씨름꾼 도키치는 두 방을 사이에 둔 건넌방에서 부업으로 이쑤시개를 깎고 있었다.

이윽고 날이 어두워져, 도키치는 료마의 방으로 등잔에 불을 켜러 갔다.

그때 오카모토 겐사부로가 놀러 와 두 사람의 이야기를 들으려고 했다. 거의 동시에 기쿠야(菊屋)의 미네키치 소년이 나타났다. 미네키치는 나카오카의 심부름으로 사쓰마 번저에 갔다가, 그 회답을 받아 가지고 온 것이었다.

"미네키치, 배가 고픈걸."

료마는 미네키치를 돌아다보며, 닭을 사오라고 했다.

미네키치는 시원스레 대답을 하고 일어났다. 그러자 오카모토 겐사부로도 돌아가려고 했다.

"어디로 가나? 또 가메다야(龜田屋)인가?"

료마가 놀리자 오카모토는 얼굴이 붉어졌다. 가메다야란 가와라 거리에 있는 육신환(六神丸)을 파는 약국으로, 오다카(高)라는 소문난 미인이 있었다. 오카모토는 요즈음 그 오다카와 서로 사랑하는 사이였다.

"아닙니다."

그렇게 대답하고, 오카모토는 미네키치와 함께 밖으로 나왔다. 미네키치는 시조(四條) 작은 다리께에 있는 '도리신(島新)'으로 달려가서 닭요리를 주문했다. 30분쯤 기다려야만 했다.

그동안에 운명은 진행되고 있었다. 여러 명의 무사가 오미야 처마 밑에 모여 섰다. 밤 9시가 조금 지난 무렵이었다.

자객들이었다. 이 자객들의 이름은 유신 뒤의 철저한 조사로 대강 판명이 되었는데, 막부의 순찰대 대장인 사사키 다다사부로(佐佐木唯三郞)가 지휘하는 6명이었다.

사사키는 혼자서 봉당으로 들어가 2층에 대고 큰 소리로 사람을 불렀다.

2층 바깥방에는 도키치가 있었다. 도키치가 깎고 있던 이쑤시개를 놓고 층계를 내려가 봉당으로 가니, 어두운 봉당에 무사 하나가 서 있었다.

"나는 도쓰가와 마을의 향사요. 사카모토 선생이 계시다면 만나보고 싶은데."

그러면서 명함을 도키치에게 내주었다. 도쓰가와 마을의 향사라면 료마와 가까운 사람도 몇 있었고, 게다가 상대는 혼자였다. 도키치는 아무 의심도 하지 않고 그 명함을 받아든 채 층계를 되올라갔다.

'있구나!'

자객은 그렇게 봤으리라. 아니, 사실상 그렇게 봤다.

사사키는 그대로 서 있는 채……

대신 이마이 노부오(今井信郞), 와타나베 이치로(渡邊一郞), 다카하시 야스지로(高橋安次郞) 등이 도키치를 뒤따라 올라가, 거의 다 올라간 곳에서 두 동강이 나도록 등을 내리쳤다.

도키치는 비명을 지르려고 했고, 자객은 그 비명을 틀어막으려고 연거푸 여섯 번을 내리쳐서 절명시키고 말았다. 불과 몇 초 사이의 일이었다.

2층 안쪽 방에는 료마와 나카오카가 마주앉아 있었다. 종이 한 장을 가운데 놓고 근시인 료마는 거의 엎드리다시피한 자세로 그것을 들여다보고 있었다.

　한 방 건넌 바깥쪽의 소동이 들리기는 했으나 료마는 미네키치가 돌아온 것이려니 했다. 미네키치는 평소에 장난삼아 도키치에게 씨름을 가르쳐 달라곤 했는데, 지금도 그런 것이려니 했던 것이다.

　엎드리듯하고 쪽지를 들여다보던 나카오카가 밖을 향해 소리쳤다.
　"조용히 해라!"
　그 소리로 자객들은 자신들이 노리는 상대의 위치를 알았다.
　번개같이 그들은 달렸다.
　방안으로 뛰어들자마자 한 사람은 료마의 이마를, 또 한 사람은 나카오카의 뒤통수를 내리쳤다. 이 첫 칼이 료마의 치명상이 되었다.
　칼을 맞고 나서 료마는 사태를 알았다. 그러나 평소부터 칼을 경멸하여 늘 지니고 다니거나 하지 않았다. 그 때문에 가까이에 칼이 없었다.
　칼은 도코노마에 있다.
　그것을 집으려고 했다. 골이 흘러나오고 있었으나, 료마의 체력은 아직 남아 있었다.

　료마는 도코노마에 있는 무쓰노카미 요시유키(칼이름)를 집으려고 잽싸게 뒤로 몸을 뺐다.
　그 동작을 자객이 놓칠 리 없다. 료마의 왼손이 칼집을 움켜쥐었을 때 이어서 두 번째 공격이 가해져 왔다. 왼쪽 어깨에서 등골에 걸쳐 뼈가 끊어지는 충격을 료마는 받았다.
　그러나 그 순간 이 젊은이의 생명력은 어느 때보다도 불타올랐다. 료마는 튀어 일어나듯 몸을 일으켰다. 동시에 칼을 칼집째, 왼손으로는 칼자루를, 오른손으로는 칼집을 쥐고 그 칼집을 벗겨 버리려고 했으나, 적의 세 번째 공격은 그런 겨를을 허락하지 않았다.
 더욱더 무서운 공격이 가해져 왔다. 료마는 칼을 뺄 틈도 없이 칼집째로 그 세 번째 공격을 막았다. 불꽃이 튀고 쇳조각이 떨어져 날았다.
 놀라운 일이었다. 적의 공격이 얼마나 맹렬했던지, 료마가 든 무쓰노카미 요시유키의 그 막아낸 부분으로부터 20센티미터쯤이나 칼집을 베어 버리고, 안에 있는 칼 역시 10센티미터쯤 깎아 버리고 만 것이다. 순간 반월형 쇳조각이 날았다. 적의 솜씨도 대단했지만, 치명상을 입은 채 쇠마저 깎는 타격을 견디어 낸 료마의 기백 역시 보통이 아니었다.
 깎아 버린 여세로 적의 칼날은 흘렀다. 흐르면서 료마의 이마를 더욱 깊숙이 베고 넘어갔다.
 료마는 그제서야 쓰러졌다. 쓰러지면서 외쳤다.
 "세이(誠), 칼 없나!"
 세이란 나카오카의 가명인 이시카와 세이노케(石川誠之助)를 두고 한 말이었다. 그 지경에 이르고도 아직 나카오카를 가명으로 부르는 배려를 잊지 않았다는 것은 료마의 의식이 뚜렷했던 증거이리라.
 이상도, 그 뒤의 일도 모두 사건 이틀 뒤 죽은 나카오카의 기억에 의한다.
 나카오카 역시 칼을 집을 겨를이 없었다. 아홉 치 길이의 단도밖에 없다. 이름난 노부구니(信國)가 만든 칼로서, 흰 자루에 칼집은 붉고 날밑도 달려 있기는 했지만, 소도(小刀)라기보다는 비수 정도의 길이밖에 안 되는 것이었다. 그것을 가지고 적의 큰칼과 맞섰으나, 열한 군데나 상처를 입고 마침내 쓰러졌다.
 불과 몇 분 동안 그는 까무러쳤던 모양이다. 그러나 곧 숨을 되돌렸다. 그때 적은 철수하는 길이었다.
　잠시 뒤 료마도 숨을 돌렸다. 이 억센 사나이는 온 몸에 자신의 피를 뒤집어 쓴 채 그 자리에 일어나 앉은 것이다.
　나카오카는 얼굴을 들고 그 료마를 바라보았다. 료마는 능잔불을 끌어당기더니 칼을 칼집에서 빼들고 물끄러미 들여다 보았다.
　"분하구나!"
　생각하면 그럴 것이었다. 지바(千葉) 문하의 수재로서 검명을 일세에 떨친 청춘을 지녔으면서도, 좀도둑이나 다름없는 자객들의 기습을 받고 칼 한 번 써 보지 못한 생각을 하면 그 분함은 이를 데 없을 것이다.
　"신타로, 팔을 움직일 수 있나?"
　료마는 물었다. 나카오카는 엎드린 채 끄덕이며
　"움직일 수 있다……."
　움직일 수 있다면 기어가서 아래층에 있는 오미야의 가족들을 부르라는 말을 하고 싶었던 모양이었으나 나카오카가 자기보다 더 중상이라고 본 듯했다.
　료마는 스스로 기어갔다. 옆방을 지나 층계까지 갔다.
　"신스케(新助), 의사를 불러라!"
　밑에 대고 소리쳤으나, 이미 그 소리에는 힘이 없어 밑에까지 미치지 못했다.
　료마는 난간을 붙들고 그 자리에 다시 앉았다.
　나카오카도 기어서 료마 곁으로 갔다.
　료마는 외과의사처럼 침착하게 자신의 머리를 꼭 누르고, 흘러나오는 체액을 손바닥에 찍어서 들여다보았다. 하얀 뇌척수액이 섞여 있었다.
　갑자기 료마는 나카오카를 바라보며 웃었다. 하늘처럼 맑고 밝은 미소가 나카오카의 망막에 퍼져 갔다.

"신타로, 나는 뇌를 다쳤다. 이젠 틀렸어."

그것이 료마의 마지막 말이었다. 말을 마치자 마지막 숨을 내쉬고 쓰러졌다. 아무 미련도 없는 듯이 그 영혼은 하늘을 향해 날아 올라갔다.

하늘에는 뜻이 있다.

이 젊은이의 경우, 그렇게밖에는 생각할 도리가 없다.

하늘은 이 나라의 어지러운 역사를 수습하기 위해 이 젊은이를 지상에 내려 보냈다가 그 사명이 끝나자 아낌없이 하늘로 도로 불러들인 것이다.

이날 밤 교토의 하늘은 비를 머금고 별 하나 보이지 않았다.

그러나 시대는 돌고 돈다. 젊은이는 자신의 손으로 역사의 문을 밀어 미래를 향해 활짝 열어젖혔다.

료마의 마음

가족과 스승에게 보낸 편지

편지 1
편지 주셔서 감사합니다.
보내주신 돈은 무엇보다 큰 선물입니다.
외국선이 이곳저곳에 와 있는 걸 보니 곧 전쟁이 일어날 것 같습니다. 그때는 외국인을 무찌르고 오겠습니다.

　　　　가에이 6년(1853) 9월 23일. 아버지 사카모토 하치헤이에게 보낸 편지

료마 19세, 에도로 나오자마자 흑선 출현
이 편지는 현재 남아 있는 료마의 편지 중 가장 오래된 것이다.
에도로 나온 직후부터 시대의 흐름에 휩쓸려 살았던 료마에게는 편지 쓰는 일이 녹록치 않았을 터이기에, 의외로 이 편지가 료마가 보낸 첫 번째 에도 소식일지 모른다.

1853년은 페리 제독이 우라가에 도착한 해이다. 이것이 6월 3일의 일이었으니 약 세 달 뒤에 쓴 이 편지는 그야말로 격동기의 소식을 전하는 편지였다.

19세의 료마는 3월, 15개월 기한으로 검술수행 명목으로 번으로부터 에도행을 허락받는다. 4월에는 에도 교바시오케쵸에 있는 호쿠신잇토류 지바 사다키치 도장에 입문한다.

그런 직후 흑선 소동이 벌어진 6월, 료마는 도사 번 자이부의 임시고용무사로서 시나가와 해안의 경비를 맡는다.

료마가 이 편지를 쓴 것은 이 시나가와 해안 경비를 잠시 그만두었을 때였다. 같은 편지 안에 "내년 봄은 다시 경비를 명령받을 것 같습니다"라고 썼는데, 잠시 휴식을 얻은 참에 아버지에게 편지를 쓴 것으로 보인다.

편지 내용을 얼핏 보면 단순히 안부보고와 용돈을 보내준 것에 대한 감사편지로 보인다. 그러나 거기에도 료마의 걸물다운 면모가 엿보인다.

"보내주신 돈은 무엇보다 큰 선물입니다." 이 한 줄이 그렇다.

일본에서는 많은 사람이 돈을 간절히 바라면서도 잘 표현하지 못한다. 체면을 구기기 때문이다. 게다가 적당히 요구해서는 돈을 받을 수 없으므로 그 목적을 멋들어지게 표현할 줄 알아야 한다.

그런 점에서 료마는 솔직하게 돈이 생긴 것을 기뻐했다는 점에서도, 또 돈을 모아야 하는 뜻을 잘 설명했다는 점에서도 '돈을 내뱉게 하는 천재적인 재주'가 있었던 것 같다.

뒷날 누이 사카모토 오토메에게 쓴 편지에도 "작년에 7800냥 때문에 쩔쩔매고 있는데, 사쓰마의 고마쓰 기요카도란 사람이 선뜻 내주었습니다. 세상엔 하나님이든 부처님이든 있는 모양입니다"라며 순수하게 기뻐했다.

지혜롭게 받을 줄 아는 재주는 어떻게 만들어졌을까?

본인은 돈을 달라고 한 마디도 한 적 없는데 주위 사람들은 저도 모르는 사이에 돈을 내놓고 싶은 기분이 든다. 료마는 돈의 필요성을 설명할 때 유형무형으로 그 내용을 잘 설명할 줄 아는 천재적인 재능을 지녔다.

그렇게 받은 돈인 만큼 그것을 쓸 때도 아무런 거리낌이나 부담을 느끼지 않고 쓸 수 있었다.

'돈을 뱉어내게 하는 능력'과 돈을 공공재산으로서 마음껏 쓰는 '회계의 공정함'이라는 두 가지 면에서 같은 도사 출신 무시면서도 료마는 미쓰비시 재벌의 창시자 이와사키 야타로와 큰 차이를 보인다.

야타로는 딱히 사리사욕을 챙기는 사람이 아니었는데도 늘 "꿍꿍이가 있는 것 아니냐"는 의심을 샀다. 그런 점으로 미루어 볼 때 료마 같은 깔끔하고 청렴한 이미지는 쉽게 가질 수 있는 것이 아니다.

한편 료마는 가이엔타이 대원들과 여행을 할 때 쓴 여비 내역을 편지에 자세히 기록했을 만큼 돈 계산에 철저했다.

돈을 받을 때든 쓸 때든 결국 사리사욕을 채우느냐, 욕심 없이 공공을 위해 쓰느냐에 따라 그 사람의 품성이 결정된다.

19세 청년 료마도 그것을 직감적으로 느꼈다. 보내준 돈을 "무엇보다 큰 선물"이라고 천연덕스럽게 말하고 있다. 그것이 이 편지의 특징이다.

집에서 보내오는 많은 물건 중 "무엇보다 큰 선물"은 돈이었다. 예로부터 "돈은 짐이 되지 않으니 사양 말고 많이 가져가라"는 말이 있다. 역시 큰 인물은 돈을 받을 때도 비굴해지지 않고 지혜롭게 받을 줄 안다.

그중에서도 료마는 특출 난 인물이었다.

게다가 이 편지에는 돈에 대한 보답이기라도 하듯이 "외국인을 무찌르고 오겠노라"고 선언하고 있다. 이렇게 자신은 돈을 받을 자격이 있는 남자라는 인상을 심어주는 점을 보면 얄밉기까지 하다.

이 편지에서 뒷날 료마의 활약상, 특히 '인간을 움직이는 재능'을 예감할 수 있으며, 섬광과도 같은 빛이 느껴진다.

편지2

본디 사람의 앞날은 알 수 없습니다. 운이 나쁘면 목욕탕에서 나오다 불알이 깨져 죽기도 합니다.

그런 사람에 비해 나는 운이 좋아, 몇 번이고 죽을 자리에 나가서도 죽지 않았고, 스스로 죽고자 해도 살아남습니다.

지금은 일본 제일의 인물 가쓰 린타로라는 사람의 제자가 되어 전부터 하려고 생각하던 일에 날마다 정진하고 있습니다.

분큐 3년(1863) 3월 20일 누이 사카모노 오토메에게 보낸 편지

료마와 가쓰 가이슈와 만남의 진상은?

이 편지는 분큐 2년(1862) 3월에 탈번한 료마가 1년 뒤에 처음으로 누이 오토메에게 보낸 편지이다.

3살 연상인 누이 사카모토 오토메는 12세에 어머니를 잃은 료마를 어머니를 대신하여 길렀다. 전해지는 말로는 키가 170센티가 넘는 거구였으며, 기마, 궁술, 수영에, 또 전통예술에도 능한 이른바 문무를 겸비한 여장부였다고 한다.

누이에게 보내는 편지가 남성의 급소에 관한 언급으로 시작된 이유도 알 것 같다.

이 편지의 참 의도는 멀리 떨어져 지내는 남동생의 안위를 걱정할 누이를 안심시키려는 데에 있다.

농담을 섞어 자신이 운 좋은 사나이임을 강조하여 누이를 안심시키면서도, 늘 죽음을 각오하고 있음을 전달하려고 했다.

그런 각오와 결심을 더 확고하게 한 사건은 가쓰 가이슈(=린타로)와의 만남이었다. 이다음에 "일본 제일의 인물 가쓰 린타로"와의 만남을 보고하며 "마흔이 되기 전에는 집으로 돌아가지 않겠다", "천하국가를 위해 온힘을 다하겠다"고 의기양양하게 밝혔다.

료마가 에도에서 가쓰를 만난 것은 1862년 12월 9일로 알려져 있다. 곤도 조지로와, 오랜 친구인 가도타 다메노스케가 동행했다. 가쓰가 《히카와세이와(氷川淸話)》에 료마와의 만남에 대해 밝힌 유명한 대목이 있다.

"그는 나를 베러 왔지만 꽤 괜찮은 인물이었다. 그때 나는 웃으며 그를 맞이했지만, 그는 침착했고 어딘가 범접하기 힘든 위엄을 지닌 훌륭한 남자였다."

그런데 실은 이 만남이 있기 8년 전인 안세이 원년(1854), 일단 도사로 돌아간 료마는, 10년 동안 미국에서 지낸 존 만지로에게서 이야기를 전해들은 화가 가와타 쇼료에게 세계정세에 관한 이야기를 대략 듣고 시국을 파악하고 있었다.

29세, 삶의 목표를 정한 료마

료마는 번을 탈출한 뒤 서양식 공업을 도입한 사쓰마 번에 커다란 흥미를 느끼고, 입번을 시도하려다 실패한다. 이 대목을 보아도 료마가 당시 이미 존양사상에만 얽매인 인물이 아니었음을 알 수 있다.

더 나아가 막부 측 인물 가쓰를 만날 때에는 개명사상이 느껴지지 않으니 베어 버리겠다는 정반대 생각을 가지고 그를 만나지 않았던가? 그러고 보면 료마는 가쓰가 자신과 똑같은 생각을 하고 있는지 아닌지를 알아보고 싶었던 것이다.

당시 가쓰는 간린마루를 타고 샌프란시스코를 방문하고 돌아온 지 3년째였다. "백문이 불여일견"이라는 속담처럼 그는 해외사정에 가장 밝은 인물이었다.

게다가 가쓰는 사쓰마 번주 시마즈 나리아키라와 교류가 깊었기 때문에 사쓰마의 근대식 설비를 봐주고 있었다. 그런 의미에서도 료마와 가쓰는 이미 공통 지식을 가지고 있었다.

더구나 이 편지에서 료마는 "전부터 하려고 생각하던 일에 날마다 정진하고 있다"고 말했다. 가쓰를 만나고 180도 바뀌었다는 일각의 지적과 정반대이다.

료마가 "전부터 하려고 생각하던 일"과 가쓰가 주장한 것은 같은 것 아니었을까? 어쨌거나 생각을 실행으로 옮기게 한 계기를 만들어준 것이 가쓰 가이슈였음은 틀림없는 사실이다.

가쓰와 만남으로써 료마는 우물 안 개구리였던 자신을 깨닫고 삶의 목표를 정했다. 그 뜻은 구체성을 지니게 되었고, 널리 세계를 향하게 되었다.

어지러운 정세에 대처하는 민감하고 유연한 두뇌와, 존경하는 인물에게 자기를 버리고 마음을 다해 따르겠다는 뜻을 지녔다는 점에서 료마는 비범했다.

편지 3

최근에 천하에 둘도 없는 군학자 가쓰 린타로라는 대선생의 문하생으로 들어가 총애를 받은 탓에 조금 거만한 얼굴이 되었습니다. 달인의 보는 눈이 얼마나 대단한지는 《쓰레스레구사》에도 나와 있습니다. 에헴 에헴, 더욱 거만해지는군요.

분큐 3년(1863) 5월 17일 누이 사카모토 오토메에게 보낸 편지

에헴 에헴—이 구절은 료마가 남긴 130통의 편지 가운데서도 료마의 자신감 넘치는 일면을 가장 잘 보여주는 부분이다. 자신이 반한 "천하에 둘도 없는 군학자 가쓰 린타로라는 대선생"에게 총애를 받고 있는 자신은 정말 대단한 인물이라고 누이에게 천진난만하게 자랑하고 있다.

이 천진난만함과 솔직함에 반해 수많은 사람이 그에게 도움의 손길을 내밀었으니, 실로 료마는 마성의 사나이였다.

이 편지는 바로 앞 편지를 쓴지 불과 두 달 뒤에 보낸 것이다. 처음에 편지를 쓴 것이 탈번 1년 뒤였음을 생각하면 아주 짧은 간격이다. 이후 료마는 오토메에게 편지를 자주 보냈다.

갈 길을 정한 뒤 연이은 새로운 만남에 즐겁고 설레는 맘으로 하루하루를 보냈을 료마의 근황을 엿볼 수 있다.

가쓰 가이슈와의 관계도 '제자'에서 '문하생'으로 점점 깊어지다가 나중에는 '손님 대접'을 받는 신분으로 크게 바뀌었다. 바꿔 말해 식객생활이 시작되었다는 뜻으로, 이제 돈 걱정이 없다고 암시하는 것으로 보인다. 첫 번째 편지에 나와 있듯이 료마는 집에서 경제 원조를 받고 있었기 때문이다.

가쓰에 대한 표현도 구체적으로 '일본 제일의 인물'에서 '천하에 둘도 없는 군학자'로 바뀌었다. 둘의 관계가 급속히 친밀해졌음을 말해준다.

가쓰가 료마를 총애했다는 대목도 사실일 것이다. 가쓰는 12살이나 어린 이 남자가 자신의 뜻을 이어줄 것이라고 생각했을 것이다.

이 무렵 가쓰와 료마의 가장 큰 관심사와 주요 활동을 구체적으로 말하자면 먼저 고베 해군조련소의 창설을 들어야 할 것이다. 이 편지에서도 "효고라는 땅에 해군을 가르치는 곳을 세우고 커다란 배를 만들었습니다. 제자도 400~500명 모았습니다"라고 보고했다.

료마는 가쓰라는 막부 신하의 힘을 빌려 새로운 일본을 만들 제도를 확립하려고 했다. 그러기 위해 교육은 필수 요건이었다. 이 훈련소는 그런 목적으로 세운 것이다.

사실 이 해 1월, 료마는 가쓰의 명령으로 오사카로 갔다가, 같은 달 13일 가쓰와 함께 막부군함 준도마루를 타고 효고를 출발하여 에도로 떠났다. 가쓰는 은거 뒤에도 권력을 쥐고 있던 전 도사 번주 야마우치 요도를 만나 료마의 탈번죄를 사면해달라고 빌었다. 료마는 도사 번 저택에서 이레 동안 형식적인 근신을 한 뒤에 죄를 용서받았으며, 3월에는 항해술을 익히라는 번의 명령을 받았다.

"에헴, 에헴"에 담긴 속내

료마는 이때 만 29세였다. "마흔이 되기 전까지 집에 돌아가지 않겠다"는 앞 편지의 각오를 생각하면 감개무량하다.

료마는 먼 미래를 바라보고, 마흔이 될 때까지 목숨이 붙어 있는 한 국가를 위해 일하겠다고 생각했던 것 같다. 그 자부심이 "에헴, 에헴"에 여실히 드러난다.

"달인의 보는 눈이 얼마나 대단한지는" 운운하는 부분은 "달인의 사람을 보는 눈에는 조금도 그릇된 구석이 없다"라는 《쓰레스레구사》의 대목을 인용한 것이다.

슈지로가 누이동생인 카오에게 보낸 편지에는 "료마는 책을 읽지 않는다"고 쓰여 있지만, 이 정도의 학식은 있었나보다. 달인이란 물론 카트 슈타로를 가리키며, 자신이 달인에게 인정을 받았음을 자랑하고 있다.

이처럼 설레는 마음을 억누르지 못한 내용을 쓰는 한편 료마는 신중히 정세를 파악했다. 가쓰는 양이파에서 위험인물로 찍힌 사람이었다. 그 제자임이 드러나면 자기에게 어떤 위험이 닥칠지 알 수 없었다.

그래서 이 편지에 "누님 혼자만 알아두십시오"라는 추신을 달아 입단속을 당부했다.

새로운 조직을 만든다는 것은 기존 해군조직의 기득권을 빼앗겠다는 뜻이었다. 그러나 해군조련소가 저항세력에게 부서진다면 꽃을 피워 열매를 맺을 수 없다. 일본의 힘으로 배를 만들겠다는 꿈도 사라진다.
한 마디로 이 편지는 '나는 대단한 일을 하고 있지만 비밀이다'라고, 누이에게만 밝히는 자랑이다.

편지 4

못된 관리와 싸워 이겨 일본을 한번 세탁하고 싶습니다. 말은 이렇게 해도 자만하지 않고, 진흙 속의 조개처럼 늘 흙을 코끝에 묻히고 모래를 뒤집어쓰겠습니다.

분큐 3년(1863) 6월 29일 누이 사카모토 오토메에게 보낸 편지

"이대로면 일본을 지켜내지 못한다!"—막부를 향한 료마의 분노

가쓰 가이슈 밑에서 수행을 시작한 료마는 그로부터 채 한 달도 안 되어 커다란 시대의 움직임에 직면하게 된다. 료마도 5월에 가쓰의 명령으로 에치젠 후쿠이로 가서 전 후쿠이 번주 마쓰다이라 요시나가(슌가쿠)에게 해군 훈련소(뒷날 고베 해군조련소)에 쓸 자금 5만 량을 빌리는 데 성공하는 등 대활약을 계속했다.

양이와 막부타도의 기운은 점차 퍼져나가, 8월에는 나카야마 다다미쓰를 중심으로 한 존왕양이파가 야마토노쿠니에서 봉기한 '덴주구미의 변'이 일어났다. 야마토에서는 무사뿐 아니라 농민과 상인들도 뿌리 깊은 존왕파였다. 막부군에 괴멸당했지만 이 사건은 존왕양이파가 일으킨 최초의 무력봉기였다.

한편 양이 행동으로서 으뜸가는 것은 조슈 번의 외국선 포격사건이다.

5월 10일에는 시모노세키 해협을 지나가던 미국 상선을, 23일에는 프랑스 선을, 26일에는 네덜란드 선을 포격하였다. 반대로 6월

1일에 미국 함선 와이오밍 호에 보복폭격을 받았고, 5일에는 프랑스 함선 두 척이 시모노세키 포대를 공격하고 상륙하여 시모노세키를 점령하는 사건이 일어났다.

이 편지는 그러한 조슈와 외국과의 싸움을 배경으로 쓰였다.

이 싸움에서 포격을 당한 외국선은 에도로 가서 수리를 받았다. 이 편지에서 료마는 그 일을 크게 한탄했다. 막부의 관리가 외국과 내통하고, 수리를 받은 배가 다시 조슈로 돌아와 공격을 한다. 이래서는 일본을 지켜낼 수 없다. 그런 못된 관리는 한꺼번에 쓸어버려라.

이런 마음에서 료마의 가장 유명한 대사가 탄생했다.

"일본을 한번 세탁하고 싶습니다."

하지만 이 유명한 구절을 료마의 선견지명을 나타낸 말이라고 생각하면 과대평가가 된다.

'삿초동맹', '대정봉환' 등 료마가 깊이 관여한 일이 결과적으로 큰 사건이 되었기 때문에 후세에 "세탁하고 싶습니다"라는 구절이 자못 그러한 대변혁을 가리키는 것처럼 전해지고 있다. 그러나 이 시점에서 료마는 아직 거기까지 내다보지 못했다.

당시 료마는 가쓰의 애제자인 동시에 가쓰의 스승 오오쿠보 다다히로(이치오우)의 가르침도 받았다. 즉 이 시점에 료마는 자신이 존경하는 이 막부관리들과 함께 일본을 바꾸고 싶다는 기대로 한껏 부풀어 있었다.

따라서 "세탁"이란 어디까지나 막부 내부의 더러움을 씻고 싶다, 자신들을 방해하는 못된 관리들을 쓸어버리고 싶다는 의미로 봐야 한다.

'뜨거운 마음'과 '냉정한 눈'을 가진 료마의 평형감각

이렇게 가쓰 밑에서 일본을 세탁하겠다는 각오를 다진 내용이 이 편지에 수시로 등장한다.

"저는 이미 죽음을 결심했습니다. 제가 이 세상에 오래 살아 있을 거라고 생각하시는 것은 헛된 생각입니다. 하지만 남들처럼 그리 허망하게 죽지는 않을 것입니다. 제가 죽는 날은 난리 속에 살면서도 아무런 도움이 되지 않는 날입니다. 조금이라도 도움이 된다면 그때까지는 교활하고 약삭빠르게 살아남아 절대로 죽지는 않을 것입니다"—이것도 편지 중 일부인데, 즉 이런 뜻이다.

쓸데없이 오래 살 거라고 생각하지 말아 달라. 그러나 시대가 자신을 원하는 한 여간한 일로는 죽지는 않을 것이다. 자신은 교활하고 약삭빠른 사람이니 그리 간단히 죽지 않을 것이다.

이런 말로 누이를 안심시키는 동시에, 도사 촌구석에서 뛰쳐나온 자신이지만 홀로 천하를 움직인다는 황공한 일이라 할지라도 그것이 천명이라면 기꺼이 따르겠다고 썼다.

그러나 뭐니 뭐니 해도 이 편지에서 가장 료마다운 구절은 '일본의 세탁' 운운한 바로 다음에 나오는 부분이다.

"말은 이렇게 해도 자만하지 않고……."

포부는 크지만 그렇다고 해서 우쭐하거나 자만하지 않을 것이다. 이렇게 말하며 사용한 비유가 실로 료마답고 독특하다. "진흙 속의 조개처럼 늘 코끝에 흙을 묻히고 모래를 머리에 뒤집어쓰겠습니다."

우쭐해서 거만하게 굴거나 빼기지 않고, 조개처럼 모래를 뒤집어쓰고 구멍 속에서 조용히 기회를 노리겠다는 뜻이리라.

료마는 결의를 자랑스레 말하면서도 냉정한 눈으로 자신을 바라보았다. 료마가 시대를 정확히 읽어내고 사람들을 움직일 수 있었던 것은 이 균형감각 덕분이리라.

편지 5

오노노 고마치가 시가를 노래할 때, 햇볕 내리쬐는 날이 계속되면 비는 내리지 않습니다. 오노노 고마치는 이 시를 노래할 때, 북쪽 산에 구름이 끼는 것을 보고 날씨를 예측했겠지요. 닛타 요시사다가 칼을 빼들자 바닷물이 빠졌다는 전설도, 썰물 때를 알았기에 가능한 일이었습니다.

종기도 완전히 곪아야 바늘로 고름을 빼낼 수 있듯이, 천하를 도모하려면 때를 잘 보아야 합니다.

겐지 원년(1864) 6월 28일 누이 사카모토 오토메에게 보낸 편지

고향 도사와 교토에서 연달아 동지들을 잃는 료마

이 편지를 오토메에게 보낸 겐지 원년(1864)은 격동의 기대 가운데서도 특히 여러 가지 사건이 일어난 해이자 료마에게도 가장 괴로운 해였다.

먼저 이케다야 사건이 있었다.

겐지 원년 6월 5일, 조슈·도사·히고 각 번의 존양파 지사 약 20명이 교토 산조코바시에 있는 여관 이케다야에서 모의를 하던 중 신센구미의 습격을 받아 많은 사상자를 내었다. 그 가운데 모치즈키 카메야타 등 료마의 지인도 포함되어 있었다. 이 이케다야 사건으로 조슈 번은 크게 분노하였고, 7월 금문의 변의 불씨가 되었다.

이 무렵 료마는 가쓰에게 존양파 과격무사들을 데리고 에조(홋카이도)를 개척하러 갈 것을 제안하느라 교토에 없었다. 그러나 이케다야 사건으로 료마는 에조 개척안을 포기해야했다.

도사근왕당이 주장한 도사번정개혁도 너무 서두르는 바람에 실패로 돌아갔다. 료마의 첫사랑인 히라이 가오의 오빠 슈지로 외 3명은 할복을 했고, 당주 다케치 한페이타는 감옥에 갇혔고 당은 없어지고

말았다.

이케다야 사건에 고베 해군조련소 훈련생이 관련되어 있었기 때문에 가쓰 가이슈는 같은 해 11월 2일에 군함부교직을 박탈당하고 자택에 칩거하게 되었다.

10월에 가쓰의 명령으로 해군조련소 훈련생 대장을 맡은 료마는 한 곳에 머무를 겨를이 없을 정도로 바쁜 나날을 보내고 있었다. 가쓰가 해군조련소를 그만두면서 동지들도 갈 곳을 잃고 헤매게 된 것은 료마에게도 커다란 아픔이었다.

이런 역경 속에서도 료마의 뜻은 더욱 좌절할 줄 몰랐다.

시대의 흐름을 거슬러 무작정 서두르기만 하면 실패할 뿐이다. 천하를 도모하려면 때를 놓치지 않는 통찰력이 중요하다.

료마식으로 사람을 설득하는 기술

료마에게 학식이 없다는 말을 자주 듣는데, 그것은 단지 정해진 '학문'을 배운 적이 없기 때문이다. 오히려 료마는 충분한 학식을 갖추고 있었다. 이 편지에서 그 단편을 찾아볼 수 있다. "오노노 고마치가 시가를 노래할 때, 햇볕 내리쬐는 날이 계속되면 비는 내리지 않습니다." 시가를 노래할 때, 시기가 적절한지 판단을 하고서 노래하기 때문에 비가 내리지 않는다는 의미이다. 즉 오노노 고마치는 북산에 구름이 걸릴 때는 비가 내리지 않는다는 사실을 알고, 때를 골라 노래를 불렀다는 것이다.

"닛타 요시사다가 칼을 빼들자 바닷물이 빠졌다는 전설도, 썰물 때를 알았기에 가능한 일이었습니다." 이것은 가마쿠라 시대의 명장 닛타 요시사다가 이나무라가사키 해안을 건널 때, 썰물 때를 기다렸다가 칼을 빼들자 금세 물이 빠져 무사히 건널 수 있었다는 옛이야기를 가리키는 것이다.

기적이 아니라, 시기를 적확하게 읽음으로써 기적처럼 연출했다는 뜻으로 말한 것이다.

료마는 이들 고사에 자신을 투영하여 "종기도 완전히 곪아야 바늘로 고름을 빼낼 수 있듯이, 천하를 도모하려면 때를 잘 보아야 합니다"라고 말했다.

종기는 고름이 가득 차 더 두면 곧 터질 것 같은 상태에서 바늘로 찌르면 깨끗하게 고름이 빠져 빨리 낫는다.

때가 오지 않았는데 바늘로 찌르면 아프기만 할 뿐 고름은 나오지 않고 종기는 더욱 악화된다.

종기에도 터트려야 할 때가 있듯이, 거사에도 때가 있다. 아직 바늘로 터트릴 때가 되지 않았는데 안절부절 해봐야 소용없음을 말한 것이다.

이처럼 누구나 무릎을 칠 만한, 또 오묘하고 해학적인 비유는 료마만의 독특한 표현 방법이다. 그가 삿초동맹과 대정봉환에 힘쓰며 이 썰물에 관한 인생철학을 실천할 수 있었던 것은 남을 설득하는 이와 같은 기술을 지녔기 때문이다.

러브레터

편지 6
아주 재미있는 여인으로, 월금을 켤 줄 압니다. 지금은 그렇게 불편하게 지내고 있지 않습니다.

제게 무슨 일이 생기면 어떻게든 해주고 싶습니다. 오토메 누님을 친언니처럼 생각하고 있습니다.

이 여인을 위해 오비나 기모노를 좀 보내주세요. 이름은 오료라고 하며, 어딘가 저와 닮았습니다.

게이오 원년(1865) 9월 9일 누이 사카모노 오토메와 오야베에게 보낸 편지

료마, 30세에 평생의 동반자와 만나다

평생의 동반자가 될 오료를 누이에게 최선을 다해 소개하는 편지이다.

료마는 편지를 받는 사람에 따라 말투를 바꾸어 썼다. 누이나 조카에게 보낼 때는 평범한 문체로 생각나는 대로 적었다.

이 편지에서는 먼저 자신의 근황을 보고한 뒤 곧장 오료의 이야기를 시작했다.

"작년에 라이 미키사부로, 우메다 겐지로, 야나가와 세이간, 가스가 센안 등 유명한 사람들이 안세이노타이고쿠 사건으로 난을 당했습니다.

그때 동지인 나라사키라는 의사가 병에 걸려 죽었습니다. 그에게는 아내와 세 딸과 두 아들이 있었는데, 첫째 딸은 23살, 둘째 딸은 16살, 셋째 딸은 12살이었습니다. 양가에서 태어나 꽃꽂이, 고도(香道), 차도는 알아도 남의 집 종살이는 할 줄 모르며, 의사는 한 대(代)에서 끝나는 직업인 데다 친척도 없었습니다. 가끔 있어도 살림이나 훔쳐가는 게 고작이었습니다.

당시에는 집과 가구와 옷가지를 팔아 어머니와 동생들을 먹였다고 하는데, 마침내 팔 것도 다 떨어져 모두 뿔뿔이 흩어져 남의 집 종으로 들어가게 되었습니다."

이 23살짜리 첫째 딸이 오료이다. 아직 이름은 밝히지 않고 머리를 써서 지난 일만 이야기하고 있다.

이야기는 계속 이어져, 이다음에는 이 첫째 딸이 펼친 일대활약상이 그려진다.

저마다 흩어져 종살이를 하며 가난하게 살던 어느 날, 여동생이 악당에게 속아 교토 시마바라와 오사카에 있는 유곽에 팔려간다.

첫째 딸은 자신의 옷가지를 내다 판 돈으로 단도를 사서 가슴에 품고 죽을 각오로 적지에 뛰어든다. 그리고 문신을 한 불한당을 상대로 한 발짝도 물러서지 않고, 상대방의 얼굴을 향해 주먹을 날렸다. 죽인다고 협박하자 죽일 테면 죽여보라고 대들었다.

그런 줄거리가 춤추는 듯한 필체로 생생하게 묘사되는데, 료마의 이야기꾼 기질을 엿볼 수 있다.

이 긴 편지 첫머리에 료마는 먼저 동료들의 소식을 전했다.

지난해에 일어난 이케다야 사건은 료마의 신변에도 커다란 영향을 끼쳤다. 낭인무사인 모치즈키 카메야타가 해군조련소 훈련생에 끼어 있었다는 이유로 가쓰 가이슈가 그 책임을 지고 물러나고, 해군조련소는 해산될 처지에 놓였다. 그러나 그것이 사쓰마 번 가로 고마쓰 다테와키의 원조를 얻게 되는 계기가 되었으니, 세상은 알다가도 모를 일이다.

어쨌든 편지 첫머리에 료마는 모치즈키의 죽음을 알린 뒤, 나가사키에 카메야마샤추를 함께 일으킨 동지들이 씩씩하게 수행을 계속하고 있으며, 자신은 뜻을 이루기 위해 천하를 돌고 있다고 전한다. 고리타분하게 번에만 갇혀 있는 사람은 천하에 바보라고 의기양양했다.

그 다음에 오료에 대한 이야기가 은근히 시작되는데, 이케다야 사건과 오료의 이야기는 무관하지 않다.

이케다야에 모인 동지들을 잠깐 숨겨주었던 사람이 이 나라사키 가족이었던 것이다. 그런 의미에서 동지들의 정보는 오료를 등장시키기 위한 복선으로 보인다.

실제로 오료의 이름이 등장하는 것은 아주 뒷부분이다. 그때까지는 "이 여인"이라는 익명을 썼다.

편지 앞부분에, 어떤 사람에게 줄 것이니 오가사와라식 예법이라는 책을 보내달라고 부탁했는데, 누구에게 줄 것인지는 전혀 언급하지 않았다.

그리고 마지막에 가서야 거우 속내를 드러낸다. "이 여인은 아수 재미있는 여인"이라고 말하면서도 아직 이름을 밝히지 않는다. 잔뜩 뜸을 들인 뒤 겨우 "이름은 오료라고 하며, 저와 닮았습니다"라고 본명을 밝힌다.

인상을 심어주기에 매우 훌륭한 방법이다.

오료는 당시 여성들과는 아주 다른 삶을 사는 개성 있는 여성이었다. 그 때문에 료마의 눈에는 오료가 재미있고 매력 있는 여성으로 비쳤지만, 과연 일반인, 특히 누이인 오토메의 눈에도 그렇게 보일는지 료마는 일말의 불안을 느꼈던 것 같다.

오료가 현재 처한 상황을 솔직히 말하면서도, 본디 양가에서 자랐다고 밝힌 점, 오토메를 친언니처럼 생각한다는 점 등을 들며 누이의 환심을 사려고 했다.

이러한 화술이 더 나아가 사람을 움직이고 시대를 움직인 것이다.

편지 7

동행했던 미요시 신조와 떨어져 목욕을 마치고 이제 자려는 찰나에 (……) 목욕을 하던 한 여인이 알몸도 가리지 못한 채 뛰어 들어와 말했습니다. 그 여인의 이름은 오료이고, 지금은 제 처입니다. "적이 쳐들어오니 부디 조심하세요."

창을 든 적이 열 명쯤 되었는데, 가장 첫 번째 놈을 쏘니 놈이 쓰러졌습니다. 또 다음 놈을 쏘니 그 놈도 쓰러졌습니다. 그러는 동안 여덟은 창을 들이대고 화로를 집어던지고 했습니다.

게이오 2년(1866) 12월 4일 형 사카모토 곤페이에게 보낸 편지

위기일발! 자객의 습격을 받고 겨우 목숨을 건지다

삿초동맹이 맺어진 바로 다음인 게이오 2년(1866) 1월 23일, 료마가 조슈 번 무사 미요시 신조와 함께 데라다야에서 습격을 받은 유명한 사건을 토사에 있는 형에게 자세히 보고하는 편지이다. 수십 장에 달하는 긴 편지로, "현장에서 보고합니다"라는 구절에서 알 수 있듯 중계방송 같은 생생한 기록이다.

여기서 조금 보충하자면, 적과 처음에 대치했을 때 "서로 한동안 노려보다가, 내가 먼저 사쓰마 번 무사에게 무슨 무례냐고 말하자 적들이 저마다 상부의 명령이니 꿇어앉으라며 고함을 질렀다"고 썼다. 료마가 사쓰마 번 무사를 가장하여, 애먼 사람을 습격하는 것이라고 떠보았지만 통하지 않은 것이다.

이때 료마는 총을 든 오른손에 깊은 상처를 입고 있었다. 그 뒤에 일어난 일에 대충 이렇게 썼다.

"그 사이에 총알을 채우려고 ⊛ 이렇게 생긴 것을 꺼냈는데, 두 개까지 집어넣자 방금 입은 상처 때문에 손가락이 마음대로 움직여지지 않아 그만 탄창을 떨어뜨렸습니다. 이 틈에 도망가자고 말하자 신조도 창을 내던졌습니다. 함께 사다리를 타고 내려가 보니 적들은 집을 지켜보기만 할 뿐 나서는 자는 없었습니다. 운 좋게 다섯 동네쯤 달렸는데, 나는 병에서 회복된 지 얼마 되지 않은 터라 숨쉬기가 곤란하고 옷은 발에 감겨왔습니다. 꾸물대다가는 적들이 쫓아올까봐 걱정이 되었습니다. 특히 개가 짖어대는 바람에 당황했습니다."

탄창 그림까지 집어넣는 등 전체적으로 실로 상세하고 구체적인 묘사이다.

왜 이렇게까지 자세히 형에게 보고했는가?
어째서 료마는 이렇게 장황한 설명을 편지로 썼을까?

그것은 후세에 읽힐 것을 의식했기 때문이다. 실은 이 편지 본문에 이런 추신이 달려 있다.

"이 편지를 친척들에게 보여주려면 반드시 다른 곳에 옮겨 적은 다음에 보여주세요. 준소 씨에게도 필사본을 보여주세요. 제 편지는 반드시 반드시 오토메 누님이 보관하게 해주세요."

이렇게까지 당부를 하는 것을 보면 기록으로서 남기려는 소망이 있었다고밖에 볼 수 없다.

이 묘사에 대한 방증으로서 《천리마 후일의 이야기》라는 사료에 있는 오료의 증언도 흥미 깊다.

고치 출신의 한학자 가와타 미즈호(세쓰잔)가 청년 시절, 요코스카에 사는 오료를 방문하여 들은 이야기이다. 죽기 7년 전 일이니 오료는 이미 50대 후반이었다.

"나는 가볍게 술을 마시고 목욕탕에 들어가 있었습니다. 쿵 하는 소리가 들려 이상하게 생각하고 있는데, 갑자기 목욕탕 밖에서 내 어깨 쪽으로 창이 불쑥 들어왔습니다. 나는 한손으로 창을 잡고 일부러 2층까지 들리도록 큰 소리로 외쳤습니다. '여자가 목욕을 하는데 창을 들이대다니 대체 누구냐!' 그러자 조용히 하지 않으면 죽이겠다고 협박을 하길래 '너희 따위한테 죽을 내가 아니다' 하고 젖은 몸에 대충 옷 한 벌을 걸치고, 오비를 두를 겨를도 없이 맨발로 마당으로 뛰쳐나갔습니다. 전립을 쓰고 창을 든 사내가 느닷없이 내 멱살을 쥐고, 2층에 손님이 있는 걸 알고 왔으니 이름을 대라고 말했습니다. 사쓰마의 사이고 고지로와 또 한 사람이 있는데, 그 사람은 온지 얼마 안 되어 이름을 모른다고 둘러댔습니다. 뒷문을 통해 2층으로 올라갈 수 있느냐고 묻길래 앞문으로밖에 못 간다고 대답하자 '어쩔 수 없군'하고 투덜대며 앞문으로 재빠르게 달려갔습니다.

나는 뒤쪽의 비밀 사다리로 뛰어올라가, 적이 잡으러 왔으니 조심하라고 전했습니다. 미요시 씨가 알겠다고 말하며 일어나 재빨리 옷을 입고 창을 들었습니다. 료마는 고마쓰 씨가 준 6연발 권총을 들고 적을 기다렸습니다. (중략)

두 사람이 빠져나갈 수 있도록 통로를 넓히려고 미닫이문 세 장 중에서 두 장 째를 떼어내고 있는데 료마가 '방해가 되니 앉아서 보고 있으라'고 하기에 알겠다고 대답하고 료마 옆에 쪼그려 앉아 지켜보았습니다. (중략)

난간에 피가 묻어 있길래 어디 다친 것 아니냐고 물었더니 그렇다고 대답하며 손을 내밀었습니다. 다가가서 보니 왼쪽 엄지와 검지에 상처가 있었습니다."

료마 못지않은 상세한 묘사이다. 료마가 누이 오토메에게 말한 대로 둘은 닮은 구석이 있다.

편지 8

기슈 부교가 계집애 같은 변명만 늘어놓기에 고토 쇼지로와 둘이서 찾아가 호되게 꾸짖었더니 논의가 시작되어 (……) 밤 9시가 넘어 돌아왔습니다.

고토 쇼지로 님이 빨리 상경하라고 말씀하셔서 (……) 다음에 상경하여 나가사키로 돌아갈 때는 잠깐이라도 시모노세키에 꼭 들르겠습니다. 기다려주세요.

게이오 3년(1867) 5월 28일 아내 오료에게 보낸 편지

오료에게 보낸 유일하게 남은 편지

편지 쓰기를 좋아하는 료마는 아마 오료에게 많은 편지를 보냈을 것이다. 그런데 이 한 통 밖에 남지 않은 이유는, 오료가 료마가 죽은 뒤 도사를 방문했다가 그곳을 떠날 때 모두 태워버렸기 때문이다.

남은 이 귀중한 한 통은 료마가 암살당한 곳인, 교토 오우미야 신스케의 자손 이구치가(家)에 보존되어 있었다. 오료는 메이지 원년(1868) 도사로 출발하기 전에 시모노세키에서 나가사키와 오사카를 거쳐 오우미야에 머물며 히가시야마로 성묘를 간 적이 있는데, 아마 이때 맡긴 것이 아닌가 생각된다.

오료는 도사를 떠나며, 이 편지는 누구에게도 보여주고 싶지 않으니 다 태워달라고 부탁했다고 한다.

료마를 자신의 기억 속에 독점하고 싶어서 그랬는지, 도사 사카모토 가문의 압력을 받고 그랬는지, 정확한 이유는 알 수 없다.

이 편지가 귀중한 이유는 오료가 료마에게 어떤 존재였는지를 알 수 있기 때문이다.

이 편지를 썼을 때 료마는 가이엔타이의 '이로하마루'가 기슈 번 군함과 충돌하여 침몰한 사건을 처리하기 위해 번을 상대로 까다로운 교섭을 하느라 여념이 없었다. 그는 편지 앞부분에 그 대략적인 내용을 보고했다.

"계집애 같은 변명"만 늘어놓던 기슈 번도, 료마가 고토 쇼지로와 찾아가 강경하게 나가자 논의를 시작하였고, 마침내 사쓰마 번의 중개로 배 대금과 짐 값 배상을 배상하기로 결론이 났다고 조금 으스대며 보고했다.

이 문제를 처리해야 하니 빨리 상경하라는 고토의 명령을 받은 료마는 기회를 보아 오료를 만날 수도 있지 않을까라는 기대를 했던 모양이다.

오료를 '동지'로서 생각했던 료마지만 이 편지에는 그것과는 다른, 말하자면 '동지 이상의 감정'을 드러냈다. '세상에 둘도 없는 여인'—평생의 반려자로서 오료를 대하는 솔직한 마음을 밝힌 것이다.

"돌아갈 때는 잠깐이라도 시모노세키에 꼭 들르겠습니다. 기다려 주세요." 일로 가는 것이기 때문에 가는 길에는 들를 수 없지만, 돌아오는 길에는 꼭 시모노세키에 들러 오료를 만나고 싶다는 일념이 이 문장에 솔직하게 드러나 있다.

동지에게 보낸 편지

편지 9

얼마 전 이상하게 생긴 바위에 올라가 문득 사방을 둘러보니 이 세상이 조개껍데기 같이 보였습니다. 우습게도 인간은 세상이라는 조개껍데기 안에서 살고 있습니다.

게이오 3년(1867) 4월 초순 누이 사카모토 오토메에게 보낸 편지

조직에 얽매이지 않는 자유인 료마의 삶

료마는 번을 나온 뒤 신념을 가지고 뜻을 이루기 위해 동분서주하는 나날을 보냈다. 이 편지를 쓴 때는 그런 활동이 열매를 맺어 드디어 꿈이 막 실현되기 시작한 시기였다.

료마는 그런 자신을 거북이에 비유했다. 이상하게 생긴 바위에 올라가서 세상을 보니, 세상은 조개껍데기 같았다. 조개껍데기란 '조직'으로 해석할 수 있다. 즉 조직에 얽매이는 사람을 비웃은 것이다.

삿초동맹 체결까지 수많은 역경을 겪은 료마는 사쓰마 번·조슈 번 모두 체면만 생각하는 모습이 조개껍데기에 갇힌 꼴이나 다를 바 없다고 생각했다.

조직은 안전하게 자기를 보호해주는 존재이다. 그러나 오랜 동안 경직되어 유연성을 잃었을 때 그곳에서 빠져나오지 않으면 조직 자

체가 무너져버린다.

편지 앞부분에 이러한 인생관을 피력했고, 후반부에는 조직에 몸담고 있으면서 그 조직에 얽매이지 않고 자신의 방패막이가 되어준 두 인물을 들었다.

한 사람은 사쓰마 번의 고마쓰 다테아키이다. 고마쓰는 카메야마 샤추가 폴란드에서 '다이쿄구마루'를 사들일 때 7800량이나 되는 큰돈을 사쓰마 번의 보증금으로 내주었다.

또 한 사람은 전 토사 번주 야마우치 요도의 측근 고토 쇼지로이다. 고토는 료마의 요청으로 1만 500량이라는 큰돈을 내주었다. 또한 토사 번 중신이면서 료마의 대정봉환론에 공감하여 적극 추진했다.

조직에 속하지 않고 자유인으로 뜻을 이루느냐, 조직에 속해서 시국을 파악하고, 조직에 지나치게 의지하지도 얽매이지도 않은 채 뜻을 이루느냐.

료마는 분명히 전자였다. 그러나 그런 료마가 능력을 발휘할 수 있었던 것도 후자와 같은 '조직인'이 있었기 때문이다. 그들은 조직의 중추에 있으면서도 그 위치를 고집하지 않고, 료마 같은 떠돌이 무사의 자질을 알아보고 재량껏 도와주었다.

문제는 조직이 아니다. 중요한 것은 료마 말처럼 '조개껍데기'에 갇히지 않고 바깥세상으로 눈을 돌리려는 의지가 있느냐의 여부이다.

편지 10

나 혼자는 재능은커녕 지식이 얕고, 가난하여 빨리 성공할 수 없다.

몇 년 동안 동분서주하다보니 고향 사람을 자주 만난다. 부모님이 계신 고향을 생각하지 않는 사람이 세상에 어디 있겠는가? 그러나 그것을 참고 돌아보지 않은 것은, 정 때문에 뜻을 이루지 못하게 되지나 않을까 염려가 되어서이다.

게이오 2년(1866) 11월 토사 번 무사 미조부치 히로노조에게 보낸 편지

오로지 뜻을 이루기 위해 사사로운 정에 휘둘리지 않다
이 편지의 수신인인 미조부치 히로노조는 19세의 료마가 에도로 갔을 때 동행한 죽마고우이다. 당시 포격술을 배우는 유학생으로서 정국을 탐색한다는 임무를 띠고 나가사키에 머물고 있었다.

미조부치는 사리사욕을 모르는 청렴결백한 인물이었다. 따라서 주위의 신임이 두텁고, 누구나 그의 말에 귀를 기울였다.

이 편지에는 "이 편지를 미조부치에게 보낸 편지의 초안으로 봐주십사 보낸다"는 전문이 붙어 있다.

이 편지는 사쓰마 출신 사이타가(家)에 남아 있다가 뒷날 야마우치가(家) 보물자료관에 기부되었다.

즉 이 편지의 수신인은 미조부치인 동시에 사쓰마 번 무사이다. 다시 말해 되도록 많은 사람에게 스스로 자신의 마음을 밝혀두고자 한 것이다. 허망하게 죽지 않고 뜻을 끝까지 이루어내겠다는 강인함과 비장함이 느껴진다.

자신의 행동과 마음을 후세에 남겨두고 싶은 마음이 있었을지도 모른다. 그런 마음은 오토메 앞으로 보낸 편지에서도 자주 드러나 있다.

"재능 없고 지식도 얕으며", "빨리 성공할 수 없다"는 겸허한 말에서 도량 넓고 밝은 성격이 엿보인다.

그러나 가끔은 침울한 모습도 보이는 인간적인 면모도 엿보인다.

"가끔 고향 사람을 만나도 스쳐 지나가는 사람처럼 대한다. 부모님이 계신 고향을 생각하지 않는 사람이 세상에 어디 있겠는가? 그

러나 그것을 참고 돌아보지 않은 것은, 정 때문에 뜻을 이루지 못하게 되지나 않을까 염려가 되어서이다." 특히 이 부분은 미조부치가 료마가 진심으로 마음을 터놓는 친구였기에 내비친 속내일 것이다.

이런 솔직한 마음이 대정봉환의 싹을 틔웠다

높은 뜻을 지닌 행동가이자 날카로운 정치 감각의 소유자였던 료마이지만 한편으로는 풍부한 감수성도 지니고 있었다.

이 절절한 속내를 토로한 편지를 누구보다 믿음직하고 욕심 없는 미조부치에게 보낸 것은 카메야마샤추가 번에 인정을 받는 계기가 되었다.

물론 출신 따위는 전혀 문제 삼지 않는 전 번주 야마우치 요도는 메이지 혁명 뒤에도 사카모토 료마라는 인물에게 조금도 관심을 가지지 않았다.

그러나 료마에게는 전 군주의 은혜에 보답하고자 하는 마음이 있었던 것 같다. 탈번하기 전에 두 번이나 에도로 유학을 허락받은 만큼 전 군주에게 은혜를 느꼈을 것이다.

미조부치는 료마의 이러한 마음을 헤아리고 고토 쇼지로에게 편지를 전달했다. 상급무사인 고토는 요도를 가장 잘 이해하는 사람이었고, 따라서 료마가 소속한 토사근왕당과 정반대에서 대립하는 위치에 있었다.

따라서 이 둘이 서로 가까이 다가간 것은 매우 중요한 의미를 지닌다.

실제로 이후 고토와 료마는 뜻을 같이 하고, 대정봉환이라는 또 하나의 역사적 대변환을 짊어지게 된다. 료마가 고토에게 보낸 편지에는 "대정봉환이 이루어지지 않는다면 목숨을 버리겠다"는 뜨거운 의지가 담겨 있다.

료마의 마음　325

미조부치는 이런 의미에서 메이지 혁명의 숨은 주역이라 할만하다.

편지 11
하나, 나가사키부터 배 삯 34량.
하나, 히로 돈 냄
　　　료 돈 냄
총 금액의 1/4은 오오무라의 무라세(산에이)가 냄. 고도는 돈이 없어 내지 않음. 나머지는 미조부치와 료마가 둘로 나누어 냄. 오늘 료마도 가진 돈이 없으므로 그 몫을 이토 선생님께 맡기겠음.
텅 빈 지갑밖에 없는 제가 머리를 땅에 조아리고 간곡히 부탁드립니다.

　　　　　　게이오 2년(1866) 12월 20일 후원자 이토 스케다유에게 보낸 편지

'돈이 없는 사람은 내지 않아도 좋다'—강한 리더십의 원천
이 편지의 수신인 이토 스케다유는 시모노세키에 사는 료마의 후원인이다. 료마와 오료가 시모노세키에서 신세를 진 인물이다.
미조부치 히로노조는 료마의 죽마고우로서, 가쓰라 고로로를 소개한 토사 번의 대표 인물이다. 야마모토 고도는 도사 출신으로서 가이엔타이 병사이다. 이 편지 앞부분에는 고토 스케다유에게 미조부치의 배를 탈 수 있도록 알아봐달라고 쓰여 있는데, 재미있는 것은 뒷부분이다.
네 명의 동지가 나가사키에서 시모노세키로 배를 타고 왔다가 다시 나가사키로 돌아가려 한다. 그때 배 삯을 청구하는 것인데, 누가 얼마를 낼 것인지 자세하게 쓰여 있다.
모르긴 몰라도 료마는 나가사키에서 시모노세키까지 수없이 왕복했을 것이다. 어쩌면 그때마다 신용거래의 일환으로 배를 타고 내릴

때 인원수를 세어 놓았다가 나중에 돈을 걷어 냈는지도 모른다.

동지들이 늘 돈을 갖고 있었으리라고는 생각할 수 없다. 오히려 갖고 있는 사람이 적었을 것이다. 어쨌거나 돈이 있는 사람이 없는 사람의 몫을 먼저 내주는 것이 료마의 방식이었던 것 같다.

"히로 돈 냄", "료 돈 냄"이라고 과거형으로 쓰여 있다. 이 앞에는 "나가사키부터 배 삯 34량"이라고 되어 있다.

이 부분만 해석하자면 미조부치 히로노조와 료마 둘이서 돈을 낸 것처럼 보인다. 4명의 배 삯을 두 명이 냈다는 뜻일까?

다음을 보면, 총 금액의 1/4을 무라세 산에이가 냈다. "고도는 돈이 없어서 내지 않음." 이 부분이 정말 료마답다.

없는 건 없지 어쩔 도리가 없다고 대범하게 넘겼다.

결국 4로 나눈 중 3이 남았다. 한 명은 돈이 없다. 내려도 낼 수가 없다. 미조부치와 료마 둘이서 나머지 3을 1.5씩 낼 수밖에 없지만 료마도 가진 돈이 없다.

이제야 본론이 나온다. 스케다유에게 오늘 료마는 돈이 없으니 대신 내달라고 머리를 조아리는 것이다.

뻔뻔스러운 부탁도 할 수 있는 '후원자와의 정'

료마의 속내는 이랬을 것이다. '둘이서 고도의 몫을 내줄 것입니다. 하지만 나도 돈이 없으니 부디 돈을 빌려주십시오.'

그 마음이 "간곡히 부탁드립니다"라는 구절에 잘 드러나 있다. 지도자로서의 료마의 도량과 배려가 인상적이다.

남의 돈에 의지하는 것은 어떻게 보면 뻔뻔스럽게 보이지만, 그만큼 이토 스케다유와 료마 사이에 정이 깊었음을 알 수 있다.

유서

편지 12

곧 출항한다는 사실은 당신도 잘 알 것입니다. 그러니 내게 무슨 일이 생겼다는 소식을 듣거든 아내를 고향으로 보내주십시오. 고향에서 하인과 노파 한 명이 데리러 올 것입니다. 그동안 아내를 당신 집에서 보살펴주세요. 모쪼록 잘 부탁합니다.

게이오 3년(1867) 5월 8일 조후 번 무사 미요시 신조에게 보낸 편지

죽음을 각오했을 때 료마가 가장 먼저 쓴 편지

4월 19일, 오사카로 짐을 실어 나르기 위해 나가사키 항을 떠난 이로하마루가 23일, 오카야마 현 무시마 앞바다 도모노우라에서 기슈 번 군함 '메이코마루'와 충돌하여 침몰했다.

기슈 번 측의 명확한 실수였지만, 당시 세력이 대단했던 기슈를 상대로 대적할 자가 없었다. 료마는 목숨을 걸고 교섭에 나서려 했다.

료마가 마지막 교섭을 앞두고 쓴 세 통의 편지가 남아 있다.

한 통은 미요시 신조, 나머지 두 통은 시모노세키에 있는 료마의 후원자 이토 스케다유 앞으로 쓴 편지이다. 위험을 직감한 료마가 신변정리를 하는 의미에서 쓴 것으로 생각된다. 이 세 통의 편지를 같이 읽으면 료마가 큰 번과의 교섭에 임하는 각오가 느껴진다.

먼저 미요시 신조에게 보낸 편지이다.

"곧 출항한다는 사실은 당신도 잘 알 것입니다. 그러니 내게 무슨 일이 생겼다는 소식을 듣거든 아내를 고향으로 보내주십시오. 고향에서 하인과 노파 한 명이 데리러 올 것입니다. 그동안 아내를 당신 집에서 보살펴주세요. 모쪼록 잘 부탁합니다."

그리고 봉투수신란 옆에 "직접 뜯어 볼 것"이라고 덧붙였다. 또 "5월 8일 출항을 앞두고 써서 집에 둠"이라는 추신이 있는 것으로 보아 때에 따라서는 이 편지를 유서로 삼을 셈이었는지 모른다.

신변정리라고는 하나 가장 걱정되는 것은 역시 사랑하는 아내 오료였을 것이다. 자신에게 무슨 일이 생기면 고향에서 사람들이 올 것이니 그때 아내를 고향으로 보내 달라고 자세하게 부탁을 하고 있다.

이런 자세는 이토 스케다유에게 보낸 편지에도 엿보인다.

"비상사태로 나가사키로 가게 되었습니다. 그러니 제가 없더라도 신중을 기해주십시오. 친구라는 사람이 찾아와도, 시젠도(료마가 머물던 곳)까지 들어오지 못하도록 하라고 감시꾼들에게 전달해주십시오. 제가 없을 때 누가 무엇을 살피러 오거나 친구라는 사람이 와도 식사를 같이 하거나 재워주지 마십시오. 꼭 제가 말한 것처럼 해주시기를 부탁드립니다."

꼼꼼한 신변정리로 두려움을 감추다

기슈 번과 전쟁이 벌어지면 친구를 자칭한 자객이 찾아올지도 모른다고 생각했으리라. 이렇게까지 신중을 기하라고 이토에게 신신당부한 것은 물론 오료를 보호하고자 하는 일념에서였을 것이다.

이토 앞으로 보낸 또 다른 편지에는 대략 이런 내용이 쓰여 있다.

"우리 부부의 생활에 관한 모든 것은 미요시와 인도에게 물어보십시오. 제 친구가 머물며 쓴 비용은 월말에 제가 모두 지불하겠습니다. 모르고 지불하지 않은 돈이 있다면 다이도코로부교에게 서면으로 알리십시오. 제 빨래 담당으로 고용한 사람이 있다면 그 급료는 가장 싼 가격으로 지불하겠습니다. 이것을 관리들에게도 알려주십시오."

'다이도코로부교'와 '관리'라는 표현은 남편이 아내를 '내무부장관이라거나 '경제부장관'이라고 표현하는 것과 똑같다. 즉 이토가(家)의 회계담당과 하인 우두머리를 가리킨다.

목숨까지 건 이때에 농담 섞인 편지를 쓴 것이다. 료마는 그런 사람이었다.

장사꾼 집안에서 태어난 만큼 죽어서도 부끄럽지 않도록 꼼꼼하게 배려한 것은 마지막에 날인을 찍은 데서도 잘 드러난다. 서명뿐 아니라 날인을 한 것은 오늘날로 치면 각서와 같은 의미이다.

이것은 료마가 될 대로 되라 식의 방자한 사람이 아니었음을 무엇보다 잘 보여주는 증거이다.

이미 일의 전말을 사이고에게 보고했고, 가이엔타이가 그토록 고대하던 출항이었는데 아무 잘못도 한 것 없이 허무하게 좌절해버렸다는 분한 마음과 금전 문제가 얽혀 료마는 교섭에 나섰다.

그러나 민감한 사안인 데다 천하의 기슈를 상대로 교섭을 벌여야 하는 만큼 어떤 일이 벌어질지 몰랐다. 그 두려움을 없애기 위해, 남에게 피해를 주지 않게 위해, 사랑하는 아내를 보호하기 위해 료마가 보인 주도면밀함은 이토록 절박한 상황에서 더욱 잘 발휘되었다.

편지 13
지옥이냐 천국이냐, 둘 중 한 쪽을 택해 따르겠습니다.

게이오 3년(1866) 11월 11일 사쓰마 번 무사 하야시 겐조에게 보낸 편지

료마 33세, 운명을 예감한 듯한 문장
료마는 뜻을 향해 계속 나아가고 있었으나, 대정봉환 이후 그 주역인 료마를 미워하는 무리들이 혈안이 되어 교토 시내를 뒤지고 다니던 때였다.

'지옥과 천국 둘 중 하나를 따르겠다'는 것은 농담처럼 들리나,

평생 자신을 따라다닐 위험에 대한 각오 또는 포기가 담긴 말일지 모른다.

편지의 수신인 하야시 겐조는 히로시마 번 의관 출신으로 사쓰마 번 해군에 속한 인물로서, 이 해 10월에 상경하여 오사카에서 머물고 있었다.

하야시가 보낸 편지에 즉시 답장을 보낸 것으로 보아 료마가 에조치(홋카이도)를 무대로 오랜 꿈을 실현하고자 하는 의지에 불타고 있었음을 알 수 있다. 앞날을 대비해 해군의 필요성을 통감한 것이다.

료마는 삿초동맹과 대정봉환 실현을 위해 분주하는 한편 막부 오오메쓰메 나가이 나오유키와도 친분이 깊었는데, 그가 놓인 처지를 동정하고 깊이 공감했다. 나가이는 가쓰와 함께 고베 해운조련소 창설을 추진한 인물이었다.

이 일례만 보아도 료마에게 막부타도 의지가 없었음을 알 수 있다. 그런데 이 편지를 보내고 4일 뒤, 어처구니없게도 료마는 막부측 자객에게 습격을 받는다. '지옥과 천국 둘 중 하나를 따르겠다'는 구절은 이 날을 예감한 것만 같다.

하야시 겐조는 이 편지에서 무엇인가를 느꼈는지, 16일 새벽 교토 오우미야를 찾아온다. 그리고 료마암살 직후의 현장을 발견하게 된다.

《사카모토 료마 전집》에 하야시가 이에 대해 서술한 글이 있으므로 그를 소개한다.

"군데군데 핏자국이 있었다. 나는 사카모토가 무사한지 보려고 정신없이 2층으로 뛰어올라갔다. 사카모토의 방에 들어가자 그는 축 늘어진 채 유혈이 낭자한 가운데 쓰러져 있었다.

옆방으로 시선을 옮기니 이시카와 세이노스케(나카오카 신타로)

료마의 마음 331

가 반죽음이 되어 괴로워하고 있었다. 또 그 옆방을 보니 하인이 큰 소리로 신음하며 괴로워하고 있었다. 등에 심한 부상을 입은 그는 이미 목숨이 끊어지려 하고 있었다."

이것으로 료마의 꿈은 사그러졌다. '마흔까지는'이라고 오토메에게 맹세하며 29세에 죽음을 각오했던 그는 33세를 일기로 죽었다.

료마의 사실 이모저모

　남쪽 시골 도사(土佐)에서 태어나 쾌활하고 얽매이지 않는 성격으로 서양 물결이 밀려오는 격동의 막부 말기 크나큰 발자취를 남긴 국민적 영웅 영원한 청춘의 우상 사카모토 료마. 그가 살았던 시대와 그에 대한 사실을 이모저모 살펴본다.

료마는 정말로 검술에 뛰어났는가?
　료마에게 처음 검을 가르친 사람은 바로 누나 오토메(乙女)였다고 한다. 울보였던 료마를 검술로 강하게 단련시키고자 오토메는 료마에게 검술의 기초를 다져주었고, 그 뒤로 오구리 히노메(小栗日野根) 도장에서 수행하며 실력을 쌓았다고 한다. 료마는 히노메 도장에서 〈오구리류 야와라 병법사 목록〉과 〈오구리류 야와라 병법 12개조와 25개조〉, 〈오구리류 야와라 병법 3개조〉를 전수받는다.
　료마는 검술수행을 위해 번(藩)에서 15개월의 '구니이토마(國暇 : 번에서 주는 유급휴가)'를 얻어 에도(江戶)로 떠난다. 1853년 3월 17일의 일이었다. 료마는 도사 번정과 가까웠던 호쿠신잇도류 지바 도장에 다녔었는데, 관장은 지바 사다키치(千葉定吉)였다. 사다키치는 에도 3대 도장이었던 〈현무관(玄武館)〉의 관장 지바 슈사쿠(千葉周作)의 친동생이었다. 료마는 15개월의 휴가가 끝난 이듬해 6월 23일에 도사로 돌아갔다.
　료마가 검술수행을 위해 다시 에도를 찾았던 것은 2년이 지난

1856년 8월의 일로 1년 동안 수행을 했었다. 이때는 무현관에서도 수행을 했는데, 수행자의 이름을 기록한 〈현무관출석대개(玄武館出席大槪)〉를 보면 료마의 이름이 있다. 하지만 료마가 지바 도장과 현무관에서 검술면허를 얻었다는 기록은 어디에서도 찾을 수 없고, 유일하게 1858년 사다키치한테서 받았다는 〈호쿠신잇도류 장도 병법목록〉이 남아 있지만 이쪽은 나기나타(長刀 : 여성들이 썼던 언월도와 비슷한 검)인지라 료마의 검술실력을 증명할 확실한 증거는 없다고 볼 수 있다. 하지만 번이 료마가 검술수행을 할 수 있도록 두 번이나 에도에 보내준 점과 지바 도장에 입문해 수행을 받았다는 것을 보면 얼핏이나마 료마의 검술실력을 엿볼 수 있다.

미토번사이자 존왕양이(尊王攘夷)파의 거물이라 불렸던 스미야 토라노스케(住谷寅之助)는 1858년 11월 23일 일기에 그를 〈격검가(擊劍家)〉라고 표현했다. 일부러 〈격검가〉라는 표현을 썼던 것을 보면 그만큼 료마가 강했던 것은 아닐까?

료마가 그림 그리는 것을 좋아했다?

글쓰기를 즐겼던 료마는 많은 편지를 남겼다. 그 중에서도 교토국립박물관에 보관된 몇몇 편지에는 직접 그린 그림이 들어 있다.

1866년 12월에 누나 오토메에게 보낸 편지가 그러하다. 데라다야(寺田屋)에서 입은 상처를 치료하기 위해 오료(お龍)와 사쓰마(薩摩)에 갔을 때 보냈던 편지로 가고시마(鹿兒島)의 기리시마(霧島)에서 지내던 모습이 담겨 있다. 그 중에서도 눈에 띄는 것은 기리시마 산을 그린 스케치이다. 웅장하게 그려낸 산꼭대기에는 신앙의 대상이었던 아마노사카호코(天の逆鉾)가 그려져 있다. 료마는 그 창을 뽑아서 눈대중으로 길이를 재고 재질을 관찰하여 '무쇠로 만든 것'이라는 상세한 메모까지 남겼다.

또 같은 날 가족에게 보낸 편지에는 막부의 제2차 조슈(長州) 정벌해전 모습을 담은 스케치가 들어 있다. 스케치에는 한 척의 배에 '〈오텐토(ヲテント)〉라고 하는 증기선의 다카스기 신사쿠(高杉晋作) 선장'이라고 써넣어두거나 자신이 탄 배의 그림에 '나의 증기선'이라고 메모하는 등, 설명까지 꼼꼼하게 기록했다.

읽을 사람이 정해진 편지에 그림을 그려넣었다는 것은 자신이 하고 싶은 말을 정확하게 전달하기 위해서라는 측면도 있지만, 그림 그리는 것을 좋아하지 않고서야 이렇게까지 세밀하게 그려내지는 못할 것이다.

료마는 일본 최초 신혼여행을 했다는 게 진짜?

가고시마 시 덴포(天保) 산 공원에는 료마와 오료의 동상이 있다. 이는 1980년에 세워진 것으로 '일본 신혼여행의 시초이다'라는 설명문이 적혀 있다.

1866년 1월 23일, 료마는 늦은 밤 데라다야에서 후시미부교(伏見奉行) 관리의 습격을 받지만 오료의 재치 덕분에 목숨을 부지한다. 이 사건은 료마가 1월 22일 〈삿초동맹(薩長同盟 : 사쓰마 번과 조슈 번 사이의 동맹)〉 결성에 입회한 지 얼마 되지 않아서 벌어졌다.

동맹이었던 사쓰마 번의 사이고 다카모리(西鄕隆盛)는 부상당한 료마를 배려해 막부의 눈으로부터 숨겨주고자 오료와 함께 사쓰마로 불러들인다. 료마와 오료는 사쓰마 번의 배를 타고 사쓰마로 떠난다. 메이지 초기에 출판된 〈한혈천리구(汗血千里駒)〉라는 료마의 전기소설에서 이 여행을 허니문으로 소개하면서, 일본 최초의 신혼여행으로 불리게 되었다. 동상은 그때 두 사람의 모습이라고 한다. 데라다야 사건 직후 료마가 나카오카 신타로(中岡愼太郎)의 중개로 오료와 결혼했다는 설이 있다.

3월 10일 사쓰마에 도착한 두 사람은 한 달 동안 료마가 잘 따랐던 사쓰마 번의 가로(家老) 고마쓰 다테와키(小松帶刀)의 별장에 들르거나 기리시마 산에 오르며 여행을 즐겼다. 1866년 12월 4일 누나 오토메에게 보낸 편지에는 기리시마 여행 모습을 담은 스케치가 담겨 있었다.

신분이 낮은 탈번낭인인 료마가 어떻게 번주와 만날 수 있었나?

료마는 도사 번을 탈번한 하급무사였다. 그런 료마가 어떻게 후쿠이 번의 전 번주 마쓰다이라 슌가쿠(松平春嶽)며 막부의 해군부교(海軍奉行)였던 가쓰 가이슈(勝海舟)와 같은 높은 신분의 사람들과 만날 수 있었던 것일까.

생각할 수 있는 이유 세 가지를 들어보겠다. 첫 번째는 인맥이다. 다시 말해 소개해준 사람의 지위나 관계 덕분이라는 것이다. 1862년 12월, 료마는 슌가쿠와 만난다. 함께한 사람은 도사 번의 마자키 데쓰마(間崎哲馬)와 곤도 조지로(近藤長次郎)였다고 한다. 마자키는 다케치 한페이타(武市半平太)와 함께 도사 번의 준재이며 도사근왕(土佐勤王)당의 초기 멤버였기에 슌가쿠와의 만남이 이뤄질 수 있었다고 생각된다. 료마가 다녔던 검술도장의 지바 주타로(千葉重太

郎)의 소개가 있었다는 설도 있다.

두 번째 이유는 료마 자신의 인간미를 들 수 있다. 료마를 만나본 사람들의 증언으로 확인해보자.

가쓰는 자신의 어록 〈히가와 청화(氷川淸話)〉에서 료마와 만났을 때의 인상에 대해 '나를 죽이러 온 놈이지만 상당한 인물이었다'고 썼다. '나를 죽이러 왔다'는 것은 가쓰 특유의 과장일 것이다. 막부의 가신 오쿠보 이치오(大久保一翁)는 '사이고만큼이나 걸출한 인물이 될 것'이라고 평했으며 메이지 신정부의 외무대신이었던 무쓰 무네미쓰(陸奧宗光)는 '사이고보다도 더 큰 인물이 되리라 생각'한다고 했다. 도사 번사이자 자유민권 운동가였던 이타가키 다이스케(板垣退助)는 료마를 기리기 위해 세운 비석에 '불혹의 나이를 얻었다면 아마 사쓰(마)의 고다이 사이스케(五代才助), 도(사)의 이와사키 야타로(岩崎弥太郎)가 되었을 것'이라는 비문을 남겨 료마가 마흔을 넘겼더라면 경제인으로 큰 활약을 했으리라 보았고, 신정부 초대 내각총리대신이었던 이토 히로부미(伊藤博文)는 '어디를 가더라도 받아들일 수 있는 그런 사람'이었다고 평가했다.

세 번째 이유는 료마의 정보량이다. 료마가 도사에 있을 무렵 존 만타로(ヅョン万太郎)를 취조했던 가와다 쇼료(河田小龍)에게서 미국 정부와 무역에 관해 전해 듣게 된다. 덕분에 가쓰의 해외정세 이야기도 곧바로 이해할 수 있었을 것이다. 탈번 후, 여러 나라를 돌

아다니며 얻은 정보도 첫 대면 상대와의 대화에 무기가 되었을 것이다. 존 만타로는 표류하게 되면서 10년을 미국에서 살았던 도사 사람이다.

두 번이나 탈번했지만 모두 용서받은 것은 무엇 때문에?

에도 시대에 탈번이란 주군에 대한 불충행위였기에 가족까지 처벌받는 중죄였다. 하지만 막부 말기 구미열강의 공세에 밀려 나라가 어려움에 처하자 몸을 버려가며 맞서 싸우고자 탈번하는 무사가 많아져 번에서도 눈감아주는 경우가 많았다고 한다.

료마는 첫 번째 탈번을 인맥으로 용서받았고 두 번째는 료마 자신의 걸출한 활동으로 용서받았다고 할 수 있다.

1862년 3월 24일, 료마는 친구 사와무라 소우노조(澤村惣之丞)와 함께 탈번한다. 자유로워진 료마는 마자키 데쓰마처럼 다른 번에도 이름을 떨진 도사 번사의 지원을 받아 전 에치젠후쿠이(越前福井) 번주 마쓰다이라 슌가쿠를 비롯해 막부의 해군부교 가쓰 가이슈, 후쿠이 번사 유리 기미마사(由利公正), 막부 가신 오쿠보 이치오 등, 막부나 각 번의 실력자들과 만나 인맥을 넓혔다. 료마는 특히나 가쓰에게 강한 애착을 보이며 제자가 되었는데, 동지들과 함께 가쓰가 소장을 맡고 있는 〈고베 해군훈련소〉에 입소하여 수업을 받게 된다.

1863년 3월 1일, 가쓰는 도사 번의 야마우치 요도(山內容堂)를 만나 료마의 사면을 부탁한다. 여기에는 슌가쿠의 첨언도 있었기에 요도는 요청을 받아들여 같은 해 2월 25일부로 〈탈번사면 요청서〉를 제출해 탈번죄를 용서받는다. 번은 조건으로 수도에 있는 번정에서 1주일간 근신할 것을 명했다.

같은 해 12월, 도사 번은 훈련소에서 수업을 받던 번사들에게 귀환명령을 내린다. 이를 걱정한 가쓰가 수업연장을 요청하지만 번은 받아들이지 않았고 이듬해인 1864년 2월 실랑이 끝에 번사 모두가 탈번하게 된다. 료마에게는 두 번째 탈번이었다. 함께 탈번한 동지로는 모치즈키 가메야타(望月亀弥太), 지야 도라노스케(千屋寅之助)가 있다. 모치즈키는 넉 달 뒤인 6월 5일, 신선조의 존왕양이파 집회를 습격한 <이케다야(池田屋) 사건>으로 사망하게 된다.

　이 무렵 가쓰도 곤란에 빠진다. 안 그래도 훈련소에 존왕양이파가 있다고 의심하던 막부가 이케다야 사건과 <금문의 변(禁門の變 : 조슈 번이 수도로 쳐들어와 막부군과 싸웠던 사건)>에 훈련소 출신자가 있었다는 이유로 가쓰의 책임을 요구한 것이다. 끝내 10월에 가쓰에게 에도 귀환명령이 떨어지고 이듬해 3월 훈련소도 폐쇄된다. 가쓰는 갈 곳을 잃은 료마와 동지들을 사쓰마 번의 사이고 다카모리에게 맡긴다.

　료마는 사쓰마 번의 지원을 받아 나가사키에서 일본 최초의 회사(컴퍼니)인 <가메야마 사중(亀山社中)>을 설립한다. 회사는 무기나 선박거래를 비롯해 활발한 무역활동을 전개한다.

　이 활약 덕분에 료마의 두 번째 탈번이 용서받게 된다. 도사 번의 가로(家老) 고토 쇼지로(後藤象二郎)는 료마의 항해술과 거래 노하우, 삿초동맹과의 연결고리를 눈여겨보았던 것이다. 마찬가지로 료마도 활동 폭을 넓히기 위한 든든한 지원자가 필요했었다. 교섭 끝에 료마는 도사 번의 지원을 받아 〈해원대(海援隊)〉로 이름을 고치고 활동을 더욱 넓혀 나간다. 1867년 4월, 료마는 함께 탈번을 용서받은 나카오카 신타로를 해원대 대장으로 임명한다.

사쓰마 번이 료마를 감싸준 것은 어째서?

막부는 가쓰 가이슈의 진언에 따라 1864년 5월 〈고베 해군훈련소〉를 설립하고 가쓰를 소장으로 앉히지만 훈련소 멤버 중에 과격한 존왕양이가 있다는 이유로 이듬해 3월에 폐지된다. 에도로 돌아오라는 막부의 명을 받은 가쓰는 훈련소 멤버들(료마를 비롯한 도사 번의 탈번자들)을 지켜주고자 그들의 신병을 사쓰마 번의 사이고 다카모리에게 넘긴다.

가쓰의 부탁을 받은 사이고는 탈번자들을 사쓰마 번정에 숨겨준다. 전부터 료마의 정보력과 교섭능력에 눈독을 들였던 사이고는 외국함대의 동정을 살피거나 조슈 번과의 교섭자리에 료마를 이용할 수 있을 것이라는 기대를 품고 있었다.

같은 해 사쓰마 번의 가로 고마쓰 다테와키가 오쿠보 도시미치에게 보낸 편지에도 료마가 사쓰마 번의 오사카 번정에 있다고 쓰여 있다. 또 고마쓰 역시 탈번자들의 항해술을 활용해야 한다는 생각을 나타내고 있다.

사쓰마에 오게 된 료마는 사쓰마 번의 지원을 받아 나가사키에 일본 최초의 회사(컴퍼니) 〈가메야마 사중〉을 설립한다. 주된 업무는 교역중개나 물자운반이었지만 료마는 그 일을 통해 사쓰마 번과 조슈 번 사이의 응어리를 없애고자 했다. 료마는 무기구입을 금지당한 조슈 번을 위해 사쓰마 번의 명의로 배와 총을 구입해주었고, 그 답례로 사쓰마 번에 군량미를 보내줄 것을 제안하기도 했다. 그렇게 삿추동맹 체결을 비롯해 료마는 사쓰마 번에 기대 이상의 공헌을 했

다고 볼 수 있다.

료마가 사이고 다카모리를 바보라고 한 것이 사실?

가쓰 가이슈의 어록 〈히가와 청화〉에는 1864년 8월 사이고 다카모리와 첫 만남을 가진 료마가 사이고를 평했던 얘기가 실려 있다.

'사쓰마에서 돌아온 사카모토가 하는 말이, "정말이지 사이고란 녀석을 도무지 알 수가 없었다. 살살 두드리니 작은 소리가 나고, 세게 두드리니 큰 소리가 난다. 만약 바보라면 엄청난 바보고, 천재라면 이만한 천재가 없을 것이다"라는 것이다. 사카모토 녀석도 꽤나 눈이 높았다.'

그 뒤로 료마는 형이나 도사 동지들에게 보내는 편지에 사이고를 '천하의 위인'이라고 썼고, 사이고 또한 '천하에 뜻을 품은 자가 많으니 나는 무수히 많은 만남을 가졌지만 료마처럼 가없는 도량을 지닌 사내는 보지 못했다'고 료마를 평가했다. 이렇게 두 사람은 서로를 깊게 신뢰하여 크게 대립하던 조슈 번과 사쓰마 번을 화해시켜

삿츄동맹을 성립시키는 시대의 큰 고비를 맞이하게 되지만, 첫 인상에 대한 평가는 무척이나 흥미로울 따름이다.

료마의 신분인 〈향사〉란 무엇인가?

〈향사〉란 에도 시대 무사 신분 중 하나로 번에 따라 다소 차이가 있지만 대부분 농촌에 사는 하급무사를 뜻한다.

도사 번의 무사 신분은 크게 '상사(上士)'와 '하사(下士)'로 나뉘는데, 향사는 '하사'에서도 가장 낮은 신분이었다. 도심에 사는 '상사'에 비해 '하사'는 주로 농촌이나 교외에서 살도록 정해져 있었다. 물론 사는 지역뿐만이 아니라 의식주를 비롯해 예법까지 세세하게 차별받았다.

도사의 향사는 1600년 세키가하라 전투에서 패배한 조소가베(長宗我部) 가문의 유신(遺臣)을 새로이 영주가 된 야마우치(山內) 가문이 무사로 거두어들이면서 비롯되어 이를 〈게이초 향사(慶長鄕士)〉, 혹은 〈구족향사(舊族鄕士)〉라고 불렸다.

가가와(河川) 강 보수와 농지개발에 힘쓰고 있었던 도사 번은 군사력을 키우기 위해 몇 번이고 조소가베 유신들을 향사로 거두어들였는데, 경제적으로 파탄이 났던 향사들이 자신의 신분을 돈을 받고 팔다보니 돈으로 신분을 거머쥔 〈양도향사〉들이 생겨났다.

양도향사에는 촌민이 많았던 탓에 〈촌민향사〉라고도 불렸다. 료마가 태어난 사카모토 가문도 〈사이다니야(才谷屋)〉라

는 상인가문이 향사신분을 사들여 향사가 된 촌민향사이다.

막부 말기, 미국과 영국은 왜 일본 개국을 요구했는가?

미국은 당시 세계최대의 포경국가였다. 석유가 주요한 연료였던 그 시절에도 고래 기름은 여전히 중요한 연료였다. 고래의 주요 어장이었던 북태평양 해역에서 어업을 하는 자국 포경선을 위한 보급로 확보와 조난당한 선원 구조와 화물보호를 위해서라도 보급기지가 필요했다. 때마침 유라시아 대륙의 동쪽 끝에 위치한 일본은 그런 요구에 적합했고 지리적 조건도 갖추고 있었다.

한편 영국에서 시작된 산업혁명은 프랑스와 미국에도 영향을 끼치며 〈구미열강〉이라 불리는 열강들은 과잉 생산된 상품들을 팔 활로를 찾아 막강한 군사력을 해외로 돌렸다. 그러면서 농산물과 자원을 값싸게 사들일 수 있는 나라들을 대상으로 수많은 아시아와 아프리카 국가들을 식민지로 삼았다.

아시아의 주요 식민지는 인도와 중국이었다. 영국은 가장 먼저 인도를 점령하고 중국(당시 국호는 청)을 '아편전쟁'에서 승리함으로써 반 식민지로 만든다. 하지만 무력으로 식민지를 얻는 것은 부담이 컸기에 열강은 일본에 대해서는 개항요구를 하기로 방침을 세웠던 것이다.

이와사키 야타로는 왜 가난했나? 정말로 똑똑했나?

드라마 《료마전》의 화자 이와사키 야타로. 드라마에서 젊은 야타로는 다 쓰러져가는 집에 살며 틈만 나면 "나처럼 똑똑한 녀석은 없다고!"라고 외친다. 야타로는 메이지 혁명 뒤 정계와 재계에서 눈부신 출세를 하였고, 그 뒤 미쓰비시 재벌의 기초를 닦는 기업가가 된다.

이와사키 집안은 에도 시대 이전에는 도사 아키 군에 영지를 소유한 토착 영주 아키를 섬기는 무사였다. 세키가하라 전투에서 공훈을 올린 야마우치 가즈토요가 영지를 차지하자 그 가신단에 편입되었지만, 이와사키가(家)는 '고시(鄕士)'가 된다. 간세이 초기(1790년 무렵), 6대 야지에몬이 고시 신분을 팔자, 이와사키가는 지게로닌이 된다. 지게로닌이란 고시 신분을 판 무사를 가리키며, 하급무사 중 신분이 가장 낮다. 밭뙈기 한 뼘 변변하게 없는 지게로닌은 가난에서 벗어날 길이 없었기 때문에 이와사키가는 야타로 대에 와서도 몹시 가난했다고 한다.

야타로는 실제로 무척 똑똑했다고 한다. 뒷날 도사 참정대신을 지낸 요시다 토요가 실각했을 당시 열었던 사설학교와 남국 으뜸이라는 평판을 얻었던 수학자 오카모토 네이호가 운영하는 사설학교에서도 인정을 받았으며, 에도의 고명한 수학자 아사카 곤사이에게도 입문을 허락받았다. 뒤에 번정에 복귀한 토요가 야타로를 발탁한 것도 그 우수한 머리를 높이 샀기 때문일 것이다. 도사 번과 외국 무역회사가 교역을 하는 데 창구 역할을 하는 '나가사키 도사상회'로 파견된 야타로는 료마가 경영하는 '가이엔타이'의 회계도 맡았다.

메이지에 접어들어 야타로는 '오사카 도사사회'에서 근무한 뒤 메이지 정부의 방침에 따라 '스쿠모상회'라는 사기업이 된 도사상회를 물려받는다. 이 스쿠모상회가 일본 최대의 해운회사인 '미쓰비시상회'가 되고, 미쓰비시 재벌로 발전한다.

**에도 시대에 도사 번 말고
다른 번에도 상급무사 히급무사 임격한 신분 제도가 있었나?**

　에도 시대의 전형적인 신분제도는 '사농공상', 즉 무사, 농민, 직공, 상인으로 이루어진 사민제도이다. '막부'와 '번'도 엄격하게 구별되었으며, 번도 도쿠가와 가문과 얼마나 가까운 사이냐에 따라 '신판(親藩)', '후다이(譜代)', '도자마(外樣)'로 나뉘었다. 각 번 무사의 신분도 더 자잘하게 갈렸다. 그중에서도 특히 신분제도가 엄격했다고 알려진 번은 도사와 사쓰마이다.

　사쓰마 번에서는 번주가 사는 가고시마 성 안에 사는 무사가 상급무사로서 '가고시마슈주'라고 불렸다. 그중에서도 가문이 좋은 '조시(상급무사)'와 그렇지 않은 '가시(하급무사)'로 나뉘었다. 성 밖(도조)에 사는 무사는 '도조슈주'라고 불렸다. 도조슈주는 평소에는 농업과 목수 일을 하는 반농반사(半農半事) 생활을 했기 때문에 배부른 사무라이라고 경멸을 받기도 했다. 가고시마슈주에게는 하지 않는 고문을 도조슈주에게는 가차 없이 했다고도 한다. 도조슈주 밑에 더 낮은 신분이 있는데, 이들의 신분이 상승하는 일은 막부 말기까지 거의 없었다.

　도사와 사쓰마 이외 번에서도 차별이 있었다는 증언이 있다. 게이오의숙대학의 창시자 후쿠자와 유키치는 부젠나가쓰 번의 하급무사 집안에서 태어났는데, 아버지는 봉건제도에 속박되어 평생 아무것도 할 수 없었다고 자서전 《후쿠오지덴》에 밝히며 "문벌제도는 부모의 원수"라고 표현했다.

료마가 만난 여성들은 료마가 죽은 뒤 어떻게 되었나?

료마가 그 짧은 인생에서 연정을 품은 가오, 사나, 오료. 그녀들은 료마가 죽은 뒤 어떻게 살았을까?

료마와 어린 시절 함께 자란 가오는 교토에서 임무를 마치고 도사로 돌아온 뒤, 자유민권가로서 뒷날 경시총감이 된 니시야마 유키즈미를 데릴신랑으로 맞았다. 할복한 오빠를 대신해 히라이 가문을 잇기 위해서였다. 그들의 딸이 가문을 잇자 유키즈미는 니시야마라는 성으로 되돌아갔다. 가오는 메이지 42년(1909) 72세로 죽었고, 지금은 도쿄 아오야마 묘지에 잠들어 있다.

지바 도장 지바 사다키치의 딸 사나는 자신이 료마의 약혼녀였다고 말하며 약혼선물로 받은 키모노를 소중히 간직했다고 한다. 그 키모노는 료마를 위해 지바 가문이 사카모토 가문의 문장(紋章)을 그려 넣은 것이라고 알려졌다. 평생 독신으로 지낸 사나는 가조쿠 여학교에서 사감으로 일했으며, 그 일을 그만둔 뒤에는 자유민권가인 오다기리 가네아키의 권유로 고후로 옮겨가 살았다. 메이지 29년에 59세로 죽었다. 고후 시에 있는 세이운지라는 절에 무덤이 있으며, 묘비 뒤에 "사카모토 료마의 처"라고 새겨져 있다.

료마의 아내였던 오료는 교토에서 의사로 일하던 나라사키 쇼사쿠의 딸이다. 오료는 존왕파의 활동가였던 아버지가 붙잡혀 옥사한 뒤 기녀로 팔려간 여동생을 되찾아오는 등 씩씩하고 활동적인 여성이었다. 료마는 사이고 기치노스케의 입회하에 오료와 식을 올렸다.

료마가 죽은 뒤 오료는 한동안 사카모토네 집에서 시누이 오토메와 지내다 여동생의 시댁으로 옮겨갔다. 메이지 8년, 상인 니시무라 마쓰베에와 재혼했다. 메이지 39년에 66세로 죽었다. 가나가와 현 요코스카 시에 있는 신교지라는 절에 "증정사위 사카모토 료마의 처 료의 묘"라고 새겨진 묘비가 있다.

막부 시대 여성의 지위는 어땠나?

그 시대 여성은 어려서는 부모에게, 시집을 가서는 남편에게, 늙어서는 자식에게 복종하라는 가르침을 받았으며, 늘 남성 밑에 있는 존재였다. 황녀 가즈노미야는 오빠 고메이 천황의 명령으로 14대 쇼군 도쿠가와 이에모치에게 시집을 갔다. 드라마에서 료마의 연인으로 등장하는 가오는 오빠 히라이 슈지로에게 교토로 가라는 명령을 받고 거기에 따랐다. 료마의 누나 오토메는 "사카모토가의 인왕신"이라 불릴 만큼 여장부였지만, 시집을 가서는 남편의 폭력과 시어머니의 구박을 견뎠다고 한다.

막부 말에는 자기 인생을 스스로 정하는 여성도 생겼다. 나가사키의 오우라 게이는 부모가 정한 남편을 내쫓고, 일본에서 처음으로 차(茶)무역을 시작했다. 게이는 나가사키에 모인 반막부파들을 집에 숨겨주고 자금을 대주는 등 극진히 보살폈다. 특히 료마의 가이엔타이를 세심하게 돌보았다고 한다. 여관 데라다야의 오토세는 대담하고 침착한 여성으로서 무사들을 비호하고, 료마의 부탁을 받고 오료를 숨겨준 일로 유명하다. 마쓰오 다세코와 노무라 모토니같이 직접 활동에 참여한 여성도 있다. 료마의 누나 오토메도 이혼을 하고 시댁을 나온 뒤로는 국사에 관련된 꿈을 딸에게 물려주었다고 한다.

일본에서 여성이 남성과 동등한 지위를 얻게 된 것은 제2차 세계대전이 끝난 뒤였다. 그럼에도 대격변기였던 막부 말에 직접 활동하여 그 지위를 거머쥔 여성들이 있었음은 주목할 만하다.

막부 말기의 통신수단에는 어떤 것들이 있었나?

료마는 편지광이었다. 139통의 편지들이 확인되었다고 전해지며, 누나 오토메에게 보낸 편지만 해도 16통이나 된다. 당시 편지 배달은 파발꾼이 주로 맡았다. 일본의 파발 제도는 전국시대부터 존재했지만, 전국망이 정비된 것은 에도 시대에 들어서이다. 이 시대 파발 제도는 수준이 높아서, 독일인 의사 지볼트, 영국 초대 공사 올코크, 영국 사절 수행원 로렌스 올리펀트 등도 이 제도를 높이 평가했다.

이 무렵 파발(히캬쿠)로는 전국을 잇는 막부의 '스기히캬쿠'와 각 번 영지와 에도, 오사카 등을 잇는 '다이묘히캬쿠'가 있었다. 스기히캬쿠는 길목마다 있는 여관을 주요 역참(스기쇼)으로 삼았으며, 각 여관에는 말과 사람이 적당히 배치되어 있었다. 막부는 파발 제도의 원활한 운영을 위하여 도카이도와 나카센도 같은 5개 간선도로를 비롯한 도로를 닦고 여관을 늘렸으며, 각 여관에 일정 수의 말을 배치하는 '덴마세이(傳馬制)'를 정비하여 교통·통신망을 발전시켰다. 다이묘히캬쿠도 따로 역참을 설치하였다.

메이지에 접어들어 철도가 깔리자 많은 승객과 화물을 한 번에 나를 수 있게 되었다. 우편사업의 시작이며, 전신의 보급이기도 한 이 철도 사업으로 파발은 그 역할을 마쳤다.

가메야마샤추는 어째서 나가사키에 생겼나?

료마가 일본 최초의 회사 '가메야마샤추'를 나가사키에 세운 이유는 무엇일까? 나가사키는 에도 시대를 통틀어 유일한 개항 항이었기 때문에, 교역을 주사업으로 하는 샤추를 두기에 가장 적합한 곳이었다는 점은 많은 학자가 주장하는 바이다. 그런데 그것 말고도 여러 가지 이유가 있다.

1. 나가사키는 사쓰마와 조슈의 한가운데에 위치하기 때문에 '삿초동맹'을 지원하기 위한 본거지로 삼기에 적합했다.
2. 근처 다자이후에 분큐 3년(1863) '8월 18일 정변'으로 교토에서 쫓겨난 산조 사네토미를 비롯한 반막부파 귀족들이 옮겨와 존양파 지사들이 모여들었기 때문에 국내 정치상황에 대한 정보를 얻기 쉬웠다.
3. 나가사키는 유력한 세이난유한인 히고 구마모토 번과 히젠 사가 번 영지와 가깝기 때문에 그 동향을 살피기에 적합했다.
4. 나가사키에는 서양과 중국 등 해외 정보가 가장 빨리 들어온다.
5. 나가사키에는 영국과 네덜란드 상인이 자리를 잡고 있었다.

가메야마샤추가 도사 번의 후원을 얻어 '가이엔타이'로 발전했을 때 본거지를 그대로 나가사키에 둔 것도 이러한 이점이 있었기 때문일 것이다.

료마는 정말로 홋카이도 개척을 구상했는가?

'가이엔타이'의 규약 제1칙에 '운수', '이익'에 이어 '개척'이라는 항목이 있다. 제1칙은 가이엔타이 설립의 목적이 쓰인 조문으로서,

이것을 보면 료마가 에조치 개척을 염두에 두었음을 알 수 있다.

　료마의 에조치 개척 계획에 커다란 영향을 끼쳤다고 알려진 도사 번 무사가 있다. 기타조에 기쓰마라는 이 무사는 처음에는 도사킨노 토에 속해 있었지만 에조치 개척을 열망하여 탈번, 분큐 2년(1862) 5월에 시찰을 위해 에조치로 떠났다. 기타조에가 에도로 돌아와 검도가인 지바 주타로의 저택에서 지낼 무렵, 마침 료마도 주타로를 방문했다. 따라서 이때 료마가 기타조에를 만나 에조치에 대한 이야기를 들었다고 생각하는 것이 자연스럽다. 기타조에는 겐지 원년 (1864) 6월에 '이케다야 사건' 때 신센구미에게 암살되었다.

　료마의 처 오료는 회상록 《천리마 후일의 이야기》에서 "나도 따라갈 생각으로 홋카이도 말을 하나하나 수첩에 적고 날마다 연습했습니다"라고 밝혔다. 군함부교 가쓰 가이슈가 쓴 1864년 6월 17일 자 일기에도 "사카모토 료마(중략) 에조치 개발, 통상, 국가를 위해 분발하다"라고 씌어 있다. 료마는 이요 오즈 번에서 빌린 증기선 '이로하마루'를 타고 에조치로 갈 생각이었다. 그러나 이로하마루는 첫 항해에서 기슈 번의 '메이코마루'와 충돌하여 침몰하고 말았다. 료마는 배상을 둘러싼 교섭과 대정봉환 실현을 위해 맹렬하게 동분서주 활동하다 교토 오우미야에서 암살당했다.

료마 기적의 생애
근대 일본을 열어나간 사나이
고산고정일

막부 끝무렵 일본은 어떤 나라였던가

 개국이냐, 양이냐, 존왕이냐 막부냐로 국론이 크게 갈려 격렬한 대립이 계속되던 막부 끝무렵 일본. 도사 번에서 상급무사와 하급무사의 차별 문제가 한계에 달했듯이, 각 번들을 통솔하는 에도 막부의 지배도 붕괴 직전이었다. 한편 계속되는 가뭄으로 국민들은 기근이 심각해져 이에 따른 사회 불안이 전 일본열도를 뒤덮자 에도 막부와 지방 곳곳 번들은 심각한 재정위기에 맞닥뜨렸다.

 일본은 19세기에 들어선 처음부터 불어닥친 외국선의 내항과 통상요구는 정치·경제·사회의 변모를 가져와 막부나 번들의 체제 쇠퇴에 박차를 가해 왔다.

 에도 시대 후기, 여름 저온현상 등 천재지변으로 흉작이 이어졌다. 동북지방에서 시작된 대기근이 전국으로 퍼졌다. 덴보 14년 (1843)에 막부가 도시로 흘러들어온 농민을 농촌으로 돌려보내는 '히토가에시레이(人返し令)'를 발령할 정도로 농민의 농촌이탈이 심했다. 쌀 부족 현상은 전국 각지에서 쌀값의 급등을 가져왔다. 막부와 각 번의 무능한 대응에 화가 난 농민들이 농촌에서는 봉기를 일으키고, 도시에서는 부잣집을 줄줄이 부수는 등 사회불안이 확산되었다.

이 무렵 막부는 외국선의 내항이 빈번해지자 하는 수없이 덴보 13년에 이국선추방령을 폐지했다. 그리고 미국과 영국을 중심으로 하는 서양열강과 화친조약을 맺은 데 이어 통상조약을 체결했다. 금은 교환 비율 등 일본에 불리한 내용을 포함한 불평등 조약 때문에 안 그래도 치솟았던 쌀값이 더욱 폭등했다.

내우외환이 진행되는 가운데 막부가 아무런 대책이 없었던 것과는 반대로, 세이난유한(西南雄藩)이라 불리는 사쓰마·조슈·도사·사가 등 네 개 번은 대담한 재정개혁과 교역, 과감한 군제개혁으로 힘을 키워갔다.

사쓰마 번은 번주 시마즈 나리아키라의 지휘하에 근대식 공장인 '슈세이칸(集成館)'을 설립하고, 서양식 함선도 건조하였다. 조슈 번에서는 무라타 세이후, 스후 마사노스케와 같은 유능한 관리가 재정개혁을 주도하였고, 문벌에 관계없이 인재를 등용하였다. 도사 번에서는 번주 야마우치 도요시게(뒷날 요도)가 요시다 도요를 발탁하여 번정개혁을 실시하였다. 그 조카 고토 쇼지로도 무역회사인 '가이세이칸(開成館)'을 설립하고 식산흥업(殖産興業)과 부국강병에 힘썼다. 사가(히젠) 번에서는 번주 나베시마 나오마사가 재정개혁을 주도하여 서양 과학기술을 도입하고 무기와 증기선을 구입하여 군사대국의 길을 걸었다.

에도 막부정치에 몰려드는 시골 번들

안세이 4년(1857) 7월, 미국 총영사 해리스가 막부에 통상조약 체결을 요구했다. 이에 로주 수좌(老中首座)인 호쓰타 마사요시가 조정에 그 내용을 전달하고, 다이묘들에게 의견을 물었다. 이를 계기로 전국이 '개국론'과 '양이론'으로 갈려 격렬한 논쟁이 벌어졌다.

세이난유한 등 힘 있는 번들은 개국과 양이를 둘러싼 문제 이외에

페리 제독의 요코하마 상륙

도 막부에 커다란 발언력을 갖게 되었다. 13대 쇼군인 도쿠가와 이에사다의 후계자 문제도 그 중 하나였는데, 에치젠후쿠이 번주 마쓰다이라 요시나가(슌가쿠), 아와 번주 하치스카 나리히로, 사쓰마 번주 시마즈 나리아키라 등은 히토쓰바시 요시노부를 다음 번 쇼군으로 할 것을 막부에 건의했다. 요시노부는 고산쿄(御三卿) 중 하나인 히토쓰바시가(家)의 주인으로서, 고산케(御三家) 중 하나인 미토 도쿠가와가(家)의 전 번주 나리아키의 친아들이었다. 특히 격렬하게 양이론을 주장하고 요시노부를 강력하게 추천한 사람이 이 나리아키라였다.

안세이 5년(1858) 3월, 고메이 천황은 통상조약체결의 칙허를 거부했다. 그러나 4월에 다이로(大老)에 취임한 이이 나오스케가 6월 19일, 단독으로 조약을 체결하였다. 이를 계기로 존왕론과 양이론이 하나가 되었다.

국론이 개국과 양이로 나뉘어 첨예하게 대립하던 와중에 이이 나오스케가 단독으로 개국을 단행하자, 각 번 하급무사를 중심으로 존왕양이론이 급속하게 퍼졌다. 에도와 교토에서는 '덴추(天誅)'라는 이름으로 막부파 귀족과 관리들을 암살하고, 부유한 상인을 협박하는 등 과격한 행동이 끊임없이 일어났다.

다이로 신분인 이이 나오스케가 칙허도 받지 않고 미일수호통상조약을 체결한 지 얼마 되지 않은 안세이 5년(1858년) 6월 25일, 고산케 중 하나인 기슈 도쿠가와가(家)의 요시토미(뒷날 이에모치)가 쇼군 후계자로 결정되었다. 7월에 이에사다가 죽자 이에모치가 10월에 14대 쇼군으로 취임했다. 한편 조정은 8월, 미토 번에 막정개혁을 은밀히 지시하는 등 각 번에 조약체결에 대한 불만이 번지고 있었다.

이이는 9월, 교토에서 존왕양이파(존양파) 지도자 우메다 운빈을 투옥하는 등 막부에 이의를 제기하는 세력을 강하게 압박하기 시작했다. 안세이 노다이고쿠(安政大獄) 사건의 시작이었다. 이이는 도쿠가와 나리아키라, 히토쓰바시 요시노부, 마쓰다이라 요시나가(슌가쿠), 야마우치 도요시게(요도) 등에게 칩거 및 근신을 명하는 등 반대파를 철저하게 배제했다.

만엔 원년(1860년) 3월, 미토를 중심으로 한 방랑무사 18명이 에도성 사쿠라다몬가이에서 이이를 암살함으로써 처참했던 안세이 노다이고쿠에 종말을 고했다. 막부의 권위는 다이로가 암살당하면서 결정적으로 실추되었다.

이이 나오스케가 죽은 뒤 막부와 각 번 사이에 조정과 손을 잡고 막부체제를 강화하려는 공무합체파(公武合體派)가 힘을 얻었다. 공무합체(조정과 바쿠후의 제휴로 정국 안정을 꾀하는 정책)의 핵심은 고메이 천황의 여동생인 가즈노미야

만엔 원년(1860년) 3월 3일 사쿠라다(桜田)문 밖의 변 다이로(大老)인 이이 나오스케가 무사들에게 암살된 사건.

와 쇼군 이에모치의 결혼이었다. 세이난유한은 공무합체 정책을 진행하며 조정과 관계를 돈독히 하여 막정개혁을 위한 발언력을 높였다. 분큐 2년(1862년) 11월, 칙사로 임명받은 도사 번주 야마우치 도요노리가 산조 사네토미와 아네가코지 긴사토를 거느리고 에도로 가서 양이실행 칙명을 막부에 전달했다.

이듬해인 분큐 3년 3월, 이에모치가 칙명을 받들기 위해 교토를 찾아, 5월 10일을 양이기한으로 할 것을 약속했다. 이를 계기로 존왕양이운동이 단숨에 힘을 얻었다.

존왕양이운동의 확산과 삿초동맹

조슈 번에서 처음으로 존양론을 주장한 사람은 요시다 쇼인이다. 쇼인이 사형을 받고 죽은 뒤 그 문하에 있던 가쓰라 고코로(뒷날 기도 다카요시)와 다카스기 신사쿠 등이 두각을 나타내자 분큐 2년 7월, 조슈 번의 여론은 공무합체에서 존왕양이(尊王攘夷 : 왕실을 존중하고 오랑캐를 물리침)로 바뀌었다. 도사 번에서 야마우치 요도와 요시다 도요는 공무합체파였지만, 다케치 한페이타가 이끄는 도사킨노토(土佐勤王黨)는 존왕양이운동을 전개하였다. 미토 번에서는 분큐 2년 1월, 탈번무사들이 에도성 사카시타몬가이에서 로주 안도 노부마사를 습격했다. 겐지 원년(1864) 3월에는 후지타 고시로와 다케타 고운사이 등이 쓰쿠바산에서 거병했다. 사쓰마 번은 사이아키라가 죽은 뒤 그 조카인 다다요시가 번주가 되었으나, 번의 실권은 그의 친아버지인 시마즈 히사미쓰가 쥐고 여전히 공무합체를 주장했다.

조정 내에서도 존양파와 공무합체파가 격렬한 대립을 계속했다. 존양파로는 조슈 번과 손을 잡은 산조 사네토미, 산조 니시스에토모, 히가시쿠제 미치토미 등이 있고, 공무합체파로는 막부와 손을 잡은 나카가와노미야, 니조, 구조가(家), 사쓰마 번과 친분이 깊은 고에노가(다나히로·다나후사), 다카쓰카사가 등이 있다.

공무합체파와 존왕양이파가 격렬한 대립이 계속되는 가운데 세이난유한의 사쓰마 번과 조슈 번이 서양열강과 전쟁을 거치며 개국과 막부타도 쪽으로 돌아섰다.

분큐 2년(1862년) 6월, 사쓰마 번의 시마즈 히사미쓰는 칙사와 함께 에도로 가서 막부에 개혁을 주장했다. 그가 사쓰마로 돌아오는 길에 8월 요코하마 나마무기무라에서 사건이 일어났다. 히사미쓰의 행렬을 가로막은 영국인들을 번 무사들이 살해한 것이다. 영국인은 막부와 사쓰마 번에 강력히 항의했다. 막부는 배상청구를 받아들였지만, 사쓰마 번은 이를 거부했다. 이듬해인 분큐 3년 7월, 가고시마 만에서 영국 함대와 교전이 일어났다. 영국 측은 기함 함장이 전사하였으나, 가고시마는 마을 대부분이 불탔다. 11월에 강화조약을 맺었다.

고베 해군조련소의 귀와(鬼瓦)

이 전쟁을 계기로 서양열강의 힘을 몸소 체험한 사쓰마 번은 이후 영국과 친분을 돈독히 하게 된다. 존왕이라는 틀은 유지하면서도 공무합체에서 개국으로 크게 방향을 튼 것이다.

존왕양이를 주장한 조슈 번은 분큐 3년 5월 10일을 기한으로 양이를 실행하겠다는 막부의 통첩에 따라 당일 시모노세키를 지나가는 미국선 등을 포격하였다. 이에 이듬해인 겐지 원년(1864) 8월, 영국·미국·프랑스·네덜란드의 4개국 함대가 시모노세키를 공격했다. 괴멸적인 패배를 맛본 조슈 번은 곧 강화조약을 맺고, 그 뒤 사쓰마 번처럼 외국과 관계를 돈독히 했다.

네 나라와 교전을 벌이기 1년 전, 조슈 번은 조정에서 세력을 잃었다. 분큐 3년 8월 18일, 조정의 패권을 쥐고 있던 존양파에 대항하여 공무합체파가 반란을 결행했다. 조슈와 손을 잡은 산조 사네토미를 비롯한 귀족들이 교토에서 추방되었다. 조슈 번은 이듬해인 겐지 원년 7월, 고쇼의 하마구리고몬 부근에서 막부군과 싸우다 퇴각하였다(금문의 변). 여세를 몰아 막부군이 추격해 오자(제1차 조슈 정벌) 공격도 받기 전에 항복했다. 사쓰마 번은 이 두 싸움에서 모두 막부군에 가담했다.

열세이던 조슈 번이 판세를 뒤집는 데 원동력이 된 것은 하급무사 층이었다. 겐지 원년 12월, 다카스기 신사쿠 등 반막부 급진파가 봉기하여 이듬해 2월, 번의 주도권을 쥐고 대규모 군제개혁에 착수했다. 그 중심에는 무사도 있었지만 그 외에도 농민과 상인들로 구성된 기병대가 있었다.

게이오 2년(1866) 6월, 막부는 2차례에 걸친 조슈 정벌을 결정했지만, 사쓰마 번은 공격에 가담하지 않았다. 사쓰마 번과 조슈 번이 연합하여 새로운 나라를 만들어 줄 것을 기대하는 사카모토 료마의 중개로, 조슈 정벌에 앞선 1월 22일, 반막부를 주요 내용으로 하는 사쓰조동맹을 체결했기 때문이었다. 막부도 같은 해 7월, 이에모치의 죽음을 계기로 칙명에 따라 조슈 정벌을 중지한다.

사쓰마 번은 도사 번과 막부를 타도하기로 맹약을 맺는다. 게이오 3년 6월, 도사 번의 존왕파 이메이(이타가키) 다이스케가 사쓰마 번의 사이고 기치노스케(다카모리)와 몰래 만나, 막부를 타도하기로 약속한 것이다. 그러나 같은 해 10월, 야마우치 요도는 신임 쇼군 요시노부에게 대정봉환을 건의한다. 도사 번의 여론은 이 두 가지로 갈리게 된다.

가메야마샤추에서 가이엔타이로

막부 군함부교 가쓰 가이슈 밑에서 항해술을 배운 사마모토 료마는 나가사키에 해운상사 가메야마샤추를 창설하고 사쓰조동맹을 군사·경제면으로 도왔다. 가메야마샤추는 뒷날 가이엔타이로 발전한다.

분큐 2년(1862)은 료마에게 특별한 해였다. 3월에 도사 번을 탈출한 사카모토 료마는 12월 5일, 전 에치젠 후쿠이 번주 마쓰다이라 슌가쿠를 찾아간다. 그의 소개로 9일에 막부 군함부교 가쓰 가이

시모노세키 전쟁도(부분)

슈를 만난다. 이 만남이 료마의 미래를 결정했다.

　가쓰는 14대 쇼군 이에모치에게 해군의 필요성을 주장하여 해군조련소의 개설을 허락받았지만, 그전에 오사카에 사설 훈련소인 '이이군주쿠'를 개설한 상태였다. 가쓰의 제자가 된 료마는 그곳에서 항해술을 배우고, 겐지 원년(1864년) 5월에 조련소가 개설되자 마쓰의 오른팔로서 활약했다.

　그러나 조련소는 이듬해인 게이오 원년(1865) 3월에 폐쇄된다. 각 번에서 모인 훈련생 가운데 탈번무사와 과격한 존양파가 섞여 있었기 때문이다. 가쓰도 그 책임을 지고 1864년 10월에 에도로 소환되었다가 11월에 군함부교직에서 해임된다.

　해군조련소에서 쫓겨난 료마는 막부의 눈을 피해 사쓰마 번으로 숨어든다. 조련소 훈련생 곤도 조지로, 지야 도라노스케 등과 함께 행동했다. 이윽고 료마는 사쓰마 번의 원조를 얻어, 나가사키 가메야마에 무역회사(샤추)를 설립한다. 1865년 5월의 일이다. 사쓰마 번에게 료마는 사쓰조동맹의 중개자일 뿐 아니라, 항해술, 교역 경험, 폭넓은 인맥 등을 지닌 매력 있는 인재였다. 가메야마샤추를 세운 료마는 사쓰마 번 명의로 군함과 무기, 탄약을 대량으로 사들여 조슈 번에 전달한다. 당시 조슈 번은 막부의 명령으로 외국과 거래가 금지되어 있었기 때문에 이것들의 구매를 사쓰마 번과 료마에게 요청했었다. 이 일은 게이오 2년 1월에 사쓰조동맹이 체결되는 데 큰 역할을 했다.

그러나 가메야마샤추는 사쓰마 번에서 빌린 배 '와일웨프 호'가 전복하고, 새로 얻은 배 '다이쿄쿠마루'의 대금 지급이 밀리며 심각한 경영난에 직면한다.

경제적으로 궁지에 몰린 가메야마샤추는 료마가 도사 번 참정대신 고토 쇼지로와 협상을 벌인 덕분에 번 부속조직인 '가이엔타이'로서 재출발하게 된다. 게이오 3년 4월의 일이다. 해군과 교역의 발전을 꾀하고자 한 도사 번의 이해와 재정기반을 탄탄히 하여 사업을 계속하고자 하는 료마의 이해가 만나 성립한 합의였다.

가이엔타이는 같은 해 4월에 배가 침몰하는 사고를 당한다. 이요의 오즈 번에서 빌린 '이로하마루'가 세토나이카이(瀨戶內海)를 항해하던 중 기슈 번의 '메이코마루' 호와 충돌하여 침몰한 것이다. 료마는 도사상회(번 교역의 거점)에서 가이엔타이의 회계를 담당하던 이와사키 야타로와 함께 기슈 번으로 협상을 하러 가서 7만 냥의 배상금을 받아낸다.

배상금은 가이엔타이의 재정개선을 위해 기부했는데, 같은 해 11월, 교토에서 료마가 암살당함으로써 가이엔타이는 이듬해 4월에 해산한다.

사카모토 료마에 대하여

시바 료타로의 《료마가 간다》는 1천만 부의 판매부수를 자랑하는 스테디셀러이자 베스트셀러로서 사랑받으며 많은 인기를 누리고 있다. 료마는 물론 일본 역사상의 인물이다. 그러나 저자는 료마를 새롭게 창조하여 한 영웅으로서 훌륭하게 그려내 하나의 캐릭터로 정착시키는 데 성공했다. 그래서 우리가 떠올리는 료마라는 인물은 시바 료타로가 《료마가 간다》에서 그려낸 그 캐릭터의 모습으로, 소설 속에서 생생하게 활약하며 실제 그 인물을 뛰어넘고 있다.

사카모토 료마 유채화

이처럼 일본 역사상 최고로 인기 있는 인물이라는 여론조사 결과는 료마를 거의 신(神)의 영역까지 오르게 했다는 것을 의미한다. 사람들은 통상 세상사와 무관하게 이미 죽은 사람들을 숭배대상으로 삼는다. 일본 사람들은 일본의 정치적 경제적 상황이 어려울 때마다 하늘에 승천해 있는 료마를 땅 위로 가까이 끌어내려 조명하곤 한다.

사카모토 료마는 칼을 찬 무사의 이미지로, 스스로를 전격적으로 업그레이드시켜 메이지유신이라는 혁명의 성공을 기획한 지사로서 일본 근대사에 새겨져 있다. 비슷비슷한 메이지유신 지사들의 초상에서 료마가 단연 클로즈업되는 것은 역사가 흐르는 가운데 그의 빛나는 기지와 성공신화의 모습이 현대 일본에 있어 한층 더 귀중하게 느껴지기 때문이다.

시바 료타로는 《료마가 간다》의 후기에서 이렇게 말하고 있다.

"'사쓰조(薩長)동맹, 대정봉환(大政奉還), 그건 모두 료마가 혼자서 해낸 일이야' 하고 가쓰 가이슈(勝海舟)는 말했다. 물론 역사를 혼자 써내려갈 수는 없다. 료마 혼자서 해냈을 리는 없는 것이다. 그러나 료마가 없었다면 사태는 다른 양상을 띠었을 것이다."

역사상의 료마도 소설 속의 료마도 역사를 크게 움직인 거인임에 틀림없다. 그 거인이 별 욕심도 없이 표표하게 큰일을 해내는 데에서 그 인물의 위대함과 재미가 드러나고 있다.

대정봉환이 이뤄지고 일본이 새로운 근대국가 일본으로 탄생되었을 때 료마는 관직에 오를 생각이 없다고 사이고(西鄕)에게 말한다. 그리고 '세계적인 해군지원대라도 운영하지 뭐'라고 말해 사이고를 놀라게 했다. 시바는 사이고가 료마의 이 말에 놀란 것으로 보아, 사이고가 료마를 제대로 이해하지 못했던 것이라고 단언했다.

"나는 관직에 오르려고 막부를 쓰러뜨린 게 아니다"라고 자신의 무사(無私)함을 공언하는 료마의 모습을 보고, 그 자리에 있던 무네미쓰(陸奧宗光)는 나중에 '사이고가 그릇이 작아 보였다'라고 감상을 말했다고 한다.

그가 묘사한 료마는, 이처럼 사이고를 작아 보이게 할 정도의 걸출한 인물이었다. 시바는 등장인물을 신뢰하고 그에게 가장 큰 호의를 품었다. 바로 그 때문에 《료마가 간다》는 재미있으면서도 열정적으로 느껴지는 것이리라.

일본 근대화 선봉장 태어나다

사카모토 료마는 1835년 11월 15일, 도사 번(土佐藩) 고치 현(高知縣) 가미마치에서 태어났다. 아버지 사카모토 핫페이는 도사 번

료마가 쓰던 지갑

의 지방유생으로 살았고, 료마는 그의 둘째 아들이다.

사카모토 집안은 호상(豪商) 사이타니야의 3세 나오마스(直益)의 장남 나오미(直海)가 지방유생의 권리를 취득하여 사카모토 집안의 시조가 된다. 2세 나오즈미(直澄), 3세 나오타리(直足)에 이어 료마의 형 겐페이가 4세가 된다.

가미마치는 성(城)을 중심으로 하는 지역과는 달리 하급무사, 상인, 기술자, 의사 들이 혼연일체가 되어 사는 마을이었다. 사카모토의 집은 바깥문 밖이 상점 거리여서 커다란 가게들이 줄지어 있었고, 뒷문 밖은 기술자 거리여서 대장간, 목공소, 다다미 기술자들이 거주하고 있었다.

료마는 상점 거리와 기술자 거리가 공존하는 환경에서 자라났기 때문인지 사람을 차별

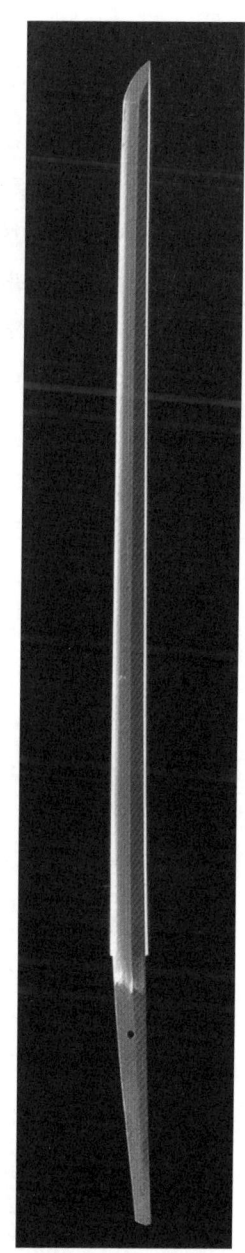

료마의 도검

하는 시각을 갖고 있지 않았다. 나고 자라면서 평등사상을 지니게 된 것이다. 료마는 열두 살 때, 집 근처의 오다카사카(小高坂)에 있는 서당에 입학했다. 보통 대여섯 살부터 서당에 다니기 시작하는 데 비하면 료마는 늦은 출발이었다. 졸업할 나이가 되어 입학했다는 사실이 아이들 사이에서 호기심의 대상이 되었다. 그런데 불과 석 달 만에 서당을 그만두고 말았다. 아버지 핫페이는 그 뒤 아들을 다른 서당에 다시 입학시키려고도 하지 않았다. 료마의 초등교육은 이것으로 끝이 난 것이다. 그 대신 아버지가 집에서 읽기와 쓰기 등 기본교육을 직접 시키며 키웠다.

세계여행을 꿈꾸는 소년과 '세계지도'

도사역사회 잡지 〈도사사담(史談)〉(68호)에 무라마쓰 이와오는 '사카모토 료마'에 대해 이렇게 쓰고 있다.

"사카모토 핫페이는 지방유생으로서 어용상인이다. 그의 장남은 겐페이인데 옛 이름은 사키치이며, 사카모토 료마는 그의 동생이다. 그는 어릴 적부터 '당나라에 가보고 싶다'고 입버릇처럼 말하였다. 그 말뜻은 세계여행을 하고 싶다는 것이었다."

료마는 어릴 때부터 세계여행을 하겠다고 다짐했던 것이다. 어째서 그런 생각을 했던 것일까? 1846년 6월 10일, 료마의 어머니가 죽었다. 료마의 나이 열두 살 때였다. 곧이어 계모가 들어온다. 계모의 친정은 시모다야라고 하는 곳의 가와지마 집안이었다. 그 집안은 선박업을 경영하면서 목재와 철재 판매를 하고 있었다.

료마와 여동생 오토메는 계모의 친정에 자주 놀러 다녔다. 그 무렵 계모의 집 가장은 가와지마 초사부로(1810~1854)였다.

야마다가 쓴 〈사카모토 료마-감춰진 초상〉에는 다음과 같이 기록되어 있다.

"가와지마 초사부로는 서양 사정에 밝아서 마을사람들은 그를 '구라파'라고 불렀다고 '마을 이모저모'에 씌어 있다."

가와지마 집안에는 1844년에 만들어진 세계지도가 소중히 보관되어 있었다. 초사부로는 이 지도를 료마에게 가끔 보여 주었다. 료마는 그의 청년기에 지대한 영향을 끼친 가와다 고류(河田小龍)를 만나기 이전에 이미 세계지도를 보았던 것이다. 소년시절에 '세계지도'를 흥미롭게 보았던 료마가 세계여행을 꿈꾼 것은 당연한 일이다. 〈도사사담〉 잡지에 씌어 있는 이야기와 이 '세계지도' 일화는 그의 세계를 향한 꿈이 자라나기 시작했음을 알려주고 있다. 료마가 이때 보았으리라고 짐작되는 '세계지도'는 미쓰쿠리(箕作省吾)가 만든 〈신제여지전도〉였다.

에도 수행과 신세계와의 만남

1853년 3월 17일, 열여덟 살의 료마는 검술을 배우기 위해 에도로 갔다. 료마가 묵은 곳은 도사 번 쓰키치시모야지키이다.

검술수행은 호쿠신잇도류(北辰一刀流) 오케초(桶町) 도량에서 했고, 그때의 스승은 지바 사다키치였다. 사다키치는 지바 슈사쿠의 제자로서 형인 슈사쿠 못지않은 기량을 지녀 '작은 지바', '오케초의 지바'라 불렸다. 료마는 일찍이 14세 때부터 고치의 오구리류 도량에 나가 검술을 배우기 시작했다. 오구리류는 야나기세이신인류에서 갈라져 나온 유파로서 전통적인 옛 방법을 고수하고, 연습방식은 맨얼굴에 맨손으로 했다.

그러나 막부가 끝나갈 즈음 에도에서는 새로운 유파가 인기를 끌었다. 에도 3대 도량이라고 하면 신도무넨류인 사이토 미쿠로의 '연병관', 교신아케치류인 모모이 슌쿠라의 '사학관', 호쿠신잇도류인 지바 슈사쿠의 '현무관'을 말했다.

보호장구를 사용하고 실전에 입각한 빠른 동작이 인기를 끌다 보니 옛 방식보다 새로운 유파가 주류를 이루고 있었다. 료마도 발랄한 청년답게 3대 유파의 하나인 호쿠신잇도류를 선택했던 것이다.

료마의 검술수행이 시작된 바로 뒤인 1853년 6월 3일, 미국의 페리 함대가 일본에 도착한다. 도사 번은 막부의 명령에 따라 시나가와 시모야지키에 경비진을 배치했다. 자비로 검술수행을 하던 료마는 도사 번 임시어용의 명령으로 시나가와의 경비진에 합세했다. 19세 때 페리함대와 조우했던 것이다.

1853년 6월 9일, 페리 제독은 구리하마에서 국서를 막부에 전달했다. 그리고 이듬해 4월이나 5월에 다시 오겠다며 6월 12일에 물러났다. 이에 따라 막부와 각 번에서는 이듬해엔 전쟁을 치러야 한다며 임전태세를 갖추게 된다.

무사도 정신은 검에서 대포로

도사 번은 시나가와 시모야지키의 해안 근처 지역에 고슈호 저택(2,872m²)을 갖고 있었는데, 에도 만에 맞닿아 있었으므로 이곳에 대포 발사대를 건설하기로 했다. 11월에 도사 번은 막부에 포대건설 신청을 낸다.

포대 8문을 갖추게 되었지만, 대포를 능숙하게 다룰 줄 아는 젊은이가 필요해지자 무사를 서양포병학교에 입문시킨다. 료마도 포술을 배우기 위해 1853년 12월 1일, 쇼잔의 문하생이 되었다.

1854년 1월 16일이 되자 시나가와 바다에 7척의 페리가 재입항한다. 그리고 3월 3일에는 미일화친조약이 체결되었다.

6월 23일, 료마는 고치로 돌아왔다. 검술수행이 포술수행으로 바뀌어 목표에 혼란을 겪었지만, 처음으로 미국 함대를 보았고, 비로소 군사력의 차이를 실감했다. 료마는 고치에서 도조의 대포학교에

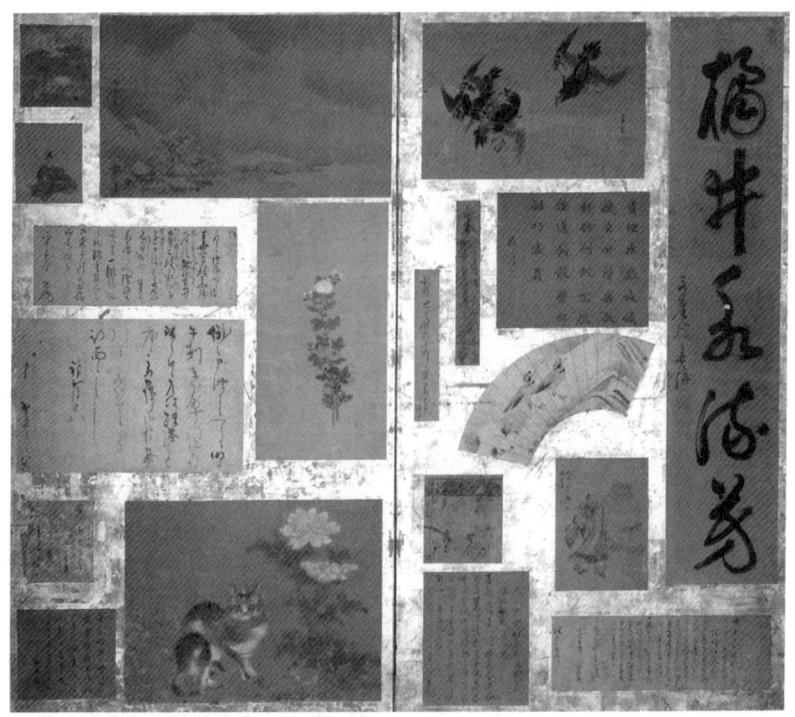

료마의 피로 물든 병풍

입학했다.

　1855년 11월 6~7일 도조학교 '연습경험록'에 따르면, 150목 야전통, 12파운드 경포, 24파운드 장대포의 서양대포 3종이 사용되었으며, 총인원 29명이 훈련을 받았다. 여기에는 우치야마(家老; 무가의 가신 중 우두머리), 야마우치(가노), 쇼닌(가노)의 3가노와 함께 겐페이와 료마의 이름이 기재되어 있다.

　1862년 3월, 료마는 도사 번을 벗어난다. 고치를 출발하여 슈하라에서 나가하마로 가서 시코쿠를 벗어났다. 료마는 시모노세키, 큐슈, 오사카를 거쳐서 에도에 도착한다.

　1862년 12월 17일, 준미치마루 호를 타고 시나가와를 출항한 가이슈는 21일 효고 항에 닻을 내린다. 이미 가이슈의 문하생이었던 료마는 가이슈에게 교토의 상황을 보고한다. 가이슈의 1862년 12월 29일자 일기를 보면 이러한 일이 적혀 있다.

"지바가 오다. 동시에 료마도 오다. 교토 사정을 듣다."

가이슈와 료마는 열두 살의 차이가 나는데, 두 사람은 쇼잔학교에서 함께 공부한 선후배이기도 하다. 또한 쇼잔의 아내 오준은 가이슈의 친동생이기도 하다. 이 세 사람은 뒷날 막부 끝무렵 역사의 중심적 위치에 서서 일본의 후방을 좌우하는 커다란 역할을 맡게 된다.

료마의 폭넓고도 왕성한 활동 시기에 그가 지녔던 상황을 단순하고 명쾌하게 규정하는 무사정신은 빛나는 그의 매력 가운데 하나이다. 료마는 스스로 행동이 잘못되었다고 깨달으면 곧바로 깨끗하게 정리해 변화를 모색했다. 그 좋은 예가 양이론자인 지바 주타로와 함께 가쓰 가이슈를 만나러 갔을 때이다.

그때 가쓰 가이슈가 "지금 가장 중요한 문제는 부족한 점을 보완하고 외국으로부터 우수한 점을 도입해 국가의 부를 증대시키는 것이다"고 말했고, 이 말에 감동을 받은 료마는 즉시 마룻바닥에 엎드려 고개를 숙이고는 제자로 삼아 달라고 했다. 료마는 지바 도장에서 검술을 수행해 원장까지 맡고 있었지만 '지금부터는 소총 시대'라고 판단되면 칼을 버리고 소총을 선택하는 과감한 모습을 보였다. 그런가 하면 이제 소총 시대는 끝났다고 하면서 품속에서 《만국 공법》이라는 법률서적을 꺼내는 등 어디에도 구애받지 않는 인물이었다.

가쓰 가이슈는 검(劍)과 선(禪)과 난학(蘭學)으로 단련된 막부 측 인물로, 료마와 만날 당시에는 막부 해군의 요직에 있었다. 나중에 알려진 사실에 따르면, 가쓰 가이슈는 료마와 만났을 때 일부러 자신의 칼과 칼집을 묶어 칼을 차고 있어도 뺄 수 없도록 했다고 한다. 상대가 습격하려고 달려와도 칼은 절대 뽑지 않겠다고 결의했던

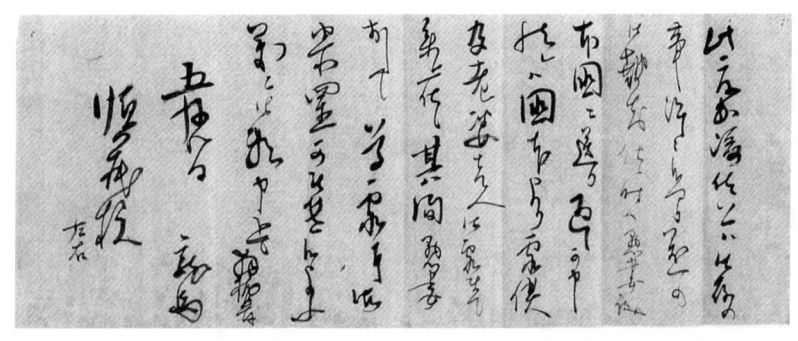
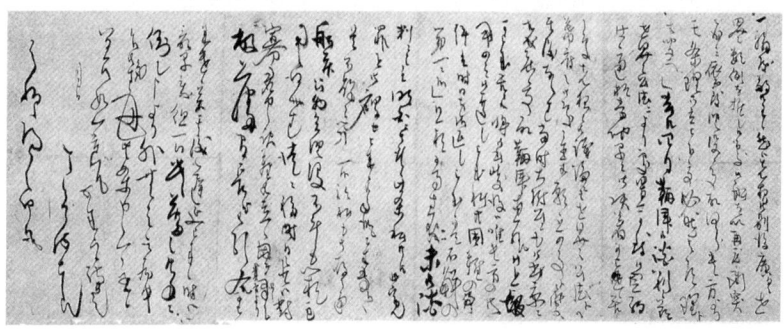

료마의 편지

것이다. 가쓰 가이슈와 료마는 칼에 대한 자세가 서로 비슷했다. 료마의 대정봉환이나 가쓰 가이슈의 에도 무혈 개선 등 비무력적 수법으로 국면을 타개하려고 한 발상의 원천에는 이러한 결의와 자세가 있었던 것이다.

편지 속에 드러나는 다정한 모습

오토메(乙女)라는 누나가 료마의 일생을 통하여 줄곧 중요한 보조역을 담당했다. 오토메는 어머니가 돌아가신 후 료마에게 검술과 승마, 독서 등을 가르쳤다. 료마도 특히 누나를 잘 따라 두 사람은 사이가 매우 좋았다. 료마는 성인이 되어서도 시간이 있을 때마다 누나에게 편지를 보내 근황을 알렸다. 그 덕분에 료마가 어디서 무엇을 하고 있었는지 또 무엇을 생각하고 있었는지 소상히 남겨져 지금껏 우리에게 전해진다.

1863년 5월 17일, 료마는 누나 오토메 앞으로 보내는 편지에 다음과 같이 썼다.

"요즘은 천하제일의 군사학자 가이슈라는 스승의 문하생이 되어 지내고 있어요. 제가 특히 사랑을 독차지하고 있답니다. 게다가 앞으로도 계속 손님으로서 머무를 수 있게 되었어요."

누나에게 자신의 사정을 알리며, 스승에게 바치는 료마의 존경과 사랑의 마음이 배어나 있어 미소를 머금게 한다.

현재 남아 있는 료마의 편지는 139통으로서, 나름대로의 애틋함이 담겨 있어 이 편지 글을 통해 그의 섬세함과 인간미를 느낄 수 있다. 특히 남편과의 사이가 나빠진 오토메가 료마에게 고민을 적어 보내자, 료마가 이에 대해 보낸 답장은 보는 이의 마음을 따뜻하게 한다.

"예전에 받은 편지에 비구니가 되어 산속에 들어가고 싶다고 했지요? 이 편지를 읽고 허허 에헴, 재미 겸해서 생각해 보았어요. 지금 일본은 나라 안이 온통 떠들썩하지만 비구니가 되어 낡은 가사를 어깨에 걸치고 전국을 수행하신다면 어떨까요. 이렇게 한번 해보세요. 규슈의 나가사키에서 홋카이도까지 가신다면 가진 것이 없어도 여행비용은 한 푼도 들지 않을 거예요.

만일 그렇게 하려거든 진언종 사람이 평소에 읽는 관음경, 일향종(정토진종) 사람이 읽는 아미타경을 외우셔야 합니다. 아미타경은 구절이 좀 어렵지만, 여기저기에 그 제자들이 많기 때문에 꼭 읽지 않으면 안 되어요. 재미나요, 재미나. 우스워요, 우스워. 무엇보다 비구니가 읽는 독경 일부를 읽고, 진언종 사람 집에 가면 진언종의 경, 일향종 사람의 집에 가면 일향종의 경, 온종일 경을 읽고 또 읽

해원대(海援隊) 사람들

데라다야의 여주인 오토세

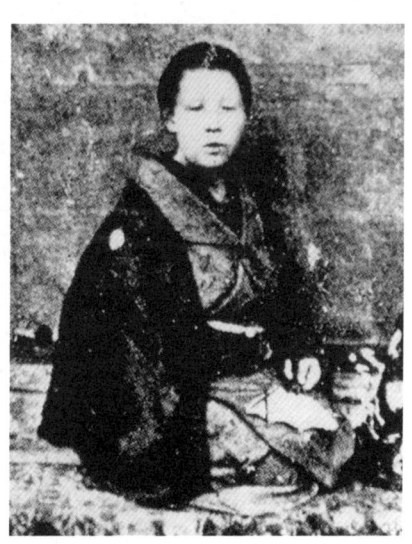

료마의 여동생 오토메

으며 마을을 걸으시면 노잣돈은 충분히 얻으실 거예요. 이대로 꼭 실천하면 정말 재미있을 거예요.

사람의 일생은 서 푼 닷 냥에 불과한 가벼운 것이니 고민해 봐야 소용없어요. 마음먹고 방귀 한번 뽕! 뀌어보세요."

료마는 누나 오토메의 마음을 충분히 이해하고 있었다. 누나의 괴로운 마음을 알고 비구니가 되어 일본 전국을 돌아다녀 보라고 권하였지만, 오토메가 그렇게 하지 않을 것을 알고 있었던 것이다. 고민하는 이가 밝게 웃으며 기운을 낼 수 있도록 마음을 북돋아주는 료마의 다정함이 넘치는 편지글이다.

고베 해군훈련소와 스승의 파면

1863년 4월, 14대 쇼군 도쿠가와 이에시게의 오사카 만 시찰을 안내했던 가이슈는 배 위에서 직접 해군훈련소의 설립을 제청한다. 그리고 허락을 얻어 이듬해 정식으로 발족한다. 가이슈는 고베 해군훈련소를 설치한 목적을 이렇게 밝히고 있다.

"해군을 확장하고, 그 진영을 효고와 쓰시마에 두었다가 이 가운데 하나는 조선에 설치하고, 나중에는 중국에까지 두어 3국이 합종연횡하여 서양 여러 나라 세력에 대항해야 한다."

일본, 조선, 중국의 3개국 연합을 성립시켜 서양 열강에 대처하려는 구상이었다. 료마는 가이슈에게서 이런 계획을 듣고 동아시아의 정세, 세계 정세를 훤히 꿰뚫고 있었다. 바다 건너로 향하는 료마의 폭넓은 시야는 스승에게서 배운 것이었다.

1864년 6월 5일, 교토에서 이케다야 사건이 일어났다. 기타조에 기치마, 모치즈키 가메야타 등 도사 사람들이 죽음을 당했다. 이것이 막부 상층부에 알려져 10월 21일에 가이슈에게 에도로의 소환명령이 떨어져 실각하기에 이른다. 가이슈는 문하생들을 사이고 다카

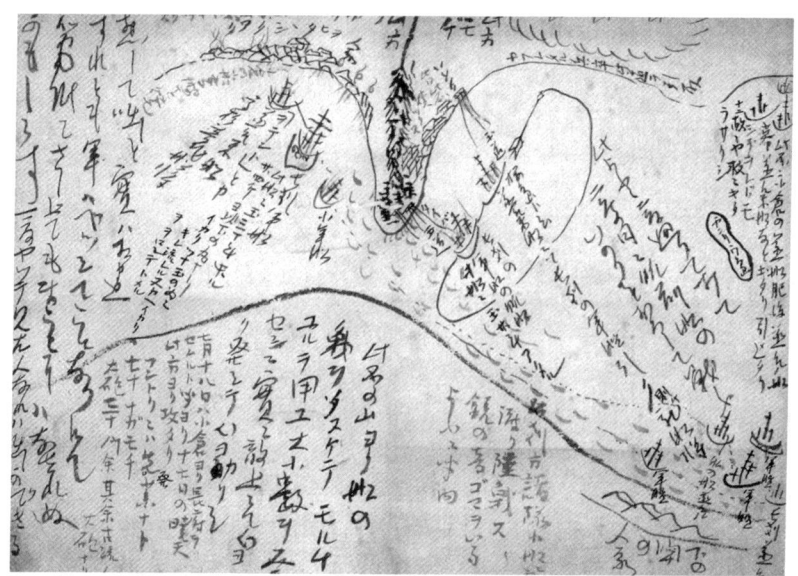
료마가 그린 시모노세키 해전 상황

모리에게 부탁하고 에도로 돌아간다. 그리고 그는 해군 봉직에서 파면되어 칩거로 들어간다.

1865년 4월 25일, 료마는 오사카에서 사쓰마 번 소속 배인 고초마루(胡蝶丸)를 타고 사이고 다카모리, 고마쓰 다테와키, 오야마 히코야 등과 가고시마로 갔다. 사이고의 자택에서 기숙하던 료마는 사이고가 집을 비운 사이 사이고의 부인 이토코에게 가장 낡은 훈도시를 하나 달라고 청한다. 그러자 이토코는 남편의 가장 오래된 헌 훈도시를 하나 꺼내 주었다. 나중에 이를 알게 된 사이고는 이렇게 말했다.

"고향을 위해 목숨을 버리려 하는 사람에게는 가장 새것으로 바꿔주어야 해."

여기서 체류하는 동안 료마는 사쓰조연합책을 구상하여 미리 손을 써둔다. 또한 가메야마 결사의 설립계획도 세운다.

가메야마 결사와 도사 번 해군지원대

나가사키에 가메야마 결사가 창설된 것은 1865년 윤5월이었다. 사쓰마 번의 고마쓰 다테와키, 나가사키 상인 오조 네야의 지원에 의해서였다.

료마 자신은 사쓰조 연합공작을 위해 사방을 두루 돌아다녔다. 나가사키에 있는 곤도 조지로, 사와무라 모노노스케, 치야 도라노스케, 다카마쓰 다로, 무쓰 유노스케 등에 맡겨 설립하게 하였다.

결사의 월급은 석 냥 두 푼으로 누구에게나 평등하게 지급하였다. 이 조직은 뒷날 도사 번 해군지원대가 된다. '해군지원대 기사'에는 이렇게 씌어 있다.

"이 결사의 20인은 모두 해군지원대가 되는데, 여기에 선원을 합치면 위아래 합쳐 50명 이상이 된다. 이 가운데 사와무라는 영국법에 능통하여 외국인 응접을 맡았고, 나가오카는 문장에 능하여 료마의 비서가 되었다."

또한 후쿠오카 다카치카의 수기에 나오는 '육군지원대와 해군지원대의 규약'에는 다음처럼 씌어 있다.

"해군지원대 대장 1명 범선에 배속. 번을 벗어난 자, 해외개척에 뜻이 있는 자가 모두 이 부대에 들어온다. 영지에 속하지 않고 출기관(出崎官)에 속한다. 운반선 보호와 응원 위해 출몰, 섬을 개척하고 5주의 사정을 정찰하는 등의 임무를 맡는다."

해군지원대가 영지에 속하지 않는다는 것은 도사 번 본번에 속하는 조직이 아니라 출장기관에 속한다는 뜻이다. 즉 나가사키로 파견되어 있는 출장기관에 속한다는 의미이다.

사쓰조동맹의 성립

료마가 이룩한 사업 가운데 가장 중요한 것은 역시 사쓰조(薩長)

동맹을 성립시킨 일이다. 궁내청 서릉부에 소장되어 있는 '기도(木戶)집안의 문서' 가운데, 1866년 2월 5일 료마가 가쓰라 고코로에게 보낸 편지가 있다. 거기에 이런 대목이 있다.

"곁에 적혀 있는 6개조는 고마쓰 다테와키, 사이고 다카모리 두 사람 및 노형(가쓰라 고코로), 료마도 동석하여 이것 저것 토론하여 결정한 것으로 조금도 틀림이 없습니다. 뒷날 에도 결코 변함이 없을 것임을 천지신명은 아실 것입니다."

나가사키 가자가시라 공원에 있는 료마의 동상

사쓰마와 조슈가 결성한 6개조를 가쓰라가 료마에게 확인시키고 보증하게 한 것이다. 료마는 이 편지에 빨간 글씨로 이서하였다.

가쓰라는 더욱 확고히 하기 위해 6개조를 다시 정서하여 료마에게 보냈다. 군사동맹에서 조슈 번이 불리해지지 않도록 세심한 주의를 기울여, 곁에는 조건을 달고 있었다. 번 밖으로 나가는 이렇게 중요한 서류에 돈도 없고 지위도 없는 료마가 이서를 한 것이다. 가쓰라 고코로가 료마라는 인물을 어떻게 평가했는지를 일목요연하게 알 수 있는 편지이다. 이 편지는 막부 끝무렵의 일본 역사에서 가장 중요한 역할을 하는 편지 가운데 하나이다. 메이지 시대에 태어난 막부 끝무렵의 역사가 히라오 미치오는 다음과 같이 쓰고 있다.

"일개 낭인의 신분임에도 료마는 서남의 2대 웅번의 맹약을 보증하는 크나큰 임무를 맡았다. 두 번의 대표가 료마에게 거는 신뢰가 얼마나 깊은 것인지 알 수 있다. 이것은 인간이 역사를 만드는 하나의 기적이라고 보아야 한다."

신혼여행 그리고

'사카모토 료마 수장적요'라는 메모장이 있다. 그 가운데 '1866년 병인년 정월' 부분을 보면 다음과 같이 적혀 있다.

17일 고베
18일 오사카
19일 후시미(伏見)
20일 니혼마쓰
22일 목규(木圭), 소(小), 서(西), 3명 모임
23일 밤, 후시미즈로 내려가는 2시가 지난 무렵……
24일 아침, 저택으로 들어가다
30일 밤, 교토 저택으로 들어가다

1866년 1월 22일, 가쓰라 고코로, 고마쓰 다테와키, 사이고 다카모리 3인을 만났다고 간략하게 기록하고 있다. 또, "23일 밤, 후시미즈(후시미)로 내려간다. 오전 2시가 지난 무렵……"이라고 씌어 있다. 데라다야 사건으로 료마가 습격당한 시각이 오전 2시가 지났을 때임을 알 수 있는 사료이다.

부인 오료(お龍)는 목욕하던 중이었는데, 신센구미(新選組)가 온 것을 알고 벌거숭이 그대로 계단을 뛰어올라가 군인들이 에워싸고 있음을 알린다. 호조인(寶藏院)류의 창을 능숙하게 다루는 조슈의 장수 미요시 마쓰시로가 료마를 지키고, 료마는 다카스기 신사쿠가 상하이 여행에서 사다준 총을 쏘며 탈출했다.

24일 아침, 후시미의 사쓰마 번주의 저택으로 들어가, 30일 밤에 교토의 사쓰마 번주 저택에 수용되었음을 확인할 수 있다.

30일, 료마는 후시미에서 교토 사쓰마 번주 저택으로 옮기는데, 손에 부상을 입은 료마는 가마를 타고, 주위를 사쓰마 번의 무사 1개 소대가 호위했다. 후시미 봉행소는 료마가 타고 있음을 알면서도 전혀 건드릴 수 없었다. 그때 남장을 한 오료는 경호하는 사쓰마 병사 속에 섞여 걷고 있었다. 사쓰마 병사는 남장한 오료에게 절대 말을 하지 말라고 단단히 당부한다. 말을 하면 검은 이가 보여서 여자임이 밝혀지기 때문이었다(그즈음 일본에서는 기혼녀가 치아를 검게 물들이는 풍습이 있었다). 그 뒤 료마와 오료는 사이고 다카모리, 고마쓰 다테와키 등과 함께 가고시마를 방문한다. 일본 최초의 유명한 신혼여행이 되는 것이다.

서른세 살의 료마는 1867년 11월 15일, 교토에서 암살당한다.
료마의 편지는 현재 139통이 확인되어 있다.
어쨌든 일본의 근대화를 이끈 한 영웅의 청춘은 격동의 시대흐름에 좌우되는 일 없이 언제나 사람들의 마음을 움직일 만한 에너지로 가득 차 있었다.

국민작가 시바 료타로에 대하여
시바는 오사카시 나니와구 태생. 오사카 외국어대학 몽골어과에

재학하다가 가졸업하여 학도병으로 출진해서 포전차(砲戰車) 중대에 소속되었다가 얼마 후 전쟁이 끝났다. 산케이(產經)신문 기자 시절에《올빼미의 성(梟の城)》을 발표해 나오키상을 수상했다. 수많은 명작으로 문화훈장을 받았다.

일개 떠돌이인 마쓰나미 쇼쿠로(松波庄九郎)는 일본열도의 요충지 미노노쿠니(美濃國)를 점령했다. 근거지는 교토였다. 그런데 그의 여인 오마아가 폭도들에게 유괴된다. 그는 참혹한 폭행으로 실신한 그녀를 구하고 부하에게 여우 여섯 마리를 잡아오라고 명한다. 정원의 나무들 아래에 여우 시체를 두고, 겨우 정신을 차린 오마아에게 그는 저것 보라면서 이렇게 말한다. 조금 전 일은 여우가 꾸민 환각이니 그대는 아무런 변도 당하지 않았다. 그대의 몸은 깨끗하다고 생각해라(《나라 훔친 이야기(國盜り物語)》). 이 글에 나오는 것처럼 이런 탁월한 허구를 그려 낸 작가는 달리 없었다. 쇼쿠로의 지혜는 곧 오마아의 심신 전부를 아끼는 사랑이었다. 시바 료타로는 인간을 불행에서 구하는 방법을 생각하는 일이 몹시 즐거웠던 모양이다.

모럴리스트라는 단어가 있다. 인간 내면에 있는 정념이나 심리를 냉정히 관찰하고 검토하는 자세를 말한다. 예를 들어 그리스 비극의 최고봉인 에우리피데스도, 소크라테스도, 몽테뉴도 모두 이와 같은 자세를 취했다. 시바 료타로도 물론 소설가이지만 시대와 인간을 바라보는 그 탐색의 밑바탕에는 일관되게 흐르는 모럴리스트의 태도가 있다고《올빼미의 성》에 등장하는 탁발승 도쿠탄(毒潭)이 말하고 있다. 아니, 인간을 사랑하고 인간 관찰을 즐기기 때문에 이 한 구절은 시바 료타로의 독백이기도 하리라.

그런데 몽테뉴를 비롯한 도덕가들은 인간의 정념을 간과하지 않으려고 관찰에만 열중한 나머지, 인간은 어떻게 살아야 하는가라는 처방전을 쓰지 않았다. 그런데 시바 료타로만이, 근본은 틀림없는 도덕가이면서도 모든 도덕가들 공통의 박정하고 냉정함을 훨씬 뛰어넘는 것과, 일본인 사회에서 어깨를 나란히 하고 세상 사람들에게 호감을 얻고 사랑받는 방도는 무엇인가, 이 난제에 대답하기 위하여 진심으로 고심했다.

시바 료타로

사카모토 료마는 한서(漢書)를 읽지 못한다는 의미에서의 무학이며, 오히려 무뚝뚝한데도 불구하고 처음 탄 배의 선장으로부터 귀염을 받는다. 사람을 끌어들이는 향기 같은 것이 있는지도 모른다. 기노시타 도키치로(木下藤吉郎, 도요토미 히데요시)는 출신이 매우 비루하고 신참이었던 탓으로, 공훈을 세우면 세울수록 오다(織田)의 중신들은 물론 같은 무리로부터 미움을 받았다. 그 점을 마에다 도시이에(前田利家)한테서 전해 들은 도키치로의 대답이 일품이다. 잘 생각해 보면, 천민 출신인 내가 높으신 중신 나으리들에게 미움받을 정도로 컸다는 말이다. 이 얼마나 좋은 일이냐. 이것은 어엿한 남자가 되었다는 증거이다.

　도시이에가 기가 차서, 저 남자는 미워하면 미워할수록 천진하게 기뻐한다고 말하고 다닌 탓에 이후로는 아무도 그의 험담을 하지 않게 되었다. 도키치로에게는 귀염성이 있었던 것이다. 세상에서는 공부를 잘한다거나 재주가 뛰어나다고 하여 남들에게 호감을 사는 일은 결코 없다. 미워하든가 멀리할 뿐이다. 피부가 희면 온갖 결점을 가린다고 한다. 귀염성만 있으면 남자는 반드시 남들에게 추대를 받는다. 그러고 보면 시바는 귀염성 있는 남자를 그리는 재주가 탁월하다.

　하기는 인간사회에 부족한 것은 귀여움이다. 그러면 사람들이 귀여워서 실수를 눈감아 주는 남자는 어떤 타입인가? 첫째, 사심이 없어야 한다. 그래야만 사람을 밀어내어 두각을 보이려고 하지 않는다. 두 번째로 타인을 결코 나쁘게 생각하지 않는 자제심이다. 인간은 자신 이외의 누군가를 비난하고 싶어한다. 다른 사람에게 악의를 갖지 않는 것만으로도 호의를 갖게 될 것이다.

　게다가 중요한 마음가짐으로서 시바 료타료가 중점을 둔 것은 인간성이라는 미덕이다. 竹中半兵衛(다케나카 한베에)를 보면 藤吉郎(도키치로) 정도의 인간성은 없다는 구절이 있다. 뛰어난 일을 한 사람은 모두 이러한 타입이었다. 인간성이란 타인의 마음을 충분히 이해할 수 있고, 인간관계를 원만하게 할 수 있는 현명한 자이다.

　인간은 일반적으로 무엇을 하고 싶어할까? 돈을 바랄까? 명예를 바랄까? 그러나 무엇보다 가장 바라는 것은 자신이 속해 있는 사회 안의 사람들에게 유능하고 성실하고 온화한 사람이라고 경외하는 마음으로 대접받는 것이 아닐까? 세상에 "사람답다" 평가받는 사람이 있다. 시바야말로 정말 그렇지만, 이 타입은 자기 주위의 사람들이 본인의 어떠한 점을 칭찬하길 바라는지, 거의 순간적으로 파악하고 정확하게 칭찬하는 지혜가 있다.

지은이
시바 료타로(司馬遼太郎)

그린이
전성보(全聖輔)

옮긴이
박재희 창춘사도대학일문학전공 김문운 니혼대학일문학전공
김영수 와세다대학일문학전공 문호 게이오대학일문학전공
유정 조지대학일문학전공 추영현 서울대학교사회학전공
허문순 경남대학불교학전공 김인영 숙명여대미술학전공

료마가 간다 8
지은이 시바 료타로/책임편집 박재희 추영현 김인영
1판 1쇄/1979. 12. 1
2판 1쇄/2005. 8. 8
3판 1쇄/2011. 12. 1
3판 6쇄/2023. 3. 1
발행인 고윤주/발행처 동서문화사
창업 1956. 12. 12. 등록 16-3799
서울 중구 마른내로 144(쌍림동)
☎ 546-0331ⓒ (FAX) 545-0331
www.dongsuhbook.com

*

이 책은 저작권법(5015호) 부칙 제4조 회복저작물 이용권에 의해 중판발행합니다.
이 책의 한국어 大望상표등록권 문장권 의장권 편집권은 저작권법에 의해 보호받으므로
무단전재 무단복제 무단표절 할 수 없습니다.
이 책의 법적문제는 「하재홍법률사무소 jhha@naralaw.net」에서 전담합니다.

*

사업자등록번호 211-87-75330
ISBN 978-89-497-0722-8 04830
ISBN 978-89-497-0714-3 (전8권)